KB125579

마음

こころ

마음

こころ

웅진지식하우스 일문학선집 1

나쓰메 소세키

박유하 옮김

○ 차례

마음 · 7

선생님과 나 · 9

양친과 나 · 125

선생님과 유서 · 183

꿈 열흘 밤 · 365

작품 해설　나쓰메 소세키와 근대 일본 · 404

연보 · 413

마음

선생님과 나

*

1

    나는 그분을 늘 선생님이라고 불렀다. 그러니까 여기서도 그냥 선생님이라고만 쓰고 본명은 밝히지 않겠다. 그건 세상 사람들이 그분을 알게 되는 게 두려워서가 아니라 그렇게 하는 편이 나한테 자연스러운 일이기 때문이다. 그분을 떠올릴 때마다 곧바로 '선생님' 하고 부르고 싶어진다. 펜을 들어도 마찬가지 기분이 된다. 거리감이 느껴지는 이니셜 따위를 쓸 생각은 전혀 들지 않는다.

    선생님을 알게 된 건 가마쿠라에서였다. 그때까지 나는 혈기 왕성한 학생이었다. 여름방학에 해수욕하러 간 친구한테 꼭 오라는 엽서를 받았기 때문에, 돈을 조금 마련해서 가 보기로 했다. 돈 마련에 이삼 일 걸렸다. 그런데 가마쿠라에 도착한 지 사흘도 안 지났을 때, 그 친구 앞으로 서둘러 고향으로 돌아오라는 전보가 왔다. 전보에는 어머니가 병환이라고 쓰여 있었지만 친구는 믿지 않았다. 그는 이전부터 내키지 않는 결혼을 부모에게 강요당하던 터였다. 요즘 세대로 보자면 그는 결혼하기엔 너무 어렸다. 더구나 가장 중요한 사항인 상대가 마음에 들지 않았다. 그래서 방학이니 당연히 돌아가야 했는데도 그 상황을 피하느라 일부러 도쿄 근방에서 놀며 지내고 있었던 것이다. 그는 내게 전보를 보여 주면서 어떡하면 좋겠느냐고 물었다. 어떻게 하는 것이 좋을지 알 수 없었다. 하지만 정말로 어머니가 병환이시라면 마땅히 돌아가야 했다. 결국 그는 돌아가기로 했다. 나는 모처럼 간 여행에서 혼자 남게 되었다.

강의가 시작되기까지는 아직 날짜가 많이 남아 있었기 때문에 가마쿠라에 있건 돌아가건 상관없었다. 나는 묵고 있던 숙소에 얼마 동안 더 머무르기로 했다. 친구는 주고쿠 지방의 부잣집 아들이어서 돈을 여유 있게 쓸 수 있는 형편이었지만, 학교에서의 분위기도 사치스럽지 않았고 아직 나이도 어려서 생활 수준이 나와 크게 차이 나는 건 아니었다. 따라서 혼자 남게 되었어도 내게 맞는 다른 숙소를 찾는 수고는 하지 않아도 되었다.

숙소는 가마쿠라에서도 꽤 외진 곳에 있었다. 당구니 아이

11

스크림 따위의 신식 풍물은 긴 논두렁을 하나 넘어가지 않으면 만날 수 없었다. 인력거로 가도 20전은 줘야 했다. 하지만 개인 별장은 이곳저곳에 적잖게 들어서 있었다. 그런 데다 바다가 아주 가까웠기 때문에 해수욕하기엔 안성맞춤이었다.

나는 매일 수영하러 바다로 나갔다. 오래되어 칙칙해진 초가집 사이를 지나 바닷가로 내려가면, 이 부근에 도회지 사람들이 이렇게나 많이 살고 있었나 싶을 정도로 피서하러 온 남녀들이 백사장 위를 걸어 다녔다. 어떤 때는 대중목욕탕처럼, 검은 머리통들이 바다에 빼곡히 들어차 있기도 했다. 그 속에 아는 사람이 한 명도 없어도, 그런 광경 속에 파묻혀 백사장 위를 뒹굴거나 무릎에 와 부딪는 파도를 피해 이리저리 뛰어다니는 일은 유쾌했다.

선생님을 알게 된 것도 바로 그 인파 속에서였다. 당시 해변에는 간이 휴게소가 두 군데 있었다. 어쩌다 그중 한 곳에 드나들게 되어 자주 이용하던 참이었다.

하세 근처에 큰 별장이 있는 사람들과 달리, 개인 탈의실이 없는 그 근방 피서객들한테는 공동 탈의실 같은 시설이 꼭 필요했다. 그들은 이곳에서 차를 마시며 쉬는 건 물론 수영복을 빨아 달라고 맡기거나, 소금기 묻은 몸을 씻거나, 모자나 우산을 맡겨 놓는 식으로 이용했다. 나는 수영복을 갖고 있지는 않았지만 소지품을 도난당할 수 있었기 때문에 바다에 들어갈 때마다 이 휴게소에 전부 벗어 두곤 했다.

*
2

휴게소에서 선생님을 본 것은, 선생님이 막 옷을 벗고 바다로 들어가려던 찰나였다. 나는 그때 선생님과 반대로 젖은 몸을 바람에 말리면서 물에서 올라온 참이었다. 우리 둘 사이에는 몇몇 사람의 머리가 시야를 가리며 움직이고 있었다. 특별한 정황이 아니었더라면 나는 끝까지 선생님을 보지 못했을지 모른다. 그만큼 바닷가는 혼잡했고 내 머릿속 또한 산만했는데도 금방 내 눈에 띈 건, 선생님이 어떤 서양 사람과 함께 있었기 때문이다.

유난히 흰 서양 사람의 피부색 때문에 휴게소로 들어서자마자 곧바로 눈길이 갔다. 유카타(여름철이나 목욕 후에 입는, 일본식 가운-옮긴이)를 입고 있던 그는 접이 의자 위에 유카타를 던져 놓고는 팔짱을 끼고 바다 쪽을 바라보며 서 있었다. 그는 팬티 외에는 아무것도 몸에 걸치고 있지 않았다. 내게는 그 점이 우선 이상해 보였다. 그보다 이틀 전에 나는 유이가하마 해

13

변까지 가서 모래 위에 쭈그리고 앉아, 서양 사람들이 바다로 들어갈 때 모습을 오랫동안 지켜본 적이 있었다. 내가 앉았던 곳은 약간 높은 언덕 위였고 바로 옆에 호텔 뒷문이 있었다. 그래서 가만히 앉아 있는 동안 꽤 많은 남자들이 해수욕하러 나오는 걸 볼 수 있었는데, 모두가 몸통과 팔과 허벅지는 드러내 놓지 않고 있었다. 여자들은 더더욱 몸을 가리기 십상이었다. 대부분은 머리에 고무 수영모 색깔인 적갈색이나 감색 혹은 남색만 물 위에 내놓고 있었다. 그런 모습을 본 지 얼마 안 되는 내 눈에는, 팬티 하나만 입고 태연하게 서 있는 그 사람이 언뜻 봐도 신기하게 비쳤다.

얼마 후 그는 옆을 돌아보더니 몸을 앞으로 굽히고 있던 일본 사람에게 무언가 말했다. 일본 사람은 모래 위에 떨어진 수건을 집어 들던 참이었는데, 수건을 줍더니 곧바로 머리를 싸매고는 바다 쪽을 향해 걷기 시작했다. 그 사람이 바로 선생님이었다.

나는 순전히 호기심에서, 나란히 서서 물가로 내려가는 두 사람의 뒷모습을 지켜보았다. 그들은 물속으로 곧장 발을 내디뎠다. 그리고는 얕은 곳에서 와자지껄 떠들고 있는 수많은 사람들 사이를 지나 비교적 넓은 곳으로 나아갔다. 그러더니 두 사람이 함께 헤엄치기 시작하더니, 머리가 작게 보일 정도로 멀리까지 갔다. 그리고 곧 방향을 바꾸어 일직선으로 헤엄쳐 바닷가로 돌아왔다. 휴게소로 들어서자 우물물로 씻지도 않고 금세 몸을 닦고 옷을 입더니 순식간에 어딘가로 사라져 버렸다.

그들이 나간 이후에도 나는 그저 아까부터 앉아 있던 접이의자에서 담배를 피웠다. 그러면서 멍하니 선생님에 대해 생각했다. 아무래도 어디선가 본 적이 있는 얼굴 같았다. 하지만 아무리 생각해도 언제 어디서 만난 사람인지 생각나지 않았다.

그 무렵 나는 신경 쓸 일 없이 편안한 상태였다기보다는 심심해서 못 견딜 지경이었다. 그래서 다음 날에도 또, 선생님을 만났던 시간대를 겨냥해 일부러 휴게소까지 가 보았다. 그랬더니 이번에는 서양 사람은 오지 않고 선생님 혼자 밀짚모자를 쓰고 들어왔다. 선생님은 안경을 벗어 탁자 위에 놓더니 곧바로 수건으로 머리를 싸매고 서두르는 듯한 걸음걸이로 해변을 걸어 내려갔다. 선생님이 어제처럼 왁자지껄한 해수욕객 사이를 빠져나가 혼자 헤엄치기 시작했을 때, 갑자기 선생님을 뒤따라가 보고 싶어졌다. 나는 물을 머리쪽까지 튀겨 가며 얕은 곳을 지나 꽤 깊은 곳까지 들어가서는 선생님을 목표로 팔을 크게 저어 헤엄치기 시작했다. 그런데 선생님은 어제와는 달리 따라잡기 힘든 위치에서 활모양을 그으며 해안 쪽으로 되돌아

15

가기 시작했다. 그래서 목적은 결국 달성되지 못했다.

해변으로 올라와 물방울이 떨어지는 손을 털면서 휴게소로 들어가자 선생님은 벌써 옷을 다 입고서 나와는 반대로 밖으로 나갔다.

*

3

다음 날 같은 시각에도 바다로 나가 선생님을 보았다. 그다음 날도 같은 일을 되풀이했다. 하지만 우리 사이에는 말을 걸기회도 인사를 할 기회도 주어지지 않았다. 그런 데다가 선생님의 태도는 사교적이지도 않았다. 정해진 시간에 초연하게들어와 또다시 무심하게 돌아갔다. 주위가 아무리 시끌벅적해도, 전혀 신경 쓰는 것 같지 않았다. 처음에 함께 왔던 서양 사람은 이후에는 전혀 모습이 보이지 않았다. 선생님은 늘 혼자있었다.

어느 날, 선생님은 언제나처럼 재빨리 물에서 나와 늘 같은곳에 벗어 놓는 유카타를 입으려 했다. 그런데 유카타에는 모래가 잔뜩 묻어 있었다. 선생님은 그 모래를 털기 위해 뒤로돌아서서 옷을 두세 번 털었다. 그러자 유카타 밑에 놓여 있던 안경이 탁자 틈새로 떨어졌다. 선생님은 흰 바탕에 검은 무늬가 있는 유카타 위에 허리띠를 두르더니, 안경이 없어진 것을 알았는지 황망히 근처를 살피기 시작했다. 나는 얼른 의자 밑으로 머리와 손을 들이밀어 안경을 주웠다. 선생님은 고맙다고 말하며 안경을 내 손에서 받아 들었다.

다음 날 나는 선생님의 뒤를 따라 바다로 뛰어 들어갔다. 그리고 선생님과 같은 방향으로 헤엄쳤다. 주택가로 치면 두 구간쯤 해안 쪽으로 나아가자 선생님은 뒤를 돌아보더니 나에게 말을 걸었다. 넓고 푸른 바다 위에 떠 있는 사람이라곤, 근방에는 우리 두 사람밖에 없었다. 그리고 강렬한 햇빛이 눈 닿는 모든 곳에서 물과 산을 비추고 있었다. 나는 물속에서 자유와 환희의 감정으로 근육이 터져 버릴듯 해 온몸을 마구 움직였다. 선생님은 돌연 팔다리 움직임을 멈추더니 얼굴을 위로 하고 파도에 몸을 맡겼다. 나도 따라서 똑같은 포즈를 취했다. 새파란 하늘빛이 눈을 쏠 기세로 얼굴 위로 쏟아졌다. "정말 기분 좋은데요." 나는 큰 소리로 외쳤다.

얼마 후 일어나는 것처럼 자세를 고친 선생님은 "이제 그만 가지요." 했다. 비교적 체력이 강했던 나는 바다에서 더 놀고 싶었다. 하지만 "네, 돌아가지요."라고 선선히 대답했다. 우리는 또다시 왔던 코스를 헤엄쳐 해변으로 되돌아왔다.

그때 이후 나는 선생님과 가까이 지내게 되었다. 하지만 선생님이 어디에 사는지는 아직 모르고 있었던, 그로부터 이틀쯤 지난 셋째 날 오후였을 것이다. 선생님과 휴게소에서 만났을 때, 선생님은 갑자기 내 얼굴을 보더니 "학생은 이곳에 더 오래 머무를 생각입니까?" 하고 물었다. 별다른 생각이 없었던 나는, 이런 경우 대답할 수 있는 말을 머릿속에 준비해 놓지 않았다. 그래서 "어떻게 될지 모르겠습니다." 하고 말했다. 하지만 싱글싱글 웃고 있는 선생님의 얼굴을 보자 갑자기 쑥스러워져서 "선생님께서는요?" 하고 되묻지 않을 수 없었다. 내 입에서 선생님이라는 말이 나온 건 이때가 처음이었다.

그날 밤 선생님의 숙소를 찾아갔다. 숙소라고는 해도 보통 여관과는 달리, 넓은 절 안에 있는 별채 같은 건물이었다. 그곳에 살고 있는 사람이 선생님의 가족이 아니라는 것도 알 수 있었다. 내가 선생님, 선생님 하니까 그는 쓴웃음을 지었다.

나는 그것이 연장자를 대하는 나의 습관이라고 해명했다. 나는 전에 본 서양 사람에 대해 물어보았다. 선생님은 그가 좀 색다른 사람이라는 것, 이미 가마쿠라에 없다는 것 등 여러 가지를 얘기한 다음, 일본 사람과도 별로 교제하지 않는데 그런 외국 사람과 가까워진 건 이상한 일이라고 말하기도 했다. 나는 선생님을 향해 마지막으로, 어딘가에서 선생님을 만난 적이 있는 것 같은데 아무리 생각해 봐도 생각이 안 난다고 했다. 아직 젊었던 나는 그때, 상대방도 나와 같은 느낌을 갖고 있지 않을까 생각했다. 그리고 속으로 선생님의 긍정적인 대답을 기대했다. 그런데 선생님은 얼마 동안 침묵한 끝에 "글쎄요, 전에 만난 적이 있는 것 같지는 않은데요. 다른 사람 아닐까요?" 하고 말했다. 나는 묘한 실망감을 느꼈다.

*
4

나는 그달 말에 도쿄로 돌아왔다. 선생님이 피서지를 떠난 것은 그보다 훨씬 전이었다. 선생님과 헤어질 때, "앞으로 가끔 선생님 댁을 방문해도 괜찮겠습니까?" 하고 물었다. 선생님은 그냥 "네, 오시지요." 하고 말했을 뿐이었다. 당시 나는 선생님과 꽤 친해졌다고 생각했기 때문에 조금 더 자상한 말을 기대했었다. 그 때문에, 기대가 충족되지 않은 그 대답은 나의 자신감을 조금 떨어뜨렸다.

나는 이런 일로 곧잘 실망감을 맛보았다. 선생님은 그 사실을 알고 있는 것 같기도 했고, 전혀 모르는 것 같기도 했다. 가벼운 실망감을 반복적으로 맛보면서도, 선생님으로부터 떠나갈 생각이 들지는 않았다. 오히려 불안에 휩싸일 때마다 앞으로 더 나가 보고 싶었다. 앞으로 더 가 보면 내가 예감하고 기대하는 무엇인가가 불현듯 눈앞에 만족스러운 모습으로 나타나리라 생각했다. 나는 젊었다. 하지만 모든 사람에 대해 내 젊은 피가 그런 식으로 순수하게 움직이리라고는 생각하지 않았다. 왜 선생님에 대해서만 이런 기분이 드는지 알 수 없었다. 그런데 선생님이 돌아가시고 난 지금에야 비로소 이해할 수 있게 되었다. 선생님은 처음부터 나를 싫어했던 것은 아니었다. 선생님이 내게 이따금 보였던 무뚝뚝한 말이나 냉담해 보이는 동작은 나에 대한 불쾌감의 표현은 아니었다. 가슴 아픈 일이지만 선생님은 자신에게 가까이 다가오려는 사람에게 자신에겐 가까이할 만큼의 가치가 없으니 그러지 말라고 경고했다. 선생님은 남을 경멸한 것이 아니라 우선 자신을 경멸했기 때문에 다른 사람의 애틋한 감정에 응하지 않았던 것이다.

나는 당연히 선생님을 찾아갈 생각을 하고 도쿄로 돌아왔다. 강의가 시작되기까지는 아직 2주일이 남아 있었기 때문에, 그동안 한번 가 보자고 생각했다. 그런데 돌아와서 이삼일 지나는 사이, 가마쿠라에 있었을 때의 기분이 점차 사라졌다. 그리고 그 위에 대도시의 공기가, 이전의 기억을 부활시키면서 강한 자극으로 내 마음을 짙게 물들였다. 나는 오가는 길에 학생들의 얼굴을 볼 때마다 새 학년에 대한 희망과 긴장감을 느꼈다. 그래서 얼마 동안 선생님을 잊어버리고 있었다.

강의가 시작된 지 한 달쯤 지나자 내 마음은 또다시 느슨해지기 시작했다. 나는 뭔가 불만스러운 얼굴로 거리를 배회하기 시작했다. 무언가를 갈구하는 사람처럼 내 방을 둘러보았다. 머릿속에는 또다시 선생님의 얼굴이 떠올랐다. 그러자 선생님을 다시 만나고 싶어졌다.

처음으로 선생님 댁을 방문했을 때, 그는 외출 중이었다. 두 번째로 간 것은 그다음 일요일로 기억한다. 맑게 갠 하늘이 몸속 깊숙이 스며들어 오는 것처럼 느껴지는 화창한 날이었다. 그날도 선생님은 안 계셨다. 가마쿠라에 있었을 때, 나는 선생님으로부터 대개는 언제나 집에 있다는 말을 들었다. 외출을 싫어한다는 말도 들었다. 두 번 갔다가 두 번 다 선생님을 만나지 못한 나는 그 말을 떠올리고 마음 한구석에 불만스러운 감정이 공연히 생겼다. 나는 현관에서 곧바로 물러서지 않았다. 하녀의 얼굴을 보면서 약간 주저하며 그냥 서 있었다. 그전에 갔을 때 명함을 받은 것을 기억한 하녀는 내게 기다리라고 말하고는 다시 안으로 들어갔다. 그러더니 사모님인 듯한 이가 대신 나왔다. 아름다운 사람이었다.

사모님은 선생님이 간 곳을 정중하게 가르쳐 주었다. 선생님은 매달 그날이면 꽃을 갖고 조시가야 묘지에 묻힌 어느 고인을 찾아가는 습관이 있다는 것이었다. "방금 나가셨는데, 10분이 채 안 된 것 같은데요." 하고 사모님은 안됐다는 듯 말했다. 나는 고개 숙여 인사하고 밖으로 나왔다. 번화가로 들어서서 한 구간 정도 걸어갔을 때, 산책 겸 조시가야에 가 보자는 생각이 들었다. 선생님을 만날 수 있지 않을까 하는 호기심도 발동했다. 그래서 다시 발길을 돌렸다.

*
5

묘지 바로 앞에 있는 묘목 밭 왼쪽으로 들어가 양쪽에 단풍나무가 심어진 넓은 길을 지나 안쪽으로 들어갔다. 그러자 길 끝에 있던 찻집 안쪽에서 선생님 같아 보이는 사람이 불쑥 나타났다. 나는 그 사람의 안경테가 햇빛에 반사될 거리까지 가까이 다가갔다. 그리고 무턱대고 "선생님." 하고 큰 소리로 불렀다. 선생님은 놀란 듯 멈춰 서더니 내 얼굴을 보았다.

"아니, 어떻게…… 어떻게……."

선생님은 같은 말을 반복했다. 고요한 대낮의 정적 속에서 선생님의 말이 허공을 울렸다. 나는 뭐라고 금방 응대할 수가 없었다.

"내 뒤를 쫓아온 겁니까? 왜지요……?"

선생님의 태도는 침착했다. 목소리는 오히려 가라앉아 있었다. 하지만 그 표정에는 꼭 집어 지적할 수 없는 어떤 그늘이 깔려 있었다.

나는 어떻게 해서 여기로 오게 되었는지 말했다.

"아내가 누구 무덤에 갔다고 이름을 말하던가요?"

"아뇨, 그런 말씀은 안 하셨습니다."

"그런가요……. 그렇겠죠, 그건 말할 리 없겠지요, 처음 만난 학생이니까. 말할 필요가 없는 일이니까."

선생님은 그제서야 안심한 표정이었다. 하지만 나는 그 말의 의미를 전혀 알 수 없었다.

선생님과 나는 길 쪽으로 나가기 위해 묘지 사이를 돌아 나왔다.

이사벨라 아무개의 묘, 혹은 하나님의 종복 로긴의 묘라고 쓰인 표지 옆에, 일체중생실불성(一切衆生悉佛性. 사람은 누구나 불성을 지니고 있다는 뜻-옮긴이)이라고 쓰인 팻말 같은 것이 세워져 있었다. 전권 공사 아무개라고 쓰인 것도 있었다. 나는 안득렬(安得烈)이라고 새겨진 작은 묘지 앞에서 "이건 뭐라고 읽습니까?"하고 선생님한테 물었다. "앙드레쯤으로 읽으라는 거겠지요." 하며 선생님은 쓴웃음을 지었다.

선생님은 이런 팻말들이 보여주는 여러 양식들에 대해 우스꽝스럽거나 아이러니한 느낌을 나만큼은 받지는 않는 것 같았다. 선생님은 내가 둥글거나 길쭉한 화강암 비석 같은 것을 가리키며 자꾸만 이런저런 말을 하고 싶어 하는 것을 처음엔 가만히 듣고 있었지만, 나중엔 "학생은 죽음에 대해서 아직 진지하게 생각해 본 일이 없군요." 하고 말했다. 나는 입을 다물었다. 선생님도 더 이상 아무 말도 하지 않았다.

묘지의 경계 부분에 커다란 은행나무 한 그루가 하늘을 뒤덮듯 서 있었다. 그 밑에 이르자 선생님은 높은 가지를 올려다보더니 "조금 더 있으면 아주 아름다워집니다. 이 나무가 완전히 노랗게 물들어 이 근방 땅바닥은 온통 황금빛 낙엽으로 뒤덮이게 되지요." 하고 말했다. 선생님은 한 달에 한 번씩은 꼭 이 나무 아래를 지난다고 했다.

저쪽에서 울퉁불퉁한 지면을 골라 새 묘지를 만들던 남자가 괭이를 든 손을 멈추고 우리를 보고 있었다. 우리는 왼쪽으로 꺾어 곧 바깥으로 나왔다.

특별히 목적지도 없었던 나는 선생님이 걷는 방향으로 그냥 걸어갔다. 선생님은 보통 때보다 말수가 적었다. 그래도 특별히 답답하지 않았기에 느릿느릿 함께 걸어갔다.

"곧바로 댁으로 가십니까?"

"네, 달리 들를 곳도 없으니까요."

우리는 잠자코 언덕 남쪽으로 내려갔다.

"선생님 댁 묘지는 아까 그곳에 있습니까?" 하고 내가 또 입을 열었다.

"아뇨."

그는 그 말 외에는 아무것도 대답하지 않았다. 나도 그 이야기는 더이상 하지 않았다. 그런데 한 구간 정도 걸어갔을 때, 선생님이 갑자기 그 이야기를 다시 꺼냈다.

"아까 그곳에는 내 친구의 묘지가 있습니다."

"친구분 묘지를 매달 찾아가시는 겁니까?"

"그렇습니다."

선생님은 그날은 더 이상 아무 말도 하지 않았다.

＊

6

그때부터 나는 가끔 선생님 댁을 방문했다. 갈 때마다 선생님은 집에 있었다. 선생님을 만나는 횟수가 늘어나면서 더더욱 자주 찾아가게 되었다.

하지만 선생님이 나를 대하는 태도는 처음 인사했을 때나 가까워진 후나 특별히 달라진 것이 없었다. 선생님은 언제나 말이 없었다. 어떤 때는 너무나 말이 없어 쓸쓸할 정도였다. 처음부터 나는 선생님을 가까이 다가가기 힘든 신비를 간직한 사람이라고 생각했다. 그러면서도 가까이 다가가지 않고는 견딜 수 없는 느낌이 마음속 어딘가에서 강하게 존재했다. 선생님에 대해 이런 느낌을 받는 건, 수많은 사람들 중 어쩌면나 혼자뿐인지도 몰랐다. 하지만 이런 직감이 옳았다는 것이후에 입증되었기 때문에, 내가 젊어서 그렇다고 말하든 어리석다고 놀리든 그것을 알아차렸던 나의 직감을 어쨌거나 미덥고 기쁘게 생각한다. 사람에 대한 사랑이 가능한 사람, 사랑하지 않고는 못 배기는 사람, 그러면서도 자신의 품에 들어오려는 사람을 팔 벌려 안아 주지 못하는 사람. 그가 바로 선생님이었다.

말했듯이 선생님은 항상 조용했다. 그리고 침착했다. 하지만 가끔 묘한 그늘이 얼굴을 스칠 때가 있었다. 창문에 검은새 그림자가 비치듯이. 아니, 비치는가 하면 금방 사라지기는했지만. 처음으로 선생님의 눈썹 사이에 그늘을 본 것은 조시가야 묘지에서 불쑥 그를 불렀을 때였다. 나는 그 예사롭지 않은 순간에, 이제껏 경쾌하게 흐르던 심장의 피가 한순간 멎는 느낌이었다. 하지만 그것은 단순히 한순간의 정지에 지나지 않았다. 내 마음은 5분도 안 되어 평상시의 탄력을 회복했다. 그때 이후, 어두워 보이던 그 구름의 그림자를 잊고 있었다. 생각지도 않게 그 일이 다시 생각난 것은 소춘(小春. 음력 10월. 봄처럼 따뜻한 가을을 가리킨다-옮긴이)도 거의 다 지난 어느 날 저녁의 일이었다.

선생님과 이야기를 나누다가 나는 문득 선생님이 굳이 주의를 환기시켜 주었던 커다란 은행나무를 눈앞에 떠올렸다. 따져 보니 선생님이 매달 묘지를 찾아가는 날이 그날로부터 사흘 후였었다. 그 사흘 후는 학교 수업이 오전에 끝나는 날이라 마음이 편한 날이었다. 선생님을 향해 이렇게 말했다.

"선생님, 조시가야 묘지의 은행나무는 잎이 벌써 다 떨어져 버렸을까요?"

"아직 다 떨어지지는 않았겠지요."

선생님은 그렇게 말하면서 내 얼굴을 바라보았다. 그러고는 얼마 동안 내 얼굴에서 눈을 떼지 않았다. 나는 이어서 말했다.

"이번에 성묘 가실 때는 저도 함께 가도 될까요? 선생님과 함께 그 부근을 산책해 보고 싶습니다."

"성묘하러 가는 거지, 산책하러 가는 게 아닙니다."

"하지만 가는 김에 산책도 하시면 좋지 않습니까?"

선생님은 아무 말도 하지 않았다. 얼마 지나 "내가 거기에 가는 건 성묘만 하러 가는 거라서요."하며 끝까지 성묘와 산책을 따로 생각하고 싶어 하는 듯했다. 나와 같이 가고 싶지 않아서 핑계를 대는 건지 몰라도, 내게는 그때의 선생님이 어린애처럼 이상하게 여겨졌다. 그래서 더 적극적으로 나서 볼 생각이 들었다.

"그럼 성묘라도 좋으니까 함께 데려가 주십시오. 저도 성묘를 할 테니까요."

사실 나한테는 성묘든 산책이든 상관없었다. 그러자 선생님의 표정이 약간 흐려졌다. 눈은 예사롭지 않은 빛을 띠었다. 번거로움이라거나 혐오라거나 두려움이라는 이름으로 간단히 치부해 버릴 수 없는 어렴풋한 불안 같은 것이었다.

불현듯 조시가야에서 "선생님." 하고 불렀을 때의 기억이 강렬하게 떠올랐다. 두 표정은 완전히 같은 것이었다.

"나는…… 나는 학생에게 말할 수 없는 이유가 있어서, 다른 사람과 함께 그곳에 성묘하러 가고 싶지는 않습니다. 아내도 아직 데려간 적이 없습니다."

7

　나는 이상하다고 생각했다. 하지만 선생님을 탐색하려고 선생님 댁에 드나드는 것은 아니었다. 나는 더 말하지 않고 지나갔다. 이제 와 생각하면 그때의 내 태도는 나의 방식 중에서도 오히려 가장 소중히 여겨야 할 부분 가운데 하나였다. 바로 그 때문에 선생님과 인간미 넘치는 따뜻한 교제가 가능했다고 생각한다. 만약 나의 호기심이 선생님을 조금이라도 연구 대상처럼 대했다면 우리를 이어 주는 호감의 끈은 그때 가차 없이 뚝 끊어져 버렸을 것이다. 젊은 나는 그런 내 태도를 전혀 의식하지 못하고 있었다. 그렇기 때문에 값진 것이라 할 수 있을지도 모르지만, 만약 잘못 반대로 행동했다면 우리 사이에 어떤 결과가 기다리고 있었을까? 상상만 해도 소름이 끼친다. 선생님은 그런 일이 아니더라도 차가운 눈으로 연구 대상시 되는 것을 두려워하고 있었으니까.

　나는 한 달에 두세 번씩 꼭 선생님 댁을 방문하게 되었다. 발길이 점점 더 빈번하게 선생님 댁을 향하게 되었을 무렵, 어느 날, 선생님은 갑자기 나에게 물었다.

　"학생은 왜 그렇게 자주 나 같은 사람 집에 오는 거지요?"

"왜냐고 하시지만, 그렇게 특별한 의미가 있는 건 아닙니다. 방해되십니까?"

"방해된다는 말은 아닙니다."

그 말 그대로, 선생님에게 귀찮다는 기색은 전혀 찾아볼 수 없었다. 나는 선생님의 교제 범위가 매우 좁다는 것을 알았다.

그 무렵 선생님의 동창생 가운데 도쿄에 사는 사람은 두세 사람밖에 없다는 것도 알고 있었다. 선생님과 고향이 같은 학생들하고 객실에서 동석하는 경우도 가끔 있었지만, 그들 중 누구도 나만큼 선생님에게 친밀감을 느끼는 것 같지는 않았다.

"나는 외로운 사람입니다. 그러니까 학생이 와 주는 걸 기쁘게 생각하고 있습니다. 그래서 왜 그렇게 자주 오는 거냐고 물은 겁니다."

"그건 또 무슨 말씀이신가요?"

이렇게 묻자, 선생님은 아무 말도 하지 않았다. 다만 내 얼굴을 보며 "학생은 몇 살이지요?" 하고 물었다.

이 문답은 도무지 요령부득이었지만, 더 추궁하지 않고 돌아왔다. 그러고도 또 나흘도 되지 않아 다시 선생님을 찾아갔다. 선생님은 객실로 나오자마자 웃었다.

"또 왔군요."

"네, 왔습니다." 하고 나도 웃었다.

다른 사람한테서 그런 말을 들었다면 분명히 기분이 나빴을 것이다. 하지만 선생님이 그렇게 말했을 때는 정반대였다. 기분 나쁘기는커녕 오히려 즐거웠다. "나는 외로운 사람입니다." 하고 선생님은 그날 밤 또다시 전에 한 말을 되풀이했다. "나는 외로운 사람이지만, 어쩌면 학생도 외로운 사람인 건 아닙니까? 나는 외로워도 나이를 먹은지라 가만히 있을 수 있지만, 학생은 젊으니까 그러고 있을 수 없는 거겠지요. 움직일 수 있을 만큼은 움직이고 싶은 거겠지요. 움직여서 무언가에 부딪쳐 보고 싶은 거겠지요."

"저는 전혀 외롭지 않습니다."

"젊을 때만큼 외로움을 탈 때는 없지요. 그게 아니라면 학생은 왜 그렇게 자주 우리 집에 오는 겁니까?"

여기에서도 또다시 며칠 전의 말이 선생님 입에서 되풀이되었다.

"학생은 아마 나를 만나도 여전히 마음 한구석에서 외로움을 느끼는 것이겠지요. 나한테는 학생을 위해 그 외로움을 근본적으로 씻어 줄 만큼의 힘이 없으니까요. 학생은 조금만 더 있으면 바깥세상을 향해 손을 내밀지 않으면 안 될 겁니다. 얼마 안 가서 우리 집으로는 발길이 향하지 않을 겁니다."

선생님은 이렇게 말하며 쓸쓸히 웃었다.

　다행히 선생님의 예언은 실현되지 않았다. 경험이 부족했던 당시의 나는 예언에 내포된 명백한 뜻조차 이해할 수 없었다. 여전히 선생님을 만나러 갔다. 어느새 나는 선생님 댁에서 식사를 하고 있었다. 그러다 보니 사모님과도 이야기를 하지 않으면 안 되었다.

　보통 사람과 비교해, 내가 여자에게 관심이 없는 편은 아니었다. 하지만 그 무렵은 아직 어렸기 때문에 이성과 교제다운 교제를 한 적이 없었다. 그것이 원인인지 아닌지는 몰라도, 내 관심은 길에서 스치는 알지도 못하는 여자들을 향해 쏠릴 뿐이었다. 사모님한테서는 이전에 현관에서 만났을 때 아름답다는 인상을 받았다. 이후 만날 때마다 같은 인상을 받지 않은 적이 없었다. 하지만 그 외에는 사모님에 대해 특별히 이렇다 할 점은 없다고 생각했다.

　그건 사모님에게 특색이 없어서라기보다 특색을 보일 기회가 없었다고 해석하는 편이 옳을지도 모른다. 하지만 나는 늘 선생님한테 속한 일부분처럼 사모님을 대하고 있었다. 사모님도 남편을 찾아오는 학생에 대한 호의로 나를 대해 준 듯

하다. 그렇기에 선생님이 없었다면 나와 사모님은 곧바로 아무 상관없는 사람들이었다. 그래서 처음 알았을 무렵의 사모님에 대해서는 그냥 아름답다는 느낌 이외엔 아무런 느낌도 남아 있지 않았다.

어느 날 선생님 댁에서 술을 마실 상황이 되었다. 그때 사모님이 옆에서 술 시중을 들어 주었다. 선생님은 평소보다 기분이 좋아 보였다. 사모님을 향해서 "당신도 한잔하지." 하며 자신이 비운 잔을 내밀었다. 사모님은 "전……." 하며 사양하려다가 난처한 듯 잔을 받아 들었다. 그리고 아름다운 눈썹을 찡그리며, 반 정도 따른 잔을 입으로 가져갔다. 그리고 사모님과 선생님 사이에 이런 대화가 오갔다.

"별일이 다 있네요. 나한테 마시라고 한 적은 웬만해선 없었는데."

"당신이 싫어하니까 그랬지. 하지만 가끔씩은 마셔 보라고. 기분이 좋아질 테니까."

"전혀 좋아지지 않는데요. 괴로울 뿐이에요. 하지만 당신은 아주 기분이 좋아 보여요, 술을 좀 마시면."

"가끔은 아주 기분이 좋아지지. 하지만 늘 그런 건 아니야."

"오늘 밤은 어때요?"

"오늘 밤은 기분 좋은데."

"앞으로 매일 조금씩 마시면 좋겠어요."

"그럴 수는 없지."

"마셔요. 그 편이 쓸쓸하지 않아서 좋으니까요."

선생님 댁에는 부부 두 사람과 하녀밖에 없었다. 갈 때마다 대개는 쥐 죽은 듯 고요했다. 높은 웃음소리 같은 것은 들어 본 적이 없었다. 어떤 때는 집 안에 있는 사람이라곤 선생님과 나뿐인 것 같은 느낌이 들었다.

"아이라도 있었으면 좋을 텐데 말이에요." 하고 사모님은 나를 보며 말했다. 나는 "그렇군요." 하고 대답했다. 하지만 가슴속에는 전혀 동정심이 일지 않았다. 아이를 가져 본 적이 없었던 나는 아이를 그저 귀찮은 존재로만 생각했다.

"하나 데려다 키우게 해 줄까?" 하고 선생님이 말했다.

"얻어 온 아이는 좀 그렇죠?" 하고 사모님은 또 나를 향해 말했다.

"아이는 시간이 지난다 해도 생길 리가 없어." 하고 선생님이 말했다.

사모님은 아무 말이 없었다. "왜죠?" 하고 내가 대신 묻자 선생님은 "천벌이니까요."라며 큰 소리로 웃었다.

*

9

　내가 아는 한도 내에서는, 선생님과 사모님은 아주 사이좋은 한 쌍의 부부였다. 가정을 이루고 살아 본 적이 없었기 때문에 깊은 속사정은 물론 알 수 없었지만, 객실에서 나와 마주 앉아 있을 때, 선생님은 무슨 일이 있으면 하녀를 부르지 않고 사모님을 부를 때가 있었다. 사모님의 이름은 시즈라고 했다. 선생님은 "어이, 시즈." 하며 늘 장지문 쪽을 돌아보았다. 부르는 말투가 내 귀에는 다정하게 들렸다. 대답을 하며 나오는 사모님의 모습도 아주 다소곳했다. 가끔 식사 대접을 받을 때, 사모님이 그 자리에 나타나는 경우에는 이 관계가 한층 더 분명히 두 사람 사이에 드러나는 듯했다.

　선생님은 가끔 사모님을 데리고 음악회나 연극을 보러 갔다. 그리고 내 기억에 부부가 함께 일주일 이하의 여행을 한 적도 두세 번 이상은 되었다. 나는 하코네에서 날아온 그림엽서를 아직 갖고 있다. 닛코에 갔을 때는 단풍잎을 한 장 넣은 편지도 받았다.

　당시의 내 눈에 비친 선생님과 사모님 사이는 우선은 이런 것이었다. 그런데 단 한 번 예외가 있었다. 어느 날 내가 평소처럼 선생님 댁 현관에서 안내를 부탁하려는데, 객실 쪽에서 누군가의 목소리가 들렸다. 귀 기울여 들어 보니 보통 대화가 아니라 아무래도 말다툼 소리 같았다. 선생님 댁은 현관 바로 다음 방이 객실이어서, 현관문 앞에 서 있던 내가 듣기에도 대화가 싸움 투라는 것만은 대충 알 수 있었다. 그리고 그중 한 사람이 선생님이라는 것도, 가끔 높아지는 남자의 목소리로 알 수 있었다. 상대는 선생님보다도 낮은 목소리여서 누구인지 명확히 알 수는 없었지만, 사모님 같다고 생각했다. 울고 있는 것 같기도 했다. 어떻게 할지 망설이다가 곧 마음을 결정하고 그냥 하숙으로 돌아왔다.

묘하게 불안한 기분이 나를 엄습했다. 책을 읽어도 내용이 머릿속에 들어오지 않았다. 한 시간 정도 지났을 때, 선생님이 창문 아래쪽에서 내 이름을 불렀다. 나는 놀라 창문을 열었다. 선생님은 나를 올려다보며 산책을 하자고 했다. 허리띠 사이에 넣어 두었던 시계를 꺼내 보니 벌써 8시였다. 나는 아직 외출복을 갈아입지 않아 하카마(기모노 위에 입는 주름 잡힌 하의-옮긴이)를 입은 채였다. 그 차림 그대로 바로 밖으로 나갔다.

그날 밤 나는 선생님과 함께 맥주를 마셨다. 선생님은 원래 술을 많이 마시지 않는 편이었다. 어느 정도 마시고도 취하지 않을 때 취하도록 마시는 식의 모험은 하지 못하는 사람이었다.

"오늘은 안 되는군요." 하며 선생님은 쓴웃음을 지었다.

"기분이 좋아지지 않으세요?" 하고 동정하듯 물었다.

나는 시종 아까의 일이 마음에 걸렸다. 생선 가시가 목구멍에 걸렸을 때처럼 고통스러웠다. 털어놓을까 생각하다가 안하는 편이 좋을 거라고 마음을 고쳐먹는, 그런 마음속 동요가 나를 차분하게 놔두지 않았다.

"오늘 좀 이상하군요. 실은 나도 오늘 좀 이상합니다. 느껴지나요?" 하고 선생님 쪽이 먼저 말했다. 나는 아무런 대답도 할 수 없었다.

"실은 아까 아내와 좀 싸웠지요. 그래서 조금 신경이 곤두서 있는 상태입니다." 하고 선생님은 또 말했다.

"왜……요?"

나는 싸움이라는 말이 입에서 나오지 않았다.

"아내가 나를 오해하는군요. 오해라고 해도 들으려 하지 않아요. 그래서 나도 모르게 화를 내고 말았지요."

"어떤 식으로 선생님을 오해하시는데요?"

선생님은 이 물음에 대답하려고 하지는 않았다.

"내가, 아내가 생각하는 그런 사람이라면 이토록 고통스럽지는 않을 겁니다."

선생님이 어느 정도 고통받고 있는지는 나 역시 상상 가능한 문제가 아니었다.

*

10

돌아올 때는, 한 블럭 또 한 블럭 걷는 내내 침묵이 이어졌다. 그러다 돌연 선생님이 입을 열었다.

"내가 잘못한 것 같군요. 화를 내고 집을 나왔기 때문에 아내가 꽤나 걱정할 겁니다. 생각해 보면 여자는 불쌍하지요. 아내 경우, 나 말고는 의지할 곳이 전혀 없으니까요."

선생님의 말은 거기서 잠시 끊겼지만, 특별히 대답을 기대하는 것 같지도 않은 것처럼 바로 이야기를 이어 나갔다.

"그렇게 말하면 내 쪽이 꽤나 강한 것처럼 들리니 좀 우습지만. 내가 어떻게 비칩니까? 강한 사람으로 보입니까, 약한 사람으로 보입니까?"

"중간 정도로 보입니다." 하고 나는 대답했다. 이 대답이 선생님에게 조금 의외인 듯했다. 선생님은 더 말하지 않고 묵묵히 걷기 시작했다.

선생님 자택으로 돌아가려면 나의 하숙 바로 옆을 지나야 했다. 그 위치까지 와서 길 모퉁이에서 그냥 헤어지는 것이 미안하다는 느낌이 들었다.

"여기까지 온 김에 댁까지 바래다 드릴까요?" 나는 말했다. 선생님은 즉시 손으로 나를 제지했다.

"이미 늦은 시간이니 어서 돌아가요. 나도 바로 돌아갈 거니까, 아내를 위해서."

선생님이 마지막에 덧붙인 '아내를 위해서'라는 말이 가슴을 묘하게 따뜻한 느낌으로 채웠다. 나는 돌아가서도 그 말 덕분에 안심하고 잠들 수 있었다. 이후로도 오랫동안 '아내를 위해서'라는 그 말을 잊지 않았다.

선생님과 사모님 사이에 일어난 문제가 대단한 것이 아니라는 것은 그것으로 알 수 있었다. 또한 그런 일이 좀처럼 생기지 않는 일이라는 것도, 그 후에도 끊임없이 드나들었던 나로서는 대충 알 수 있는 일이었다. 오히려 선생님은 어느 날 나에게 이런 이야기까지 털어놓았다.

"나는 세상에서 여자라고는 단 한 사람밖에 모릅니다. 아내 이외의 여자는 거의 여자로 보이지 않는 거지요. 아내 역시 나를 세상에 단 한 사람밖에 없는 남자로 여겨 주고 있습니다. 그런 의미로 말하자면 우리는 누구보다 행복해야 맞는 한 쌍이지요."

지금은 앞뒤의 맥락을 잊어버렸기 때문에 선생님이 왜 이런 고백을 나한테 했는지 명확히 말할 수 없다. 하지만 선생님의 태도가 진지했다는 것과 우울한 어조였다는 것만은 지금까지 기억에 남아 있다. 다만 그때 심상치 않게 들린 말은 '가장 행복해야 할 한 쌍'이라고 했던 마지막 마디였다. 선생님은 왜 행복한 한 쌍이라고 잘라 말하지 않고 행복해야 맞는 한 쌍이라고 한정했을까? 나로서는 그것만 이상했다. 특히 알 수 없는 힘이 들어가 있던 선생님의 말투가 이상했다. 선생님은 과연 행복한 걸까? 아니면 행복해야 맞는데 그다지 행복하지 않은 걸까? 의심하지 않을 수 없었다. 하지만 의구심은 한때에 지나지 않았고 곧 어디론가 사라져 버렸다.

그러다가 선생님이 외출한 사이에 사모님과 둘이 마주 앉아 이야기할 기회가 있었다. 선생님은 그날 요코하마에서 출발하는 기선을 타고 외국으로 떠나는 친구를 배웅하러 나가고 없었다. 나는 어떤 책에 대해 선생님한테 물어볼 것이 있어서 선생님이 미리 말한 약속 시각인 9시에 방문했다. 선생님이 심바시(요코하마로 나가는 전차가 출발하던 곳-옮긴이)에 가게 된 것은 그 전날 일부러 작별 인사를 하러 온 친구에 대한 예의를 갖추기 위해, 당일 갑자기 생긴 일이었다. 선생님은 금방 돌아올 테니 자기가 없어도 기다리라는 전언을 남겨 두었다. 그래서 기다리는 동안 손님방으로 들어가 사모님과 이야기를 나누었다.

*

11

그때 나는 이미 대학생이 되어 있었다. 처음으로 선생님 댁을 방문했을 무렵에 비하면 훨씬 어른이 된 기분이었다. 사모님과도 꽤 친해진 뒤였다. 사모님을 전혀 껄끄럽게 느끼지 않았다. 그래서 마주 앉아서 여러 이야기를 했다. 하지만 이렇다 할 내용이 없는 보통 이야기였기 때문에 지금은 전혀 생각나지 않는다. 그중 단 한 가지, 머릿속에 남은 내용이 있다. 하지만 그것을 이야기하기 전에 미리 말해 두어야 할 것이 있다.

선생님은 학사(여기서는 도쿄제국대학의 학사. 당시로서는 최고의 엘리트였다-옮긴이) 출신이었다. 그건 나도 처음부터 알고 있는 일이었다. 하지만 선생님이 아무 일도 하지 않고 놀고 있다는 것은 도쿄로 돌아와 시간이 좀 지났을 때 처음 알았다. 나는 그때 어떻게 놀고 있을 수 있을까 하고 의아스럽게 생각했다.

선생님은 세상에 이름이 전혀 알려지지 않은 사람이었다.

그렇기 때문에 선생님의 학문이나 사상에 대해서는 선생님과 밀접한 관계를 맺고 있는 나 외에는 경의를 표해 줄 사람이 있을 리 없었다. 나는 늘 그 사실을 아까운 일이라고 생각하고 있었다. 선생님은 "나 같은 사람이 세상에 나가 활동하는 것은 죄스러운 일."이라고 말할 뿐, 그런 나를 상대하지 않았다. 나에게는 그 대답이 겸손을 넘어서 세상을 냉담하게 평하는 말로 들렸다. 실제로 선생님은 가끔 옛 동급생 중에 지금은 유명 인사가 된 사람을 구체적으로 들어 가차 없이 비판할 때도 있었다. 그래서 나는 노골적으로 그 모순에 대해 언급해 보았다. 반항이라기보다 세상이 선생님의 존재를 모르고 있다는 사실이 유감스러웠기 때문이었다. 그때 선생님은 침울한 어조로 "어쨌거나 나는 세상을 향해 나설 자격이 없는 사람이기 때문에 어쩔 수 없습니다." 하고 말했다. 그의 얼굴은 깊은 고뇌의 표정을 눈에 띄게 드러내고 있었다. 그것이 불평인지 비애인지 알 수 없었지만, 어쨌거나 다음 말을 이을 수 없을 만큼 강한 표정이어서 더 이상 뭐라 할 용기가 나지 않았다.

사모님과 이야기하다 보니 화제가 자연히 그 얘기로 옮아갔다.

"선생님은 왜 그런 식으로 집에서만 공부하시고, 세상 사람들 속에서 일하지 않으시는 겁니까?"

"할 수가 없답니다. 그런 걸 싫어하니까요."

"말하자면 그럴 가치가 없다고 깨달으신 걸까요?"

"깨달았다기보다…… 난 여자라 잘 모르지만, 아마도 그런 게 아닐 겁니다. 역시 뭔가 일을 하고 싶겠지요. 그러면서도 하지 못하는 거지요. 그래서 딱하고요."

"하지만 선생님은 건강 상태가 나쁘신 것도 아니잖습니까."

"건강이야 좋으시지요. 지병 같은 건 없으니까요."

"그런데 왜 활동을 못 하시는 겁니까?"

"그걸 알 수가 없답니다. 그걸 알면 나도 이렇게까지 걱정하진 않지요. 모르기 때문에 안타깝답니다."

사모님의 말에는 동정의 빛이 강하게 스며 있었다. 그러면서도 미소를 띠었다. 표면적으로는 내 쪽이 오히려 진지했다. 나는 편치 않은 얼굴로 침묵했다. 그러자 사모님이 갑자기 생각났다는 듯 입을 열었다.

"젊을 땐 그런 사람이 아니었어요. 그때는 전혀 달랐지요. 그런 사람이 완전히 달라져 버린 거랍니다."

"젊을 때라니 언제 일입니까?" 하고 내가 물었다.

"학창 시절이지요."

"학창 시절부터 선생님을 알고 계셨습니까?"

사모님의 얼굴은 금세 엷은 분홍빛으로 물들었다.

12

사모님은 도쿄 사람이었다. 그건 선생님과 사모님에게 진작부터 들어서 알고 있었다. 사모님은 "사실을 말하자면 혼혈아예요."라고 말했다. 사모님의 부친은 돗토리인가 출신이고 어머니는 도쿄가 아직 에도라고 불릴 무렵 이치가야(도쿄의 중심 지역-옮긴이)에서 태어났기 때문에, 농담조로 그렇게 말한 것이었다. 그런데 선생님은 위치가 전혀 다른 니가타 사람이었다. 사모님이 선생님의 학창 시절을 알고 있는 거라면 고향이 같거나 한 것이 아닌 게 분명했다. 하지만 얼굴이 약간 빨개진 사모님은 더 이상 이야기하고 싶어 하지 않는 모습이었기에 더 깊이 묻지는 않았다. 선생님을 알게 된 이후 돌아가시기 전 까지 나는 꽤 여러 가지 문제에 관해 선생님의 사상이나 감정을 접해 왔지만, 결혼 당시 상황에 대해서는 거의 아무것도 듣지 못했다. 어떤 때는 그 점을 긍정적으로 해석해 보기도 했다. 선생님은 나이가 든 분이니 연애 이야기 같은 것을 젊은이에게 들려주는 것을 일부러 피하는 거라고 생각했다. 어떤 때는 반대로 부정적으로 해석하기도 했다. 선생님이나 사모님 두 사람 모두 나에 비하면 한 세대 전의 구습이 남아 있는 시대에 자랐기 때문에 사랑 문제에는 솔직하게 자신을 내보일 용기가 없는 거라고 생각했다. 하지만 양쪽 다 추측에 지나지 않았다. 그러나 어느 쪽이건 나는 두 사람이 결혼하게 된 과정에 화려한 낭만을 상상해 두고 있었다.

내 상상은 과연 틀린 것은 아니었다. 하지만 연애의 한쪽 면만을 상상한 데 지나지 않았다. 선생님의 아름다운 연애의 뒤편에는 무서운 비극이 존재했다. 그리고 그 비극이 선생님에게 얼마만큼 잔인한 것이었는지 상대방인 사모님은 전혀 모르는 상태였다. 사모님은 지금도 그것을 모르고 있다. 선생님은 그 일을 사모님한테 감춘 채로 돌아가셨다. 사모님의 행복을 파괴하기 전에 자신의 생명을 먼저 파괴하고 말았다.

나는 그 비극에 대해 지금은 아무것도 말하지 않겠다. 그 비극 때문에 탄생되었다고 할 수 있는 두 사람의 연애는 앞서 말한 대로였다. 두 사람 다 나에게는 거의 아무것도 말해 주지 않았다. 사모님은 진중함 때문에, 선생님은 또 그 이상의 깊은 이유 때문에.

다만 기억에 남아 있는 일이 한 가지 있다. 언젠가 꽃이 필 무렵 나는 선생님과 함께 우에노(도쿄의 지명. 공원 안에 벚꽃이 많아 꽃놀이의 명소로 알려져 있다-옮긴이)에 갔다. 그리고 그곳에서 아름다운 남녀 한 쌍을 보았다. 그들은 다정하게 서로 기대듯 붙어 서서 꽃을 매단 나무 아래를 걷고 있었다. 장소가 장소였던 만큼 꽃보다 그들을 향해 눈길을 주는 사람이 많이 있었다.

"신혼부부 같군요."

"사이가 좋아 보이는데요." 하고 내가 말했다.

선생님은 쓴웃음조차 지어 보이려 하지 않았다. 두 남녀를 시야에서 제외시키기라도 하려는 듯 다른 쪽 방향으로 발길을 돌렸다. 그러고 나서 내게 이렇게 물었다.

"누군가를 사랑한 적이 있습니까?"

나는 없다고 대답했다.

"사랑을 해 보고 싶진 않습니까?"

대답하지 않았다.

"하고 싶지 않을 리가 없겠지요."

"네."

"방금 저 남녀를 놀리듯 말했지요. 그 말 안에는 사랑을 원하는데 상대가 없다는 불쾌감이 섞여 있었을 겁니다."

"그렇게 들렸습니까?"

"들렸지요. 사랑이 가져다주는 만족을 맛보고 있는 사람은 좀 더 따뜻하게 말하는 법입니다. 하지만…… 하지만 말입니다, 사랑은 죄악입니다. 그걸 압니까?"

그 말은 나를 깜짝 놀라게 하는 말이었다. 아무 말도 하지 않았다.

*

13

우리는 수많은 사람들 속에 있었다. 사람들은 모두 기쁜 듯한 얼굴을 하고 있었다. 그곳을 빠져나와 사람도 꽃도 보이지 않는 숲 속으로 올 때까지는 같은 문제에 대해 이야기할 기회가 없었다.

"사랑은 죄악입니까?" 하고 나는 느닷없이 물었다.

"죄악입니다, 분명." 선생님의 어조는 앞서와 마찬가지로 자못 단호했다.

"왜지요?"

"왜인지 이제 곧 알게 될 겁니다. 곧이 아니라 이미 알고 있을 겁니다. 당신의 마음은 이미 오래전부터 사랑에 의해 움직이고 있지 않습니까?"

나는 일단 가슴속을 점검해 보았다. 하지만 그곳은 의외로 비어 있었다. 짚이는 일은 아무것도 없었다.

"제 가슴속에는 이렇다 할 대상이 아무도 없습니다. 선생님께 뭔가를 감출 생각은 없는데요."

"대상이 없으니까 움직이는 겁니다. 있으면 안정될 수 있을 거라는 생각에 움직이고 싶어 하는 겁니다."

"현재는 그렇게 움직이고 있지 않습니다."

"뭔가가 부족했기 때문에 나한테 오지 않았습니까?"

"그건 그럴지도 모릅니다. 하지만 그건 사랑과는 다릅니다."

"그것이 바로 사랑으로 나아가는 단계입니다. 이성과 하는 포옹의 전 단계로서 먼저 동성인 나한테 온 것입니다."

"저로서는 두 가지가 전혀 성질이 다른 것이라고 생각되는데요."

"아니, 같습니다. 나는 남자이기 때문에 아무리 해도 당신을 만족시켜 줄 수 없습니다. 그리고 어떤 특별한 사정이 있어서 더더욱 만족시켜 주지 못합니다. 사실 안타깝게 여기는 마음이 있습니다. 나에게서 멀어져 다른 곳으로 가는 건 어쩔 수 없는 일이지요. 오히려 그걸 바라고 있습니다. 하지만……."

나는 이상하게 슬퍼졌다.

"제가 선생님을 떠나갈 거라고 생각하신다면 어쩔 수 없지만, 저는 그런 생각을 해 본 적이 아직 없습니다."

선생님은 내 말에 귀를 기울이지 않았다.

"하지만 조심해야 합니다. 사랑은 죄악이니까요. 나한테서는 만족감을 얻을 수 없겠지만 그 대신 위험도 없지요……. 당신은 길고 검은 머리칼로 묶였을 때의 심정을 압니까?"

상상의 세계라면 알고 있었다. 하지만 현실로는 알지 못했다. 어느 쪽이든 선생님이 말하는 죄악의 뜻은 모호한 채로 잘 이해되지 않았다. 그런 데다 나는 약간 불쾌한 생각이 들기 시작했다.

"선생님, 죄악이라고 하시는 게 무슨 뜻인지 분명히 말씀해 주십시오. 아니면 이 문제를 더이상 말씀하지 말아 주세요. 죄악이라는 말뜻을 제가 정확하게 이해할 수 있을 때까지요."

"내가 잘못했나 보군요. 나는 당신에게 진실을 말하고 있다고 생각했습니다. 그런데 실제로는 당신을 답답하게 만들었군요. 내가 잘못했습니다."

선생님과 나는 박물관 뒤쪽을 지나 우구이스다니 쪽으로 천천히 걸어갔다. 울타리 틈으로 넓은 정원 한켠에 울창하게 우거진 얼룩조릿대 나무가 고즈넉한 분위기를 자아내고 있었다.

"내가 왜 매달 조시가야 묘지에 묻혀 있는 친구의 무덤을 찾아가는지 압니까?"

너무 갑작스러운 질문이었다. 게다가 선생님은 내가 이 질문에 대답하지 못할 거라는 것도 잘 알고 있었다. 나는 한동안 대답을 하지 않았다. 그러자 선생님은 처음으로 생각났다는 듯이 이렇게 말했다.

"또 실수를 했군요. 답답하게 만드는 게 잘못된 일인 것 같아서 설명을 하려고 하면 그 설명이 또 당신을 답답하게 만드는 결과가 되어 버리는군요. 하지만 할 수 없습니다. 이 문제는 그만 끝냅시다. 어쨌거나 사랑은 죄악입니다. 알겠습니까? 그리고 신성한 것입니다."

나는 선생님의 이야기가 점점 더 이해되지 않았다. 하지만 선생님은 더 이상 사랑이라는 말을 입에 올리지 않았다.

＊

14

그때 나는 아직 어렸기 때문에, 마음에 든 상대에게 너무 쉽게 빠지는 경향이 있었다. 적어도 선생님 눈에는 그렇게 비쳤던 것 같다. 나한테는 학교 강의보다도 선생님 이야기 쪽이 유익했다. 학교 교수의 의견보다도 선생님의 사상 쪽이 더 가치 있다고 느꼈던 것이다. 결론을 말하자면, 강단에 서서 나를 지도해 주는 지위 있는 사람들보다도 그저 고독을 지키며 많은 것을 말하지 않는 선생님 쪽이 훌륭해 보였다.

"나에게 너무 빠지면 안 됩니다."

"냉정하게 생각해 봐도 그런걸요." 하고 대답했을 때 내게 는 충분한 확신이 서 있었다.

선생님은 그러한 내 확신을 받아들여 주지 않았다.

"당신은 열에 들떠 있습니다. 열이 식으면 싫어질 겁니다. 당신이 나를 지금 그렇게까지 생각해 주는 것이 고통스럽군 요. 앞으로 당신한테 일어날 변화를 생각하면 더 고통스러워 집니다."

"저를 그렇게까지 가벼운 사람으로 생각하십니까? 그렇게 까지 믿을 수 없으십니까?"

"안타깝게 생각하는 거지요."

"안타깝기는 하지만 믿을 수는 없단 말씀이십니까?"

선생님은 지쳤다는 듯 정원 쪽을 바라보았다. 얼마 전까지 묵직해 보일 만큼 붉고 강렬한 빛깔로 정원을 물들이던 동백 꽃은 이젠 전혀 보이지 않았다. 선생님은 곧잘 거실에서 동백 꽃을 바라보곤 했다.

"특별히 당신을 믿지 않는 게 아닙니다. 인간 전부를 믿지 않습니다."

그때 울타리 저편에서 금붕어 장수의 목소리가 들렸다. 그 외에는 아무 소리도 들려오지 않았다. 큰길에서 두 블럭 안으로 나 있는 골목길은 의외로 조용했다. 집 안은 언제나처럼 쥐 죽은 듯 고요했다. 나는 옆방에 사모님이 있다는 걸 알고 있었다. 묵묵히 바느질하고 있을 사모님 귀에 내 목소리가 들린다는 것도 알았다. 하지만 나는 그 사실을 완전히 잊어버렸다.

"그럼, 사모님도 안 믿으십니까?" 하고 선생님에게 물었다.

선생님은 약간 불안한 표정을 지었다. 그리고 즉답을 회피했다.

"나는 나 자신조차 믿지 못하고 있습니다. 말하자면 자신을 믿지 못하기 때문에 다른 사람도 믿을 수 없게 되어 버린 겁니다. 자신을 저주하는 수밖에 다른 도리가 없는 거지요."

"그렇게 어렵게 생각하시면, 세상에 믿을 수 있는 사람은 하나도 없습니다."

"아뇨, 생각한 게 아닙니다. 실제로 신뢰가 결여된 행위를 했습니다. 해 버리고 나서 놀란 겁니다. 그러고 나서 두려워진 겁니다."

나는 이 문제에 대해 좀 더 이야기하고 싶었다. 그런데 장지문 뒤에서 "여보, 여보." 하고 부르는 사모님 목소리가 두 번 들렸다. 선생님은 두 번째 소리에 "왜 그래?" 하고 대답했다. 사모님은 "잠깐만요." 하며 선생님을 옆방으로 불렀다. 두 사람 사이에 무슨 용무가 생겼는지는 알 수 없었다. 그런 것을 상상할 여유가 없을 만큼, 선생님은 바로 거실로 돌아왔다.

"어쨌든 나를 너무 믿으면 안 됩니다. 얼마 안 가서 후회할 테니까요. 그리고 속은 대가로 잔인하게 복수하게 될 테니까요."

"그건 또 무슨 뜻입니까?"

"전에 그 사람 앞에 무릎을 꿇었다는 기억이 이번에는 그 사람의 머리 위에 발을 올려놓으라고 시키는 겁니다. 훗날에 모욕당하지 않기 위해 지금 존경을 거부하고 싶은 겁니다. 나는 지금 이상으로 외로울 훗날의 나를 견디기보다 외로운 지금의 나를 견뎌 내고 싶은 겁니다. 자유와 자립과 자아가 넘치는 현대를 살아가는 현대인들은 모두 그 대가로 이 고독을 맛보지 않으면 안 될 겁니다."

나는 그런 각오를 한 선생님에게 건넬 수 있는 말을 찾지 못했다.

*

15

그 이후로 나는 사모님의 얼굴을 볼 때마다 신경이 쓰였다. 선생님은 사모님에게도 늘 이런 태도로 대하는 걸까? 사모님은 그걸로 만족하는 걸까?

사모님의 모습만 봐서는 만족인지 불만족인지 알 수 없었다. 그렇게까지 가까이에서 사모님을 대할 기회가 없었기에. 선생님이 계신 자리가 아니고는 여간해선 사모님과 마주칠 기회가 없었기에.

그 밖에도 의아한 점은 있었다. 인간에 대한 선생님의 이러한 각오는 어디에서 온 걸까? 단지 냉철한 눈으로 자신을 바라보거나 시대를 관찰한 결과일까? 선생님은 앉아서 생각하는 유형의 사람이었다. 선생님 정도의 두뇌가 있으면 앉아서 세상을 바라봐도 이런 태도는 자연히 생기는 걸까? 그렇게만 생각되지는 않았다. 선생님의 각오는 살아 있는 각오 같았다. 불에 구워져 차디차게 식은 석조 가옥의 윤곽과는 달랐다. 내 눈에 비치는 선생님은 분명 사상가였다. 하지만 그 사상가가 결론을 낸 신념 안에는 강렬한 사실이 스며 있는 것 같았다. 자신과 상관없는 타인의 현실이 아니라 자신이 절박하게 경험한 현실, 피가 뜨거워지기도 하고 맥박이 멈추기도 할 만큼의 현실이 섞여 있는 것 같았다.

이것은 나 혼자 추측해 본 것이 아니다. 선생님 자신이 그렇다고 고백했다. 다만 그 고백이 어딘가 구름 같았다. 그 구름은 정체를 알 수 없는 두려운 것을 뒤덮어 버렸다. 그리고 왜 그것이 두려운지 스스로도 알 수가 없었다. 고백은 막연한 것이었다. 그러면서도 내 신경을 떨게 만든 것은 분명했다.

선생님의 이런 인생관은 강렬한 연애 사건 하나에서 시작되었다고 상상해 보았다. 물론 선생님과 사모님 사이에 일어난 일. 사랑은 죄악이라던 선생님의 말이 조금은 힌트가 되기도 했다. 하지만 선생님은 사모님을 사랑한다고 말한 바 있다. 그렇다면 두 사람의 사랑에서 이런 염세적 각오가 나올 리 없었다. "전에 그 사람 앞에 무릎을 꿇었다는 기억이 이번에는 그 사람의 머리 위에 발을 올려놓으라고 시키는 것"이라는 선생님의 말은, 현대를 살아가는 보통 사람들에 관해 말할 수 있을 내용일지언정 선생님과 사모님 사이에는 해당되지 않을 것 같았다.

조시가야에 있는 누군지 모를 사람의 묘지도 이따금 떠올랐다. 선생님과 깊은 관계가 있는 묘지라는 것은 알고 있었다. 선생님 생활에 가까이 다가가면서도 다가갈 수 없었던 나는, 선생님 머릿속에 존재하는 그 묘지를 생명의 파편으로서 내 머릿속에도 받아들였다. 하지만 나한테 그 묘지는 완전히 죽은 것이었다. 두 사람 사이에 있는 생명의 문을 열어 주는 열쇠는 되지 못했다. 오히려 두 사람 사이에 버티고 서서 자유로운 왕래를 방해하는 마물인 것처럼 생각되었다.

그러던 중 다시 사모님과 마주 앉아 이야기를 나누어야 할 때가 왔다. 해가 짧아져 조급한 마음이 드는, 누구나 차가운 공기를 문득 느끼는 계절이었다. 선생님 자택 부근에 사나흘 계속해서 도둑이 들었다. 도둑이 든 시각은 전부 초저녁 무렵이었다. 큰 물건을 도둑맞은 집은 없었지만, 도둑이 들기만 하면 꼭 뭔가가 없어졌다. 사모님은 불안해했다. 그러던 어느 날 밤, 선생님이 집을 비우지 않으면 안 될 일이 생겼다. 지방 병원에서 일하던 선생님의 고향 친구가 상경했기 때문에 선생님은 다른 두세 사람과 함께 어딘가에서 식사를 하지 않으면 안 되었다. 선생님은 사정을 설명하고 돌아올 때까지 나에게 집에 와 있어 달라고 부탁했다. 나는 바로 수락했다.

*

16

아직 불이 하나둘 켜질까 말까 할 무렵의 어스름 저녁에 갔는데도, 준비성이 철저한 선생님은 벌써 집에 없었다. "늦으면 미안해 안 된다면서 방금 나가셨어요." 사모님은 이렇게 말하면서 나를 서재로 안내했다.

서재에는 책상과 의자 외에 수많은 책들이 아름다운 가죽

표지 장정을 드러내며 유리 너머로 전등 불빛에 반사되고 있었다. 사모님은 화로 앞에 깔린 방석 위에 나를 앉히더니 "잠시 여기 있는 책이라도 읽고 있어요." 하고는 나갔다. 마치 주인이 돌아오기를 기다리는 손님 같은 기분이 들어 미안했다. 나는 불편한 자세를 고치지 않은 채로 담배를 피우고 있었다. 사모님이 차 마시는 방 쪽에서 하녀에게 무언가 이야기하는 목소리가 들렸다. 서재는 차 마시는 방 앞 복도 막다른 곳에서 꺾인 모퉁이에 있었기 때문에, 위치로 보자면 거실보다 외따로 떨어져 있어 조용했다. 한참 동안 들리던 사모님의 말소리가 멎더니 이후로는 잠잠해졌다. 나는 숨어서 도둑을 기다리는 것 같은 기분으로 꼼짝하지 않고 신경을 곤두세우고 있었다.

30분쯤 지났을 때, 사모님이 또다시 서재 입구로 얼굴을 내밀었다. "어머나." 하면서 조금 놀란 눈으로 나를 보았다. 그러고는 손님으로 온 사람처럼 굳은 얼굴로 대기 중인 나를 우습다는 듯이 바라보았다.

"그러고 있으면 갑갑하잖아요."

"아뇨, 갑갑하지는 않습니다."

"그래도 따분할 텐데요."

"아뇨, 도둑이 언제 오나 하고 긴장하고 있었기 때문에 따분하지도 않습니다."

사모님은 손에 홍차 찻잔을 든 채 웃으며 그 자리에 서 있었다.

"여기는 구석진 곳이라서 도둑을 지키기에는 안 좋은데요." 하고 내가 말했다.

"그럼, 실례가 될지도 모르지만 집 한가운데로 나와 있으세요. 심심할 것 같아서 차를 갖고 왔는데, 차 마시는 방이라도 괜찮다면 거기서 드릴 테니까요."

나는 사모님 뒤를 따라 서재를 나왔다. 차 마시는 방에는 멋지게 생긴 기다란 직사각형 목제 화로에서 주전자 물이 끓고 있었다. 그곳에서 차와 과자를 대접받았다. 사모님은 잠이 안 오면 안 된다면서 찻잔에 손을 대지 않았다.

"선생님께서는 가끔 그런 모임에 나가십니까?"

"아뇨, 좀처럼 나가지 않아요. 요즘은 사람 얼굴 보는 걸 점점 싫어하는 것 같네요."

이렇게 말하는 사모님의 모습은 특별히 문제라는 어조도 아니었기 때문에 나는 나도 모르게 대담해졌다.

"그럼 사모님만 예외인 겁니까?"

"아니지요, 나도 그이가 싫어하는 사람 중의 하나랍니다."

"그건 거짓말입니다. 사모님은 거짓말이라는 걸 아시면서도 그렇게 말씀하시는 거죠?" 하고 말했다.

"왜 그렇게 생각하지요?"

"제 생각에, 선생님은 사모님을 사랑하기 때문에 세상이 싫어지신 거니까요."

"공부를 하시는 분이라 말씀하시는 게 그럴싸하군요. 알맹이 없는 논리이지만요. 세상이 싫어졌으니 나까지 싫어졌다고 말할 수도 있지 않을까요? 같은 논리로요."

"양쪽 다 맞다고 할 수 있지만, 이 경우엔 제 쪽이 옳습니다."

"따지는 건 싫군요. 남자들은 곧잘 이러니저러니 따지고 들지요, 재미있다는 듯이. 알맹이 없는 논리로 용케 싫증도 안 내고 왈가왈부할 수 있다 싶어요."

사모님의 말은 조금 뜨끔해지는 구석이 있었다. 하지만 그 말이 귀에 와 닿는 감촉은 결코 드세지 않았다. 사모님은 자신에게 지적 능력이 있다는 사실을 상대방이 인정하도록 만들거나, 그런 일에서 어떤 긍지를 느낄 만큼 현대적인 여성은 아니었다. 사모님은 그런 것보다, 깊은 곳에 깔려 있는 감정을 소중하게 여기는 것처럼 보였다.

17

아직 할 말이 더 있었다. 하지만 사모님이 나를 쓸데없이 따지고 드는 사람이라고 생각하면 곤란하다 싶어 가만있었다. 사모님은, 다 마신 홍차 찻잔 바닥을 들여다보며 잠자코 앉아 있는 나를 배려해 "한 잔 더 줄까요?" 하고 물었다. 나는 곧바로 찻잔을 사모님 손에 건네주었다. "몇 개 넣죠? 하나? 둘?"

묘하게도, 각설탕을 집어 든 사모님은 내 얼굴을 보며 찻잔에 넣을 설탕 개수를 물었다. 사모님의 태도는 나에게 교태를 부리는 정도는 아니어도, 앞서의 강한 말을 애써 지우려 하는 애교로 가득했다. 나는 묵묵히 차를 마셨다. 다 마시고 나서도 침묵을 지켰다.

"갑자기 말이 없어졌군요." 하고 사모님이 말했다.

"무슨 말을 하면 또 따지고 든다고 야단맞을 것 같아서요." 하고 나는 대답했다.

"설마요." 사모님이 또다시 말했다.

우리는 이 말을 계기로 또다시 이야기를 이어 나갔다. 그리고 공통 관심사인 선생님을 화제로 삼았다.

"사모님, 아까 이야기를 조금 더 말하게 해 주시겠습니까?

사모님한테는 알맹이 없는 소리로 들릴지 모르지만, 저는 그냥 해 본 소리가 아니니까요."

"그럼 말해 봐요."

"지금 사모님께서 갑자기 사라지신다면 선생님께서는 이제까지처럼 살아가실 수 있을까요?"

"그건 모르지요. 그런 거야 선생님한테 물어봐야 하는 거 아닐까요? 나한테 물어볼 문제가 아니지요."

"사모님, 저는 진지하게 여쭙고 있는 겁니다. 그러니까 도망치지 마세요. 솔직하게 말씀해 주십시오."

"나는 솔직해요. 솔직히 잘 모르겠어요."

"그럼 사모님은 선생님을 어느 정도 사랑하고 계신 거죠? 이건 선생님한테 묻는 것보다 사모님한테 묻는 게 맞는 질문이니까, 사모님께 묻겠습니다."

"그런 일은 구태여 정색하고 물어보지 않아도 되는 거 아닌가요?"

"정색하고 물을 필요도 없다, 당연한 일이다, 라고 말씀하시는 겁니까?"

"글쎄요, 그렇다고 할 수 있겠지요."

"그 정도로 선생님께 충실한 사모님이 갑자기 사라지시면 선생님은 어떻게 되실까요? 선생님의 생각을 묻고 싶은 게 아닙니다. 사모님이 생각하기에 선생님은 행복해지실까요, 불행해지실까요?"

"그야 내가 볼 땐 빤한 일이지요. 남편은 그렇게 생각하지 않을지도 모르지만, 남편은 나를 떠나면 불행해질 뿐이지요. 어쩌면 살아갈 수 없을지도 모르고요. 이렇게 말하면 내가 너무 자신하고 있는 것처럼 들리겠지만, 나는 지금 남편을 인간으로서 가능한 만큼은 행복하게 해 주고 있다고 믿어요. 어느 누구도 나만큼 남편을 행복하게 해 주는 건 불가능하다고까지 믿고 있지요. 그렇기 때문에 이렇게 마음의 동요를 겪지 않고도 지낼 수 있는 거예요."

"그 신념이 선생님 마음으로 잘 전달될 거라고 저는 생각합니다."

"그건 다른 문제지요."

"역시 선생님이 싫어하신다고 말씀하시는 겁니까?"

"남편이 나를 싫어한다고는 생각하지 않아요. 싫어할 이유가 없으니까요. 하지만 남편은 세상이 싫은 거니까요. 세상이라기보다 요즘은 사람이 싫다는 건데요, 그러니까 사람 중의 하나인 나를 좋아할 이유도 없지 않은가요?"

그제서야 선생님이 사모님을 싫어한다고 하는 말의 의미를 겨우 납득할 수 있었다.

18

나는 사모님의 이해력에 탄복했다. 사모님의 태도가 일본의 구식 여성 같지 않은 것도 나를 자극했다. 그러면서도 사모님은 그 무렵에 유행하기 시작한 새로운 단어 같은 것은 거의 사용하지 않았다.

나는 여성과 깊이 사귀어 본 적 없는, 세상 물정에 어두운 청년이었다. 남자로서 나는 이성에 대한 본능에 따라 여성을 늘 동경의 대상으로 꿈꾸듯 보고 있었다. 하지만 그것은 그냥 막연하게 애틋한 봄의 구름을 바라보는 기분으로 꿈꾸고 있었던 데 지나지 않았다. 그렇기 때문에 실제로 여성 앞에 나서면 감정이 갑자기 변하는 일이 가끔 있었다. 나는 내 앞에 나타난 여성에게 이끌리는 대신, 막상 그 자리에선 오히려 이상한 반발을 느꼈다. 사모님에 대해서는 전혀 그런 기분이 들지 않았다. 보통 느껴지던, 남자와 여자의 지적 능력의 차이에 대한 생각도 거의 들지 않았다. 나는 사모님이 여성이라는 것도 잊어버렸다. 나한테는 그저 선생님의 성실한 비판자이거나 동정자로 보일 뿐이었다.

"사모님, 제가 요전번에 선생님이 왜 세상에 나가서 더 활동하시지 않는 거냐고 여쭤 봤을 때 말씀하셨지요? 원래는 그런 분이 아니었다고요."

"네, 그랬지요. 실제로 안 그랬거든요."

"어떠셨는데요?"

"학생이 희망하는 식의, 또 내가 희망하는 식의, 믿음직스러운 분이었지요."

"그런데 왜 갑자기 변하신 거죠?"

"갑자기가 아니랍니다. 점점 그렇게 된 거지요."

"사모님은 그동안 선생님과 함께 계시지 않았습니까?"

"물론 같이 있었지요. 부부니까요."

"그렇다면 선생님이 그렇게 변해 온 원인을 잘 아셔야 하는 것 아닙니까?"

"그래서 문제라는 거지요. 그렇게 물어보면 정말 괴롭지만, 나로서는 아무리 생각해 봐도 알 방도가 없어요. 이제까지 남편한테 제발 솔직하게 털어놓아 달라고 몇 번이나 부탁했는지 모른답니다."

"선생님께선 뭐라고 말씀하시지요?"

"말할 건 아무것도 없다, 아무것도 걱정할 필요가 없다, 나는 이런 성격이 되어 버렸으니까라고만 하면서 상대를 해 주지 않아요."

잠자코 듣고 있었다. 사모님도 이야기를 멈췄다. 하녀 방에 있을 하녀는 바늘 떨어지는 소리조차 내지 않았다. 나는 도둑에 관한 일을 잊어버렸다.

"나한테 책임이 있다고 생각하는 건 아닌가요?"

"아닙니다." 나는 대답했다.

"제발 숨기지 말고 대답해 줘요. 나를 그렇게 생각하고 있다면 너무 괴로우니까요. 그래도 나는 선생님을 위해 할 수 있는 일은 전부 하고 있다고 생각해요." 하고 사모님이 또 말했다.

"그야 선생님도 그렇게 인정하고 계시니까 괜찮습니다. 안심하세요. 제가 보증하겠습니다."

사모님은 화로의 재를 뒤적였다. 그리고 나서 물병의 물을 주전자에 부었다. 주전자는 갑자기 끓던 소리를 멈췄다.

"더 이상 참을 수 없어서 선생님한테 물었지요. 나한테 나쁜 곳이 있으면 주저하지 말고 말해 달라, 고칠 수 있는 결점이라면 고치겠다고요. 그랬더니 남편은 당신한테 결점 같은 건 없다, 결점은 내 쪽에 있다면서요. 그런 말을 들으면 난 슬퍼서 견딜 수가 없지요. 눈물이 나면서 더더욱 나의 나쁜 점에 대해 듣고 싶어진답니다."

사모님의 눈에는 눈물이 가득했다.

19

처음에 나는 사모님을 이해력 있는 여성으로 대하고 있었다. 그런 생각으로 이야기를 하고 있었는데, 사모님의 태도가 점차 바뀌었다. 사모님은 나의 이성에 호소하는 대신 나의 심장에 호소하기 시작했다. 자신과 남편 사이에는 아무것도 쌓인 것이 없다, 없을 텐데도 또 보면 무언가가 있다, 그런데 눈을 크게 뜨고 잘 보려고 하면 역시 아무것도 없다. 사모님의 괴로움은 바로 그 부분에 있었다.

사모님은 처음엔 세상을 바라보는 선생님의 눈이 염세적이라서 자신을 싫어하는 거라고 단언했다. 그렇게 단언하면서도 그 말을 완전히 확신하지도 않았다. 더 깊이 들여다보면 오히려 그에 반대되는 생각을 하고 있었다. 선생님은 자신을 싫어하기 때문에 결국 세상마저 싫어하게 된 거라고 추측하고 있었다. 선생님의 태도는 어디까지나 남편다웠다. 친절하고 다정했다. 그날그날의 애정 표현으로 의혹 덩어리를 싸서 남몰래 가슴 깊은 곳에 넣어 두었던 사모님은, 그날 밤 그 보따리를 내 앞에 펼쳐 보였다.

"어떻게 생각하지요? 나 때문에 그렇게 된 건지, 아니면 학생이 말하는 세계관인지 뭔지 때문에 그렇게 된 건지, 숨기지 말고 말해 줘요." 하고 사모님이 물었다.

아무것도 감출 생각은 없었다. 하지만 내가 모르는 무언가가 그곳에 존재하고 있다면 내 대답이 어떻든 사모님을 만족시킬 리 없었다. 그리고 나는 그곳에 내가 모르는 사실이 존재한다고 믿고 있었다.

"저로서는 모르겠습니다."

사모님은 기대가 빗나갔을 때의 표정을 순간적으로 얼굴에 떠올렸다. 나는 금방 다시 말을 이었다.

"하지만 선생님이 사모님을 싫어하지 않는다는 것만은 보증합니다. 저는 선생님한테서 직접 들은 대로 전하고 있을 뿐입니다. 선생님은 거짓말을 하지 않는 분입니다."

사모님은 아무 말도 하지 않았다. 잠시 후, 이렇게 말했다.

"실은 약간 짚이는 데가 있기는 해요……."

"선생님이 그렇게 되신 이유에 대해서 입니까?"

"네, 만약 그 일이 원인이라면 내 책임은 아닌 게 되니까 그것만으로도 나로서는 아주 마음이 편해지지만요……."

"무슨 일입니까?"

사모님은 주저하며 무릎 위에 올려놓은 자기 손을 바라보았다.

"듣고 판단해 주세요, 말할 테니까요."

"제가 할 수 있는 판단이라면 하겠습니다."

"전부는 말하지 못해요. 전부 말하면 야단맞으니까요. 야단 맞지 않을 부분만이에요."

나는 긴장하며 침을 꿀꺽 삼켰다.

"선생님이 대학에 다닐 때, 아주 친한 친구가 한 사람 있었지요. 그분이 졸업을 좀 앞두고 죽었어요. 갑자기 죽은 거지요."

사모님은 귀에 대고 속삭이듯 작은 목소리로 "실은 자살이었지요." 하고 말했다. "왜요?" 하고 되묻지 않고 가만있을 수 없는 말투였다.

"그것밖에 말할 수 없어요. 하지만 그 일이 있고 나서부터 예요, 남편의 성격이 점점 변한 건요. 그분이 왜 죽은 건지는 난 몰라요. 남편도 아마 모르겠지요. 하지만 그 일 이후 남편이 변한 거라고 생각해 보면 그런 것 같기도 해요."

"그분의 묘지입니까? 조시가야에 있는 건."

"그것도 말하지 않겠다고 약속을 했으니까 말하지 않겠어요. 하지만 친구를 한 사람 잃는다고 해서 그렇게까지 변할 수 있는 걸까요? 나는 그 점을 알고 싶어 견딜 수 없어요. 그러니까 그걸 학생이 판단해 주었으면 해요."

내 판단은 어느 쪽인가 하면, 부정 쪽으로 기울어 있었다.

＊

20

나는 내가 파악한 사실이 허락하는 한 사모님을 위로하려 했다. 사모님 또한 가능한 한 나한테서 위로받고 싶어 하는 것처럼 보였다. 그래서 두 사람은 같은 문제를 놓고 언제까지고 이야기를 나누었다. 하지만 나는 도무지 사건의 중심이 파악되지 않았다. 사모님의 불안도 사실은 그 중심을 둘러싼 어렴풋한 구름과도 같은 의혹에서 비롯된 것이었다. 사건의 진상에 대해서는 사모님 자신도 잘 모르고 있었다. 알고 있는 것도 전부는 나한테 말할 수 없었다. 따라서 위로하는 나도 위로받는 사모님도 함께 물 위에서 물 흐르는 대로 떠다니는 형국이었다. 사모님은 떠다니며 끝까지 손을 내밀어, 믿을 만한 것이 되지 않는 나의 판단에 매달리려 하고 있었다.

10시쯤 현관에서 선생님의 구두 소리가 들렸을 때, 사모님은 갑자기 지금까지의 모든 일을 잊어버린 것처럼, 앞에 앉아 있는 나를 내버려 두고 일어섰다. 그리고 문을 열고는 마침 들어서던 선생님을 맞아들였다. 나는 홀로 남겨진 기분으로 뒤에서 사모님을 따라갔다. 하녀만은 졸기라도 하는지 끝까지 나와 보지 않았다.

선생님은 기분이 좋아 보였다. 하지만 사모님은 더더욱 기분이 좋아 보였다. 방금 전까지의, 아름다운 눈에 가득했던 눈물과 검은 눈썹이 이루던 여덟 팔 자를 기억하고 있던 나는 그 변화가 이상해서 주의 깊게 바라보았다. 만약 그것이 거짓이 아니었다면 — 실제로 그건 거짓으로 보이지는 않았는데 — 지금까지 사모님이 했던 호소는 감상적인 기분을 즐기기 위해 특별히 나를 상대로 한, 여자들의 무의미한 장난으로 여길 수도 있었다. 하긴 그때의 나는 사모님을 그렇게까지 비판적으로 바라보지는 않았다. 사모님의 태도가 급격히 밝아진 것을 보고 오히려 안심했다. 이 정도라면 그렇게 걱정할 필요도 없었다고 생각을 바꾸었다.

선생님은 웃으면서 "수고했습니다. 도둑은 오지 않았습니까?" 하고 나한테 물었다. 그러고 나서 "오지 않아서 맥 빠지지 않습니까?" 하고 말했다.

집으로 돌아갈 때, 사모님은 "안되었네요." 하고 머리를 숙여 보였다. 그 어투는, 바쁜데 시간을 낭비하게 해서 안됐다기보다는 모처럼 왔는데 도둑이 안 들어 안됐다는 농담처럼 들렸다. 사모님은 그렇게 말하면서, 아까 내놓았던 서양과자 남은 것을 종이에 싸서 내 손에 쥐여 주었다. 그것을 품에 넣고, 오가는 사람이 적은, 밤기운이 스산한 골목길을 돌아 번화한 시가지 쪽으로 발길을 재촉했다.

나는 그날 밤 일을 기억 속에서 건져 올려 여기에 자세히 썼다. 그것은 쓸 필요가 있었기 때문인데, 사실을 말하자면 사모님한테서 과자를 받아 들고 돌아갈 때의 기분으로는 그날 밤의 대화가 그다지 중요하다고 생각되지 않았다. 나는 그다음 날 점심을 먹으러 학교에서 돌아와, 어젯밤 책상 위에 놓아두었던 과자 꾸러미가 눈에 들어오자 곧 그 속에서 초콜릿을 바른 갈색 카스텔라를 꺼내 입안 가득히 넣었다. 그리고 먹으면서, 이 과자를 나한테 준 두 남녀는 행복한 한 쌍으로서 이 세상에 존재하고 있는 거라 생각하며 맛을 음미했다.

가을이 깊어져 겨울이 다 되도록 별다른 일은 생기지 않았다. 나는 선생님 댁에 드나들 때, 옷을 뜯어서 빠는 일이나 다시 깁는 일을 사모님에게 부탁했다. 그때까지 주반(일본 속옷의 하나-옮긴이)이라는 것을 입어 본 적이 없었던 내가 셔츠 위에 검은 깃이 달린 옷을 겹쳐 입게 된 것도 이 무렵부터였다. 아이가 없는 사모님은, 이런 식으로 나를 돌보는 일이 오히려 무료함을 덜어 주어서 결국 자신에게도 약이 된다고 말했다.

"이건 손으로 짰더군요. 이렇게 감이 좋은 옷은 지금까지

손질해 본 적이 없어요. 대신 바느질이 너무 힘들군요. 바늘이 전혀 서질 않더군요. 덕분에 두 개나 부러뜨렸네요."

이런 불평을 할 때마저도 사모님은 특별히 귀찮다는 얼굴은 하지 않았다.

*

21

겨울이 오자, 고향에 돌아가야 할 일이 생겼다. 어머니한테서 온 편지에는, 아버지의 병세가 좋지 않다는 말과 당장 무슨 일이 일어나는 건 아니겠지만 연세가 있으시니 가능한 한 시간을 내서 돌아오라고 당부하듯 덧붙여 있었다.

아버지는 전부터 신장병을 앓고 계셨다. 중년을 넘어선 사람들이 곧잘 그렇듯 아버지의 병은 만성이었다. 그 대신 조심하기만 하면 갑자기 악화되는 일은 없을 거라고 아버지도 가족들도 믿어 의심치 않았다. 실제로 아버지는 조심해서 생활해 온 것 하나 덕분에 오늘까지 견뎌 온 거라고, 손님이 오면 누구한테나 말했다. 그런 아버지가, 어머니의 편지에 따르면, 정원에 나가 무슨 일인지를 하다가 갑자기 현기증으로 쓰러졌다. 집안사람들은 가벼운 뇌출혈이라고 잘못 판단하고 곧 그에 알맞은 처치를 했다. 나중에 의사가 아무래도 그게 아닌 것 같다, 역시 지병 때문일 거라고 하자, 처음으로 졸도와 신장병을 관련지어 생각하게 된 것이다.

겨울방학이 되려면 아직 좀 더 있어야 했다. 나는 학기가 끝날 때까지 기다려도 괜찮을 거라고 생각하고 하루 이틀을 그냥 지냈다. 그랬는데 그 기간 동안에, 아버지가 누워 있는 모습이나 어머니가 걱정하고 있는 얼굴 등이 가끔 눈앞에 떠올랐다. 그때마다 어떤 고통의 감정을 맛봐야 했던 나는 결국 돌아갈 결심을 했다. 고향에서 여비를 송금받는 데 필요한 수고와 시간을 덜기 위해, 나는 인사를 드리러 갈 겸 선생님한테 가서 필요한 만큼의 돈을 얼마 동안 빌리자고 생각했다.

선생님은 감기 기운이 조금 있어서 거실로 가는 게 귀찮다면서 나를 일전의 서재로 안내했다. 서재 유리문을 통해, 겨울에는 좀처럼 보기 힘든, 그리움처럼 부드러운 햇살이 테이블보 위를 비추고 있었다. 선생님은 햇볕이 잘 드는 이 방 안에 커다란 화로를 놓고 삼발이 위에 올려놓은 쇠대야에서 올라오는 수증기로, 호흡이 힘들어지는 것을 막고 있었다.

"큰 병이면 괜찮은데, 어중간한 감기 같은 게 오히려 골치라니까요." 하고 선생님은 쓴웃음을 지으며 내 얼굴을 보았다.

선생님은 병다운 병을 앓은 적이 없는 분이었다. 선생님의 말을 들은 나는 웃고 싶어졌다.

"저는 감기 정도라면 참겠지만, 그 이상의 병이라면 사양하고 싶은데요. 선생님은 그렇지 않으십니까? 한번 걸려 보시면 잘 알게 되실걸요."

"그럴까요? 나는 병에 걸린다면 죽을병에 걸렸으면 좋겠다고 생각하고 있지요."

나는 선생님이 한 말에 특별히 신경을 쓰지 않았다. 곧바로 어머니의 편지 이야기를 하고는 돈을 빌려 달라고 부탁했다.

"어려운 문제가 생겼군요. 그 정도라면 지금 집에 돈이 있을 테니까 가져가요."

선생님은 사모님을 불러, 필요한 금액을 내 앞에 놔 주었다. 안쪽 방에 있는 찬장 같은 곳의 서랍에서 그 돈을 꺼내 온 사모님은 하얀 종이 위에 한 장씩 겹쳐 놓더니 "걱정되겠군요." 하고 말했다.

"쓰러지신 적은 여러 번입니까?" 하고 선생님이 말했다.

"편지에는 아무 소리도 쓰여 있지 않던데요. 그렇게 여러 번씩 쓰러지는 병입니까?"

"네."

그래서 사모님의 어머니가 우리 아버지와 같은 병으로 사망했다는 것을 처음으로 알게 되었다.

"어차피 낫기 어려운 병이지요?"

"글쎄요, 내가 대신해 줄 수 있는 거라면 대신해 드려도 좋은데. 토하시기도 합니까?"

"글쎄요, 아무 말도 쓰여 있지 않았습니다."

"토하지만 않으면 괜찮아요." 하고 사모님이 말했다.

그날 밤 나는 기차로 도쿄를 떠났다.

*

22

아버지의 병세는 생각만큼 나쁘지 않았다. 그래도 내가 도착했을 때는 이불 위에서 책상다리를 하고 앉아 "다들 걱정하니까, 그냥 참고 꼼짝 않고 있는 거다. 이젠 뭐, 일어나도 되는데 말이다." 하고 말했다. 하지만 그다음 날부터는 어머니가 말리는 것도 듣지 않고 결국 이불을 치워 버리게 했다. 어머니는 결이 성긴 비단 이불을 마지못해 개면서, "아버지께선 네가 돌아왔기 때문에 갑자기 두려울 게 없어지신 거란다." 하고 말했다. 내게는 아버지의 거동이 그렇게까지 허세를 부리고 있는 걸로 보이지는 않았다.

형은 직장 때문에 멀리 떨어진 규슈에 있었다. 무슨 특별한 일이라도 없으면 쉽사리 부모의 얼굴을 볼 자유도 없는 사람이었다. 여동생은 다른 지방으로 시집을 갔다. 그 동생도 갑자기 일이 있을 때 쉽게 불러들일 수 있는 상황은 아니었다. 남매 세 명 중에서 가장 만만한 처지인 건 역시 학생인 나뿐이었다. 그런 내가, 어머니가 말한 대로 학교 수업을 팽개치고 방학이 되기 전에 돌아왔다는 것이 아버지에게 커다란 만족감을 안겨 준 것이었다.

"이 정도 병 가지고 학교를 쉬게 해서 안됐구나. 어머니가 너무 과장해서 편지를 쓰는 게 탈이다."

아버지는 입으로는 그렇게 말했다. 그렇게 말했을 뿐 아니라 지금까지 깔고 있던 이불을 걷게 하고는 평소와 같은 원기를 보였다.

"너무 쉽게 생각하시다가 또 도지면 안 됩니다."

그러나 내가 이렇게 주의를 주는 것을 아버지는 유쾌하다는 듯, 아주 가볍게 받아들였다.

"아니, 괜찮다. 이제 평소처럼 조심하기만 하면."

실제로 아버지는 괜찮아 보였다. 숨차 보이지도 않고 현기증도 없었다. 얼굴색만은 보통 사람보다 훨씬 나빴지만, 그건 이제 막 시작된 증상도 아니었기 때문에 우리는 그것에 특별히 신경 쓰지 않았다.

나는 선생님한테 감사의 편지를 썼다. 설에 상경할 때 돈을 가져갈 테니 그때까지 기다려 주십사 하고 양해를 구했다. 그리고 아버지의 병환이 생각만큼 나쁘지 않다는 것, 이 정도 같으면 당분간은 안심이라는 것, 현기증도 구토도 전혀 없다는 것 등을 썼다. 마지막으로 선생님의 감기에 대해서도 한마디 덧붙였다. 나는 선생님의 감기를 실제로 가볍게 생각하고 있었다.

편지를 부칠 때 선생님의 답장은 전혀 예상하지 않았다. 부친 다음에 아버지, 어머니와 선생님 이야기를 하면서 머나먼 도쿄의 선생님 서재를 상상했다.

"이번에 도쿄에 갈 때는 표고버섯이라도 갖다 드리렴."

"네, 하지만 선생님이 말린 표고버섯 같은 걸 드실지 모르겠네요."

"맛있는 건 아니지만 특별히 싫어하는 사람은 없을 거다."

나로서는 표고버섯과 선생님을 관련지어 생각한다는 게 이상했다.

선생님한테서 답장이 왔을 때, 나는 조금 놀랐다. 더구나 그 내용이 특별한 용건을 쓴 게 아니었다는 데 놀랐다. 단순히 친절한 마음으로 선생님이 답장을 해 주신 거라고 생각했다. 그렇게 생각하자 그 간단한 편지 한 통이 나한테는 커다란 기뿜이 되었다. 하긴 이것은 내가 선생님에게서 받은 첫 번째 편지이기도 했다.

첫 번째라고 하면 선생님과 나 사이에 편지가 자주 왔다 갔다 한 것처럼 생각되겠지만, 결코 그렇지 않았다는 것을 말해 두고 싶다. 한 통은 지금 말하는 이 간단한 답장이고, 다른 한 통은 선생님이 돌아가시기 전에 특별히 나에게 보낸 아주 긴 편지다.

아버지는 병의 특성상 운동을 삼가야 했기 때문에, 이불을 걷고도 거의 집 밖으로 나가지 않았다. 한번은 날씨가 아주 화창한 날 오후에 정원에 나간 적이 있었는데, 그때 내가 만일에 대비해 내 어깨에 손을 올려놓으라고 해도 아버지는 웃으며 응하지 않았다.

＊

23

나는 심심해하는 아버지를 상대로 자주 장기를 두었다. 둘 다 꼼짝하기를 싫어하는 성미여서, 고타쓰(난방 기구. 열을 내는 전구를 아랫면에 부착한 테이블 위에 이불을 씌우고 그 위에 다시 판을 올려놓고 사용한다—옮긴이) 이불 속에 손발을 넣은 채 장기판을 올려놓고 말을 움직일 때만 이불에서 손을 빼내곤 했다. 가끔씩, 잡은 말이 없어져도 다음 승부 때까지 두 사람 다 모르고 있던 적도 있었다. 그것을 어머니가 재 속에서 찾아 내어 부젓가락으로 집어 올리는 일도 있었다.

"바둑판은 높이가 높은 데다 다리가 붙어 있어서 고타쓰 위에선 할 수 없는데, 거기에 비하면 장기판은 좋구나. 이렇게 편하게 둘 수 있으니 움직이기 싫어하는 사람한테는 안성맞춤이다. 한 번 더 하자꾸나."

아버지는 본인이 이기면 꼭 한 판 더 두자고 했다. 그러나 졌을 때도 한 번 더 하자고 했다. 그러니까 이기건 지건 고타쓰 속에 파묻혀 장기를 두고 싶어 하는 사람이었다. 처음엔 평소의 생활과 다른 일이었기 때문에 은퇴한 노인이 할 법한 이 오락이 나한테도 흥미로웠지만, 조금씩 시간이 지남에 따라 젊은 내 기력은 그 정도의 자극으로는 만족할 수 없었다. 나는 장기말을 쥔 손을 머리 위로 뻗어 가끔 크게 하품을 했다.

나는 도쿄에 대해 생각했다. 그리고 심장에 가득 찬 핏줄기의 깊은 곳에서 활동, 활동 하며 뛰는 고동 소리를 들었다. 이상하게도 그 고동 소리가 어떤 미묘한 의식 상태 속에서 선생님의 힘에 의해 강해지고 있는 것처럼 느껴졌다.

나는 속으로 선생님과 아버지를 비교해 보았다. 두 사람 다 세상의 눈으로 보면 살았는지 죽었는지 알 수 없을 만큼 조용한 사람이었다. 남의 인정이라는 측면에서 보면 두 사람 다 제로였다. 그러면서도, 장기를 두고 싶어 하는 눈앞의 아버지는 단순한 오락 상대로서도 나한테는 어딘지 부족했다. 오락을 위해서는 한 번도 오간 적이 없는 선생님은 오락을 통한 교제에서 맛볼 수 있는 친밀감 이상으로 어느새 내 머리에 영향을 미치고 있었다. 머리라고 하면 너무 차가운 느낌이 드니까, 나는 가슴이라고 고쳐 말하고 싶다. 살 속에 선생님의 힘이 스며들어 와 있다거나 핏속에 선생님의 생명이 흐르고 있다고 말한다 해도 그 당시의 나에게는 조금도 과장이 아닌 것처럼 느껴졌다. 나는 아버지가 진짜 내 아버지이고 선생님은 두말할 것도 없이 나하고는 전혀 상관이 없는 남이라는 명백한 사실을 새삼스럽게 머리에 떠올려 보며, 처음으로 커다란 진리라도 발견한 것처럼 놀랐다.

그런 생활이 지겨워지기 시작할 무렵, 아버지와 어머니한테도 지금까지 비일상적 존재였던 내가 일상적인 존재로 보이기 시작했다. 여름방학 같은 때 고향으로 돌아가 본 사람이면 누구든 똑같이 경험해 본 기분일 텐데, 처음 일주일 동안은 아무 데나 앉지도 못하도록 끔찍하게 대해 주다가 그 정점을 넘어서면 슬슬 가족의 열기가 식어 나중에는 있어도 없어도 상관없다는 듯 무관심해지기 쉬운 법이다. 나도 집에 있는 동안에 그 정점을 넘어섰다. 그런 데다 나는 고향으로 돌아갈 때마다 아버지도 어머니도 이해하지 못하는 이상한 것을 도쿄에서 지니고 돌아갔다. 옛날 일에 비유하자면 유교 집안에 기독교 냄새를 갖고 들어가는 식으로, 내가 지니고 돌아가는 것은 아버지와도 어머니와도 조화되지 않았다. 물론 나는 그것을 감추고 있었다. 하지만 원래 몸에 붙어 있는 것이어서, 보려고 하지 않아도 어느샌가 그것이 아버지와 어머니 눈에 비쳤다. 어쩔 수 없이 나는 기분이 썩 좋지 않았다. 어서 도쿄로 돌아가고 싶었다.

아버지의 병은 다행히 현상 유지 상태여서 전혀 나쁜 방향으로 진행될 것처럼은 보이지 않았다. 혹시 또 모르는 일이라 일부러 멀리에서 상당히 이름난 의사를 불러 신중하게 진찰해 봤지만, 역시 내가 알고 있는 이상의 별다른 것은 찾아 낼 수 없었다. 나는 겨울방학이 끝나기 조금 전에 고향을 떠나기로 했다. 사람 심리는 묘한 것이어서, 떠나겠다고 하니 아버지도 어머니도 반대했다.

"벌써 가려고? 아직 빠르지 않니." 하고 어머니가 말했다.

"사오 일 더 있어도 지장 없잖느냐?" 하고 아버지가 말했다.

나는 정해 놓은 출발 날짜를 바꾸지 않았다.

24

도쿄로 돌아와 보니 소나무 설 장식은 어느새 사라지고 없
었다. 거리에는 차가운 바람만이 스치고 지날 뿐, 설다운 분위
기는 어디에서도 찾아볼 수 없었다. 나는 곧바로 선생님 댁에
돈을 돌려 드리러 갔다. 가는 김에 집에서 받아 온 표고버섯도
갖고 갔다. 그냥 내놓기가 뭐해서 어머니가 드리라고 했다고
변명처럼 말한 후 사모님 앞에 놓았다. 표고버섯은 새 과자 상
자에 들어 있었다. 정중하게 감사의 뜻을 표한 사모님은 옆방
으로 갈 때 그 상자를 들어 보고는 무게가 가벼워서 놀랐는지
"이건 무슨 과자?" 하고 물었다. 사모님은 친해지면 이런 데
서 아주 순진한 아이 같은 면모를 보였다.

두 사람 다 아버지 병에 대해 걱정하며 여러 가지 일을 물
었는데, 그러다 선생님은 이런 말을 했다.

"아버님 병세는 지금 이야기 들은 바로는 금방 무슨 일이
있을 것 같지는 않지만, 병이 병이니만큼 아주 조심해야 합
니다."

선생님은 신장병에 대해 내가 모르는 사항을 많이 알고 있
었다.

"병에 걸렸는데도 그걸 모르고 태연하게 있을 수 있는 게 그 병의 특징입니다. 내가 알던 어떤 군인은 결국 그 때문에 당했는데, 정말이지 거짓말처럼 죽었지요. 옆에 있던 부인이 간병할 시간도 없을 정도였다니 알 만하지요. 한밤중에 좀 괴롭다면서 부인을 깨웠는데 다음 날 아침에는 이미 죽어 있었지요. 그랬는데 부인은 남편이 자고 있다고만 생각했다니까요."

그때까지 낙천적으로 생각하고 있던 나는 갑자기 불안해졌다.

"우리 아버지도 그렇게 되시는 걸까요? 그렇지 않다고 장담할 수도 없겠군요."

"의사는 뭐라고 했지요?"

"절대로 낫지 않는다고 했습니다. 하지만 당분간 걱정은 없을 거라고도 했습니다."

"그렇다면 괜찮겠지요, 의사가 그렇게 말한다면요. 내가 지금 말한 이야기는 자기 병을 모르고 있던 사람 이야기고, 그것도 매사에 조심하지 않는 군인이었으니까요."

나는 조금 안심했다. 내 변화를 알아차린 선생님은 그러고 나서 이렇게 덧붙였다.

"하지만 인간은 건강하든 아니든 간에 무력한 존재지요. 언제 무슨 일로 어떻게 죽을지 모르니까요."

"선생님께서도 그런 걸 생각하고 계십니까?"

"아무리 내가 체력이 있다고 해도 그런 걸 전혀 생각하지 말란 법은 없지요."

선생님의 입가에는 미소가 번졌다.

"곧잘 왜, 하룻밤 새에 죽는 사람들이 있지 않습니까, 자연스럽게. 그리고 눈 깜짝할 사이에 죽는 사람도 있지 않습니까, 부자연스러운 폭력으로."

"부자연스러운 폭력이란 무슨 뜻이죠?"

"뭔지 나도 잘 모르겠지만, 자살하는 사람들은 모두 부자연스러운 폭력을 쓰지 않습니까?"

"그렇다면 누군가에 의해 죽는 것도 역시 부자연스러운 폭력 때문인 거로군요."

"누군가에 의해 죽는 일은 전혀 생각하지 않았습니다. 그 말을 듣고 보니까 그렇기도 하군요."

그날은 그 이상의 이야기는 하지 않고 집으로 돌아왔다. 집으로 와서도 아버지의 병에 관해서는 그다지 신경이 쓰이지 않았다. 선생님이 말한, 자연스럽게 죽는다느니 부자연스러운 폭력으로 죽는다느니 하는 말도 그 자리에서만 어렴풋한 인상을 남겼을 뿐, 그다음은 특별히 마음에 걸리는 것이 없었다. 나는 지금까지 몇 번이나 착수하려다 못 한 졸업논문을 드디어 진짜로 쓰기 시작하지 않으면 안 되겠다고 생각했다.

*

25

그해 6월에 졸업할 예정이었던 나는 어떻게든 이 논문을 규정대로 4월까지는 완성해야 했다. 2, 3, 4 하고 손가락을 꼽아 보며 남은 날짜를 계산해 보았을 때, 나는 자신의 태평함에 조금 놀랐다. 다른 사람들은 훨씬 이전부터 자료를 모으거나 메모 노트를 만드는 등 옆에서 보기에도 바쁘게 보였는데, 나만 아직 아무것도 손대지 않고 있었다. 나한테는 단지 해가 바뀌면 본격적으로 해 보자는 결심만 있었다. 나는 그 결심으로 작업에 착수했다. 그런데 이내 옴짝달싹 못 하게 되었다. 그때까지 커다란 주제를 머릿속에 그리며 뼈대만은 거의 되어 있다는 정도로 생각하고 있던 나는 머리를 싸매고 고민하기 시작했다. 그러고 나서 논문 주제의 범위를 좁혔다. 그리고 자신이 생각해 낸 것을 계통을 세워 정리하는 번거로움을 덜기 위해 책에 있는 자료를 그냥 늘어놓고 그에 관한 결론을 조금 덧붙이기로 했다.

내가 선택한 주제는 선생님의 전공과 관계가 깊은 내용이었다. 이전에 그 선택에 대해 선생님의 의견을 물었을 때, 선생님은 그거면 될 거라고 말했다. 다급해진 나는 곧바로 선생님 댁으로 가서 내가 읽어야 할 참고 서적에 대해 물었다. 선생님은 자신이 알고 있는 모든 지식을 내게 흔쾌히 제공해 주었을 뿐 아니라 필요한 책을 두세 권 빌려주겠다고 했다. 하지만 선생님은 전혀 이 주제에 관해 나를 지도하는 입장이 되려고 하지는 않았다.

"요즘은 책을 별로 안 읽기 때문에 새로운 사항은 모릅니다. 교수님한테 물어보는 게 좋을 겁니다."

선생님은 한때 굉장한 독서가였는데, 그 후 무슨 일이 있었는지 이전처럼 그 분야에 흥미를 느끼지 못하게 되었다는 말을 전에 사모님에게서 들은 적이 있었다는 것을, 그때 문득 떠올렸다. 나는 논문 일을 제쳐놓고 생각나는 대로 물었다.

"선생님은 왜 전처럼 책에 흥미를 갖지 못하시는 겁니까?"

"왜라고 할 것까진 없지만…… 말하자면 아무리 책을 읽어봐야 그리 훌륭해질 것도 없다고 생각하기 때문이겠지요. 그리고 또……."

"그리고 또 이유가 있습니까?"

"또 있다고 말할 정도의 이유도 아니지만, 전에는 남 앞에 나서거나 남이 뭘 물어볼 때 모르면 수치스러워서 창피했는데, 요즘은 모른다는 게 뭐 그리 대단한 수치가 아니라는 걸 알기 시작했습니다. 그러다 보니 무리해서 책을 읽어 보려는 의욕이 생기지 않게 된 거겠지요. 그러니까 한마디로 말하자면 늙었다는 이야기지요."

선생님의 어조는 의외로 담담했다. 세상을 등진 사람의 쓸쓸함을 띠지 않았기에 나에게 특별한 임팩트를 주지도 않았다. 나는 선생님을 늙었다고 생각하지 않았지만 훌륭하다고 감탄하지도 않은 채 돌아왔다.

그 후 나는 거의 논문에 홀린 미치광이처럼 눈이 새빨개지도록 고통을 맛봐야 했다. 1년 전에 졸업한 친구에게 상황에 대해 여러 가지로 물어보기도 했다. 그중 한 명은 마감 날짜에 인력거를 잡아타고 사무실로 달려가 겨우 시간을 맞출 수 있었다고 말했다. 다른 한 사람은 5시에서 15분 정도 늦었기 때문에 하마터면 거부당할 뻔했는데 주임교수의 호의로 겨우 접수시킬 수 있었다고 했다. 나는 불안을 느꼈고 동시에 마음을 굳게 다잡았다. 매일 가능한 한도까지 책상 앞에 앉아서 작업을 했다. 아니면 어두컴컴한 서고로 들어가 높은 책꽂이의 이곳저곳을 둘러보았다. 내 눈은 골동품 수집가가 골동품이라도 찾아 낼 때처럼 책 표지의 금빛 글자를 훑었다.

매화꽃이 필 무렵이 되자, 차갑던 바람은 점점 남쪽으로 방향을 바꾸어 갔다. 한참 그러고 나니 벚꽃 소식이 여기저기에서 귀에 들리기 시작했다. 그래도 나는 마차 끄는 말처럼 앞만 보면서 논문에 박차를 가했다. 결국 4월 하순에 예정대로 논문을 완성할 때까지 선생님 댁의 현관을 들어서지 않았다.

＊

26

논문에서 해방된 것은 겹벚꽃이 지고 난 가지에 어느샌가 푸른 잎이 안개 낀 듯 돋아나기 시작한 초여름 무렵이었다. 나는 새장을 벗어난 새의 심정으로 넓은 세상을 한눈에 바라다보며 자유로이 날갯짓을 했다. 그리고 곧바로 선생님 댁으로 갔다. 거무스레한 가지 위에 연둣빛 눈을 내밀고 있는 탱자나무 울타리나 메마른 석류 줄기 위에서 윤기나는 다갈색 이파리가 부드러운 햇빛을 받고 있는 정경이, 가는 길목마다 내 눈을 사로잡았다. 태어나서 처음 보는 모습인 듯 신기했다.

선생님은 즐거워 보이는 내 얼굴을 보더니 "이제 논문은 다 되었습니까? 잘되었군요." 하고 말했다. 나는 "덕분에 겨우 끝났습니다. 이제 해야 할 일은 아무것도 없습니다." 하고 말했다. 실제로 그때 나는 해야 할 모든 일이 이미 끝났으니 앞으로는 내놓고 놀고만 있어도 된다 싶어 기분이 시원했다. 완성한 내 논문에 대해서도 충분한 자신과 만족을 느끼고 있었다.

나는 선생님 앞에서 자주 논문 내용에 대해 떠들었다. 선생님은 언제나처럼 "그런 거로군요."라거나 "그렇습니까?"라는 말로 대응해 주었지만, 그 이상의 비평은 하지 않았다. 불만스럽다기보다 맥이 좀 빠지는 기분이었다. 그래도 그날 나의 기력은 소극적으로 보이는 선생님의 태도에 반격을 시도해 봤을 만큼 충만해 있었다. 나는 푸른빛으로 되살아나려 하는 대자연 속으로 선생님을 끌어내려고 했다.

"선생님, 어딘가로 산책하러 나가시지요. 바깥에 나가 보면 아주 기분이 좋습니다."

"어디를 간다는 겁니까?"

아무 데라도 상관없었다. 단지 선생님과 함께 교외로 나가고 싶었다. 한 시간 후, 선생님과 나는 목적대로 시내를 떠나 마을이라고도 시가지라고도 하기 어려운 조용한 장소를 목적지도 없이 걸었다. 나는 관목 울타리에서 부드러운 잎을 따 풀잎피리를 불었다. 어떤 가고시마 사람과 친구가 되었을 때 그 친구 흉내를 내다가 저절로 깨우친 적이 있어, 나는 풀잎피리를 잘 불었다. 나는 신나게 풀잎피리를 불었고 선생님은 무심한 얼굴로 딴 곳을 보며 걸었다.

이윽고 연둣빛 나뭇잎들이 주위로부터 차단하듯 둘러싼, 지대가 약간 높은 건물 아래로 이어진 좁은 골목길이 나왔다. 대문 기둥에 박힌 표찰에 무슨 무슨 원(園)이라고 쓰여 있어, 그것이 개인 주택이 아니라는 건 금방 알 수 있었다. 선생님은 완만하게 경사진 입구를 바라보며 "들어가 볼까요?" 하고 말했다. 나는 곧바로 "수목원이로군요." 하고 대답했다.

정원수 사이를 지나 올라가서 안쪽으로 들어가니 왼쪽에 집이 있었다. 열어젖힌 문 안쪽은 텅 빈 듯 했고 사람이라고는 그림자도 보이지 않았다. 단지 처마 끝에 놓인 커다란 어항 안에서 금붕어가 놀고 있었다.

"조용하군요. 아무 말 하지 않고 들어가도 될까요?"

"괜찮겠지요."

우리는 더 안쪽으로 들어갔다. 하지만 그곳에도 사람의 그림자는 보이지 않았다. 철쭉꽃이 타오르듯 피어 흐드러져 있었다.

선생님은 그중에 키가 큰 주황색 꽃을 가리키며 "이건 기리시마(철쭉의 한 종류-옮긴이)겠지요?" 하고 말했다.

작약도 열 평 남짓한 한 구획에 심어져 있었는데, 아직 제철이 아니었기 때문에 봉오리가 맺힌 것은 하나도 없었다. 선생님은 작약밭 옆에 있는 낡은 평상 비슷한 곳에 큰대자로 누웠다. 나는 옆에 남은 한쪽 구석에 앉아서 담배를 피웠다. 선생님은 파랗고 투명한 하늘을 바라보고 있었다. 그 잎의 색깔은 잘 보면 하나하나가 다 달랐다. 똑같은 모습의 단풍나무도 같은 색깔인 것은 하나도 없었다. 가느다란 삼나무 모종 꼭대기에 던져 걸어 놓았던 선생님의 모자가 바람에 날려 떨어졌다.

＊

27

나는 곧바로 모자를 집어 들었다. 여기저기 묻어 있는 붉은 흙을 손톱으로 털면서 선생님을 불렀다.

"선생님, 모자가 떨어졌습니다."

"고맙습니다."

몸을 반쯤 일으키고 모자를 받아 든 선생님은 누운 건지 일어난 건지 알 수 없는 어중간한 자세로 이상한 질문을 했다.

"갑작스러운 질문이지만, 집에는 재산이 있습니까?"

"있다고 말할 수 있을 만큼 많지는 않습니다."

"어느 정도 있습니까? 실례가 되는 질문일지도 모르겠습니다만."

"있다고 해 봐야, 산과 밭이 약간 있을 정도고 돈 같은 건 전혀 없을 겁니다."

선생님이 우리 집 경제 상황 같은 것에 대해 질문한 것은 이번이 처음이었다. 내 쪽은 아직 선생님의 경제생활에 대해 물어본 적이 전혀 없었다. 선생님과 처음 알게 되었을 무렵, 나는 선생님이 어떻게 놀고 지낼 수 있는지 의심스러웠다. 이후에도 그 의문은 끊임없이 마음속을 떠나지 않았다. 하지만 나는 그런 노골적인 문제를 선생님 앞에 들이대는 것은 무례한 일이라고만 생각하고 늘 참고 있었다. 그런데 연둣빛 잎 빛깔에 피로해진 눈을 쉬고 있던 내 마음은 다시 그 의문에 부딪혔다.

"선생님은 어떤 상황이시죠? 어느 정도 재산을 갖고 계십니까?"

"내가 재산이 있는 사람으로 보입니까?"

선생님은 평소에 검소한 복장을 하고 있었다. 그런 데다 집에서 일하는 사람은 수가 적었다. 따라서 집도 결코 넓지는 않았다. 하지만 물질적으로 풍요로운 생활을 하고 있다는 것은 내부 사람이 아닌 나의 눈에도 분명해 보였다. 말하자면 선생님의 생활은 사치스럽지는 않아도 옹색해 보이도록 절약하는 식의 여유 없는 생활은 아니었다.

"그렇겠지요." 하고 내가 말했다.

"그거야 그 정도의 돈은 있지요. 하지만 결코 부자는 아닙니다. 부자라면 좀 더 큰 집이라도 짓겠지요."

이때 선생님은 일어나서 평상 위에 책상다리를 하고 앉아 있었는데, 이렇게 말하더니 대나무 지팡이 끝으로 땅바닥 위에 동그라미 같은 것을 그리기 시작했다. 그러더니 이번에는 지팡이를 땅에 꽂는 것처럼 똑바로 세웠다.

"이래 봬도 원래는 부자였는데 말입니다."

선생님의 말은 반쯤은 독백처럼 들렸다. 그래서 금방 말을 이을 수 없었던 나는 잠자코 있었다.

"이래 봬도 원래는 부자였지요." 하고 다시 말한 선생님은 나를 보더니 미소를 지었다. 그래도 나는 아무 대답도 하지 않았다. 뭐라고 말해야 좋을지 몰라 대답할 수가 없었다. 그러자 선생님이 또다시 이야기를 딴 데로 돌렸다.

"아버님 병세는 그 후 좀 어떻습니까?"

나는 아버지의 병에 대해 설 이후로는 아는 바가 없었다. 매달 고향에서 어음과 함께 보내오는 간단한 편지는 늘 그렇듯 아버지의 필적이었지만, 병에 관한 이야기는 거의 볼 수 없었다. 그런 데다 글씨도 흐트러져 있지 않았다. 이런 종류의 병자에게서 볼 수 있는 손 떨림이 붓끝에 전혀 나타나 있지 않았다.

"특별히 무슨 말이 없으니까 괜찮은 거겠지요."

"괜찮으시다면 다행이지만…… 특별한 병이시니까요."

"역시 가망이 없는 걸까요? 하지만 당분간은 별일 없겠지
요. 아무런 소리도 없으니까요."

"그런가요?"

나는 선생님이 우리 집 재산에 관해 물어보거나 아버지의
병에 대해 물어보는 것을 머리에 떠오르는 대로 말하는 보통
이야기로 받아들이며 듣고 있었다. 그런데 선생님의 말 저변
에는 양쪽을 관련짓는 커다란 의미가 있었다. 선생님의 경험
을 들은 적이 없는 나로서는 물론 그런 것을 알 리 없었다.

✳

28

"집에 재산이 있다면 지금부터 정리를 잘 해 두어야 할 겁
니다. 내가 나설 일은 아니지만. 아버님이 건강하실 때, 받을
건 분명히 받아 놓도록 하는 게 어떻습니까? 무슨 일이 생겼
을 때 가장 문제가 되는 게 재산 문제니까요."

"네."

나는 선생님의 말에 특별히 귀를 기울이지 않았다. 우리 집에서 그런 걱정을 하는 사람은 나뿐 아니라 아버지든 어머니든 한 사람도 없을 거라고 믿고 있었다. 그런 데다 선생님의 말이 평소의 선생님치고는 너무나 현실적인 데 조금 놀랐다. 하지만 연장자에 대한 평상시의 존경심이 나를 아무 말도 하지 못하게 만들었다.

"아버님이 돌아가시는 걸 지금부터 기정사실로 하는 것 같은 말을 하는 게 기분 나쁘다면 용서해요. 하지만 인간은 죽게 마련이지요. 아무리 건강한 사람이라도 언제 죽을지 모르는 거니까요."

선생님의 말투는 씁쓸하게 들렸다.

"그런 건 전혀 상관없습니다." 하고 나는 변명했다.

"형제는 몇 명이었지요?" 하고 선생님이 물었다.

그러고 나서 나의 가족 수, 친척이 있는지 여부, 삼촌과 숙모 등에 대해 물었다.

"다들 좋은 사람입니까?"

"특별히 나쁜 사람이랄 것도 없는 사람들입니다. 대부분 시골 사람이니까요."

"시골 사람이면 왜 나쁘지 않다는 거지요?"

이 추궁에 나는 당황했다. 하지만 선생님은 내게 대답을 생각할 여유조차 주지 않았다.

"시골 사람은 도회지 사람보다 오히려 더 나쁘다고 할 수 있습니다. 그리고 당신은 지금, 친척 중에 이렇다 할 나쁜 사람은 없는 것 같다고 말했지요. 하지만 악인으로 정해진 인간이 세상에 존재한다고 믿는 겁니까? 그렇게 처음부터 악인으로 정해진 사람이 세상에 있을 리 없습니다. 평소에는 모두 다 좋은 사람이지요. 최소한 모두 보통 사람입니다. 그러다가 여차하면 갑자기 악인으로 바뀌니 무서운 일이지요. 그러니까 마음을 놓을 수가 없는 겁니다."

선생님은 그걸로 말을 끝낼 것 같지 않았다. 나는 또 그 시점에서 뭐라고 말하려 했다.

그런데 뒤쪽에서 갑자기 개가 짖어 대기 시작했다. 선생님도 나도 놀라서 뒤를 돌아다보았다.

평상 옆쪽에서 뒤쪽으로 걸쳐 심어져 있는 삼나무 모종 옆에 얼룩조릿대가 세 평 정도 땅을 가리듯 심어져 있었다. 개는 얼굴과 등을 그 위로 드러내고 마구 짖어 댔다. 그러더니 열 살 정도 되는 아이가 뛰어와 개를 야단쳤다. 아이는 휘장이 붙은 검은 모자를 쓰고 선생님 앞으로 와 인사를 했다.

"아저씨, 들어오실 때 집에 아무도 없었어요?"

"아무도 없었다."

"누나하고 어머니가 부엌 쪽에 있었는데."

"그러냐, 계셨냐?"

"네, 아저씨. 실례합니다, 라고 말하고 들어오셨으면 좋을 뻔했어요."

선생님은 쓴웃음을 지었다. 그러고는 품에서 지갑을 꺼내 5전짜리 동전을 아이 손에 쥐여 주었다.

"어머니께 말씀드려라. 여기서 조금 쉬게 해주십사고."

아이는 영리해 보이는 눈에 웃음을 가득 담고 고개를 끄덕였다.

"지금 전 척후대장을 하고 있는 중이에요."

아이는 그렇게 말하더니 철쭉 사이를 지나 아래쪽으로 뛰어 내려갔다. 개도 꼬리를 높이 치감고 아이의 뒤를 따라갔다. 얼마 지나자 같은 또래의 아이가 두세 명, 역시 척후대장이 내려간 쪽을 향해 뛰어 내려갔다.

*

29

선생님의 이야기는 이 개와 아이 때문에 결말까지 진전시킬 수 없게 되었기에, 나는 결국 무슨 말인지 알 수가 없었다.

그 당시 나에게는 선생님이 말하는 재산 운운하는 이야기에 대한 걱정은 전혀 없었다. 나의 성격이나 처해 있는 상황으로 보아 당시의 나는 그런 이해관계에 신경 쓸 여유가 없었던 것이다. 생각해 보면 그것은 내가 아직 사회에 나가지 않았기 때문이기도 했고 또 실제로 그런 상황이 닥치지 않았기 때문이기도 했는데, 어쨌거나 젊은 나에게는 돈 문제라는 것이 어쩐지 먼 나라의 일 같았다.

선생님의 이야기 중에서 끝까지 듣고 싶었던 단 하나는, 인간이 여차하면 누구나 악인이 된다는 말의 의미였다. 단순히 말만 갖고 봤을 때는 이 말 자체가 이해되지 못할 것은 없었다. 하지만 나는 이 말에 대해 좀 더 알고 싶었다.

개와 아이가 사라지고 난 다음, 어린 이파리로 가득 찬 넓은 정원은 다시 원래의 정적을 되찾았다. 그리고 우리는 침묵 속에 갇힌 사람들처럼 얼마 동안 꼼짝하지 않고 있었다. 그때 아름다운 하늘빛이 갑자기 빛을 잃어 갔다. 눈앞에 있는 나무는 대부분 단풍나무였는데, 그 가지에 물방울처럼 붙어 있는 연둣빛 순들이 점차 어두워지는 것처럼 느껴졌다. 멀리 큰길에서 짐차를 끌고 가는 바퀴 소리가 들려왔다. 나는 마을 사람이 나무 같은 것을 싣고 신사 축제에라도 참석하러 가는 거겠지 하고 생각했다. 선생님은 그 소리를 듣더니 갑자기 명상하다 깨어난 사람처럼 일어섰다.

"이제 슬슬 돌아갑시다. 해가 꽤 길어지긴 했지만, 역시 이렇게 느긋하게 있다 보니 어느새 날이 저무는군요."

선생님 등에는 아까 평상 위에 누웠을 때의 자국이 잔뜩 나 있었다. 나는 두 손으로 그것을 털었다.

"고맙습니다. 송진이 달라붙어 있지는 않습니까?"

"깨끗이 떨어졌습니다."

"이 옷은 바로 얼마 전에 지어 입은 거예요. 그러니까 함부로 더럽혀서 집에 가면 아내한테 야단맞습니다."

우리는 또 느릿느릿 걸어 언덕 한가운데 있는 집 앞까지 왔다. 들어갈 때는 아무도 없는 것처럼 보였던 툇마루에서 안주인이 열대여섯 살 되어 보이는 딸을 데리고 실을 감고 있었다. 나와 선생님은 커다란 어항 옆에 서서 "실례가 많았습니다." 하고 인사했다. 주인은 "아뇨, 아무 대접도 못 해 드렸습니다." 하고 인사한 후에 아까 아이한테 준 동전에 대한 치레를 했다.

문을 나와 두세 구간 걸었을 때, 나는 참지 못하고 선생님을 향해 말문을 터뜨렸다.

"아까 선생님께서 이야기하셨던, 인간은 누구나 여차하면 악인이 된다는 말씀 말인데요, 그건 무슨 뜻입니까?"

"의미라고 해 봐야, 깊은 의미는 없습니다…… 말하자

면…… 사실이 그렇다는 겁니다, 이론이 아니지요.”

“사실이라 해도 상관없습니다만, 제가 여쭙고 싶은 것은 ‘여차하면’의 의미입니다. 도대체 어떤 때를 가리키는 겁니까?”

선생님은 웃음을 터뜨렸다. 마치 이제 와서 뒤늦게 열심히 설명할 기분이 아니라는 듯.

“돈이지요, 돈을 보면 어떤 성인군자라고 해도 금방 악인이 되는 법입니다.”

나는 선생님의 대답이 너무나 평범해서 실망했다. 선생님이 얘기에 몰입하지 않는 것과 마찬가지로, 나도 맥 빠지는 기분이었다. 나는 아무렇지도 않은 척 성큼성큼 걷기 시작했다. 선생님은 금방 뒤처지기 시작했다. 선생님은 뒤에서 나를 불렀다.

“그거 봐요.”

“네?”

“내 대답 하나에 기분이 금방 변하지 않았습니까?”

기다리기 위해 뒤돌아 멈춰 선 내 얼굴을 보며 선생님은 말했다.

30

그때 나는 속으로 선생님을 밉살스럽다고 생각했다. 어깨를 나란히 하고 걷기 시작한 다음에도, 묻고 싶었던 말을 일부러 묻지 않았다. 하지만 선생님은 아는지 모르는지 내 태도에 전혀 신경 쓰지 않는 모습이었다. 언제나 그랬듯 자주 침묵하면서 차분하게 발걸음을 떼어 놓고 있었기 때문에 나는 좀 화가 났다. 어떻게든 한번 선생님을 공격하고 싶었다.

"선생님."

"네."

"선생님께선 아까 좀 흥분하셨죠? 그 수목원 뜰에서 쉬고 있을 때요. 선생님께서 흥분하시는 걸 좀처럼 본 적이 없었는데, 오늘은 평소에 보지 못했던 것을 본 느낌이 들었습니다."

선생님은 바로 대답하지는 않았다. 나는 그것을 내 말의 효과라고 생각했다. 또 말을 잘못 던진 것처럼 느껴지기도 했다. 할 수 없이 그다음은 말하지 않기로 했다. 그런데 선생님이 갑자기 길 한쪽으로 가까이 다가갔다. 그러더니 곱게 다듬어진 나무 울타리 아래서 옷자락을 걷어붙이고 소변을 보았다. 나는 선생님이 일을 보는 동안 멍하니 그곳에 서 있었다.

"실례, 실례."

선생님은 이렇게 말하더니 또 걷기 시작했다. 나는 결국 선생님에 대한 공격을 단념했다. 우리가 지나가는 길은 점차 번화해졌다. 지금까지 조금씩 보이던 넓은 밭의 경사면이나 평지 등이 전혀 눈에 안 들어올 만큼 좌우에 집들이 늘어서 있었다. 그래도 가끔씩 택지 구석 같은 곳에서 콩 줄기 같은 것이 대나무를 휘감고 올라가거나 닭장 안에서 닭을 기르는 평화로운 풍경이 눈에 들어왔다. 시내에서 돌아오는 짐 싣는 말이 끊임없이 스쳐 지나갔다. 이런 풍경에 마음을 빼앗기기 쉬운 나는 아까까지 가슴속에 품고 있던 문제가 어딘가로 사라지는 것을 느꼈다. 선생님이 갑자기 그 문제에 대해 언급하기 시작했을 때, 나는 실제로 그 일을 잊고 있었다.

"내가 아까 그렇게 흥분한 것처럼 보였습니까?"

"그렇게 심한 건 아니었지만, 조금은……."

"아니, 그렇게 보였어도 상관없습니다. 실제로 흥분하니까요. 나는 재산에 관한 이야기가 나오면 꼭 흥분합니다. 어떻게 보일지 모르겠지만, 나는 안 그런 것처럼 보여도 집착이 아주 강한 사람이니까요. 남한테서 받은 굴욕이나 손해는 10년이 지나도 20년이 지나도 잊지 않지요."

선생님의 말은 전보다도 더 흥분된 어조였다. 하지만 내가 놀란 건 말투가 아니었다. 오히려 내 귀에 호소하는 선생님 말의 의미 자체였다. 선생님 입에서 이런 고백을 듣는 것은 아무리 나지만 전혀 예상하지 못한 뜻밖의 일이었다. 선생님한테 이런 집착이 존재하리라고는, 전에는 생각조차 한 적이 없었다. 나는 선생님을 더 약한 사람이라고 믿고 있었다. 그리고 그 약하고 고결한 성품이 내가 좋아하는 근본적인 점이기도 했다. 한때의 기분으로 선생님한테 반항 좀 해 보고 싶었던 나는 이 말 앞에 움츠러들었다. 선생님은 말했다.

"나는 남한테 속았습니다. 그것도 피를 나눈 친척한테 속았지요. 나는 결코 그 일을 잊지 못합니다. 우리 아버지 앞에서는 좋은 사람인 것 같았던 그들은 아버지께서 돌아가시자마자 용서 못 할 파렴치한으로 돌변했습니다. 나는 그들한테서 받은 굴욕과 손해라는 짐을 어릴 때부터 지금까지 지고 살아왔습니다. 아마도 죽기 직전까지 지고 살아가야 하겠지요. 죽을 때까지 그 일을 잊을 수는 없을 테니까요. 하지만 아직 복수하지 않고 있습니다. 생각해 보면 나는 개인에 대한 복수 이상의 일을 현재 하고 있습니다. 나는 그 사람들만 증오하는 것이 아닙니다. 그들이 대표하는 인간이라는 존재를 모두 증오하게 되었지요. 나는 그걸로 충분하다고 생각합니다."

나는 위로의 말조차 입 밖에 낼 수가 없었다.

31

그날 이야기도 결국 그 이상 나아가지는 못했다. 나는 선생님의 태도에 위축되어 더 진전시킬 생각이 들지 않았던 것이다.

우리는 교외에서 전차를 탔는데, 차 안에서는 한 번도 입을 열지 않았다. 전차에서 내린 후에는 곧 헤어지지 않으면 안 되었다. 헤어질 때 선생님은 또다시 변해 있었다. 평소보다 밝은 표정으로 "앞으로 6월까지는 가장 편한 시기가 되겠군요. 어쩌면 인생에서 가장 마음 편할 시기일지도 모르겠습니다. 열심히 노십시오." 하고 말했다.

나는 웃으며 모자를 벗고 인사했다. 그때 나는 선생님의 얼굴을 보고, 선생님은 도대체 마음속 어디에서 사람들을 증오하고 있는 걸까 하고 의아한 생각이 들었다. 선생님의 눈, 선생님의 입, 이외에도 염세적인 그림자는 보이지 않았다.

나는 사상 문제에 관해 선생님으로부터 커다란 이익을 얻었다는 사실을 고백하겠다. 하지만 같은 문제에 관해, 유익함을 얻으려 해도 얻지 못할 때가 가끔 있었다는 것도 말해 두지 않으면 안 된다. 선생님의 이야기는 이따금 이해할 수 없는 채로 끝났다. 그날 교외에서 우리 사이에 오간 이야기도 그런 한 예로서 내 가슴속에 남게 되었다.

상대방 의중에 신경 쓰지 않는 성격인지라, 나는 어느 날 그 사실을 선생님한테 솔직히 털어놓았다. 나는 이렇게 말했다.

"제가 머리가 나빠 이해할 수 없는 거라면 어쩔 수 없지만, 잘 알고 계시면서 명확하게 말씀해 주시지 않는 건 곤란합니다."

"나는 아무것도 감추고 있지 않습니다."

"감추고 계십니다."

"당신은 내 사상이랄지 의견이랄지 하는 것과 내 과거를 한데 섞어서 생각하고 있는 것 아닙니까? 나는 보잘것없는 사상가지만, 내가 스스로 생각해 낸 사고방식을 불필요하게 남한테 감추지는 않습니다. 감출 필요가 없으니까요. 하지만 나의 과거를 남김없이 당신한테 이야기해야 된다면 그건 문제가 달라집니다."

"다른 문제라고는 생각지 않습니다. 선생님의 과거가 빚어낸 사상이기 때문에 저는 중요시하는 겁니다. 두 가지 것을 떼어 놓으면 저한테는 거의 가치 없는 것이 됩니다. 저는 영혼이 들어 있지 않은 인형은 받아도 만족할 수 없습니다."

선생님은 어처구니없다는 듯 나의 얼굴을 봤다. 궐련을 쥐고 있던 손끝이 조금 떨렸다.

"대담하군요."

"저는 단지 진지할 뿐입니다. 진지한 인생에서 교훈을 얻고 싶을 따름입니다."

"내 과거를 들춰내서라도 말입니까?"

들춰낸다는 말이 갑자기 두려운 느낌으로 내 귀를 쳤다. 지금 앞에 앉아 있는 사람이 한 사람의 죄인일 뿐, 평소 존경하던 선생님이 아닌 것 같았다. 선생님의 얼굴은 새파랗게 질려 있었다.

"당신은 정말로 진지한 겁니까?" 하고 선생님이 다짐하듯 물었다. "나는 과거의 경험 때문에 다른 사람을 신뢰하지 못하고 있습니다. 그래서 실은 당신도 신뢰하지 못하고 있습니다. 하지만 어떻게든 당신만은 의심하고 싶지 않습니다. 당신은 의심하기엔 너무 단순한 것 같습니다. 나는 죽기 전에 단한 사람이라도 좋으니 사람을 신뢰해 보고 죽고 싶다고 생각하고 있습니다. 당신은 그 단 한 사람이 될 수 있습니까? 되어줄 겁니까? 당신은 정말로 진지한 겁니까?"

"만일 제 생명이 진지한 거라면 지금 제 이야기도 진지합니다."

내 목소리는 떨렸다.

"알았습니다." 하고 선생님이 말했다. "이야기하지요. 내 과거를 남김없이 당신에게 얘기해 주지요. 그 대신…… 아니, 그건 상관없습니다. 하지만 내 과거는 당신한테 그렇게 유익하지 않을지도 모릅니다. 듣지 않는 편이 나을지도 모릅니다. 그리고…… 지금은 이야기할 수 없으니 그런 줄 아십시오. 적당한 시기가 오지 않으면 이야기할 수 없으니까요."

나는 하숙으로 돌아와서도 어떤 중압감을 느꼈다.

*

32

나의 논문은 교수의 눈에는 내 자신이 평가한 것만큼 좋아 보이지 않았던 모양이었다. 그래도 나는 예정대로 통과되었다. 졸업식 날, 나는 곰팡내가 나는 낡은 겨울옷을 트렁크에서 꺼내 입었다. 졸업식장에 줄을 서니 모두가 더워하는 얼굴을 하고 있었다. 나는 바람이 통하지 않는 모직 옷감 아래 포획된 몸을 주체하지 못하고 있었다. 얼마 동안 서 있자니 손에 들고 있던 손수건이 축축해졌다.

나는 식이 끝나자마자 돌아와 옷을 다 벗었다. 하숙집 2층 창문을 열고는 둘둘 만 졸업장 구멍을 돋보기 삼아, 보이는 만큼 세상을 들여다보았다. 그러고는 그 졸업장을 책상 위로 던져 버렸다. 그리고 방 한가운데 큰대자로 드러누웠다. 드러누워서 과거를 되돌아보았다. 또 미래를 상상했다. 그러자 그 사이에서 하나의 경계선이 된 이 졸업장이라는 것이 의미가 있는 것 같기도 하고 없는 것 같기도 한, 묘한 종잇장처럼 생각되었다.

나는 그날 밤 선생님 댁에 초대받아 갔다. 만약 졸업을 할 수 있게 되면 그날 밤, 저녁은 밖에서 먹지 않고 선생님 댁에서 먹기로 전부터 약속이 되어 있었다.

식탁은 약속대로 객실의 툇마루 가까이에 마련되어 있었다. 빳빳하게 풀 먹여 무늬가 도드라진 식탁보가 아름답고 청결한 느낌으로 전등빛을 반사하고 있었다. 선생님 댁에서 저녁을 먹을 때면 꼭, 레스토랑에서나 볼 수 있는 이 하얀 면 위에 젓가락이나 그릇이 놓였다.

"식탁보도 칼라나 커프스하고 다를 게 없지요. 더러운 걸 쓸 바에야 아예 처음부터 색깔 있는 걸 쓰는 게 낫지요. 하얀 걸 쓰려면 순백이어야 합니다."

그러고 보면 정말 선생님은 결벽주의자였다. 서재 같은 곳도 언제나 질서 정연하게 정돈되어 있었다. 그런 것에 신경 쓰는 성격이 아닌 내 눈에는 그런 선생님의 성벽(性癖)이 가끔씩 유달리 눈에 띄었다.

"선생님께서는 꼼꼼하신 편입니까?" 하고 전에 사모님께 물었을 때, 사모님은 "하지만 옷 같은 것에는 그다지 신경 쓰지 않는 것 같아요."라고 대답한 적이 있다. 그 말을 옆에서 듣던 선생님은 "사실 난 정신적으로 결벽증인 사람이지요. 그래서 항상 괴롭습니다. 생각하면 정말이지 어리석은 성격이지요."라고 말하며 웃었다. 정신적으로 결벽증이라는 의미가 흔히 말하는 신경성이라는 의미인지, 혹은 윤리적으로 결벽하다는 의미인지 나로서는 알 수 없었다. 사모님도 이해를 잘 못하는 것 같았다.

그날 밤 나는 바로 그 하얀 식탁보 앞에 선생님과 마주 앉았다. 사모님은 두 사람을 좌우에 앉혀 놓고, 정원이 바라다보이는 쪽에 혼자 앉았다.

"축하합니다."라고 말하며 선생님이 나를 위해 축배를 들어 주었다. 나는 이 축배가 그다지 기쁘지만은 않았다. 물론 내 마음이 이 말에 대해 뛸 듯이 기쁘게 응답하지 못한 게 하나의 원인이었다. 하지만 선생님의 말투도 결코 나의 기쁨을 끌어내려는 들뜬 어조는 아니었다. 선생님은 웃으며 축배를 들었다. 비꼬는 웃음이라는 느낌은 전혀 들지 않았다. 하지만 동시에 가슴에서 우러나오는 축하의 마음도 느끼지 못했다.

선생님의 웃음은 '세상 사람들은 이런 경우에 왕왕 축하한다고 말하고 싶어 하지요.'라고 말하고 있었다.

사모님은 나한테 "정말 장해요. 아버님, 어머님께서도 무척이나 기뻐하시겠어요."라고 말해 주었다. 나는 갑자기 병으로 누워 계신 아버지가 생각났다. 빨리 그 졸업장을 갖고 가서 보여 드려야겠다고 생각했다.

"선생님 졸업장은 어떻게 하셨습니까?" 하고 내가 물었다.

"어떻게 했더라…… 아직 어딘가에 있던가?" 하고 사모님한테 물었다.

"네, 아마 어디 넣어 두었을 거예요."

졸업장이 어디 있는지 두 사람 다 잘 모르고 있었다.

*

33

식사를 시작하자 사모님은 옆에 앉아 있던 하녀를 옆방으로 보내고 직접 시중을 들어 주었다. 특별히 유난스러운 것은 아니어도, 그렇게 하는 것이 선생님 댁에 온 손님에 대한 관례인 것 같았다. 처음 한두 번은 좀 불편했지만, 횟수가 거듭될수록 밥그릇을 사모님한테 내미는 일이 아무렇지도 않게 느껴졌다.

"뭘 드릴까요? 아니면 밥? 식성이 좋네요."

사모님도 거리낌 없이 스스럼없는 말을 할 때가 있었다. 하지만 그날은 날씨가 날씨였던 만큼, 그렇게 놀림받을 정도로 식욕이 생기지 않았다.

"벌써 그만 들어요? 최근엔 양이 줄었나 보네요."

"양이 준 게 아니라 더워서 먹히질 않습니다."

사모님은 하녀를 불러 상을 치우게 한 후, 이번에는 아이스크림과 과일을 가져오게 했다.

"이거, 집에서 만든 거예요."

집에 있는 사모님은 손수 아이스크림을 만들어 대접할 정도로 여유가 있어 보였다. 나는 그걸 두 번 더 먹었다.

"당신도 이제 졸업을 했는데, 앞으로 뭘 할 생각입니까?" 하고 선생님이 물었다. 선생님은 반쯤 툇마루 쪽으로 자리를 옮겨 문턱 있는 곳에서 문에 기대고 있었다. 나는 그저 졸업했다는 자각만 했을 뿐, 앞으로 무엇을 하고자 하는 목적도 없었다. 대답에 궁해 있는 나를 보고 사모님은 "교사?" 하고 물었다. 그 말에도 대답을 못 하고 있는데, 이번에는 "그럼, 공무원?" 하고 또 물었다. 나도 선생님도 웃었다.

"사실은 아직 뭘 하겠다는 계획이 없습니다. 실은 직업이라는 것에 대해 생각한 적이 전혀 없거든요. 무슨 일이 좋고 나쁜지는 직접 해 보고 난 후가 아니면 도대체 알 수가 없으니 선택이 어려운 것 같습니다."

"그것도 그렇군요. 하지만 학생은 아마 재산이 있어서 그런 태평한 소리를 할 수 있는 걸 거예요. 그렇지 않고 경제 사정이 곤란한 사람 같아 보세요. 학생처럼 태연하게 하고 있을 수 없을걸요."

내 친구 중에는 졸업하기 전부터 중·고등학교 교사 자리를 찾고 있는 사람이 있었다. 나는 속으로 사모님이 말한 대로라고 생각했다. 하지만 이렇게 말했다.

"선생님 영향이 좀 있는 것 같습니다."

"좋은 쪽 영향은 받아 주시지 않는군요."

선생님은 쓴웃음을 지었다.

"영향을 받아도 상관없으니까, 그 대신 전에도 말한 것처럼 아버지가 살아 계신 동안에 어느 정도 재산을 받아 두는게 좋습니다. 그렇지 않으면 절대로 안심할 수 없으니까."

나는 선생님과 함께 교외 수목원의 넓은 뜰 안에서 이야기했던, 철쭉꽃이 피어 있던 5월 초를 떠올렸다. 그때 돌아오는 길에 선생님이 흥분한 어조로 나한테 격하게 했던 말이 또다시 머릿속에 살아났다. 격할 뿐 아니라 자극적인 말이었다. 하지만 동시에 사실을 모르는 나로서는 뜻을 알 수 없는 불투명한 말이었다.

"사모님, 선생님 댁에는 재산이 아주 많습니까?"

"왜 그런 말을 묻지요?"

"선생님께 여쭤 봐도 가르쳐 주시지 않으니까요."

사모님은 웃으면서 선생님 얼굴을 보았다.

"가르쳐 줄 만큼 없기 때문이겠지요."

"하지만 어느 정도 있으면 선생님처럼 지낼 수 있는 건지, 집에 돌아가서 아버지한테 말씀드릴 때 참고하려고 그러니 가르쳐 주십시오."

선생님은 정원 쪽을 바라보며 모르는 척 담배를 피우고 있었다. 자연히 상대는 사모님이 되지 않으면 안 되었다.

"어느 정도 있다고 말할 만큼 많지는 않아요. 그냥 그럭저럭 먹고살 수 있을 정도지요. 그건 아무래도 좋지만, 학생은 앞으로 뭔가 하지 않으면 정말 안 돼요. 남편처럼 그냥 놀고 있으면……."

"그냥 놀고만 있는 건 아니지."

선생님은 고개만 약간 이쪽으로 돌려 사모님의 말을 부정했다.

34

그날 밤에 10시가 넘어서야 선생님 댁을 떠났다. 이삼 일 안에 고향으로 돌아갈 예정이었기 때문에, 자리에서 일어서기 전에 잠시 작별 인사를 했다.

"당분간 또 뵙지 못할 것 같습니다."

"9월에는 돌아올 거지요?"

나는 이미 졸업을 한 상태였기 때문에 꼭 9월에 돌아올 필요는 없었다. 하지만 제일 더운 8월 한여름을 도쿄까지 와서 보내자는 생각은 하지 않았다. 나에게는 직장을 얻기 위한 귀중한 시간이라는 것이 존재하지 않았다.

"글쎄요, 9월쯤이 되겠죠."

"그럼 잘 지내요. 우리도 이번 여름엔 어딘가 갈지도 몰라요. 꽤 더울 것 같으니까. 가면 또 엽서라도 보내지요."

"어디로 가실 예정이신가요? 만약 가시게 된다면요."

선생님은 그런 이야기를 싱글싱글 웃으며 듣고 있었다.

"아직 갈지 안 갈지도 안 정한걸요."

자리에서 일어나려 했을 때, 선생님은 갑자기 나를 향해 "그건 그렇고, 아버님 병세는 어떻지요?" 하고 물었다. 나는 아버지 건강에 대해 아는 바가 거의 없었다. 뭐라고 특별히 말을 해 오지 않는 이상 나쁜 상태는 아닐 거라는 정도로 생각하고 있었다.

"그렇게 쉽게 생각할 수 있는 병이 아닙니다. 요독증이 생기면 가망이 없으니까요."

나는 요독증이라는 말의 뜻도 알 수가 없었다. 요전 겨울방학에 고향에서 의사와 만났을 때도 그런 단어를 전혀 듣지 못했다.

"정말, 잘 보살펴 드리도록 하세요." 하고 사모님도 말했다.

"독이 머리까지 퍼지면 손을 쓸 수 없게 되거든요. 웃을 일이 아니에요."

경험이 없는 나는 불안해지면서도 싱글싱글 웃고 있었다.

"어차피 가망이 없는 병이라면 아무리 걱정해 봐야 소용없습니다."

"그렇게 아예 단념하신다면 이런 말을 할 필요도 없지만요."

사모님은 같은 병으로 전에 사망했다는 자신의 어머니 생각이라도 났는지 우울한 어조로 말하더니 고개를 숙였다. 나도 아버지의 운명이 너무 딱하다는 생각이 들었다.

그러자 선생님이 갑자기 사모님 쪽을 바라보았다.

"시즈, 당신은 나보다 먼저 죽게 될까?"

"왜 그런 걸 물어요?"

"이유는 없고 그냥 물어보는 거야. 아니면 내 쪽이 당신보다 먼저 죽으려나? 보통은 남편이 먼저고 부인이 남는 게 일반적이잖소."

"꼭 그렇지만도 않아요. 하지만 남자는 우선 나이가 많잖아요."

"그러니까 먼저 죽는다는 얘기인가? 그러면 나도 당신보다 먼저 저세상에 가야 한다는 이야기가 되는군."

"당신은 달라요."

"그럴까?"

"그럼요, 우선 건강하잖아요. 거의 아파 본 적이 없잖아요. 그러니 어디로 보나 제가 먼저예요."

"먼저일까?"

"그럼요, 분명히 제가 먼저일 거예요."

선생님은 나의 얼굴을 보았다. 나는 웃었다.

"하지만 만약 내가 먼저 가면 당신, 어떻게 할 거지?"

"어떻게 하다니요……?"

사모님은 말을 잇지 못했다. 선생님의 죽음을 상상하자 비감한 기분이 잠깐 사모님의 가슴을 파고든 모양이었다. 하지만 다시 얼굴을 들었을 때는 이미 기분을 바꾼 모양이었다.

"어떻게 하다니, 할 수 없는 거죠, 뭐. 안 그래요? 사람 수명은 나이로는 알 수 없는 거라고들 하는데요, 뭐."

사모님은 내 쪽을 돌아보며 짐짓 농담처럼 말했다.

*

35

자리에서 일어서려던 나는 다시 주저앉아 이야기가 끝날 때까지 두 사람을 상대했다.

"당신은 어떻게 생각합니까?" 하고 선생님이 물었다.

선생님이 먼저 세상을 떠날지 사모님이 먼저일지는 물론 내가 판단할 수 있는 문제가 아니었다. 나는 그냥 웃고만 있었다.

"사람의 목숨에 관해선 저도 잘 모르겠습니다."

"이 문제만은 정말로 수명의 문제니까요. 태어날 때 이미 햇수가 정해져서 나오는 거니까 어쩔 수 없지요. 남편의 부모님은 거의 같았지요, 돌아가신 게."

"돌아가신 날짜가 말입니까?"

"그렇다고 날짜까지 같지는 않았지요. 하지만 거의 비슷했어요. 연달아 돌아가 버리셨으니까요."

처음 듣는 이야기였다. 나는 이상하다고 생각했다.

"어떻게 그렇게 한꺼번에 돌아가셨습니까?"

사모님은 내 질문에 대답하려 했다. 선생님은 그것을 가로막았다.

"그런 이야기는 그만하라고. 재미없으니까."

선생님은 손에 든 부채를 일부러 팔락팔락 소리가 나도록 부쳤다. 그러면서 사모님을 돌아보았다.

"시즈, 내가 죽으면 이 집을 당신한테 주지."

사모님은 또 웃음을 터뜨렸다.

"주시는 김에 땅도 주세요."

"땅은 다른 사람 거니까 어쩔 수 없어. 그 대신 내가 갖고 있는 건 전부 당신한테 주지."

"고맙네요. 하지만 서양 책 같은 건 받아 봐야 소용없을 것 같은데요."

"헌책방에 팔지?"

"팔면 얼마나 주는데요?"

선생님은 얼마라고 이야기하지는 않았다. 하지만 선생님의 이야기는 자신의 죽음이라는 문제에서 쉽게 떠나지 않았다. 그리고 그 죽음은 사모님보다 꼭 먼저 찾아오는 걸로 가정하고 있었다. 사모님도 처음엔 일부러 하릴없는 농담으로 대응하는 것처럼 보였다. 그러던 것이 어느새 감상적인 여자의 마음을 침울하게 만들었다.

"내가 죽으면, 내가 죽으면 하고 몇 번이나 말씀하시는 거예요. 부탁이니까 이제 그만해 두세요. 무슨 일 있을까 겁나네요. 당신이 죽으면 뭐든지 당신 생각대로 해 드릴게요. 그러면 되잖아요."

선생님은 정원 쪽을 보며 웃었다. 하지만 사모님이 싫어하는 이야기는 그 이상 하지 않았다. 나도 너무 오래 있었기 때문에 자리에서 곧 일어섰다. 선생님과 사모님은 현관까지 따라 나왔다.

"아버님을 잘 돌봐 드리세요." 하고 사모님이 말했다.

"다시 9월에 봅시다." 하고 선생님이 말했다.

나는 인사를 하고 문밖으로 발을 내디뎠다. 현관과 문 사이에 있는, 나뭇잎이 무성한 금계나무 한 그루가 내 앞을 가로막듯 어둠 속에 가지를 뻗고 있었다. 나는 두세 걸음 걷기 시작하면서 검은빛을 띤 잎사귀로 뒤덮인 나뭇가지를 보았다. 다가올 가을의 꽃과 향기를 떠올렸다. 이전부터 마음속으로 선생님 댁과 이 금계나무를 떼어 놓을 수 없는 존재처럼 함께 기억하고 있었다. 우연히 그 나무 앞에 서서 다시 이 집 현관을 넘어설 다음 가을을 떠올렸을 때, 지금까지 문틈으로 비쳐

나오던 현관의 전등 불빛이 스러지듯 꺼졌다. 선생님 부부는
이제 안으로 들어간 듯했다. 혼자서 어두운 바깥으로 나왔다.

나는 곧바로 하숙으로 돌아가지는 않았다. 고향으로 돌아
가기 전에 준비해 놓을 물건도 사고 싶었고 맛있는 음식으로
채운 배 속을 편안하게 해 줄 필요도 있어서 그냥 번화가 쪽
으로 걸어갔다. 거리는 아직 초저녁이었다. 특별한 일도 없어
보이는 남녀들이 줄지어 오가는 가운데, 나와 함께 졸업한 친
구를 만났다. 그는 억지로 나를 어떤 술집으로 데리고 들어갔
다. 거기에서 나는 그가 토해내는, 맥주 거품 같은 기염을 들
어야만 했다. 하숙으로 돌아온 것은 12시가 넘어서였다.

*

36

나는 그다음 날도 부탁받은 물건들을 사러 더위 속에 돌아
다녔다. 편지로 주문을 받았을 때는 별것 아닌 일로 생각했는
데, 막상 다니려니 아주 귀찮게 느껴졌다. 나는 전차 안에서
땀을 닦으며, 다른 사람의 시간 손실과 수고에 대해 미안하다
는 관념이 전혀 없는 시골 사람들을 미워했다.

이 한여름을 아무 일도 안 하고 지낼 생각은 없었다. 고향

에 돌아가서 지낼 일정을 미리 짜 놓았기 때문에 그것을 이행하는 데 필요한 책도 구입해야 했다. 반나절을 마루젠(양서를 비롯한 외국 물품을 수입 판매하던 대표적 서점. 당시의 지식인들은 이곳에서 서양의 분위기에 접하며 문명의 향기를 느끼곤 했다-옮긴이)에서 보낼 각오를 하고 있었다. 나는 나와 관계 깊은 분야의 서적 코너 앞에 서서 구석구석까지 한 권씩 검토해 나갔다.

사야 할 물건 중에서 나를 가장 애먹인 것은 여자용 기모노 것이었다. 나이 어린 점원에게 말하면 얼마든지 꺼내서 보여주기는 하지만, 막상 사야 할 단계가 되면 무엇을 고르면 좋을지 망설여질 뿐이었다. 게다가 값이 천차만별이었다. 쌀 것 같다고 생각하며 물어보면 아주 비싸거나, 비쌀 것으로 생각하고 안 묻고 있던 물건이 오히려 아주 싸기도 했다. 아니면 아무리 비교해 봐도 어디에서 가격 차이가 나는지 종잡을 수 없는 것도 있었다. 정말 결정하기 힘들었다. 그리고 왜 사모님한테 부탁하지 않았던가 하고 속으로 후회했다.

나는 가방을 샀다. 물론 싸구려 국산 제품에 지나지 않지만, 그래도 금장식 등이 번쩍거렸기 때문에 시골 사람들을 위압하기에는 충분했다. 이 가방은 어머니가 주문한 것이었다. 졸업하면 새 가방을 사서 그 안에 선물을 전부 넣어 돌아오라고 편지에 쓰여 있었던 그 구절을 읽었을 때 웃음이 터졌다.

어머니의 생각이 이해되지 않아서라기보다 그 말이 우스꽝스럽게 느껴졌기 때문이었다.

나는 선생님과 사모님에게 작별 인사를 할 때 말했던 것처럼 사흘 후에 기차로 도쿄를 떠나 고향으로 향했다. 지난겨울 이래 아버지 병에 대해 선생님한테서 여러 가지 이야기를 들어 왔기 때문에 걱정하지 않으면 안 될 입장이었으면서도, 웬일인지 그다지 걱정되지는 않았다.

오히려 아버지가 돌아가신 이후의 어머니 일을 생각하고 불쌍하게 생각했다. 그랬던 것을 보면 나는 마음속 어딘가에서 아버지가 돌아가실 걸로 각오하고 있었음에 틀림없었다.

나는 규슈에 있는 형한테 보낸 편지에도 아버지가 도저히 전처럼 건강한 몸으로 회복될 것 같지 않다고 썼다. 한번은, 일도 있겠지만 가능하면 날짜를 조정해서 이번 여름 정도에 한번 얼굴만이라도 보이러 고향에 가면 어떻겠느냐고까지 썼다. 게다가, 나이 드신 분들이 두 분만 시골에 계시는 건 아주 불안할 것이다, 우리도 자식으로서 죄송스럽기 짝이 없는 일이다 하는 식으로 감상적인 문구까지 써 넣었다. 나는 실제로 마음에서 우러나오는 그대로 썼다. 하지만 쓰고 난 다음의 기분은 쓸 때와는 많이 달라져 있었다.

기차 안에서 그러한 모순에 대해 생각했다. 생각하다 보니 내 자신이, 마음이 쉽게 변하기 쉬운 가벼운 사람처럼 여겨졌다. 나는 불쾌해졌다. 나는 또 선생님 부부 일을 떠올렸다. 특히 이삼 일 전 저녁 식사에 초대받았을 때의 대화를 떠올렸다.

"어느 쪽이 먼저 죽을까?"

그날 밤 선생님과 사모님 사이에 일어난 의문을 혼자 입속에서 되풀이해 뇌어 보았다.

이 의문에는 아무도 자신 있게 대답할 수 없는 거라고 생각했다. 하지만 어느 쪽이 먼저 죽을지를 분명히 알고 있다면 선생님은 어떻게 할까? 사모님은 어떻게 할까? 선생님이든 사모님이든 지금과 똑같은 태도로 지낼 수밖에 없을 거라고 생각했다. — 죽음이 가까워지고 있는 아버지를 고향에 놓아두고 내가 아무것도 할 수 없는 것처럼 — 나는 인간을 무상한 존재라고 느꼈다. 인간의 어쩔 수 없는 속성인 경박성을, 느끼고 허망해졌다.

양
친
과

나

*

1

집으로 돌아가 보니 아버지의 원기가 이전과 비교해 별로 변하지 않은 듯해 뜻밖이었다.

"아, 왔구나, 어쨌든 졸업했으니 잘했다. 잠깐 기다려라, 얼굴 좀 씻고 오마."

아버지는 정원에 나와 무슨 일인가를 하던 중이었다. 햇빛을 피하려고 모자에 묶어 둔 꾀죄죄한 손수건을 낡은 밀짚모자 뒤쪽으로 펄럭거리면서 우물이 있는 집 뒤쪽으로 돌아갔다.

나는 보통 사람이라면 대학을 당연히 졸업하는 것으로 생각했기에, 졸업을 예상 외로 기뻐해 주는 아버지 앞에서 민망스러워졌다.

"졸업을 할 수 있어서 정말 다행이다."

아버지는 이 말을 되풀이했다. 나는 마음속으로 아버지의 이 말과, 졸업식 날 밤 선생님 댁 식탁에서 "축하합니다."라고 말하던 선생님 표정을 비교해 봤다. 나로서는, 입으로는 축하하면서 속으로는 별것 아닌 걸로 생각하는 선생님 쪽이, 대단한 것도 아닌 일을 대단한 일인 것처럼 기뻐하는 아버지보다 품위 있는 행동으로 여겨졌다. 나중에는 아버지의 무지에서 오는 촌스러운 부분에 불쾌감을 느꼈다.

"대학 정도 졸업했다 해서 그렇게 대단할 것도 없습니다. 대학을 졸업하는 사람은 매년 몇백 명씩 있습니다."

나는 참지 못하고 그런 식으로 말했다. 그러자 아버지가 이상하다는 듯한 얼굴을 했다.

"아니 뭐, 꼭 대학을 졸업한 것만 가지고 잘했다는 게 아니다. 그거야 졸업은 잘한 일임에 틀림없지만, 내 말에는 의미가 좀 있었다. 네가 그걸 알아주기만 한다면……."

나는 아버지에게 그다음 말을 들으려 했다. 주저하는 듯 하다가, 아버지는 드디어 이렇게 말했다.

"말하자면 나한테 다행이라는 이야기다. 너도 알다시피 나는 병에 걸렸지 않느냐. 작년 겨울에 너를 만났을 때, 어쩌면 앞으로 서너 달 정도일 거라고 생각했지. 그랬는데 어떻게 운이 좋았던 건지 지금까지 이렇게 살아 있는 거다. 일상생활에 불편을 느끼지 않고 이렇게 말이다. 더구나 네가 졸업을 해 주었다. 그래서 기쁜 거지. 애지중지 키워 온 아들이 내가 죽고 없을 때 졸업하는 것보다는 건강할 때 졸업해 주는 게 아버지로서는 기쁘지 않겠냐? 큰 뜻을 가진 네 생각에는 학교 졸업만 갖고 잘했다, 잘했다 하는 소리를 듣는 것도 시시하겠지. 하지만 내 입장에서 생각해 보렴, 입장이 좀 다르니까. 그러니까 졸업은 너한테보다도 나한테 좋은 일인 거다. 알았냐?"

나는 할 말이 없었다. 사과도 못 하고 그저 죄송한 마음으로 고개를 수그리고 있었다. 아버지는 태연한 듯 행동했어도 자신의 죽음을 각오하고 있었던 모양이었다. 그것도 내가 졸업하기 전에 죽을 걸로 생각했던 모양이었다. 그 졸업이 아버지 마음에 얼마만큼 대단한 것이었는지 생각도 못 했던 나는 정말이지 생각이 모자랐던 것이다. 나는 가방에서 졸업장을 꺼내, 소중한 물건인 양 아버지와 어머니께 보였다. 졸업장은 뭔가에 눌려 구겨져서 원래의 모습이 아닌 상태였다.

"이런 건 말아서 손에 들고 오는 거다."

"안에 심이라도 넣었으면 좋았을걸." 하고 어머니가 책망했다.

아버지는 얼마 동안 졸업장을 바라보고 나서 일어나 도코노마(족자나 꽃등을 장식해두는 공간-옮긴이)로 가더니, 누구 눈에도 금방 띄는 정면에 졸업장을 놓았다. 평소의 나 같았으면 바로 뭐라 했겠지만, 그때 나는 평소와는 전혀 달랐다. 아버지나 어머니를 거역할 생각이 조금도 들지 않았다. 잠자코 아버지가 하는 대로 내버려 두었다. 한번 접힌 자국은 아버지 말대로 좀처럼 펴지지 않았다. 적당한 위치에 놓자마자 금방 제풀에 쓰러지려고 했다.

*

2

　나는 어머니를 몰래 불러 아버지의 병세에 대해 물어봤다. "아버지는 저렇게 기운 넘치는 사람처럼 정원에 나가고 그러시는데, 그래도 괜찮은 건가요?"

　"이제 아무렇지도 않으신 모양이다. 아주 좋아지셨지?"

　어머니는 오히려 태연했다. 도회지에서 멀리 떨어진 산골이나 농촌에서 살고 있는 여자들이 보통 그러하듯, 어머니는 이런 일에 대해서는 완벽하리만치 무심했다. 이전에 아버지가 졸도했을 때는 그렇게도 놀라고 걱정하더니, 하고 속으로 혼자 이상하게 여겼다.

　"하지만 그때 의사는 아무래도 어렵다고 선고했잖아요."

　"그러니까 사람 몸처럼 알기 어려운 건 없는 것 같다. 어렵다고 그렇게 의사가 말했는데, 지금까지 팔팔하시니 말이다. 나도 처음엔 걱정이 돼서 되도록 몸을 움직이지 말아야 한다고 생각했지. 그런데 너도 알다시피 저런 성격이시잖니. 조심은 하지만 고집이 세시니까. 본인이 괜찮다고 생각하시면 여간해서 내 말 같은 건 들으려고 하지 않으시니 말이다."

나는 이전에 돌아왔을 때 무리하게 이불을 개키게 하고 수염을 깎았던 아버지의 모습과 태도를 떠올렸다. "이제 괜찮다. 어머니가 너무나 수선을 떠는 것뿐이다."라고 했던 그때의 말을 생각해 보면 그저 어머니만 책망할 기분도 들지 않았다. '하지만 옆에서 조금은 주의해야지요.' 하고 말하려 했던 나는 결국 어머니 입장을 생각해 아무 말도 하지 않았다. 단지 아버지 병에 대해 내가 알고 있는 전부를, 가르쳐 주듯 이야기했다. 하지만 그 대부분은 선생님과 사모님한테서 얻은 자료에 지나지 않았다. 어머니는 특별히 감탄하는 모습도 아니었다. 단지 "그러냐, 같은 병으로 돌아가셨단 말이지? 안됐구나. 몇 살에 돌아가셨다던?" 하고 물을 뿐이었다.

나는 할 수 없이 어머니는 그냥 두고 아버지한테 직접 말씀드리기로 했다. 아버지는 내가 주의시키는 말을 어머니보다는 진지하게 들어 주었다. "정말이다, 네가 말하는 대로야. 하지만 어차피 내 몸이니까, 내 몸에 대해서 어떻게 조심해야 할지는 오랜 경험으로 내가 제일 잘 알고 있다." 하고 말했다. 그 말을 들은 어머니는 쓴웃음을 지으며 "그것 보렴." 하고 말했다.

"하지만 말씀은 저렇게 하셔도 아버지께선 각오는 하고 계십니다. 이번에 제가 졸업하고 돌아온 걸 아주 기뻐하시는 것도 바로 그래서예요. 살아 있을 동안 졸업하지 못할 거라고 생각했는데, 아직 건강할 때 졸업장을 갖고 왔으니 그게 기쁘다고 말씀하셨어요."

"그야 입으로는 그렇게 말씀하시지만 말이다, 속으로는 아직 괜찮다고 생각하고 계시단다."

"그럴까요?"

"아직 10년이고 20년이고 더 사실 생각이시지. 하긴 가끔은 나한테도 불안해하는 말씀을 하시지만 말이다. 나도 이 상태로는 오래 살지 못할 거다, 내가 죽으면 당신은 어떻게 할거냐, 혼자서 이 집에 있을 거냐 하는 식으로 말이다."

나는 갑자기, 아버지가 안 계시고 어머니 혼자 남은 낡고 넓은 시골집을 상상해 보았다. 아버지가 안 계시면 이 집에서 이제까지처럼 살아가실 수 있을까? 어머니는 뭐라고 하실까? 나는 이 집을 떠나 도쿄에서 마음 편히 살아갈 수 있을까? 나는 어머니를 눈앞에서 보면서 아버지가 건강하실 때 나누어 받을 것은 받아 두라고 한 선생님의 충고를 떠올렸다.

"뭐, 자기 입으로 죽는다, 죽는다 말하는 사람치고 죽은 경우는 없으니까 안심이지. 아버지 같은 분도 죽는다, 죽는다 하고 말씀하시지만 앞으로 몇 년이고 사실지 모르지. 그것보다도 아무 말 않고 있는 건강한 사람 쪽이 위험할 수도 있다."

나는 이론에서 나온 건지 통계에서 나온 건지 알 수 없는 어머니의 이 진부한 말을 잠자코 듣고 있었다.

*

3

나를 위해 팥밥(일본에는 축하할 일이 있을 때 팥밥을 지어 먹는 풍습이 있다-옮긴이)을 지어 손님을 초대하자는 이야기가 어머니와 아버지 사이에서 나왔다. 나는 귀향한 그날부터 어쩌면 그런 일이 있을 거라고 생각하며 혼자 겁내고 있었다. 나는 이내 거부했다. "너무 거창하게 그러지 마세요."

나는 시골 손님들이 싫었다. 그들은 먹고 마시는 일을 최종적, 궁극적 목적으로 삼고 무슨 일만 있으면 신 나 하면서 모여 있었다. 어렸을 때부터 그들 사이에 끼는 일을 불편하게 느끼고 있었다. 게다가 나를 위해 그들이 온다면 불편함은 한층 더 심해질 것 같았다. 하지만 아버지나 어머니 앞에서 그런 무지한 사람들을 모아 법석 떠는 일은 그만두라고 말하기도 어려웠다. 그래서 나는 그저, 그렇게 법석을 떨 일이 아니라고 주장했다.

"법석, 법석 하는데, 법석이랄 것 조금도 없다. 인생에 단 한 번 있는 일이니까, 손님 초대 정도 하는 건 당연하지. 그렇게 사양하는 거 아니다."

어머니는 내가 대학을 졸업한 걸 마치 신부라도 얻은 것처럼 대단한 일로 생각하는 것 같았다.

"부르지 않아도 되긴 하지만, 부르지 않으면 또 뭐라고들 할지 모르니까."

이것은 아버지의 말이었다. 아버지는 그들의 험담에 신경 쓰고 있었다. 실제로 그들은 이런 경우에 자신들의 예상대로 되지 않으면 금방 뭐라고 나쁘게 말하고 싶어 하는 사람들이었다.

"도쿄와 달라서 시골 사람은 말들이 많으니까."

아버지는 이렇게 말하기도 했다.

"아버지 체면도 있지 않니?" 하고 어머니도 덧붙였다.

내 고집만 세울 수도 없었다. 아무튼 두 사람한테 좋도록 하자는 생각이 들었다.

"그러니까 저를 위해서라면 안 해도 된다는 이야기입니다.

뒤에서 뭐라고들 하는 말을 듣는 게 싫다는 생각이시라면 그건 또 이야기가 달라집니다. 어머니와 아버지께 해가 되는 일을 제가 강력히 주장할 필요는 없으니까요."

"넌 왜 그렇게 일일이 이유가 많으냐?"

아버지는 쓴 얼굴을 했다.

"아버지가 꼭 너를 위해서 하는 게 아니라고 말씀하시는 건 아니지만, 너도 어느 정도 남들에 대한 예의는 챙겨야 한다는 걸 알 거 아니냐?"

어머니는 역시 여자인 만큼 종잡을 수 없는 소리를 했다. 그 대신 말수로 치자면 아버지와 나 두 사람을 합쳐도 좀처럼 당해 낼 수 없는 수준이었다.

"공부를 시키면 도대체 이유가 많아져서 탈이다."

아버지는 그저 이 말밖에 하지 않았다.

하지만 이 간단한 한마디 속에서 아버지가 평소 나한테 품고 있던 불만의 모든 것을 보았다. 나는 그때 내 말이 건방졌다는 것을 모르고 아버지의 불평만을 억지라고 생각했다.

아버지는 그날 밤 또 생각을 바꾸어, 손님을 부른다면 며칠로 할까 하며 나의 상황을 물었다. 형편이 좋고 말고 할 것도 없이, 낡은 집구석에서 하릴없이 빈둥빈둥 지내고 있는 나한테 그런 질문을 한다는 건 아버지가 지고 들어왔다는 이야기였다. 나는 이 온유한 아버지에 대해 고집을 꺾었다. 아버지와 상의해서 초대 날짜를 정했다.

그 날짜가 되기 전에 어떤 큰일이 발생했다. 천황 폐하가 병환을 앓고 있다는 소식이었다. 신문을 통해 전국으로 알려진 이 사건은 한 시골집에서 다소의 우여곡절을 거쳐 겨우 성사되려던 내 졸업 축하회를 먼지처럼 불어 날려 버렸다.

"글쎄다, 좀 더 두고 보는 게 좋을 것 같구나."

안경을 쓰고 신문을 보던 아버지는 이렇게 말했다. 아버지는 묵묵히 자신의 병에 관해서도 생각하고 있는 것 같았다. 나는 바로 얼마 전 졸업식에 평년처럼 참석했던 천황 폐하를 떠올렸다.

*

4

식구가 적은 우리 가족한테는 너무 넓은, 쥐 죽은 듯 고요한 낡은 집에서 나는 고리짝을 풀어 책을 읽기 시작했다. 왠지 마음이 안정되지 않았다. 그 바쁘게 돌아가던 하숙집 2층에서 멀리 달리는 전차 소리를 귓가에 들으며 책장을 한 장 한 장 넘기던 때가 훨씬 더 정신적 긴장을 유지하며 쾌적하게 공부할 수 있었다.

　나는 곧잘 책상 위에 엎드려 졸았다. 때로는 베개까지 꺼내서 정식으로 낮잠을 잔 적도 있었다. 눈이 떠지면 매미 소리를 들었다. 꿈에서부터 이어진 듯한 그 소리는 갑자기 귀가 떨어져라 귓속을 자극했다. 나는 꼼짝 않고 그 소리를 들으면서 이따금 슬픔을 느꼈다.

　나는 친구들한테 짧은 엽서나 편지를 썼다. 그들 중에는 도쿄에 남아 있는 친구도 있었다. 또 어떤 친구는 멀리 떨어진 고향으로 돌아가 있었다. 답장이 오는 친구도, 소식이 없는 친구도 있었다. 당연한 일이었지만, 나는 선생님을 잊지 않고 있었다. 원고지에 작은 글씨로 세 장 정도, 고향에 돌아온 이후의 나를 제목으로 해서 편지를 써 보내기로 했다. 편지를 봉하면서 선생님이 과연 아직 도쿄에 계실지 어떨지 궁금했다. 선생님이 사모님과 함께 집을 비울 경우에는 쉰 전후로 보이는, 어깨까지 머리를 늘어뜨린 여자가 어디선가 와서 집을 보는 것이 보통이었다. 언젠가 선생님한테 저 여자는 누구냐고 묻자 선생님은 누구일 것 같으냐고 되물었다. 나는 그 사람을 선생님의 친척이라고 잘못 생각하고 있었다. 선생님은 "나한테는 친척이 없습니다." 하고 대답했다. 선생님은 고향에 있는 친척들하고 소식을 전혀 주고받지 않고 있었다. 내가 궁금

해했던, 집 봐 주러 온 그 여자는 선생님과는 관계가 없었고 사모님 쪽 친척이었다. 선생님한테 편지를 띄울 때, 폭이 좁은 허리띠를 편안하게 뒤로 묶고 있던 그 사람의 모습을 문득 떠올렸다. 만약 선생님과 사모님이 어딘가로 피서라도 간 다음에 이 편지가 도착한다면, 그 단발머리 할머니가 그것을 선생님이 가신 곳까지 바로 전달해 줄 만큼 친절하고 머리 회전이 가능할까 생각했다. 그러면서도 편지에는 용건이라고 할 만한 내용도 쓰여 있지 않은 것을 나는 잘 알고 있었다. 다만 나는 외로웠다. 그리고 선생님한테서 답장이 오는 걸 당연한 일처럼 기대했다. 하지만 답장은 끝내 오지 않았다.

아버지는 지난 겨울만큼 장기를 두고 싶어 하지 않았다. 장기판은 먼지가 쌓인 채 도코노마 한구석으로 치워져 있었다. 특히 폐하의 발병 이후 아버지는 묵묵히 생각에 잠겨 있는 사람처럼 보였다. 매일 신문이 오는 걸 기다렸다가 가장 먼저 읽었다. 그러고는 일부러 내가 있는 곳으로 갖고 왔다.

"이거 봐라, 오늘도 천자님 일이 자세히 나와 있다."

아버지는 폐하를 항상 천자님이라고 불렀다.

"송구스럽게도 천자님 병도 내 병과 비슷한 거 같구나."

이렇게 말하는 아버지 얼굴에는 깊은 염려의 빛이 스치고 있었다. 그런 말을 듣는 나의 가슴에는 아버지가 언제 또 쓰러

질지 모른다는 불안이 스쳐 지나갔다.

"하지만 괜찮겠지. 보잘것없는 나 같은 사람도 아직 이렇게 살아 있을 정도니까."

아버지는 자신이 건강하다는 것을 스스로 보증하면서도, 금방이라도 자신에게 닥칠 위험한 사태를 예감하고 있는 듯했다.

"아버지는 병을 정말로 무서워하고 계세요. 어머니께서 말씀하시는 것처럼 10년이고 20년이고 사실 생각이 아닌 것 같은데요."

어머니는 내 말을 듣고 당황한 표정을 지었다.

"또 장기라도 두자고 좀 권해 보렴."

나는 도코노마에서 장기판을 꺼내 먼지를 털었다.

*
5

아버지는 기력이 점차 쇠약해져 갔다. 나를 놀라게 했던, 손수건이 묶여 있는 낡은 밀짚모자는 자연스럽게 방치 상태가 되었다. 나는 거무스레하게 빛바랜 선반 위에 놓인 그 모자를 볼 때마다 아버지가 측은한 생각이 들었다. 아버지가 이전

처럼 가볍게 움직이고 계실 때는 좀 더 안정을 취해 주었으면
하고 걱정하곤 했다. 아버지가 가만히 계시게 되자 역시 이전
쪽이 건강하신 거였다는 생각이 들었다. 나는 아버지의 건강
에 대해 어머니와 자주 이야기를 했다.

"그건 네가 그렇게 생각하기 때문이다." 하고 어머니가 말
했다. 어머니는 천황 폐하의 병과 아버지의 병을 관련지어 생
각하고 있었다. 나는 그렇게만 생각되지는 않았다.

"그렇게 생각해서가 아니에요. 정말로 몸이 안 좋으신 건
아닐까요? 아무래도 정신 상태보다 신체 건강이 더 나빠지는
것 같아요."

나는 이렇게 말하고, 속으로 다시 멀리서 실력 있는 의사라
도 불러 한번 보여 볼까 궁리했다.

"올여름은 너도 재미가 없겠구나. 모처럼 졸업을 했는데,
축하연도 해 주지 못하고 아버지 건강도 저러시니. 그런 데다
천자님도 병환이시고…… 차라리 돌아왔을 때 바로 손님을
부를 걸 그랬다."

내가 돌아온 건 7월 5일인가 6일이었고, 아버지와 어머니
가 졸업을 축하하기 위해 손님을 부르자는 말을 꺼낸 것은 그
로부터 일주일 뒤였다. 그리고 막상 정한 날은 그로부터 또 일
주일 이상 지난 후였다. 시간에 신경 쓰지 않는 여유로운 시골

로 돌아온 덕분에 내키지 않는 교제를 해야 하는 고통에서 해방된 거나 마찬가지였지만, 나를 이해 못 하는 어머니는 그런 내 심정을 전혀 모르고 있는 것 같았다.

천황 폐하의 서거 소식이 전해졌을 때, 아버지는 그 신문을 손에 들고 "아아." 하고 탄식했다.

"아아, 천자님도 드디어 가셨구나. 나도⋯⋯."

아버지는 그다음 말을 잇지 않았다.

나는 검은 천을 사러 시내로 나갔다. 사 온 천으로 깃대의 봉을 싸고 같은 천으로 깃대 끝에 9센티미터 폭의 헝겊을 달아 대문 현관 옆에다 바깥쪽으로 비스듬히 내어 달아 놓았다. 깃발도 검은 헝겊도 바람 없는 공기 속에서 축 처졌다. 우리 집 낡은 대문의 지붕은 짚으로 이어져 있었다. 비 맞고 바람에 시달린 짚 빛깔은 유달리 변색되어 엷은 잿빛을 띠게 된 데다 여기저기 움푹 파이거나 튀어나온 곳도 눈에 띄었다. 혼자 문밖으로 나가 검은 헝겊과 하얀 천 안에 그려진 붉은 동그라미를 봤다. 때 탄 지붕을 배경으로 매달려 있었다. 전에 선생님 한테서 "당신 집은 어떻게 생겼지요? 우리 고향 쪽과는 분위기가 많이 다릅니까?" 하는 질문을 받았던 것을 떠올렸다. 내가 태어난 이 낡은 집을 선생님께 보이고 싶기도 했다. 또 선생님께 보이는 게 부끄럽기도 했다.

다시 혼자 집 안으로 들어왔다. 책상이 있는 곳까지 가서 신문을 읽으며 먼 도쿄의 모습을 상상했다. 나의 상상은 일본에서 제일가는 커다란 수도가 이런 식의 어두운 분위기 속에서 어떻게 움직이고 있는지에 집중되었다. 그렇게 검으면서도 움직여 돌아가지 않으면 안 되는 도시의 불안한 어수선함 속에서 등불 한 점처럼 선생님의 집을 보았다. 그때 나는 그 등불이 소리 없는 소용돌이에 말려들고 있다는 것을 알지 못하고 있었다. 시간이 지나면 그 불빛도 또 스러지듯 꺼지고 말 운명이 눈앞에 기다리고 있다는 것도, 당연한 이야기이지만, 모르고 있었다.

이번 사건에 대해 선생님한테 편지를 쓸까 생각하고 펜을 들었다. 편지를 열 줄 정도 쓰다가 그만두었다. 쓴 편지는 잘게 찢어 쓰레기통에 버렸다. 선생님한테 그런 이야기를 써 봐야 의미가 없고, 전례를 봐서는 아무래도 답장을 줄 것 같지 않았기 때문이다. 나는 외로웠다. 편지를 쓴 것은 그래서였다. 답장이 왔으면 좋겠다고 생각했던 것도 그래서였다.

*

6

8월 중순경에 나는 어떤 친구의 편지를 받았다. 지방 중학교 교사 자리가 있는데 가지 않겠느냐고 쓰여 있었다. 그 친구는 경제적 필요 때문에 직접 그런 자리를 찾아 돌아다니는 사람이었다. 이 자리도 처음에는 자신한테 이야기가 온 것이었는데, 더 좋은 지방에서 이야기가 와서 남은 쪽을 나한테 줄 생각으로 일부러 알려 온 것이었다. 나는 곧 편지를 써서 거절했다. 아는 사람들 중에는 정말 애써서 교사 자리를 얻으려는 사람들이 있으니 그런 친구한테 말해 주는 게 좋을 거라고 썼다.

답장을 쓴 다음, 아버지와 어머니에게 그 이야기를 했다. 두 사람 다 내가 거절한 데 대해 이의는 없는 것 같았다.

"그런 데까지 안 가도, 또 좋은 자리가 나오겠지."

나는 이런 말 뒷켠으로 두 사람이 나한테 걸고 있는 지나친 기대를 읽었다. 세상 돌아가는 물정에 어두운 부모님은, 나한테는 걸맞지 않은 지위와 수입을, 이제 막 졸업한 나에게 기대하고 있는 것 같았다.

"좋은 자리라니, 요즘은 그런 괜찮은 자리는 좀처럼 없어요. 특히나 형과 나는 전공도 다르고 시기도 다르니까, 두 사람을 똑같이 취급하시면 좀 곤란합니다."

"하지만 졸업한 이상, 최소한 독립해서 생활하지 않으면 우리도 곤란하다. 남들이 댁의 둘째 아들은 대학 졸업하고 나서 무엇을 하고 있습니까 하고 물었을 때 대답할 수 없어서야 나도 체면이 서지 않으니까."

아버지는 쓰디쓴 얼굴을 했다. 아버지의 사고는 오래전부터 살아와 익숙해진 고향 바깥으로 나갈 줄 몰랐다. 고향의 누군가에게 대학을 졸업하면 얼마 정도 월급을 받을 수 있느냐는 질문이나 100엔 정도는 됩니까 하는 따위의 질문을 받아온 아버지는, 이렇게 말하는 사람들에 대해 체면이 서도록, 이제 막 졸업한 내가 취직해 주기를 바라고 있었던 것이다. 아버지나 어머니 쪽에서 보면 넓은 도시를 근거지로 생각하고 있는 나는 마치 다리를 허공에 두고 걷고 있는 이상한 인간과 다를 바 없었다. 나는 노골적으로 나의 생각을 밝히기에는 너무나도 간격이 벌어진 아버지와 어머니 앞에서 침묵했다.

"네가 곧잘 선생님, 선생님 하는 분한테라도 부탁하면 되잖니, 이럴 때."

어머니는 선생님에 대해 이런 식으로밖에 생각하지 못했다. 그 선생님이란 나에게 고향으로 돌아가면 아버지 살아생전에 빨리 재산을 분배받으라고 권하는 사람이었다. 졸업을

143

했으니 취직자리를 알선해 주자고 생각하는 사람은 아니었다.

"그 선생님이란 분은 무얼 하고 계시냐?" 하고 아버지가 물었다.

"아무 일도 하지 않고 있습니다." 하고 내가 말했다.

나는 훨씬 전부터 선생님이 아무 일도 하지 않고 있다는 사실을 아버지에게도 어머니에게도 말했다고 생각했다. 그리고 모르긴 해도 아버지는 그것을 기억하고 있을 터였다. "아무것도 하지 않고 있다는 건 또 무슨 소리냐? 네가 그토록 존경할 정도의 선생님이라면 뭔가 하고 있을 것 같은데."

아버지는 이렇게 말하며 나를 비꼬았다. 아버지 생각에는, 능력 있는 사람은 세상에 나가 모두 그에 걸맞는 지위를 얻어 일하고 있었다. 분명 별 볼 일 없는 사람이니 놀고 있는 거라는 결론을 내린 것 같았다.

"나 같은 사람만 해도, 월급은 받지 않고 이렇게 뭬도 놀고만 있지는 않았다."

아버지는 그런 말도 했다. 나는 그래도 가만히 있었다.

"네가 말하는 것처럼 훌륭한 분이라면 분명히 어딘가에 자리를 찾아 주실 거다. 부탁해 봤니?" 하고 어머니가 말했다.

"아뇨." 하고 내가 대답했다.

"그래서야 어떻게 해 볼 도리가 없잖니. 왜 부탁을 안 하는 거냐? 편지라도 좋으니까 띄워 봐라."

"네."

나는 건성으로 대답하고 자리를 떴다.

*

7

아버지는 분명히 자신의 병을 두려워하고 있었다. 그렇다고 의사가 올 때마다 귀찮도록 질문을 해서 상대방을 곤란하게 만드는 유형도 아니었다. 의사 쪽에서도 조심하느라고 아무 소리도 하지 않았다.

아버지는 사후의 일을 생각하고 있는 것 같았다. 적어도 자신이 없어진 이후의 집일을 상상해 보는 것 같았다.

"자식들을 공부시키는 것도 일률적으로 좋다 나쁘다 말할수 없구나. 모처럼 공부를 시켜 놓으면 절대로 집으로 돌아오질 않으니. 이거야 원, 부모 자식 사이를 떼어 놓기 위해 공부시키는 거나 마찬가지로구나."

공부를 한 결과로 형은 지금 먼 곳에 있었다. 또한 나는 교육을 받은 결과로 도쿄에 살 생각을 굳힌 상태였다. 자식들이 그러니 아버지의 푸념도 무리는 아니었다. 오랫동안 살아온 시골집에 홀로 남게 될 어머니를 그려 보는 아버지의 상상은 쓸쓸한 내용임에 틀림없었다.

아버지는 집을 옮길 수는 없다고 꼭 믿고 있었다. 또한 그 집에 사는 어머니도 목숨이 붙어 있는 한은 움직일 수 없는 것으로 생각하고 있었다. 자신이 죽은 후, 외로운 어머니를 텅 빈 집에 혼자서만 남겨 놓는 일 또한 너무나 불안한 일이었다. 그러면서도 도쿄에서 좋은 직장을 구하라고 나한테 강요하는 아버지도 모순이 아닐 수 없었다. 나는 그 모순을 우습게 생각하면서도 그 덕에 도쿄로 갈 수 있게 되었다고 기뻐했다.

아버지와 어머니한테 보이기 위해서라도 가능한 한 노력해서 직장을 찾아보고 있는 것처럼 꾸미지 않으면 안 되었다. 나는 선생님한테 편지를 써서 집안 사정을 상세히 이야기했다. 만약 나의 능력으로 할 수 있는 일이 있으면 뭐든지 할 테니 주선해 달라고 부탁했다. 선생님이 나의 부탁에 대해 상대하지 않을 거라 생각하면서도 편지를 썼다. 하지만 선생님으로부터 이 편지에 대한 답장이 꼭 올 거라고 생각하면서 썼다.

나는 편지를 봉해서 부치기 전에 어머니한테 말했다.

"선생님한테 편지를 썼어요. 어머니가 말씀하신 대로요. 좀 읽어 보세요."

어머니는 내가 생각했던 대로 편지를 읽지 않았다.

"그러냐, 그럼 빨리 편지를 부치렴. 그런 건 누가 신경을 쓰지 않더라도 스스로 알아서 하는 거다."

어머니는 나를 아직 어린아이처럼 생각하고 있었다. 실제로 아이가 된 듯한 느낌이 들었다.

"하지만 편지만으로 일이 다 되는 건 아닙니다. 어차피 9월쯤 제가 도쿄로 간 다음이 아니면요."

"그거야 그럴지도 모르지만, 또 어떤 좋은 자리가 있을지 모르니까 빨리 부탁해 두는 편이 제일 좋다."

"네. 어쨌든 답장은 올 테니까, 그러면 또 말씀드리지요."

나는 이런 일에 관해 꼼꼼한 선생님을 믿고 있었다. 선생님한테서 답장이 올 것을 기대하며 기다렸다. 하지만 기대는 결국 빗나갔다. 선생님한테서는 일주일이 지나도록 아무런 소식도 없었다.

"아마 어딘가에 피서라도 가신 거겠지요."

어머니에게 변명 같은 말이라도 하지 않으면 안 되었다. 그 말은 어머니에 대한 변명뿐 아니라 나 자신에 대한 변명이기도 했다. 나는 무슨 사정을 만들어서라도 선생님의 태도를 변호하지 않고서는 불안했다.

나는 가끔 아버지의 병에 대해 잊어버렸다. 이럴 바에야 빨리 도쿄로 가 버릴까 하고 생각하기도 했다. 아버지도 자신의 병에 관해 잊어버리는 적이 있었다. 미래를 걱정하면서도 미래에 대한 구체적 조치는 하지 않았다. 나는 결국 선생님의 충고대로 재산 분배 문제를 아버지한테 꺼낼 기회를 얻지 못한 채 시간을 보내 버렸다.

*

8

9월 초가 되어 드디어 또 도쿄에 가기로 했다. 나는 아버지께 당분간은 이제까지처럼 돈을 보내 달라고 부탁했다.

"여기에서 이러고 있어 봤자 아버지께서 말씀하시는 직장이 얻어지는 것도 아니니까요."

나는 아버지가 희망하는 지위를 얻기 위해 도쿄로 가는 것 같은 말을 했다.

"물론 취직이 될 때까지만요."라고 말하기도 했다.

나는 마음속으로 그 자리는 어떻게 해 봐도 나에게 떨어지지 않을 것으로 생각하고 있었다. 하지만 상황 판단에 어두운 아버지는 어디까지나 그와 반대되는 상황을 믿고 있었다.

"그거야 얼마 안 되는 기간일 테니까 어떻게든 보내 주마. 그 대신 오랫동안은 안 된다. 적당한 직장을 얻으면 바로 독립

해야지. 학교를 나온 이상은, 나온 다음날부터 다른 사람의 도움은 받는 게 아니다. 요즘 젊은이들은 돈을 쓰는 것만 알지, 돈을 버는 일은 전혀 생각을 안 하는 것 같구나."

아버지는 그 밖에도 여러 가지로 잔소리를 했다. 그중에는 "옛날 부모들은 자식이 부양을 했는데, 요즘 부모들은 자식을 먹여 살리고 있을 뿐이다."라는 등의 말도 있었다. 그런 말들을 잠자코 듣고만 있었다.

잔소리가 한 차례 끝났나 싶었을 때, 나는 조용히 자리를 뜨려고 했다. 아버지는 언제 가느냐고 물었다. 나로서는 빠르면 빠를수록 좋았다.

"어머니하고 날짜를 정해라."

"그렇게 하지요."

당시의 나는 아버지 앞에서 대단히 얌전했다. 되도록 아버지 기분을 상하게 만들지 않고 시골을 빠져나올 생각이었다. 아버지는 다시 나를 붙잡았다.

"네가 도쿄로 가면 집은 또 쓸쓸해진다. 너도 알다시피 나하고 어머니뿐이니 말이다. 나라도 몸이나 성하면 좋은데, 이대로 가면 언제 갑자기 무슨 일이 일어날지 모르잖니?"

나는 가능한 만큼 아버지를 위로하고 나서 내 책상이 있는 곳으로 돌아왔다. 그때 또 매미 소리를 들었다. 그 소리는 요전번에 줄곧 들어 왔던 것과 달리 애매미가 우는 소리였다. 여름에 고향으로 돌아와 귓속을 파고드는 매미 소리 속에 가만히 앉아 있노라면 기묘하게 슬픈 감정이 되는 때가 있었다. 슬픔은 언제나 귓속을 파고드는 이 벌레 소리와 함께 마음속 깊은 곳을 후비고 들어오는 것 같았다. 그럴 때면 나는 언제나 꼼짝 않고 혼자서 한 사람을 바라보고 있었다.

나의 비애감은 여름에 귀향한 이래 점차 주조가 바뀌어 왔다. 유지매미가 애매미의 소리로 변하듯, 나를 둘러싼 사람들의 운명이 커다란 윤회의 흐름 속에서 천천히 돌아가고 있는 것처럼 보였다. 나는 쓸쓸해 보이는 아버지의 태도와 말을 되새기면서, 편지를 보내도 답장을 하지 않는 선생님을 또다시 떠올렸다. 선생님과 아버지는 나에게 정반대의 인상을 준다는 점에서, 비교를 하건 연상을 하건 함께 떠오르기 일쑤였다.

나는 아버지에 관해 거의 모든 것을 알고 있었다. 만약 아버지를 떠난다고 한다면 정서상으로만 부모 자식 사이의 관계가 남을 뿐이었다. 선생님의 많은 부분을 나는 아직 모르고 있었다. 이야기하겠다고 약속한 선생님의 과거도 아직 들을 기회가 없었다. 말하자면 나에게 선생님은 아직 불투명한 존재였다. 그런 곳을 지나 밝은 곳까지 가지 않으면 속이 후련해지지 않았다. 선생님과 관계가 끊어지는 일은 커다란 고통이었다. 나는 어머니한테 날짜를 봐 달라고 말하고 도쿄로 갈 날짜를 정했다.

*

9

드디어 떠나기 직전, 아마도 출발 이틀 전 저녁이었던 것 같은데, 아버지가 갑자기 또 쓰러지셨다. 나는 그때 책과 옷가지 등을 넣은 고리짝을 끈으로 동여매던 중이었다. 아버지는 목욕 중이었다. 아버지 등을 밀어 주러 들어간 어머니가 큰 목소리로 나를 불렀다. 벌거벗은 채 어머니한테 뒤로 안겨 있는 아버지를 보았다. 그래도, 객실로 모시고 가자 아버지는 이제 괜찮다고 말했다. 나는 혹시 몰라 머리맡에 앉아서 젖은 수건으로 아버지 머리를 식히다가, 9시쯤이 되어서야 겨우 저녁을 먹는 둥 마는 둥 간단히 때웠다.

다음 날이 되자 아버지는 생각보다 기운을 차리셨다. 말리는 것도 듣지 않고 걸어서 화장실에 가기도 했다.

"이제 괜찮다."

아버지는 작년 말에 쓰러졌을 때 나한테 했던 것과 똑같은 말을 되풀이했다. 그때는 아버지 말대로 정말 괜찮았다. 나는 이번에도 어쩌면 그럴지도 모르겠다고 생각했다. 하지만 의사는 그냥 조심해야 한다고 주의를 줄 뿐, 물어봐도 분명히 말을 해 주지 않았다. 나는 불안해져서 출발 날짜가 닥쳐왔는데도 도쿄로 떠날 기분이 끝까지 들지 않았다.

"좀 더 상태를 보고 나서 떠날까요?"

"그렇게 해 주면 좋겠구나." 하고 어머니가 부탁했다.

어머니는 아버지가 정원에 나가거나 뒷문 쪽으로 나가 볼 만큼 기운이 있을 때는 걱정도 하지 않다가, 이런 일이 일어나면 또 필요 이상으로 걱정하거나 마음을 졸였다.

"오늘 도쿄로 가기로 했던 것 아니냐?" 하고 아버지가 물었다.

"네, 좀 미뤘습니다." 하고 내가 대답했다.

"나 때문이냐?"

나는 잠깐 주저했다. 그렇다고 하면 아버지 병이 위중하다고 말하는 거나 다름없었다. 아버지의 신경을 날카롭게 만들고 싶지 않았다. 하지만 아버지는 내 마음을 잘 꿰뚫어 보고 있는 것 같았다.

아버지는 "미안하구나." 하며 정원 쪽으로 눈길을 돌렸다.

내 방으로 돌아와 방바닥에 내던져진 고리짝을 바라보았다. 고리짝은 언제든 갖고 가도 괜찮도록 꽉 묶여 있는 상태였다. 멍하니 그 앞에 서서 다시 끈을 풀까 생각했다.

엉거주춤 앉아 있을 때처럼 불안정한 기분으로 또 사나흘을 보냈다. 그런데 아버지가 또 쓰러졌다. 의사는 절대 안정을 취하라고 명했다.

"어떻게 하면 좋겠니?" 하고 어머니가 아버지한테 안 들리도록 작은 목소리로 말했다. 어머니의 얼굴은 얼핏 보기에도 불안해 보였다. 나는 형과 여동생에게 전보칠 준비를 했다. 하지만 자고 있는 아버지는 거의 아무런 고통도 느끼지 않는 것처럼 보였다. 이야기하는 걸 보면 감기에라도 걸렸을 때 같은 모습이었다. 그런 데다 식욕은 보통 때보다 더 좋았다. 옆 사람이 주의를 주어도 쉽게 말을 듣지 않았다.

"어차피 죽을 건데 맛있는 거라도 먹고 죽어야지."

나에게는 맛있는 것이라는 아버지의 말이 희극적으로도 비극적으로도 들렸다. 아버지는 맛있는 것을 맛볼 수 있는 수도에 살고 있지는 않았던 것이다. 한밤중에 가래떡 썬 것 따위를, 구워진 껍질이 부서지는 소리를 내며 먹었다.

"어쩌면 저렇게 먹을 걸 탐하시는 걸까? 역시 정신이 강한 데가 있으셨는지도 모르겠구나."

어머니는 낙담해야 할 일에 거꾸로 희망을 걸고 있었다. 그러면서 병에 걸렸을 때밖에 쓰지 않는 '탐한다'는 옛말을 '뭐든지 먹고 싶어한다'는 뜻으로 쓰고 있었다.

큰아버지가 문병 왔을 때, 아버지는 큰아버지를 언제까지고 붙들며 못 가게 했다. 쓸쓸하니 더 있어 달라는 게 주된 이유였지만, 어머니나 내가 먹고 싶은 만큼 먹지 못하게 한다는 불평을 토로하려는 것도 목적 중의 하나인 것 같았다.

*

10

아버지의 병은 같은 상태로 일주일 이상이나 계속되었다. 나는 그동안 규슈에 있는 형에게 긴 편지를 써서 부쳤다. 여동생한테는 어머니가 쓰도록 했다. 속으로 아마 이것이 아버지의 건강에 관해 써 보내는, 두 사람에 대한 마지막 편지가 될 거라고 생각했다. 그래서 두 사람 모두에게, 일이 다급해지면 전보를 칠 테니 오라는 의미도 전했다.

형은 바쁜 자리에 있었다. 여동생은 임신 중이었다. 그렇기에 아버지의 위험이 눈앞에 닥치지 않는 한 불러 대기는 어려웠다. 그렇다고 해도, 어렵게 상황을 무릅쓰고 왔는데 이미 늦었다는 소리를 들을 것도 괴로웠다. 나는 전보를 칠 시기에 대해 남모르는 책임을 느꼈다.

"그렇게 분명하게 최악의 사태가 올지 어떨지는 잘 모르겠습니다. 하지만 위험이 언제 올지 모른다는 것만은 기억해 두십시오."

역이 있는 시내에서 불러온 의사는 나한테 이렇게 말했다. 나는 어머니와 의논해서 그 의사의 주선으로 시내 병원의 간호사를 한 사람 고용하기로 했다. 아버지는 머리맡에 와서 인사하는, 흰 옷을 입은 여자를 보고 이상하다는 듯한 얼굴을 했다.

아버지는 죽을병에 걸렸다는 것을 진작부터 알고 있었다. 그러면서도 눈앞에 닥쳐온 죽음 자체에는 생각이 미치지 못하는 것 같았다.

"이제 나으면 다시 한 번 도쿄에 놀러 가 보자꾸나. 사람이란 언제 죽을지 모르는 거니까 말이다. 하고 싶은 일은 뭐든지 살아 있을 때 해 두는 게 제일이지."

어머니는 할 수 없이 "그때는 나도 함께 데려가 줘요." 하고 맞장구를 쳤다.

"내가 죽으면 어머니한테 잘 해 드려야 한다."

나는 '내가 죽으면'이라는 이 말에 대해 한 가지 기억을 갖고 있었다. 도쿄를 떠날 때, 선생님이 사모님을 향해 몇 번이고 그 말을 되풀이했던 것은 졸업식 날 저녁이었다. 미소를 띤 선생님의 얼굴과, 불안해지는 소리를 한다며 귀를 막던 사모님의 모습을 떠올렸다. 그때의 '내가 죽으면'은 단순한 가정이었다. 지금 듣고 있는 건 언제 일어날지 모르는 기정사실이었다. 나는 선생님에게 보여 주었던 사모님의 태도를 배울 수가 없었다. 하지만 말로나마 어떻게든 아버지가 죽음에 대해 생각하지 않을 수 있도록 하지 않으면 안 되었다.

"그런 약한 소리를 하시면 안 돼요, 아버지. 이제 곧 나으시면 도쿄에 놀러 가기로 하시지 않았습니까, 어머니와 함께요. 이번에 가시면 분명 깜짝 놀라실 겁니다. 너무 많이 변해서요. 새 전차 노선만 해도 아주 많아졌으니까요. 전차가 다니게 되면 자연히 거리도 바뀌죠, 게다가 시(市)나 구(區)도 개정되죠, 도쿄가 돌아가지 않는 때라곤 하루 24시간 중에서 1분도 없다고 해도 과언이 아닙니다."

나는 어쩔 수 없이, 하지 않아도 좋을 소리까지 했다. 아버지는 만족스러운 얼굴로 그런 말을 듣고 있었다.

병자가 있기 때문에 자연히 사람들이 들락거렸다. 근처에 사는 친척 같은 사람들은 이틀에 한 사람 정도로 돌아가며 문병하러 왔다. 그중에는 비교적 멀리 살면서 평소에 가까이 지내지 않던 사람도 있었다. "어떤가 했더니, 이런 상태라면 괜찮겠군. 말도 불편하지 않은 것 같고, 무엇보다도 얼굴이 전혀 축나지 않았는걸." 하면서 돌아가는 사람도 있었다. 내가 귀향할 당시에는 쥐 죽은 듯 고요하던 집 안이 이런 일로 어수선해지기 시작했다.

그런 가운데서 꼼짝 않고 지내는 아버지의 병세는 그저 좋지 않은 방향으로 진전될 뿐이었다. 나는 어머니, 큰아버지와 상의해 드디어 형과 여동생한테 전보를 쳤다. 형한테서는 곧바로 가겠다는 답장이 왔다. 매제도 출발하겠다고 알려왔다. 여동생은 전에 유산을 했기 때문에 매제는 습관성 유산이 되지 않도록 이번에는 조심시킬 거라고 전부터 말해 왔다. 동생 대신 자기가 오려는 건지도 몰랐다.

*

11

이렇게 어수선한 가운데서도 나는 아직 조용히 앉아 있을 여유가 있었다. 때로는 책을 펼쳐 열 페이지나 계속해 읽을 시간까지 있었다. 굳게 닫혀 있던 내 고리짝은 어느새 다시 열렸다. 필요할 때마다 그 안에서 여러 가지 것을 꺼냈다. 나는 도쿄를 떠날 때 마음속으로 정해 놓았던 여름 동안의 일과를 돌이켜 보았다. 내가 해 놓은 것은 이 일과의 3분의 1에도 못

미쳤다. 지금껏 이런 종류의 불쾌감을 몇 번이고 경험했다. 하지만 이번 여름만큼 뜻대로 일을 못 했던 경우도 드물었다. 세상 산다는 게 이런 거지 하면서도, 우울한 기분에 휩싸였다.

이런 불쾌감 속에서 한편으로는 아버지의 병에 대해 생각했다. 아버지가 돌아가신 후의 일을 떠올렸다. 동시에 선생님의 일도 떠올렸다. 불쾌감의 양편에서 지위와 교육의 성격이 전혀 다른 두 사람의 모습에 대해 생각했다.

아버지 머리맡을 떠나 널려 있는 책 속에서 혼자 팔짱을 끼고 앉아 있는데, 어머니가 얼굴을 들이밀었다.

"낮잠이라도 좀 자 두렴. 너도 힘들겠다."

어머니는 나의 기분을 이해하지 못했다. 나 또한 어머니가 이해해 주기를 기대할 만큼 어린애도 아니었다. 나는 간단히 인사말을 했다. 어머니는 그래도 아직 방문 앞에 서 있었다.

"아버지는요?"

"지금 곤히 주무시고 계신다."

어머니는 갑자기 방으로 들어오더니 내 옆에 앉았다.

"선생님한테선 아직 아무 연락도 없니?"

어머니는 이전의 내 말을 믿고 있었다. 그때 나는 선생님한테서 꼭 답장이 올 거라고 장담했다. 하지만 아버지나 어머니가 기대하는 것 같은 답장이 오리라고는 전혀 기대하지 않았다. 다른 속셈이 있어서 어머니를 속인 거나 마찬가지 결과를 초래한 셈이었다.

"다시 한 번 편지를 보내 보렴." 하고 어머니가 말했다.

효과도 없는 편지를 몇 번이고 쓰는 일이 어머니 마음을 편하게 하는 일이라면 그것을 귀찮아할 내가 아니었다. 나는 아버지한테 꾸중을 듣거나 어머니를 불쾌하게 만드는 것보다 선생님의 경멸이 훨씬 더 두려웠다. 그 의뢰에 대해 지금까지 아무런 답장이 없는 것도 어쩌면 그래서가 아닐까 하는 생각마저 했다.

"편지를 쓰는 건 상관없는데요, 이런 일은 편지로는 어떻게 될 일이 아니에요. 제가 도쿄로 가서 직접 부탁하고 다니지 않으면 역시 안 돼요."

"하지만 아버지께서 저런 상태시니 언제 도쿄에 갈 수 있을지 모르잖니."

"그러니까 가지는 않아요. 나으실지 안 나으실지 분명해질 때까지는 여기 있을 생각입니다."

"그거야 두말할 필요도 없는 이야기지. 금방이라도 어떻게 될지 모르는 사람을 내버려 두고 누가 마음대로 도쿄에 갈 수 있다는 거냐?"

나는 처음에 속으로, 아무것도 이해하지 못하는 어머니를 측은하게 여겼다. 하지만 어머니가 왜 이런 문제를 이렇게 어수선할 때 꺼내는 건지 이해되지 않았다. 내가 아버지 병에 아랑곳하지 않고 차분히 앉아 책 볼 여유가 있는 것처럼, 어머니도 눈앞에 있는 병자를 잊어버리고 다른 일을 생각할 만큼 마음의 여유가 생긴 건가 싶어 의아스러웠다. 그때 "실은." 하며 어머니가 말을 꺼냈다.

"실은 아버지가 살아 계실 때 네 취직자리가 결정되면 얼마나 크게 안심하실까 해서 하는 소리다. 지금 상태로는 어려울지도 모르지만, 그렇다 하더라도 아직 저렇게 말씀도 잘 하시고 정신도 또렷하실 때 기쁘게 해 드릴 수 있도록 효도를 좀 하렴."

딱하게도 나는 효도를 할 수 없는 처지였다. 결국 선생님께 단 한 줄의 편지도 쓰지 않았다.

*

12

형이 돌아왔을 때 아버지는 누워서 신문을 읽고 있었다. 아버지는 평소부터 다른 일은 제쳐 두고라도 신문만은 꼭 읽는 사람이었는데, 병석에 눕게 된 다음부터는 무료해선지 더욱더 신문을 읽고 싶어했다. 어머니도 나도 굳이 말리지는 않고 병자가 하고 싶어 하는 대로 놔두었다.

"이 정도로 기운이 있으시면 괜찮으신 셈이로군요. 아주 안 좋으신가 했는데 꽤 좋으신 것 같은데요."

형은 이런 말을 하며 아버지와 이야기를 했다. 그 지나친 활달함이 나에게는 오히려 자연스럽지 못하게 들렸다. 그러나 아버지 앞에서 물러나 우리와 마주 앉았을 때는 침울한 표정이었다.

"신문 같은 거 읽으시면 안 되는 거 아니냐?"

"나도 그렇게 생각하는데, 읽지 않고는 당신이 못 배기시니 할 수 없죠."

형은 내 변명을 잠자코 듣고 있었다. 곧이어 "우리 말을 알아듣기는 하시는 걸까?" 하고 말했다. 형은 아버지의 이해력이 병 때문에 평소보다 많이 떨어졌다고 본 모양이었다.

"그건 문제없어요. 전 아까 20분 정도 머리맡에 앉아 여러 가지 이야기를 했는데, 이상한 데는 전혀 없었으니까요. 이런 상태라면 어쩌면 아직 괜찮으실지도 모릅니다."

형과 비슷하게 도착한 매제의 의견은 우리보다 훨씬 낙관적이었다. 아버지는 매제에게 동생 일을 이것저것 물어보고 있었다. "홀 몸이 아니니까 함부로 기차 같은 거 타고 흔들리지 않도록 하는 게 좋네. 무리해서 문병 오거나 하면 오히려 이쪽이 걱정되니까."라고 말했다. "뭐, 이제 곧 나으면 아기 얼굴이라도 보러 오랜만에 내가 가 볼 테니까."라고 말하기도 했다.

노기 장군(메이지 시대의 군인. 메이지 천황이 죽자 따라서 할복 자살을 했다-옮긴이)이 죽었을 때도 아버지는 가장 먼저 신문을 보고 그 사실을 알았다.

"큰일났네, 큰일났어." 하고 말했다.

아무것도 모르던 우리는 이 갑작스러운 말에 놀랐다.

"그땐 드디어 정신이 이상해지신 건가 하고 섬뜩하더라." 하고 나중에 형이 나한테 말했다. "저도 실은 놀랐습니다." 매제도 동감이라는 듯한 말투였다.

그 무렵의 신문은 실제로 시골 사람들을 매일 기다려지게 하는 기사로 채워져 있었다. 나는 아버지 머리맡에 앉아 그것을 꼼꼼하게 읽었다. 읽을 시간이 없을 때는 살그머니 내 방으로 들고 와서 빠짐없이 훑어보았다. 군복을 입은 노기 장군과 궁녀 같은 복장을 한 부인의 모습을 오래도록 잊을 수가 없었다.

비통한 바람이 시골구석까지 불어와 졸린 나무와 풀들을 한바탕 뒤흔들 때, 돌연 선생님의 전보 한 통을 받았다. 양복을 입은 사람만 봐도 개가 짖어 대는 시골에서는 전보 한 통 같은 것도 대사건이었다. 전보를 받은 어머니는 아니나 다를까 놀란 표정으로 나를 굳이 사람이 없는 곳까지 불러냈다.

"무슨 일이니?" 하며 봉을 뜯는 내 옆에 서서 기다리고 있었다.

전보에는 한번 만나고 싶으니 올 수 있겠느냐는 내용이 간단히 쓰여 있었다. 나는 의아한 마음이 들었다.

"분명히, 부탁해 두었던 취직 얘기일 거다." 하고 어머니가 단정해 추측했다.

나도 어쩌면 그럴지 모르겠다고 생각했다. 하지만 그런 일이라면 좀 이상했다. 어쨌거나 형과 매제까지 불러들인 내가 병석에 있는 아버지를 내버려 두고 도쿄로 갈 수는 없는 일이었다. 나는 어머니와 의논한 후, 갈 수 없다는 전보를 치기로 했다. 되도록 간략한 말로 아버지의 병세가 위독해지고 있다는 것을 덧붙였지만, 그걸로도 석연치 않아 자세한 내용을 편지로 써서 그날 바로 부쳤다. 부탁한 취직 건이라고만 믿고 있는 어머니는 "정말로 상황이 안 좋을 때라 어쩔 수 없구나." 하며 섭섭해했다.

13

내가 쓴 편지는 꽤 길었다. 어머니도 나도 이번에야말로 선생님한테서 무슨 소식이 오겠지 하고 생각했다. 그러자 편지를 부친 후 이틀 만에 또 전보가 왔다. 전보에는 오지 않아도 된다는 말밖에 없었다. 전보를 어머니한테 보였다.

"아마 편지로 쓰실 생각인가 보다."

어머니는 끝까지 선생님이 나를 위해 취직자리를 알선해 주고 있는 것으로만 해석하고 있었다. 나도 어쩌면 그럴지도 모르겠다고 생각했는데, 평소의 선생님으로 미루어 보면 아무래도 이상했다. '선생님이 취직자리를 찾아 준다.'라는 것은 있을 수 없는 일로 생각되었다.

"어쨌든 제 편지는 아직 도착하지 않았을 테니까, 이 전보는 그전에 보내신 게 틀림없군요."

나는 어머니를 향해 이런 지극히 당연한 소리를 했다. 어머니 역시 그럴싸하다는 듯 "그렇구나." 하고 대답했다. 나의 편지를 읽기 전에 선생님이 전보를 쳤다는 사실이 선생님을 이해하는 데 아무런 도움이 되지 않는다는 건 명백한 일이었음에도 불구하고.

그날은 마침 주치의가 시내에서 원장을 데리고 오기로 했기 때문에 어머니와 나는 이 일에 대해 더 이상 이야기할 기회가 없었다. 두 의사는 아버지를 보고 나서 병자에게 관장 등의 조치를 취하고는 돌아갔다.

아버지는 의사에게 절대 안정하라는 명령을 받은 후부터 대소변도 누운 채 다른 사람의 손을 빌어 처리했다. 성격이 깔끔한 아버지는 처음에는 아주 싫어했지만, 몸이 말을 듣지 않자 어쩔 수 없이 혐오감을 드러내면서도 자리에서 용변을 보았다. 그러더니 병 때문에 의식이 둔해지는 건지 뭔지 몰라도, 시간이 지남에 따라 그런 나태한 배설 행위에 신경을 쓰지 않게 되었다. 가끔 이불이나 담요를 더럽혀 옆 사람들이 눈살을 찌푸리는데도 본인은 오히려 태연해하기도 했다. 하긴 병의 성격상 소변의 양은 매우 적었다. 의사는 그 점을 걱정했다. 식욕도 점차 떨어져 갔다. 가끔씩 무언가 먹고 싶어해도, 입이 먹고 싶어할 뿐, 목구멍 아래로는 조금밖에 넘기지 못했다. 좋아하던 신문도 손에 들 기력이 없어졌다. 베개 옆에 있는 돋보기는 언제까지고 검은 안경집 안에 들어 있는 채로 있었다. 어렸을 때부터 사이가 좋았던 사쿠 아저씨라고 하는, 지금은 1리 정도 떨어진 곳에 사는 친구가 문병을 왔을 때 아버지는 "아, 사쿠, 자넨가." 하고 말하더니 흐릿한 눈을 사쿠 아저씨한테로 돌렸다.

"사쿠, 잘 왔네. 자네는 건강해서 좋겠구먼. 난 이미 틀렸네."

"무슨 소린가, 자네는 자식들이 둘 다 대학을 졸업했는데, 병 따위에 조금쯤 걸렸기로서니 그게 무슨 대단한 일이라고 그러는가. 나를 좀 보게. 마누라는 먼저 갔지, 자식도 없지 않은가. 그저 이렇게 목숨을 부지하고만 있을 뿐이라네. 건강하면 뭘 해. 아무런 낙이 없는걸."

관장을 한 것은 사쿠 아저씨가 온 이삼 일 후의 일이었다. 아버지는 의사 덕분에 아주 편해졌다며 좋아했다. 자신의 수명에 대한 자신감이 좀 생긴 듯 기분이 좋아 보였다. 옆에 있던 어머니는 그런 아버지의 기분에 이끌렸는지 아니면 병자한테 기력을 불어넣어 주기 위해선지, 선생님한테서 전보가 온 사실을 이야기하며 마치 아버지가 원하던 대로 나의 직장이 도쿄에 있다는 듯 말했다. 옆에 있던 나는 입이 근질근질했지만, 어머니의 말을 자를 수 없어서 잠자코 듣고만 있었다. 병자는 기쁜 듯한 표정을 지었다.

"그것 참 잘되었군요." 하고 매제도 말했다.

"무슨 직장인지 아직 모르냐?" 하고 형이 물었다. 나는 뒤늦게 그 대화를 부정할 용기를 잃었다. 나 자신도 무슨 말인지 모를 모호한 대답을 하고는 일부러 자리를 떴다.

*

14

아버지의 병은 마지막 일격을 기다리기 직전까지 갔다가
어느 정도 주춤하는 것처럼 보였다. 집안사람들은 매일 밤, 운
명의 선고가 오늘 내릴지 내일 내릴지 생각하며 잠자리에 들
었다.

아버지는 옆 사람들이 괴로워질 만큼 고통스러워하지는
않았다. 그런 점에서 간병은 수월한 셈이었다. 만약의 경우에
대비해 누군가 한 사람씩 교대로 깨어 있었지만, 다른 사람들
은 어느 정도 시간이 늦어지면 각기 잠자리에 들어도 상관없
었다. 어쩌다가 한번 잠이 오지 않을 때 병자의 신음 소리를
어렴풋이 들은 것 같아서, 한밤중에 자리에서 빠져나와 혹시
나 하며 아버지 침상으로 가 본 적이 있었다. 그날 밤은 어머
니가 깨어 있을 차례였다. 하지만 어머니는 아버지 옆에서 팔
을 굽혀 베개 삼아 잠들어 있었다. 아버지도 깊은 잠 뒤편에
살며시 놓인 사람처럼 조용했다. 나는 발뒤꿈치를 들고 살그
머니 다시 내 자리로 돌아왔다.

나는 형과 함께 모기장을 치고 잤다. 매제만은 손님 취급을
받고 있어서인지 따로 떨어진 거실에 들어가 잤다.

"세키 군도 안되었구나. 저렇게 며칠이고 잡혀서 돌아가지도 못하고 있으니." 세키는 매제의 성이었다.

"하지만 그렇게 바쁜 몸도 아니니까 저렇게 있어 주는 거 아닙니까? 매제보다도 형 쪽이 훨씬 더 난처하게 되었죠. 이렇게 길어지고 있으니까요."

"난처해도 할 수 없지. 다른 일과 다르지 않냐."

나는 형과 나란히 잠자리에 누워 이런 이야기를 주고받았다. 형 머릿속에도 내 머릿속에도 아버지는 어차피 가망이 없다는 생각이 차 있었다. 어차피 가망이 없는 거라면 하는 생각도 있었다. 우리는 자식으로서 아버지가 돌아가시기를 기다리고 있는 거나 마찬가지였다. 하지만 자식으로서 우리는 그 말을 입 밖에 내지는 않았다. 그리고 서로 어떤 생각을 갖고 있는지 잘 알고 있었다.

"아버지는 아직 일어나실 생각으로 계신 모양이더라." 하고 형이 나한테 말했다.

실제로 형이 말하는 것처럼 보이는 구석도 없지 않았다. 근처 사람들이 문병을 오면 아버지는 꼭 만나겠다고 고집을 피웠다. 만나면 반드시 내 졸업 축하에 부르지 못한 일을 섭섭해했다. 그 대신, 내 병이 나으면 하는 말도 가끔씩 덧붙였다.

"네 졸업 축하는 중지되어서 다행이다. 나 때는 참 너무 심했지." 하며 형은 내 기억을 되살렸다. 나는 알코올 바다에 빠지다시피 했던 그때의 시끄러운 장면을 떠올리고 쓴웃음을 지었다. 마실 것과 먹을 것을 강요하며 돌아다니던 아버지의 태도도 씁쓸하게 눈앞에 떠올랐다.

우리는 그다지 사이좋은 형제는 아니었다. 어릴 때는 곧잘 싸웠고 손아래인 내가 항상 울어야 했다. 학교에 들어간 후의 전공이 다른 것도 완전히 다른 성격 차이에서 비롯된 것이었다. 대학교에 다닐 무렵, 나는 특히 선생님과 가까이하면서 먼 발치에서 형을 바라보며 동물적이라고 늘 생각했다. 오랫동안 형을 만나지 못했기 때문에, 또 멀리 떨어진 곳에 있었기 때문에 시간적으로나 공간적으로나 형은 늘 거리감이 느껴지는 존재였던 것이다. 그래도 오랜만에 이렇게 만나 보니 형제로서의 따스한 감정이 어디선지 모르게 자연히 솟았다. 상황이 상황인 것도 큰 원인이 되었다. 두 사람에게 공통된 아버지, 그 아버지가 돌아가시려는 머리맡에서 형과 나는 악수한 것이었다. "넌 앞으로 어떻게 할 거냐?" 하고 형이 물었다. 나는 또 방향이 전혀 다른 질문을 형한테 했다.

"도대체 우리 집 재산은 어떻게 되어 있을까요?"

"나는 모르겠다. 아버지는 아직 아무 말씀도 안 하시니까. 하지만 재산이라야 돈으로 치면 뻔한 거 아니겠냐?"

어머니는 또 어머니대로 선생님의 답장에 신경을 쓰고 있었다.

"아직 편지가 안 오냐?" 하면서 나를 귀찮게 했다.

＊

15

"선생님, 선생님 하는 건 도대체 누구를 갖고 그러는 거냐?" 하고 형이 물었다.

"저번에 말했잖아요." 하고 대답했다. 질문해 놓고 남의 대답을 금방 잊어버리는 형이 불쾌했다.

"듣기는 들었지만."

말하자면 형으로서는 들었지만 이해할 수 없는 얘기였던 셈이다. 나로서는 무리해 가면서까지 선생님에 대해 형에게 이해받을 필요는 없었다. 하지만 화가 났다. 또 그 형다운 구석이 나왔다는 생각이 들었다.

선생님, 선생님 하면서 내가 존경하는 이상 그 사람은 반드시 저명인사여야 하는 것으로 형은 생각했다. 최소한 대학교수 정도는 되는 것으로 생각하고 있었다. 이름 없는 사람, 아무것도 하고 있지 않은 사람이 무슨 가치가 있을 것인가? 형의 생각은 이 점에서 아버지와 똑같았다. 하지만 능력이 없어서 놀고 있는 거라는 아버지의 속단에 비해, 형은 무슨 일인가 할 수 있는 능력이 있는데도 빈둥빈둥 놀고 있다는 것은 별 대수로울 것 없는 인물이라서 그렇다는 식으로 말했다.

"에고이스트는 나빠. 아무 일도 하지 않고 살아가자는 건 뻔뻔함이 만드는 생각이지. 사람이 자신의 능력을 가능한 한 발휘하지 않는다는 건 말이 안 되는 이야기지."

나는 형이 쓰고 있는 에고이스트라는 말의 의미를 제대로 알고나 있느냐고 되묻고 싶어졌다.

"그렇더라도 그 사람 덕택에 직장이 구해진다면 다행이라고 해야겠지. 아버지도 기뻐하고 계신 것 같으니."

형은 나중에 이런 소리를 했다. 선생님으로부터 명확한 편지가 오지 않는 이상 나는 그렇다고 믿을 수도 없었고 또 그렇다고 말할 용기도 없었다. 취직 이야기가 어머니의 속단으로 모두에게 퍼진 이상 나로서는 뒤늦게 그 이야기를 부정할 수도 없다. 나는 어머니의 성화가 아니더라도 선생님의 편지를 기다리고 있었다. 그리고 그 편지에 모두가 생각하고 있는 것 같은 취직 이야기가 쓰여 있으면 좋겠다고 은근히 바랐다. 죽음 앞에 서 있는 아버지를 봐서라도, 그 아버지를 조금이라도 안심시키고 싶다고 바라고 있는 어머니를 위해서라도, 일하지 않으면 사람이 아닌 것처럼 말하는 형을 봐서라도, 그 밖에 여동생이며 큰아버지며 큰어머니며 하는 사람들에 대한 체면 때문에라도, 나 자신이 전혀 무관심한 일에 신경을 쓰지 않으면 안 되었다.

아버지가 노란 빛깔의 이상한 것을 토했을 때, 나는 전에 선생님과 사모님한테서 들었던 위험을 떠올렸다. "저렇게 오랫동안 누워 있으니 위도 나빠질 만하지." 하고 말하는 어머니의 얼굴을 보며, 아무것도 모르는 어머니가 불쌍해서 눈물이 핑 돌았다.

형과 내가 거실에서 만났을 때, 형은 "들었냐?" 하고 물었다. 그건 의사가 돌아가기 직전에 형한테 말한 내용을 들었느냐는 뜻이었다. 나로서는 설명을 기다리지 않아도 그 의미를 잘 알 수 있었다.

"너, 여기 돌아와서 집안을 보살필 생각은 없니?" 하며 형이 나를 돌아봤다. 나는 아무 말도 하지 않았다.

"어머니 혼자서는 곤란할 테니까." 하고 형이 또 말했다. 형은 나를 흙냄새나 맡으며 썩어 가도 아깝지 않은 인간으로 여기고 있었다.

"책을 읽는 것뿐이라면 시골에서도 충분히 할 수 있고, 게다가 일할 필요도 없으니 마침 좋은 거 아니냐?"

"형이 돌아오는 게 순서 아닙니까?" 하고 내가 물었다.

"내가 그런 일을 할 수 있을 것 같으냐?" 하고 형이 한마디로 딱 잘라 거절했다. 형의 마음은 앞으로 세상 속에서 일을 해 나가겠다는 의욕에 넘치고 있었다.

"네가 싫다면, 글쎄다, 큰아버지한테라도 어머니를 돌봐 달라고 부탁은 하겠지만, 그렇다고 하더라도 어머니는 누군가가 모셔야 하지 않겠니?"

"어머니가 과연 이곳을 떠나려고 하실지 아닐지 그것부터가 의문인데요."

형제는 아직 아버지가 돌아가시기 전부터, 아버지가 돌아가신 이후의 일에 대해 이런 얘기들을 하고 있었다.

*

16

아버지는 가끔 헛소리를 하게 되었다.

"노기 장군님께 죄송하구나. 정말이지 면목이 없어. 아닙니다, 저도 곧 뒤를……." 이런 말을 가끔 했다. 어머니는 불안해했다. 가능하면 모두 머리맡에 모여 있게 하고 싶어했다. 의식이 분명할 때는 자꾸 쓸쓸해하는 병자한테도, 그런 일은 희망을 주는 듯했다. 특히 방 안을 둘러보고 어머니 그림자가 보이지 않으면 아버지는 꼭 "어머니는?" 하고 물었다. 입으로 묻지 않아도 눈이 묻고 있었다. 나는 자주 일어나서 어머니를 부르러 갔다. "뭐, 일이라도 있어요?" 하며 어머니가 하던 일을 놔 두고 병실로 돌아오면, 아버지는 그냥 어머니 얼굴을 바라볼 뿐 아무 말도 하지 않을 때가 있었다. 그런가 하면 전혀 엉뚱한 소리를 하기도 했다. 갑자기 "여보, 당신한테도 여러 가지로 신세를 많이 졌소." 하며 따뜻한 말을 건넬 때도 있었다. 어머니는 그런 말을 들으면 언제나 눈물지었다. 그러고 나면 꼭, 이전의 건강했던 아버지를 대칭적인 모습으로 떠올리는 것 같았다.

"저렇게 처량한 소리를 하시지만, 전에는 나한테 무척이나 심하게 하셨지."

어머니는 아버지가 빗자루로 등을 때렸을 때 같은 이야기를 했다. 지금까지 몇 번이고 그 이야기를 들어 온 나와 형은 그 이야기를 아버지의 기념물처럼 귀담아들었다. 아버지는 자신의 눈앞에 엷게 비치는 죽음의 그림자를 바라보면서도 아직 유언 같은 것은 하지 않았다.

"아직 괜찮으실 때 무슨 말이든 들어 둘 필요가 있는 게 아닐까?" 하고 형이 내 얼굴을 보았다.

"글쎄요." 하고 대답했다. 나는 이쪽에서 나서서 그런 일을 하는 게 병자를 위해 좋을 수도 있고 나쁠 수도 있다고 생각했다. 두 사람은 결정을 못 내리고 결국 큰아버지에게 의논했다. 큰아버지도 고개를 갸웃거렸다.

"하고 싶은 말이 있는데 못 하고 죽는 것도 섭섭할 거고, 그렇다고 해서 이쪽에서 재촉하는 것도 도리가 아닐 수 있으니."

이야기는 결국 흐지부지되어 버렸다. 그러던 중 아버지가 혼수상태에 빠지게 되었다. 언제나 그랬듯 아무것도 모르는 어머니는 그것을 그저 잠든 것이라고만 생각하고 오히려 기뻐했다. "그냥 저렇게 편안하게 주무시고 계시니 옆에 있는 사람들도 편해지는구나." 하고 말했다.

아버지는 가끔 눈을 뜨고는 아무개는 어디 있느냐고 갑자기 물었다. 그 아무개란 바로 조금 전에 그곳에 앉아 있던 사람에 한정되어 있었다. 아버지의 의식에는 어두운 곳과 밝은 곳이 생겨, 그 밝은 곳만이 어둠을 시침질하며 지나는 하얀 실처럼 일정 거리를 두고 이어져 있는 것처럼 보였다. 어머니가 혼수상태를 일반적인 수면과 혼동하는 것도 무리는 아니었다.

그러다가 혀가 점점 굳어졌다. 무슨 말인가 하려고 해도 말꼬리가 불분명한 채로 끝났기 때문에 무슨 소린지 알 수 없을 때가 많았다. 그러면서도 말을 시작할 때는 위독한 병자라고 생각되지 않을 정도로 힘 있는 목소리를 냈다. 우리는 당연히 보통 때보다 목소리를 높여 귓가에 입을 갖다 대고 말하지 않으면 안 되었다.

"이마를 차갑게 하면 기분이 좋으세요?"

"응."

나는 간호사와 함께 아버지의 물베개를 바꾸고 새 얼음을 넣은 얼음주머니를 이마 위에 올려놓았다. 아무렇게나 깨져 뾰족뾰족한 얼음의 파편이 주머니 속에 고르게 자리 잡을 동안, 나는 아버지의 벗어진 이마 한쪽 끝에다 주머니를 부드럽게 누르고 있었다. 그때 형이 복도를 따라 들어와서 우편물 한 통을 말없이 나에게 건네주었다. 비어 있는 왼쪽 손을 내밀어 우편물을 받아 든 나는 금방 이상한 느낌이 들었다.

일반 편지에 비하면 훨씬 무게가 나가는 것이었다. 일반 봉투에 들어 있지도 않았다. 또 일반 봉투에 들어갈 분량도 아니었다. 화지(和紙)로 싸서 봉한 곳이 풀로 정성껏 붙여져 있었다. 그것을 형의 손에서 받아 들었을 때, 등기라는 것을 금방 알아차렸다. 뒤를 보니 선생님의 이름이 또박또박 쓰여 있었다. 다른 일을 할 수 없는 상황이었던 나는 곧바로 봉을 뜯을 수도 없었기 때문에, 편지를 우선 품속에 넣었다.

17

그날은 병자 상태가 유난히 나빠 보였다. 내가 화장실에 가려고 자리를 떴을 때, 복도에서 만난 형은 "어딜 가냐?" 하며 보초병 같은 말투로 캐물었다.

"아무래도 상태가 좀 이상하시니까, 가능한 한 옆에 있어야 한다." 하며 주의를 환기시켰다.

나 역시 그렇게 생각했었다. 품에 편지를 그냥 넣어 둔 채 다시 병실로 돌아갔다. 아버지는 눈을 뜨고, 그곳에 앉아 있는 사람의 이름을 어머니한테 물었다. 어머니가 저건 누구, 이건 누구 하는 식으로 일일이 설명해 주자 아버지는 그때마다 고개를 끄덕였다. 고개를 끄덕이지 않을 때는 어머니가 소리를 높여 아무개 씨예요, 아시겠어요? 하고 강조하기도 했다.

"여러 가지로 신세를 많이 졌습니다."

아버지는 이렇게 말했다. 그러고는 또다시 혼수상태에 빠졌다. 머리맡에 둘러앉아 있던 사람들은 얼마 동안 묵묵히 병자의 모습을 지켜보고 있었다. 얼마 지나자 한 사람이 일어나 옆방으로 갔다. 그러자 또 한 사람이 일어섰다. 나도 세 번째로 자리에서 일어나 내 방으로 왔다. 아까 품에 넣어 둔 우편

물을 뜯어 보려는 목적이었다. 그건 병자 머리맡에서도 쉽게 할 수 있는 일이기는 했다. 하지만 편지의 분량이 너무나 많았기 때문에 그 자리에서 단숨에 읽어 낼 수는 없었다. 나는 일부러 시간을 만들어 그 일에 쏟았다.

섬유질이 질긴 겉봉을 할퀴듯 찢었다. 안에서 나온 것은 가로세로로 줄 쳐진 칸 안에 단아하게 쓰인 원고 같은 것이었다. 그리고 봉할 때 편리하도록 두 번 접혀 있었다. 접힌 양면지를 반대로 접어, 읽기 쉽도록 반듯하게 폈다.

나는 이 많은 양의 종이와 잉크가 나한테 무엇을 말하려는 것일까 싶어 놀랐다. 동시에 병실에 신경이 쓰였다. 편지를 읽기 시작하면 끝내기 전에 아버지에게 무슨 일이 있을 것이다, 최소한 형이나 어머니, 아니면 큰아버지가 틀림없이 부를 거라는 예감이 들었다. 선생님의 편지를 편안하게 읽을 기분이 아니었다. 불안해하면서 첫 페이지를 읽었다. 편지에는 다음과 같이 적혀 있었다.

"당신이 나의 과거에 대해 물었을 때 대답할 용기를 갖지 못했던 나는, 지금 당신 앞에 그것을 명백하게 말할 자유를 얻었다고 믿고 있습니다. 하지만 그 자유는 당신의 상경을 기다리고 있는 동안 다시 사라져 버릴, 외부를 향한 자유에 지나지 않습니다. 따라서 자유를 이용할 수 있을 때 이용하지 않으면 나의 과거를 당신에게 간접경험으로서 가르쳐 줄 기회를 영원히 놓치게 됩니다. 그렇게 되면 그때 그렇게 굳게 약속했던 말이 완전히 거짓말이 됩니다. 나는 어쩔 수 없이, 입으로 말해야 할 일을 펜으로 말하기로 했습니다."

거기까지 읽으니 이 긴 편지가 무엇을 위해 쓰였는지 처음으로 그 이유를 분명히 알 수 있었다. 선생님에게 나의 취직자리 같은 것에 관해 편지를 보낼 생각은 없으리라는 걸 처음부터 알고 있었다. 하지만 펜을 드는 걸 싫어하는 선생님이 왜 그 일에 대해 이렇게 길게 써서 나한테 보일 생각을 했을까? 선생님은 왜 내가 상경할 때까지 기다리지 못하는 걸까?

'자유를 얻었으니까 이야기하겠다, 하지만 그 자유는 또다시 영원히 상실되어야 하는 것이다.'

나는 마음속으로 이렇게 되뇌며 그 의미를 알 수 없어 괴로워했다. 갑자기 불안감에 휩싸였다. 계속해서 다음을 읽으려 했다. 그때 병실 쪽에서 나를 부르는 형의 커다란 목소리가 들렸다. 나는 또 놀라서 일어섰다. 복도를 뛰듯 하면서 모두가 모여 있는 곳으로 갔다. 드디어 아버지한테 마지막 순간이 온 거라고 각오를 했다.

18

병실에는 어느새 의사가 와 있었다. 되도록 병자를 편안하게 해 주려는 뜻에서 다시 관장을 시도하는 중이었다. 간호사는 어젯밤의 피로를 풀기 위해 옆방에서 자고 있었다. 그 일에 익숙지 않은 형은 선 채로 어색해하고 있었다. 내 얼굴을 보고는 "잠깐 손을 빌려 다오." 하더니 자신은 자리에 앉았다. 나는 형 대신 기름종이를 아버지의 엉덩이 밑에 대는 일을 하면서 도왔다.

아버지는 편안해 보이는 상태가 되었다. 30분 정도 머리맡에 앉아 있던 의사는 관장 결과를 보더니, 다시 오겠다며 돌아갔다. 돌아갈 때, 만약의 사태가 일어나면 언제든지 불러 달라고 특별히 말해 놓고 갔다.

나는 금방이라도 무슨 일이 있을 것 같은 병실에서 빠져나와 다시 선생님의 편지를 읽으려 했다. 하지만 전혀 편안한 기분이 되지 않았다. 책상 앞에 앉자마자 또 형이 커다란 목소리로 불러 댈 것 같았다. 그리고 이번에 부르면 그걸로 마지막이라는 두려움이 손을 떨리게 만들었다. 나는 선생님의 편지를 그냥 무의미하게 넘겨 보았다. 눈은 꼼꼼하게 칸을 메운 글자의 획을 보았다. 하지만 읽을 여유는 없었다. 대충 훑어볼 여유조차 쉽게 가질 수 없었다. 나는 제일 마지막 페이지까지 순서대로 넘겨 보고서 다시 원래대로 접어 책상 위에 놓으려고 했다. 그때 불현듯 마지막 부분에 가까운 한 글귀가 내 눈에 들어왔다.

"이 편지가 당신의 손에 들어갈 때쯤이면 나는 이미 이 세상에 없겠지요. 벌써 죽고 없을 겁니다." 섬뜩했다. 지금까지 술렁이던 가슴이 단번에 얼어붙는 느낌이었다. 다시 거꾸로 페이지를 넘겼다. 그리고 한 장에 한 줄 정도씩 거꾸로 읽어 갔다. 나는 한순간에 내가 알아야 하는 일을 알려고 하면서, 어른거리는 문자를 눈으로 파악하려 시도했다. 그때 내가 알려고 한 것은 단 하나, 선생님의 안부였다. 선생님의 과거, 일찍이 선생님이 나한테 이야기하겠다고 약속한 어두운 과거 같은 것은 이미 나로서는 아무래도 상관없는 일이었다. 거꾸로 페이지를 넘기다가, 나한테 필요한 지식을 쉽게 전해 주지 않는 긴 편지를 안타까운 마음으로 접었다.

다시 아버지의 상태를 보러 병실 문 앞까지 갔다. 병자의 베개 곁은 의외로 조용했다. 믿고 맡기기에는 피로한 얼굴을 하고 앉아 있는 어머니에게 손짓을 해 불러내서 "어떠세요, 좀?" 하고 물었다. 어머니는 "아직은 괜찮은 것 같다." 하고 말했다. 나는 아버지 눈앞에 얼굴을 들이대고 "어떠세요, 관장을 해서 기분이 좀 좋아지셨어요?" 하고 물었다. 아버지는 고개를 끄덕였다. 그러고는 분명한 소리로 "고맙다." 하고 말했다. 아버지의 정신은 의외로 흐리지 않았다.

병실을 나와 내 방으로 돌아왔다. 거기서 시계를 보며 기차 시간표를 알아봤다. 나는 불현듯 일어나서 허리띠를 고쳐 매고 소매 속에 선생님의 편지를 넣었다. 그리고 뒷문을 통해 바깥으로 나왔다. 정신없이 의사한테로 달려갔다. 아버지가 앞으로 이삼 일은 더 괜찮으실지 어떨지 확실한 것을 물어보려고 했다. 주사건 뭐건 사용해서 연명시켜 달라고 부탁하려 했다. 의사는 하필이면 외출 중이었다. 가만히 앉아서 그가 돌아오기만 기다릴 시간은 없었다. 마음이 안정되지도 않았다. 나는 바로 인력거를 잡아타고 역까지 서둘러 갔다.

나는 역건물의 벽에 종이를 대고 연필로 어머니와 형에게 편지를 썼다. 아주 간단한 편지였지만 아무 말 없이 가는 것보다는 낫다고 생각하고, 편지를 집에 급히 전해 달라고 인력거 꾼에게 부탁했다. 그리고 비장한 마음으로 도쿄행 기차에 올라타고 말았다. 나는 굉음을 울리며 달리는 삼등 열차 안에서, 다시 소매 속에서 선생님의 편지를 꺼내 비로소 처음부터 끝까지 읽어 나갔다.

선생님과 유서

*

1

　나는 이번 여름에 당신의 편지를 두세 번 받았습니다. 도쿄에서 좋은 직장을 얻고 싶으니 잘 부탁한다는 말이 쓰여 있었던 건 아마 두 번째 편지였다고 기억합니다. 그 편지를 읽었을 때 어떻게 손을 써 보고 싶었습니다. 최소한 답장은 써야 한다고 생각했습니다. 하지만 고백하자면 나는 당신의 의뢰를 위한 노력을 전혀 하지 않았습니다. 이미 알고 있겠지만, 교제 범위가 좁다는 이유보다는 세상에서 외톨이로 살아가고 있다고 말하는 것이 맞는 사람이라 그런 노력을 굳이 할 여지가 전혀 없었던 겁니다. 하지만 그것은 큰 문제가 아닙니다. 사실을 말하자면 나는 나 자신을 어떻게 해야 할지 고민 중이던 참이었습니다. 이대로 사람들 틈에 남은 미라처럼 존재해 나갈 것인가, 아니면……. 그때 나는 '아니면' 하는 말을 마음속에서 되풀이할 때마다 섬뜩했습니다. 뜀박질로 절벽 끝까지 달려가 갑자기 끝이 보이지 않는 골짜기를 내려다본 사람처럼. 나는 비겁했습니다. 그리고 수많은 비겁한 사람들 만큼 번민했습니다. 유감스럽지만 그때의 나에게는 당신이라는 사람이 거의 존재하지 않았다고 말해도 과언이 아닙니다. 한걸음 더 나아가 말하자면 당신의 지위나 당신의 호구지책 같은 건 나한테는 완전히 무의미 했습니다. 아무래도 상관없는 일이었던 것입니다. 그런 걸 문제 삼고 있을 형편이 아니었습니다. 그래서 당신의 편지를 편지꽂이에 꽂아 놓은 채로 팔짱을 끼고 앉아 생각했습니다. 집에 나름 재산이 있는 사람이 졸업한 지도 얼마 안 되었는데 무엇이 다급해서 지위, 지위 하면서 안달하는 걸까? 오히려 못마땅한 기분으로 멀리 있는 당신에게 그런 눈초리를 던졌을 뿐입니다. 나는 답장을 하지 않아서 미안한 생각이 들었던 당신한테 변명하기 위해 이런 소리를 털어놓는 것입니다. 당신을 화나게 하려고 일부러 결례가 되는 말을 늘어놓는 것이 아닙니다. 내 진짜 속마음은 뒤를 읽어 보면 이해가 잘 될 걸로 믿습니다. 어쨌든 나는 무슨 말이든 해야 할 지점에서 침묵하고 있었으니 그건 태만에 대해 당신한테 사죄하고 싶습니다.

그 후 나는 당신에게 전보를 쳤습니다. 있는 그대로 말하자면 그때 나는 당신을 좀 만나고 싶었습니다. 그리고 당신의 희망에 부응해 당신을 위해 나의 과거를 말하고 싶었던 것입니다. 당신은 답장 전보로 지금은 갈 수 없다고 말했는데, 나는 실망해서 한참 동안 그 전보를 바라봤습니다. 당신도 전보만으로는 석연치 않았는지 그다음에 또 긴 편지를 보내 주었고 상경할 수 없는 이유를 잘 알 수 있었습니다. 내가 당신을 괘씸하다고 생각할 이유는 전혀 없습니다. 소중한 아버님께서 병석에 계시는데 그 아버님을 내버려 두고 어떻게 집을 비울 수 있겠습니까? 아버님의 생사를 잊고 있는 듯한 나의 태도야말로 경우에 벗어난 것이었습니다. 실제로 도쿄에 있을 때는 어려운 병이니 주의하지 않으면 안 된다고 그토록 충고했던 나였는데 말입니다. 나는 이렇게 모순투성이인 인간입니다. 아니면 나의 머리보다도 나의 과거가 나를 압박한 결과, 이런 모순 덩어리인 인간으로 나를 변화시켰는지도 모릅니다. 나는 이 점에서 나만 생각했다는 것을 충분히 인정하고 있습니다. 당신에게 용서받아야 합니다.

당신의 편지, 당신한테서 온 마지막 편지를 읽었을 때, 내가 잘못했다고 생각했습니다. 그래서 그런 의미의 답장을 쓸까 생각하고 펜을 들었지만, 한 줄도 쓰지 못하고 그만두었습니다. 어차피 쓸 거라면 이 편지를 써 주고 싶어서, 그리고 이 편지를 쓰기에는 아직 시기가 좀 빨랐기 때문에 그만둔 것입니다. 내가 굳이 오지 않아도 된다는 전보를 다시 친 것은 그 때문이었습니다.

*

2

그러고 나서 이 편지를 쓰기 시작했습니다. 평소에 펜을 들지 않았기에 사건이나 생각이 생각대로 쓰여지지 않는 것이 상당히 고통스러웠습니다. 그 상태가 조금만 더 이어졌더라면 당신에 대한 의무를 포기했을 겁니다. 하지만 아무리 그만두자고 생각하고 펜을 놓아도 소용이 없었습니다. 한 시간이 채 되기도 전에 또다시 쓰고 싶어졌으니까요. 당신은 이것이 의무의 수행을 중요하게 여기는 내 성격 탓이라고 생각할지도 모릅니다. 나도 그건 부정하지 않겠습니다. 당신도 알다시피 나는 세상과 거의 교섭이 없는 고독한 사람이기 때문에 의무라고 말할 만한 의무는 주위 어디를 둘러봐도 없습니다. 의도적이었는지 자연스러운 것이었는지 몰라도 나는 그런 의무를 되도록 줄이면서 생활해 왔습니다. 하지만 의무라는 것이 싫어서 그렇게 한 것은 아닙니다. 오히려 너무 예민해서 자극

을 견뎌 낼 만한 힘이 없었기 때문에 당신이 본 것 같은 소극
적인 세월을 보내게 된 것입니다. 그래서 한번 약속한 일을 행
하지 않으면 아주 마음이 불편합니다. 이런 불편한 마음을 피
하기 위해서도, 놓은 펜을 또다시 들지 않으면 안 되었던 것입
니다.

　뿐만 아니라 나는 쓰고 싶습니다. 의무와는 상관없이 나의
과거에 대해 쓰고 싶은 것입니다. 나의 과거는 나만의 경험이
니 나만의 소유라고 해도 상관없겠지요. 그것을 남에게 주지
않고 죽는 것은 아깝다고들 말하겠지요. 나 역시 그런 생각이
조금 듭니다. 단, 받아들이지 못할 사람에게 주는 거라면, 나
의 경험을 나의 생명과 함께 묻어 버리는 편이 오히려 낫다고
생각합니다. 실제로 여기에 당신이라는 한 남성이 존재하지
않았다면 나의 과거는 끝끝내 나의 과거로서, 간접적으로도
남한테 알려지는 일 없이 끝났겠지요. 나는 몇천만 이나 되는
일본인 중에서 단 한 사람, 당신에게만 내 과거를 말하고 싶
은 것입니다. 당신은 진지하기 때문에, 당신은 진지하게 인생
자체에서 삶의 교훈을 얻고 싶다고 이야기했기 때문에. 나는
어두운 인간 세상의 모습을 당신의 눈앞에 주저하지 않고 던
져 보여 주겠습니다. 하지만 두려워해서는 안 됩니다. 그 어둠
을 잘 보고 그중에서 당신한테 참고가 될 만한 것을 얻어 내

주십시오. 당연한 이야기이지만, 내가 어둡다고 말하는 건 윤리적으로 어둡다는 이야기입니다. 나는 윤리적인 사람입니다. 그 윤리상의 사고방식은 지금의 젊은 사람과는 많이 다른 데가 있을지도 모르겠습니다. 하지만 어떻게 다르건 나 자신의 것입니다. 급한 대로 아무 데서나 적당히 빌려 온 옷이 아닙니다. 그렇기 때문에 앞으로 성장해 나갈 당신한테는 어느 정도 참고가 될 거라고 생각하는 것입니다.

당신은 현대의 사상 문제에 대해 곧잘 나와 의견을 나누려 했던 것을 기억하고 있겠지요. 나는 당신의 의견을 경멸까지는 하지 않았지만 결코 존경할 수도 없었습니다. 당신의 생각은 어떤 배경이 있는 것도 아니었고, 당신은 자신의 과거를 갖기에는 너무나 젊었기 때문입니다. 나는 가끔 웃었습니다. 당신은 불만스러운 듯한 표정을 자주 나한테 보였습니다. 그러다가 종국에는 내 과거를 병풍처럼 당신 앞에 펼쳐 보여 달라고 요구했습니다. 그때 처음으로 당신을 존경하는 마음이 일었습니다. 당신은 남이 어떻게 생각할 것인지에 신경 쓰는 일 없이 내 가슴속에 살아 있는 어떤 것을 끄집어내려는 결심을 해 보였기 때문입니다. 내 심장을 깨고 그곳에 흐르는 따뜻한 피를 빨려고 했기 때문입니다. 그때 나는 아직 살아 있었습니다. 죽는 것이 싫었습니다. 그래서 훗날을 기약하며 당신의 요구를 물리쳐 버렸습니다. 나는 지금 스스로 나 자신의 심장을 꺼내 그 피를 당신의 얼굴에 끼얹으려 합니다. 나의 심장의 고동이 멎었을 때 당신의 가슴에 새로운 생명이 깃들 수만 있다면 나는 그것으로 만족합니다.

*

3

내가 부모를 잃은 것은 아직 스무 살이 채 안 되었을 때의 일입니다. 언젠가 아내가 이야기했던 것으로 기억하는데, 두 사람은 같은 병으로 세상을 떠났습니다. 그것도 당신이 이상하게 생각했던 것처럼 거의 동시라고 해도 좋을 만큼 비슷한 시기에 잇달아 돌아가셨습니다. 사실은 아버지의 병은 장티푸스라는 무서운 병이었습니다. 그 병이 옆에서 간호하던 어머니한테 전염되었던 것입니다.

나는 두 사람 사이에서 태어난 단 하나의 아들이었습니다. 집에는 재산이 상당히 있었기 때문에 느긋한 성품으로 자랄 수 있었습니다. 나의 과거를 돌아볼 때, 그때 부모님이 돌아가시지 않았더라면, 최소한 한쪽만이라도 살아 계셔 주었더라면, 나는 그 여유로운 성품을 지금까지 지니고 있겠지요.

나는 두 사람이 없는 세상에 막막한 상태로 남겨지게 되었습니다. 나한테는 지식도 경험도 없었고 아직 사리를 판단할 분별력도 지니지 못하고 있었습니다. 아버지가 돌아가실 때, 어머니는 옆에 있을 수가 없었습니다. 어머니가 돌아가실 때, 어머니한테는 아버지가 돌아가셨다는 사실조차 알려지지 않은 상태였습니다. 어머니가 그 사실을 알고 있었는지, 또는 옆 사람들이 말하는 대로 아버지가 회복기로 접어들고 있다고 믿고 있었는지는 모르겠습니다. 어머니는 그저 작은아버지한테 모든 것을 부탁했습니다. 그 자리에 있던 나를 가리키듯 하면서 "이 애를 잘 부탁드릴게요." 하고 말했습니다. 나는 그 이전부터 부모님의 승낙 하에 도쿄에 가 있었기 때문에 어머니는 그 일도 아울러 말할 생각이었던 것 같았습니다. 그래서 "도쿄로."라고만 덧붙이자 숙부가 금방 말을 받아 "알겠습니다. 아무 걱정 마십시오." 하고 대답했습니다. 어머니는 심한 열을 견뎌 낼 수 있는 체질의 여성이었는지, 숙부는 "대단하시다."라며 나한테 어머니 칭찬을 했습니다. 하지만 그 말이 과연 어머니의 유언이었는지 아닌지는 지금 생각해 봐도 잘 모를 일입니다. 어머니는 물론 아버지가 걸리신 병 이름을 알고 있었습니다. 그리고 자신이 그 병에 걸렸다는 것도 알고 있었습니다. 하지만 자신이 꼭 그 병으로 목숨을 잃을 거라고까지 생각하셨는지는 아직 얼마든지 의심의 여지가 있다고 생각됩니다. 그런 데다 열이 높을 때 나오는 어머니의 말은 아무리 조리 있는 명확한 것도 하나의 기억으로서 어머니 머릿속에 남아 있지 않았던 적이 자주 있었습니다. 그러니까…… 하지만 그런 건 문제가 되지 않습니다. 단지 이런 식으로 사물에 대해 생각해 보거나 이리저리 돌려 가며 바라보는 습관은 이미 그때부터 습관이 되어 있었습니다. 이 부분은 당신한테도 처음부터 말해 두어야 할 것 같은데 예로서 당면 문제와는 별 관계없는 이런 기억이 오히려 도움이 되지 않을까 합니다. 그러니까 당신도 그렇게 알고 읽어 주십시오. 이 성격이 윤리적으로 개인의 행위나 동작에 영향을 미쳐, 나는 이후 점점 더 타인의 도덕심을 의심하게 된 것이라고 생각됩니다. 이 점이 적극적으로 내 고뇌나 번민을 크게 만들었다는 것은 분명하니까 기억해 주십시오.

이야기가 빗나가면 이해하기 어려워지니 다시 앞으로 돌아갑시다. 그래도 나는 이 긴 편지를 쓰는 데 있어, 나와 똑같은 경우의 다른 사람과 비교하면, 어쩌면 꽤 차분한 편이 아닐까 합니다. 세상이 잠들면 들려오던 전차 소리도 이미 끊겼습니다. 덧문 밖에서는 어느새 처량한 벌레 소리가, 이슬 맺히는 가을을 슬그머니 생각나게 하면서 희미하게 들립니다. 아무엇도 모르는 아내는 옆방에서 세상모르고 곤히 자고 있습니다. 펜을 드니 한 획 한 자가 완성되면서 펜 끝에서 소리를 냅니다. 나는 차분한 마음으로 종이 앞에 앉아 있습니다. 익숙지 않아 펜이 옆으로 빗나갈지도 모르지만, 머리가 착란상태에 빠져서 펜이 제멋대로 내달리는 일은 없을 거라고 생각합니다.

*

4

어쨌거나 혼자 남겨진 나는 어머니가 말씀하신 대로 작은아버지를 의지할 수밖에 없었습니다. 작은아버지는 모든 것을 도맡아 뒤치다꺼리를 전부 해 주었습니다. 그리고 내가 희망하는 대로 도쿄로 갈 수 있도록 주선해 주었습니다.

나는 도쿄로 와서 고등학교에 들어갔습니다. 그 당시의 고등학교는 지금보다도 훨씬 거칠고 야만스러웠습니다. 내가 아는 사람 가운데 한밤중에 어떤 직공과 싸움을 하다가 상대방 머리에 상처를 입힌 사람이 있었습니다. 술을 마신 끝의 일이었기 때문에, 정신없이 치고받던 중 교모를 상대방에게 뺏기고 말았습니다. 모자 안에는 마름모꼴의 흰 천 조각 위에 본인의 이름이 빠지지 않고 쓰여 있었습니다. 일이 복잡하게 되어 그 학생은 하마터면 경찰이 학교로 조회해 볼 뻔한 상황까지 가게 되었습니다. 하지만 친구가 여러 가지로 애를 써서 결국 일이 커지지 않고 처리되도록 해 주었습니다. 얌전한 지금의 공기 속에서 지내는 당신들한테 이런 난폭한 행위를 들려주면 분명히 어처구니없는 일로 생각하겠지요. 사실 나도 그렇게 생각합니다. 하지만 그들에게는 대신 지금의 학생들이 갖지 못한 순수함이 있었습니다. 당시에 내가 다달이 작은아버지로부터 받고 있던 돈은 지금 당신이 아버지한테서 받고 있는 학비에 비하면 훨씬 적은 돈이었습니다. 물론 물가도 다르겠지만요. 그렇지만 나는 아무런 부족함도 느끼지 않았습니다. 뿐만 아니라 많은 동급생 가운데서도 경제적인 면에서는 결코 남을 부러워해야 할 불쌍한 처지에 있지도 않았습니다. 지금 생각하면 오히려 남이 부러워하는 편이었던 것입니다. 그건 왜냐하면, 나는 매달 정해진 송금 외에도 책값 — 나는 그때부터 책 사는 것을 좋아했습니다 — 과 임시 비용을 곧잘 작은아버지한테 청구해서 그 돈을 마음대로 쓸 수 있었으니까요.

아무것도 모르는 나는 작은아버지를 믿고 있었을 뿐 아니라 늘 감사하는 마음을 갖고 고마운 분으로서 존경했었습니다. 작은아버지는 사업가였습니다. 현의회 의원이기도 했습니다. 그 관계 때문이었을 텐데, 정당에도 관여하고 있었던 것으로 기억합니다. 그런 점에서, 아버지의 친동생이지만 성격은 아버지와는 전혀 다른 방향으로 발달했던 것 같습니다. 아버지는 조상에게 물려받은 유산을 소중하게 지켜 나가는, 성실하기만 한 사람이었습니다. 즐기는 일이라면 다도라든지 꽃꽃이 같은 것이었습니다. 그리고 시집 같은 것을 읽는 일도 좋아했습니다. 서화나 골동품 같은 것에도 깊은 관심을 갖고 있는 것 같았습니다. 집은 시골에 있었지만, 2리 정도 떨어진 시 — 그곳에는 작은아버지가 살고 있었습니다 — 에서 가끔 골동품상이 족자나 향로 등을 갖고 일부러 아버지한테 보이러 왔습니다. 아버지는 한마디로 말해 재산가라고나 하면 좋겠지요. 비교적 점잖은 취미를 가진 시골 신사였던 것입니다. 그렇기 때문에 성격으로 말하자면 활달한 작은아버지와는 크게 거리가 있었습니다. 그러면서도 두 사람은 이상하게 사이가 좋았습니다. 아버지는 곧잘 작은아버지에 대해 평하기를 자신보다도 훨씬 능력 있는 믿음직한 사람이라고 말했습니다. 자신처럼 부모에게서 재산을 물려받은 사람은 아무래도 갖고 태어난 능력이 감퇴된다, 세상과 싸울 필요가 없어서 못쓴다고도 말했습니다. 이 말은 어머니도 들었습니다. 나도 들었습니다. 아버지는 오히려 나한테 말하고 싶은 생각에 그 말을 한 것으로 생각됩니다.

"너도 잘 새겨들어 두는 게 좋을 거다." 하며 아버지는 내 얼굴을 보았던 것입니다.

그렇기 때문에 나는 그 말을 아직 잊지 않고 있습니다. 그 만큼 우리 아버지한테 신뢰와 칭찬을 받았던 작은아버지를 내가 어떻게 의심할 수 있었겠습니까? 나한테는 그런 일이 없 었다 해도 자랑거리가 될 작은아버지였습니다. 아버지와 어머 니가 돌아가시고 모든 일에서 그분의 보살핌을 받아야 하게 된 나에게는 이미 단순한 자랑거리가 아니었습니다. 나의 존 재 자체에 필요한 사람이 되어 있었던 것입니다.

*

5

여름방학을 이용해서 처음으로 내가 고향에 돌아갔을 때, 부모님이 세상을 떠나고 안 계신 우리 집에는 새로운 주인으 로서 작은아버지 부부가 대신 살고 있었습니다. 그건 내가 도 쿄로 가기 전부터 했던 약속이었습니다. 혼자 남은 내가 집에 없는 이상 그렇게라도 하는 수밖에 없었던 겁니다.

그 무렵 작은아버지는 시내에 있는 여러 회사와 관계가 있었던 것 같습니다. 업무 형편으로 말하자면 그때까지 살던 집에서 기거하는 편이 2리나 떨어진 우리 집으로 이사하는 것보다 훨씬 편리하다면서 웃고 있었습니다. 이 말은 부모님이 돌아가신 다음에 내가 어떤 식으로 집을 처분하고 도쿄로 가면 좋은지에 대한 이야기가 나왔을 때 작은아버지의 입에서 나온 이야기입니다. 우리 집은 역사가 오래된 집이었기 때문에 그 근방에서 조금은 알려진 집이었습니다. 당신 고향도 마찬가지일텐데, 시골에서는 유서 있는 집을 상속인이 있는데도 부수거나 파는 일은 대사건에 해당합니다. 지금의 나라면 그런 정도의 일은 대수롭게 생각하지 않겠지만, 그 무렵엔 어렸기 때문에, 도쿄에는 가고 싶고 집은 그냥 놔두지 않으면 안 되는 형편이어서 처분을 두고 고민했던 것입니다.

작은아버지는 할 수 없이 비어 있는 우리 집에 들어와 사는 일을 수락해 주었습니다. 하지만 시내에 있는 집도 그냥 놔두고 양쪽 집을 왔다 갔다 하는 편의를 인정해 주지 않으면 곤란하다고 말했습니다. 나로서는 물론 이의가 있을 수 없었습니다. 나는 어떤 조건이라도 도쿄에 갈 수 있기만 하면 된다는 정도로 생각하고 있었던 것입니다. 아직 어렸던 나는 고향을 떠나서도 마음의 눈으로 애틋하게 고향집을 바라보고 있었습니다. 물론 아직 내가 돌아갈 집이 있다는 나그네 기분으로 소망하고 있었던 것입니다. 아무리 도쿄가 좋아서 올라온 나였다고 해도 방학이 되면 돌아가야 한다는 기분은 강하게 남아 있었던 것입니다. 나는 열심히 공부하고 즐겁게 논 다음에 방학이 되면 돌아갈 수 있는 고향집을 꿈속에서 곧잘 보았습니다.

내가 없을 때 작은아버지가 어떤 식으로 두 집을 왕래하고 있었는지는 모릅니다. 내가 도착했을 때는 가족이 모두 한집에 모여 있었습니다. 학교에 가는 아이는 평소에는 아마도 시내의 집에 있었겠지만, 그들도 방학이 되어 반은 시골에 놀러오기라도 한 것처럼 와 있었습니다.

모두가 내 얼굴을 보고 기뻐했습니다. 나 역시 아버지나 어머니가 있었을 때보다 오히려 와자지껄 밝아진 집 분위기를 보고 기뻐했습니다. 작은아버지는 원래 내 방을 차지하고 있던 장남을 내몰고 나에게 그 방을 주었습니다. 방 수도 적지 않았기 때문에 나는 다른 방이라도 괜찮다며 사양했지만, 작은아버지는 네 집이니까 하면서 듣지 않았습니다.

나는 돌아가신 아버지나 어머니 일을 가끔 생각하는 이외에는 아무런 불편함 없이 그 여름을 작은아버지의 가족과 함께 지내고 또다시 도쿄로 돌아왔습니다. 다만 그 여름의 일로서 한 가지 내 마음에 희미한 그늘을 만든 일은, 이제 막 고등학교에 들어간 나한테 작은아버지 부부가 입을 모아 결혼을 권한 일이었습니다. 모두 합하면 서너 번은 되풀이됐겠지요. 나도 처음엔 단지 갑작스러운 제안임에 놀랐을 뿐입니다. 두 번째 때는 분명하게 거절했습니다. 그들의 생각은 단순했습니다. 어서 부인을 얻어 이 집으로 돌아와, 돌아가신 아버지의 뒤를 이으라는 것뿐이었습니다. 집이란 방학이 되었을 때 돌아가기만 하면 되는 곳이라고 나는 생각하고 있었습니다. 아버지 뒤를 상속하는 것과 그러려면 부인이 필요하니까 장가를 가라는 것은, 이론상으로는 양쪽이 같은 맥락으로 들립니다. 특히나 시골의 사정을 알고 있는 나로서는 납득이 잘 되는 일이었습니다. 나도 결코 그 자체를 싫어하지는 않았을 겁니다. 하지만 공부하러 이제 막 도쿄로 올라간 참인 나로서는 그런 얘기는 망원경으로 사물을 보듯 먼 일로만 바라야 하는 일이었습니다. 나는 작은아버지의 희망을 수락하지 않은 채 결국 다시 우리 집을 떠났습니다.

*

6

나는 혼담에 관한 이야기를 그것으로 잊어버렸습니다. 주위에 있는 학생들의 얼굴을 보면 기혼자의 찌든 생활 냄새 같은 것을 풍기는 사람은 한 사람도 없었습니다. 모두가 자유로운 독신인 것처럼 보였습니다. 그렇게 마음 편해 보이는 사람들 중에도 알고 보면 집안 사정 때문에 어쩔 수 없이 벌써 부인을 맞이한 사람이 있었을지도 모르지만, 나는 아직 어렸기 때문에 그런 것까지 알아차릴 수는 없었습니다. 그리고 그런 특별한 경우에 처한 사람 쪽에서도 주위 사람들을 의식해서인지 학생이라는 신분과는 거리가 먼 그런 가정 상황 이야기는 되도록 하지 않으려고 조심하고 있었던 거겠지요. 나중에 생각해 보니 나 자신이 이미 그런 사람에 속했는데, 나는 그것도 모르고 그저 어린애처럼 즐겁게 학업의 길을 걸어갔습니다.

학년 말에 또다시 짐을 꾸려 부모님 묘소가 있는 시골로 돌아왔습니다. 그리고 작년과 똑같이 부모님이 계시던 우리 집에서 또다시 작은아버지 부부와 사촌 누이의 변함없는 얼굴을 보았습니다. 그리고 거기에서 또다시 고향의 냄새를 맡았습니다. 한 학년의 단조로움을 깨 주는 변화로서는 고마운 것임에 틀림없었습니다.

하지만 자신을 키워 낸 것과 똑같은 이러한 냄새 속에서 작은아버지는 또 갑자기 결혼 문제를 들고 나왔습니다. 작은아버지의 말은 작년의 권유를 또다시 되풀이한 데에 지나지 않았습니다. 이유도 작년과 같았습니다. 단지 이전에 권유했을 때는 구체적인 대상이 없었는데, 이번에는 가장 문제가 되는 당사자까지 빠뜨리지 않고 준비해 놓고 있어서 더욱 곤혹스러웠습니다. 그 당사자라는 건 작은아버지의 딸, 그러니까 사촌 누이에 해당하는 여성이었습니다. 그 사촌 누이와 결혼을 하게 되면 서로를 위해 좋다는 건 아버지도 생전에 말씀하셨던 일이라고 작은아버지는 말했습니다. 나도 그렇게 되면 여러 가지로 좋을 거라는 생각은 들었습니다. 아버지가 작은아버지한테 그런 이야기를 했다는 것도 있을 수 있는 일이라고 생각했습니다. 하지만 그것은 내가 작은아버지 말을 듣고 처음으로 생각이 미친 일이었고, 말을 듣기 전부터 알고 있었던 사항은 아닙니다. 그렇기 때문에 나는 놀랐습니다. 놀랐지만 작은아버지가 그런 일을 희망하는 것도 무리가 아니라는 것은 이해할 수 있었습니다. 내가 둔했던 걸까요? 어쩌면 그랬을지도 모르지만, 아마도 그 사촌 누이에 대해 무관심했던 것이 주된 이유겠지요. 어릴 때부터 시내에 있는 작은아버지 댁에 늘 놀러 가곤 했습니다. 그냥 가기만 한 것이 아니라 곧잘 그 집에서 자기도 했습니다. 그리고 그 사촌 누이와는 그때부터 친했습니다. 당신도 알고 있겠지요? 형제간에 연애 감정이 성립되는 경우가 없다는 것을. 누구나 다 아는 이 사실에 내 멋대로 살을 붙이고 있는 건지도 모르지만, 늘 만나서 너무 친해진 남녀 사이에는 사랑에 필요한 자극이 피어나는 신선한 느낌이 상실되어 버리는 거라고 생각합니다. 향냄새를 맡을 수 있는 것은 향을 피우기 시작한 순간에 한정되듯, 술맛이 느껴지는 것은 술을 마시기 시작한 찰나에 한정되듯, 사랑의 충동에도 이런 아슬아슬한 순간이 시간 위에 존재하고 있다는 생각밖에 들지 않습니다. 한번 태연하게 그곳을 지나쳐 버리면, 익숙해지면 익숙해질수록 친밀감이 더해질 뿐 사랑의 신경은 점점 마비되어 버릴 뿐입니다. 아무리 생각해 봐도 이 사촌 누이를 부인으로 맞을 생각은 들지 않았습니다.

작은아버지는 만약 내가 그렇게 주장한다면 졸업 때까지 결혼을 연기해도 좋다고 말했습니다. 하지만 좋은 일은 빨리 하라는 속담도 있으니까 가능하면 더 늦기 전에 약혼만은 해 두자고도 말했습니다. 상대방을 원하지 않는 나로서는 어느 쪽 제안이건 마찬가지였을 뿐입니다. 나는 또 거절했습니다. 작은아버지는 불쾌한 얼굴을 했습니다. 사촌 누이는 울었습니다. 나한테 시집올 수 없다는 사실이 슬퍼서가 아니었습니다. 결혼 신청을 거절당한 것이 여자로서 창피했기 때문이었습니다. 내가 사촌 누이를 사랑하지 않는 것처럼 사촌 누이도 나를 사랑하지 않는다는 것을 나는 알 수 있었습니다. 나는 다시 도쿄로 올라갔습니다.

*

7

내가 세 번째로 귀향한 것은 그로부터 또 1년이 지난, 여름이 막 시작될 무렵이었습니다. 나는 언제고 학년 말 시험이 끝나기가 무섭게 도쿄에서 도망쳤습니다. 당신한테도 그런 기억이 있겠지요? 태어난 곳은 공기의 색깔이 다릅니다. 땅 냄새도 특별합니다. 아버지나 어머니의 기억도 짙게 떠다니고 있습니다. 1년이란 기간 중 칠팔 월의 두 달을 구멍 속에 들어간 뱀처럼 꼼짝 않고 지내는 일은 나한테는 무엇보다도 따뜻하고 기분 좋은 일이었던 것입니다.

나는 단순해서 사촌 누이와 결혼하는 문제로 그렇게 골치를 앓을 필요가 없다고 생각했습니다. 싫은 것은 거절하면 되고 거절해 버리면 뒤엔 아무것도 남지 않는다고 믿고 있었습니다. 그렇기 때문에 작은아버지의 희망대로 의지를 굽히지 않았는데도 나는 오히려 태연했습니다. 1년 동안 그런 일에는 전혀 신경 쓰지 않고 있다가 이전과 다름없이 활기찬 모습으로 고향에 돌아갔던 것입니다.

그런데 돌아가 보니 작은아버지의 태도가 달라져 있었습니다. 전처럼 호의적인 얼굴로 나를 대하려 하지 않았습니다. 그래도 느긋한 성품으로 자란 나는 귀성 후 사오 일 간은 그런 눈치도 채지 못하고 있었습니다. 단지 무슨 일인지를 계기로 문득 이상하다고 느끼기 시작했습니다. 그러자 이상해 보이는 것은 작은아버지뿐이 아니었습니다. 작은어머니도 이상했습니다. 사촌 누이도 이상했습니다. 중학교를 나와 도쿄의 고등상업학교에 들어갈 생각이라고 하면서 편지로 학교에 대해 물어보곤 했던 사촌 동생마저 뭔가 이상했습니다.

내 성격으로서는 생각하지 않을 수 없었습니다. 왜 내 마음이 이렇게 변했을까? 아니, 왜 상대방이 이렇게 변했을까? 갑작스럽게 돌아가신 아버지나 어머니가 세상 물정을 모르는 내 눈을 씻어서 돌연 세상이 분명히 보이도록 해준 건 아닐까 하고 생각했습니다. 나는 아버지나 어머니가 이 세상에 안 계시게 된 후에도 계실 때와 똑같이 나를 사랑해 주리라고 어딘가 마음속 깊은 곳에서 믿고 있었던 것입니다. 하긴 그 무렵에도 나는 결코 세상 돌아가는 물정에 어두운 편은 아니었습니다. 하지만 조상에게서 물려받은, 무조건 사람을 믿는 기질도 강력하게 나의 핏속에 스며들어 있었던 것입니다. 지금도 마찬가지겠지요.

나는 혼자서 산에 올라 부모님 묘소 앞에 무릎을 꿇었습니다. 반은 애도의 의미로, 반은 감사의 마음으로 무릎을 꿇은 것입니다. 그리고 나의 미래의 행복이 이 차가운 돌 아래 누워 있는 그들의 손에 아직 쥐여 있기라도 한 기분으로, 나의 운명을 지켜 줄 것을 그들에게 빌었습니다. 당신은 웃을지도 모릅니다. 나 또한 그렇더라도 어쩔 수 없다고 생각합니다. 아무튼 나는 그런 사람이었습니다.

나의 세계는 손바닥을 뒤집듯 변했습니다. 하긴 이것은 나한테 첫 경험은 아니었습니다. 열예닐곱 살 때였을까요. 이 세상에 아름다운 것이 있다는 사실을 처음으로 발견했을 때 나는 머리를 망치로 얻어맞은 듯 놀랐습니다. 몇 번이고 내 눈을 의심하며 눈을 비벼 봤습니다. 그리고 마음속으로 아아, 아름답다 하고 외쳤습니다. 열예닐곱 살이라고 하면 남자건 여자건 보통 말하는 처녀티, 총각 티가 나기 시작할 때입니다. 그런 나는 세상에 존재하는 아름다운 것의 대표 격으로서 처음으로 여성을 볼 수 있었습니다. 지금까지 그 존재를 전혀 알지 못했던 이성에 대해 장님이었던 눈이 한꺼번에 뜨인 것입니다. 이후 나의 천지는 완전히 새로운 것이 되었습니다.

내 눈에 작은아버지의 태도 변화가 느껴진 것도 이와 같을 것입니다. 돌연 눈에 보이게 된 것입니다. 아무런 예감도 준비도 없이 뜻하지 않게 다가온 것입니다. 작은아버지와 작은아버지의 가족이 별안간 지금까지와는 전혀 다른 사람들처럼 내 눈에 비친 것입니다. 나는 놀랐습니다. 그리고 이대로 놔두면 내가 어떻게 될지 알 수 없겠다는 생각이 들었습니다.

*

8

나는 지금까지 작은아버지에게 맡겨 두었던 집안 재산에 대해 상세한 설명을 듣지 않은 것은 돌아가신 부모님에 대해 면목 없는 일이라고 생각하게 되었습니다. 작은아버지는 바쁜 사람이라는 자신의 말을 증명하듯 매일 한곳에 머물지 않았습니다. 이틀을 집에서 자면 사흘은 시내에서 지내는 식으로 양쪽을 왔다 갔다 하면서 그날그날을 안정감이 결여된 얼굴로 지내고 있었습니다. 그리고 입버릇처럼 바쁘다는 말을 했습니다. 아무런 의심도 하지 않았을 때는 나도 실제로 바쁜 것이겠지 하고 생각하고 있었습니다. 그리고 바쁜 듯 보이는 것이 이 시대의 유행인 거라고 비꼬고 싶은 기분으로 바라보고 있었습니다. 하지만 재산에 대해서 시간이 걸리는 이야기를 하려는 목적이 생긴 눈으로 그렇게 바빠하는 모습을 보니 그 모습은 나를 피하는 구실로밖에 받아들여지지 않았습니다. 나는 작은아버지를 대면할 기회를 쉽게 얻지 못했습니다.

나는 작은아버지가 시내에 첩을 두고 있다는 소문을 들었습니다. 옛날 중학교 동창생이었던 어떤 친구가 알려 준 것입니다. 첩을 두는 정도는 작은아버지로서는 조금도 이상할 것이 없었지만, 아버지가 살아 계신 동안에는 그런 소문을 듣지 못했던지라 나는 놀랐습니다. 친구는 그 밖에도 여러 가지로 작은아버지에 관해 떠도는 소문을 이야기해 주었습니다. 한때 사업이 실패 직전에 처했던 것으로 사람들은 알고 있었는데, 최근 이삼 년 사이에 갑자기 또다시 부활했다는 것도 그중 하나였습니다. 그런 것도 의혹을 더욱 강하게 만든 것 중의 하나였습니다.

나는 드디어 작은아버지와 담판을 벌였습니다. 담판이란 좀 온당치 않은 표현일지도 모르겠지만, 일이 흘러간 방향으로 말하자면 그런 단어로 표현할 수밖에 없게 진행되었던 것입니다. 작은아버지는 끝까지 나를 아이 취급을 하려고 했습니다. 또한 나는 처음부터 작은아버지를 의심에 찬 눈으로 대했습니다. 원만하게 해결될 리가 없었던 것입니다.

유감스럽게도 나는 지금 그 담판의 전말을 이 편지에 자세히 쓰지 못할 만큼 서두르고 있습니다. 사실을 말하자면 내게는 이 이상으로 더 중요한 일이 앞에 놓여 있습니다. 내 펜은 진작부터 그곳에 도달하고 싶어 하는데, 그것을 겨우 참고 있을 따름입니다. 당신을 만나 조용히 이야기할 기회를 영원히 잃어버렸으니, 나는 펜을 드는 방법에 익숙지 못할 뿐 아니라 귀중한 시간을 아낀다는 의미에서도 쓰고 싶은 일도 생략해야 합니다.

당신은 아마 기억하고 있겠지요? 내가 언젠가 당신에게 이 세상에는 처음부터 나쁜 사람으로 정해진 사람이 있는 건 아니라고 했던 말을. 많은 좋은사람들이 여차하면 한순간에 나쁜 사람이 되는 거니까 주의해야 한다고 말했던 것을. 그때 당신은 나보고 흥분하고 있다고 말했습니다. 그리고 어떤 때 좋은사람이 나쁜 사람이 되는 거냐고 물었습니다. 내가 단지 한마디 돈이라고 대답하자 당신은 불만스러운 얼굴을 했습니다. 나는 불만스러워하던 당신의 얼굴을 잘 기억합니다. 지금 털어놓자면 나는 그때 작은아버지 일을 생각했습니다. 보통 사람들이 돈을 보고 갑자기 나쁜 사람이 되는 예로서, 세상에 신뢰할 수 있는 사람이 존재하지 않는 예로서, 증오심과 함께 나는 작은아버지를 생각하고 있었던 것입니다. 심오한 사상의 길로 들어가고 싶어 하는 당신한테는 내 대답이 부족했을지도 모릅니다. 진부했을지도 모릅니다. 하지만 나에게는 그것이 살아 있는 대답이었습니다. 실제로 나는 흥분하지 않았습니까? 나는 냉철한 머리로 새로운 사실을 말하기보다 뜨거운 혀로 평범한 견해를 말하는 편이 진짜 살아 있는 것이라고 믿습니다. 피의 힘으로 몸이 움직이기 때문입니다. 말은 공기에 진동을 전할 뿐 아니라 한층 더 강한 것에 강하게 부딪쳐 갈 수 있기 때문입니다.

*

9

한마디로 말하자면 작은아버지는 내 재산을 속였던 것입니다. 일은 내가 도쿄에 가 있던 3년 사이에 손쉽게 이루어졌습니다. 모든 것을 작은아버지한테 맡기고서 마음 놓고 있었던 나는 보통 사람의 눈으로 본다면 진짜 바보였습니다. 보통 사람 이상의 견해로 본다면 혹시 순수하고 고결했었다고 말할 수 있을까요? 그때의 나를 돌이켜보면 왜 좀 더 나쁜 사람으로 태어나지 않았는지, 너무 사람이 좋기만 했던 나에 대해 화가 납니다. 하지만 또 어떻게든 또다시 태어났을 때, 그대로 의 그런 모습으로 돌아가 살아 보고 싶다는 생각도 듭니다. 잊지 말아 주십시오. 당신이 알고 있는 나는 먼지로 더럽혀진 이후의 나입니다. 더럽혀진 햇수가 오랜 사람을 선배라고 한다면 나는 분명 당신의 선배입니다.

만약 내가 작은아버지 희망대로 사촌 누이와 결혼했다면 그 결과는 물질적으로는 나한테 유리한 것이었을까요? 그것은 생각해 볼 필요도 없는 일이라고 생각됩니다. 호의적으로 양가의 편의를 도모하는 것이 아니라 저열한 이해관계에 사로잡혀 결혼 문제를 나한테 꺼냈던 것입니다.

나는 사촌 누이를 사랑하지 않을 뿐 싫어하는 것은 아니었는데, 나중에 생각해 보니 그 제안을 거절한 것이 나로서는 다소 유쾌한 일이기도 했습니다. 계략에 넘어가는 건 마찬가지라 해도, 당한 쪽에서 보면 사촌 누이와 결혼하지 않는 편이 상대방 생각대로 되지 않았다는 점에서 조금은 내 생각을 관철한 것이 되니까요. 하지만 그것은 문제로 삼기에는 너무 작은 일입니다. 더구나 상관없는 당신에겐 쓸데없는 일에 너무 집착하는 걸로 보이겠지요.

나와 작은아버지 사이에 다른 친척이 나섰습니다. 나는 그 친척도 전혀 신뢰하지 않았습니다. 신뢰하지 않을 뿐 아니라 오히려 적대시했습니다. 작은아버지가 나를 속였다는 것을 깨닫는 동시에 다른 이들도 분명히 나를 속일 것이 틀림없다고만 생각했습니다. 아버지가 그토록 칭찬하던 작은아버지마저 이런 식이라면 다른 사람은 오죽할까 하는 것이 나의 논리였습니다.

그래도 그들은 나를 위해 내 소유로 되어 있는 재산을 전부 합쳐 봐 주었습니다. 그러나 돈으로 환산하면 내가 예상했던 것보다 훨씬 적은 것이었습니다. 나로서는 잠자코 그것을 받아들이거나 아니면 작은아버지를 상대로 공적인 사태로 몰고 가는 두 가지 방법밖에 없었습니다. 나는 분노했습니다. 또한 망설였습니다. 소송을 하게 되면 해결될 때까지 긴 시간이 걸릴 것도 두려웠습니다. 나는 학업 중인 신분이었기 때문에 학생으로서 귀중한 시간을 빼앗기는 것은 아주 고통스러운 일이라고 생각했습니다. 생각 끝에, 시내에 있는 고등학교 친구에게 부탁해 내가 받은 것을 전부 돈으로 바꾸려고 했습니다. 친구는 그렇게 하지 않는 편이 좋다고 충고해 주었지만, 듣지 않았습니다. 나는 그때 영원히 고향을 떠날 결심을 했습니다. 작은아버지의 얼굴을 보지 않겠다고 마음속으로 맹세한 것입니다.

고향을 떠나기 전에 다시 부모님 묘소를 찾아갔습니다. 그 이후로 나는 그 묘소를 본 적이 없습니다. 아마 영원히 기회가 오지도 않겠지요.

친구는 내 뜻대로 일을 처리해 주었습니다. 하긴 그것은 내가 도쿄에 도착한 후 한참이 지나서의 일입니다. 시골에서는 논밭 같은 걸 팔려고 해도 쉽게 팔리지 않을 뿐만 아니라 여차하면 급히 팔려는 것이 약점이 되어 떼일 우려가 있기 때문에, 내가 받은 금액은 시가와 비교하면 아주 적은 돈이었습니다. 고백하자면 나의 재산은 집을 나올 때 갖고 나온 약간의 공채와 나중에 이 친구가 보내 준 돈뿐이었습니다. 당연한 일이지만, 부모의 유산으로서는 크게 줄어 있었던 게 틀림없습니다. 그나마 내가 나서서 줄인 것이 아니어서 기분이 더 상해 있었습니다. 하지만 그것만으로도 학생으로서 생활하기에는 충분하고도 남을 정도였습니다. 솔직히 말하자면 나는 그 돈에서 나오는 이자의 반도 쓰지 못했습니다. 그리고 그 여유로운 학생 생활이 나를 생각지도 못한 상황에 빠뜨린 것입니다.

*

10

돈에 부자유하지 않았던 나는 시끄러운 하숙을 나와 새 집을 단독으로 마련할까 하고 생각했습니다. 하지만 그러기에는 가재도구를 사야 하는 번거로움이 있었고, 살림을 해 줄 할머니도 있어야 한다거나, 그 할머니가 정직하지 않으면 곤란하다거나, 집을 비워도 괜찮은 사람이 아니면 걱정이라는 이유들 때문에 생각을 실천에 그냥 옮기기에는 불안했습니다. 어느 날 나는 그냥 집이라도 우선 찾아볼까 하는 가벼운 마음으로 산책 삼아 혼고다이에서 서쪽으로 내려가 고이시카와 언덕에서 덴쇼인 쪽으로 똑바로 올라갔습니다. 전차 통로가 되고 나서부터 그 부근은 아주 달라졌지만, 그 무렵엔 왼쪽이 무기 공장의 담벼락이었고 오른쪽은 들판인지 언덕인지 확실치 않은 빈터에 풀이 온통 무성했습니다. 나는 그 풀 속에 서서 아무런 생각 없이 맞은편 언덕을 바라보았습니다. 지금도 나쁜 경치는 아니지만, 그 무렵은 서쪽 경관이 지금과는 많이 달랐습니다. 눈 닿는 곳은 모두 짙푸른 풀숲이 우거져 있는 것만으로도 편안해지는 느낌이었습니다. 나는 문득 그 근방에 적당한 집이 없을까 생각했습니다. 그래서 바로 풀숲을 지나 좁은 골목을 따라 북쪽으로 들어갔습니다. 지금까지도 보기 좋은 주택가가 되지 못한 채 들쭉날쭉한 그 근방 집들은 당시에는 더욱 지저분했습니다. 나는 좁은 길을 빠져 지나거나 골목길을 돌아 빙빙 돌아다녀 봤습니다. 마지막에는 구멍가게 안 주인한테 이 근처에 세를 내놓은 작은 집은 없느냐고 물어보았습니다. 주인은 "글쎄요." 하며 잠시 고개를 갸우뚱거리다가, "세 내놓은 집은⋯⋯." 하며 전혀 모르겠다는 모습이었습니다. 나는 포기하고 돌아오려 했습니다. 그러자 주인은 "일반 가정집 하숙이면 안 되나요?" 하고 물어보는 것이었습니다. 나는 생각이 좀 바뀌었습니다. 조용한 가정집에 혼자서 하숙하면 오히려 집을 소유하는 데 따르는 번거로움이 없어도 되니 괜찮을 것 같다는 생각이 들기 시작한 것입니다. 그래서 그 구멍가게에 앉아 자세한 이야기를 들었습니다.

그 집은 어느 군인의 가족, 아니 유족이 살고 있는 집이었습니다. 들리는 바로는 청일전쟁 때인지에 집주인이 죽었다고 가게 주인이 말했습니다. 1년 정도 전까지는 이치가야의 사관학교 옆에 살고 있었는데, 마구간 따위까지 있는 너무 넓은 집이었기 때문에 그곳을 팔고 이곳으로 이사 왔고, 사람이 없어 쓸쓸하니 알맞은 사람이 있으면 소개해 달라는 부탁을 받았다는 것이었습니다. 나는 가게 주인을 통해 그 집에 미망인과

외동딸과 하녀밖에 없다는 사실을 확인했습니다. 나는 조용해서 아주 좋겠다고 속으로 생각했습니다. 하지만 그런 가족한테 나 같은 사람이 불쑥 찾아가 봐야 신원도 불분명한 학생이라는 이유로 금방 거절당하지 않을까 걱정도 했습니다. 그만둘까 생각하기도 했습니다. 하지만 나는 학생으로서 그렇게 초라한 복장을 하고 있지는 않았습니다. 그리고 대학의 교모를 쓰고 있었습니다. 당신은 웃겠지요. 대학의 교모가 뭐 그리 대단한 거냐고 하면서요. 하지만 그 무렵의 대학생은 지금과 달리 세상이 꽤 신뢰해 주었습니다. 나는 그 상황에서 이 사각모자 때문에 어떤 자신감을 발견했을 정도입니다. 그렇게 해서 가게 주인이 가르쳐 준 대로 누구 소개도 없이 그 군인의 집을 찾아갔습니다.

나는 미망인을 만나 찾아온 뜻을 전했습니다. 미망인은 내 신분이며 학교며 전공 등에 대해 여러 가지로 질문했습니다. 그리고 이만하면 괜찮겠다는 것을 어딘가에서 찾아 낸 것이겠지요. 언제든지 이사 와도 좋다는 말을 그 자리에서 해 주었습니다. 미망인은 대쪽 같아 보이는 사람이었습니다. 또 분명한 사람이었습니다. 군인의 부인이라는 사람은 모두 이런가 하고 감탄했습니다. 감탄도 했지만 놀라기도 했습니다. 이런 성품인데 왜 쓸쓸하다는 걸까 싶어 의아한 생각도 일었습니다.

    나는 곧바로 그 집으로 옮겨 갔습니다. 처음에 갔을 때 미망인과 이야기했던 객실을 빌리기로 한 것입니다. 그 방은 그집에서 가장 좋은 방이었습니다. 혼고 부근에 고급 하숙 같은집들이 이곳저곳 생기던 때였기 때문에 나는 학생으로서 차지할 수 있는 가장 좋은 방이 어느 정도인지를 알고 있었습니다. 내가 새로 주인이 된 방은 그것보다 훨씬 훌륭했습니다. 막 옮겼을 때는 학생 신분에는 분에 넘치는 것으로 느껴질 정도였습니다.

    방은 8조(180×90센티미터의 다다미 여덟 장-옮긴이) 크기였습니다. 도코노마 옆에 선반이 붙어 있고 툇마루 반대쪽에는한 칸(1.8미터-옮긴이) 크기의 벽장이 붙어 있었습니다. 창은하나도 없었지만, 그 대신 남쪽을 향한 툇마루 쪽 방문으로 밝은 햇빛이 들고 있었습니다.

    나는 옮겨 간 날, 방 안에서 도코노마에 장식된 꽃과 그 옆에 걸린 고토(가야금처럼 생긴 악기-옮긴이)를 보았습니다. 둘다 마음에 들지 않았습니다. 나는 시가나 서예 그리고 차를 즐기던 아버지 밑에서 자랐기 때문에 어릴 때부터 중국풍 취향을 갖고 있었습니다. 아마 그 때문일 터였는데, 어느샌가 이런 여성스러운 분위기를 가진 장식품을 경멸하는 습성이 붙었던 것입니다. 아버지가 살아 계실 때 모은 물건들은 작은아버지 때문에 다 흩어지고 말았습니다. 그래도 조금은 남아 있었습니다. 나는 고향을 떠날 때 그 물건들을 친구에게 맡겨 두었습니다. 그리고 그중에서 괜찮아 보이는 것 네댓 점을 내용물만 꺼내 고리짝 밑에 넣어서 갖고 왔습니다.

나는 이사하자마자 그것을 꺼내 도코노마에 걸어 놓고 즐길 생각이었습니다. 그런데 지금 말한 고토와 꽃꽂이를 보자 갑자기 용기가 없어져 버렸습니다. 나중에 이 꽃이 나에 대한 환영의 뜻으로 장식된 것이라는 것을 처음 알았을 때, 속으로 쓴웃음을 지었습니다. 하긴 고토는 전부터 그 자리에 있었던 것이니까, 다른 둘 곳이 없어서 할 수 없이 세워 놓은 것이었겠지요.

이런 이야기를 하면 자연히 그 배경에 존재할 젊은 여성의 모습이 당신의 머릿속을 스치고 지나가겠지요. 이사한 나 역시 이사하기 전부터 그런 호기심이 벌써 싹트고 있었습니다. 이런 엉뚱한 관심이 미리부터 나를 긴장하게 만들었는지 또는 내가 아직 사람에 익숙지 못해선지, 처음으로 그 집 아가씨를 만났을 때 나는 당황하며 인사를 했습니다. 대신 아가씨 쪽에서도 얼굴을 붉혔습니다.

그때까지 나는 미망인의 풍채나 태도를 보고 아가씨의 모든 것을 상상하고 있었습니다. 하지만 그 상상은 아가씨한테 그다지 유리한 것이 아니었습니다. 군인의 부인이니까 저럴 것이다, 그 부인의 딸이니까 이럴 것이다 하는 식으로 나는 상상의 나래를 펼쳤습니다. 그런데 아가씨의 얼굴을 본 순간, 추측은 완전히 사라져야 했습니다. 그리고 나의 머릿속에는 지금까지 상상도 하지 않았던 이성의 향기가 새로이 자리 잡게 되었습니다. 그 후부터 나는 도코노마의 정면에 꽂혀 있는 꽃이 싫지 않았습니다. 마찬가지로 도코노마에 세워져 있는 고토 역시 눈에 거슬리지 않게 되었습니다.

꽃은 시들 무렵이면 규칙적으로 다른 꽃으로 바뀌어 있었습니다. 고토도 가끔, 기역 자로 꺾인, 방향이 다른 쪽 방으로 옮겨졌습니다. 나는 내 방 책상 위에다 턱을 괴고 고토 소리를 듣곤 했습니다. 나로서는 그 고토 솜씨가 좋은 건지 아닌 건지 잘 알 수가 없었습니다. 하지만 너무 복잡한 선율을 내지 않는 걸로 보아 잘하는 건 아니라고 생각했습니다. 그냥 꽃꽂이 정도의 실력이겠지 하고 생각했습니다. 꽃에 관해서라면 나도 잘 알 수 있었는데, 아가씨는 결코 잘하는 편이 아니었던 것입니다.

그러면서도 아가씨는 주저하는 기색 없이 여러 가지 꽃으로 내 방을 장식해 주었습니다. 하긴 꽃을 꽂는 방법은 언제 보아도 같았습니다. 그리고 꽃병도 언제까지고 바뀌는 일이 없었습니다. 하지만 또 다른 쪽인 음악은 꽃보다도 더욱 묘했습니다. 띄엄띄엄 줄 소리가 날 뿐 목소리는 전혀 나지 않는 것입니다. 노래를 부르지 않는 것은 아니지만, 마치 비밀 이야기라도 하듯 작은 목소리밖에 내지 않았습니다. 그것도 가르치는 선생한테 주의를 듣게 되면 전혀 나지 않는 것입니다.

나는 즐거운 기분으로 이 서투른 꽃꽂이를 바라보며 서투른 듯한 고토 소리에 귀를 기울였습니다.

*

12

내 기분은 고향을 떠날 때부터 이미 염세적이 되어 있었습니다. 타인이란 믿을 수 없는 존재라는 관념이 그때 뼛속까지 스며들어 버린 것처럼 생각됩니다. 내가 적대시하는 작은아버지나 작은어머니, 그 밖의 친척들이 마치 인간을 대표하는 사람들인 것처럼 생각하기 시작했습니다. 기차에 타서도 옆 사람 모습을, 노골적은 아니지만 주의해서 보기 시작했습니다.

가끔 상대방이 말을 걸어오기라도 하면 더욱더 경계하고 싶어졌습니다. 내 마음은 침울했습니다. 때때로 납덩이를 삼킨 것처럼 무거워질 때가 있었습니다. 그러면서도 신경은 지금 말한 것처럼 예민하게 날카로워져 버린 것입니다.

도쿄로 온 후 하숙을 나오려고 했던 것도 이 점이 커다란 원인이었다고 생각됩니다.

돈에 부자유스럽지 않았기 때문에 단독주택을 마련할 생각을 한 거라고 하면 더 할 말이 없지만, 원래의 나라면 설령 여윳돈이 생겼어도 일부러 그런 귀찮은 일은 하지 않았겠지요.

나는 고이시카와로 옮기고 나서도 당분간 이런 긴장된 기분에서 풀려날 수가 없었습니다. 스스로도 부끄러워질 만큼 힐끗힐끗 주위의 눈치를 살피고 있었습니다. 이상하게도 잘 움직이는 것은 머리와 눈뿐이고 입은 그와는 반대로 점점 움직이지 않게 되었습니다. 나는 한집 사람들의 모습을 고양이처럼 관찰하면서 침묵하며 책상 앞에만 앉아 있었습니다. 가끔은 그들이 안되었다는 생각이 들 만큼 빈틈없이 그들에게 주의를 쏟고 있었던 것입니다. 물건을 훔치지 않는 소매치기나 마찬가지라는 생각이 들어 나 자신이 싫어질 때마저 있었습니다. 당신은 아마 이상하다고 생각하겠지요. 그런 내게 어떻게 그 집 아가씨를 좋아할 수 있는 여유가 있었는지. 그리고 그녀의 서투른 고토 소리를 어떻게 즐거운 마음으로 들을 수 있었는지. 그렇게 질문을 받는다면 양쪽 다 사실이기 때문에 당신한테 사실대로 말할 수밖에 없습니다. 해석은 당신의 머리에 맡기기로 하고 다만 한마디만 덧붙이기로 하지요. 나는 돈에 관해 인간을 의심했지만, 사랑에 관해서는 아직 인간을 의심하지 않았던 것입니다. 그렇기 때문에 다른 사람이 보면 이상할 일도, 또 내가 생각해 봐도 모순이라고 생각되는 일도 내 가슴속에서는 아무렇지도 않게 공존하고 있었던 것입니다.

나는 미망인을 늘 아주머니라고 불렀으니 이제부터는 아주머니라고 부르겠습니다. 아주머니는 나를 조용하고 얌전한 사람이라고 말했습니다. 그리고 공부를 열심히 하는 사람이라고 칭찬해 주었습니다. 하지만 나의 불안한 눈초리나 힐끗힐끗 주위를 살피는 모습에 대해서는 아무 말도 하지 않았습니다. 잘 몰랐던 건지 조심하느라 말을 안 한 건지, 어느 쪽인지 모르지만 어쨌거나 그런 것에 전혀 신경 쓰지 않는 것처럼 보였습니다. 그뿐 아니라 어떤 때는 나를 돈에 대범한 사람이라고 대단히 존경스럽다는 말투로 이야기한 적도 있습니다. 나는 성격이 솔직했기 때문에 그때 얼굴을 조금 붉히고 아주머니의 말을 부정했습니다. 그러자 아주머니는 "학생은 자신에 대해서 모르니까 그렇게 말하는 거예요." 하고 진지한 어조로 설명해 주었습니다. 아주머니는 처음엔 나 같은 류의 학생을 들일 생각은 없었던 것 같았습니다. 관청 같은 곳에 근무하는 사람한테 방을 빌려 줄 요량으로 근처 사람에게 주선해 달라고 부탁해 두었던 것 같았습니다. 그 때문에, 월급이 많지 않아 어쩔 수 없이 일반 가정에 하숙하는 경제력 밖에 갖지 못한 사람일 것이라는 생각이 전부터 아주머니 머릿속 어딘가에 들어 있었던 것이겠지요. 아주머니는 머리에 그리고 있던 상상의 손님과 비교해 내 쪽이 짜지 않다고 칭찬하는 것이었습니다. 아주머니 말대로, 절약하는 생활을 하는 사람에 비하면 나는 돈에는 짜지 않았을지도 모릅니다. 하지만 그것은 성질의 문제는 아니니 나의 내면 생활과는 거의 관계가 없는 거나 마찬가지였습니다. 아주머니는 여성인 만큼 그런 생각을 나의 전체에 확대해 적용하려 한 것입니다.

*

13

아주머니의 이러한 태도가 자연히 내 기분에 영향을 미쳤습니다. 얼마 안 가서 나는 이전처럼 경계하듯 주위를 살피고 있지만은 않게 되었습니다. 내 마음이 내가 있는 곳에 제대로 자리 잡고 있는 것 같은 기분이 되기도 했습니다. 말하자면 아주머니를 비롯해서 한집 사람들이, 뒤틀려 있는 내 눈이나 남을 믿지 못하는 내 모습에 아예 처음부터 상관하지 않았던 것이 내게 커다란 행복감을 주었던 것이겠지요. 내 신경이 상대에 부딪혀 반사되어 되돌아오는 일이 없었기 때문에 점차 차분히 가라앉게 되었습니다.

아주머니가 그런 경우에 대처하는 법을 알고 있었기에 일부러 나를 그런 식으로 대해 주었다는 생각도 들고, 아니면 아주머니 자신이 말하는 것처럼 실제로 나를 느긋한 사람으로 보았는지도 모르겠습니다. 작은 일에 일일이 신경 쓰는 나의 모습은 머릿속 현상일 뿐 그렇게 크게 바깥으로 드러나 보이지는 않은 듯하니 어쩌면 아주머니 쪽이 속고 있었던 건지도 모릅니다. 마음이 안정됨에 따라 나는 점차 그들과 가까워지게 되었습니다. 아주머니와도 아가씨와도 농담을 나눌 정도가 되었습니다. 차를 끓였다면서 안쪽 방으로 건너오라고 하는 날도 있었습니다. 또 내 쪽에서 과자를 사 와 두 사람을 부르는 저녁도 있었습니다. 그 때문에 귀중한 공부 시간을 낭비하는 날도 몇 번이고 있었습니다. 이상하게도 나로서는 이 방해가 전혀 싫지 않았습니다. 아주머니는 처음부터 한가한 사람이었습니다. 아가씨는 학교에 다니는 데다가 꽃꽂이니 고토니 하는 것들을 배우고 있었기 때문에 분명히 바쁠 거라고 생각했는데, 의외로 그렇지도 않아 얼마든지 시간적 여유가 있는 것처럼 보였습니다. 그래서 세 사람은 얼굴만 마주치면 함께 모여 이런저런 이야기를 하며 지냈던 것입니다.

나를 부르러 오는 건 대개 아가씨였습니다. 아가씨는 툇마루를 직각으로 돌아 내 방 앞에 설 때도 있었고 차 마시는 방을 지나 옆방 문 뒤쪽에서 모습을 보일 때도 있었습니다. 아가씨는 거기에 와서 잠깐 멈춰 섭니다. 그러고는 반드시 내 이름을 부르며 "공부하세요?" 하고 묻습니다. 대개 나는 어려운 책을 책상 위에 펼쳐 놓고 바라보고 있었기 때문에 옆에서 보면 무척이나 열심히 공부하는 사람으로 보였겠지요. 하지만 사실은 그렇게 열심히 책을 연구하고 있었던 것은 아닙니다. 눈은 책장 위에 두고서 아가씨가 부르러 오는 것을 기다리고 있었다고 할 수도 있습니다. 기다려서 오지 않으면 어쩔 수 없이 내 쪽에서 일어납니다. 그리고 안채로 건너가 내 쪽에서, 공부하십니까? 하고 묻습니다.

아가씨 방은 차 마시는 방에 붙은 6조 크기의 방이었습니다. 아주머니는 그 차 마시는 방에 있기도 했고 아가씨 방에 있기도 했습니다. 즉 이 두 개의 방 중간에 있는 장지문은 있어도 없는 거나 마찬가지여서 모녀가 왔다 갔다 하며 누구 방이라는 구별 없이 차지하고 있었던 것입니다. 내가 바깥에서 말을 걸면 "들어와요." 하고 대답하는 건 꼭 아주머니였습니다. 아가씨는 거기에 있어도 어쩌다가 한번 대답한 적도 없었습니다.

얼마 후에는 아가씨 혼자 일이 있어 내 방에 들어왔다가 그냥 앉아서 이야기를 하고 가는 경우도 이따금 있게 되었습니다. 그럴 때는 내 마음이 묘하게 불안해졌습니다. 그런데 젊은 아가씨와 마주 앉아 있다는 사실만으로 불안한 거라고는 생각되지 않았습니다. 나는 어쩐지 마음이 제자리를 찾지 못하고 돌아다니는 기분이 됩니다. 내가 나 자신을 배반하고 있는 듯한 부자연스러운 태도가 나를 괴롭힙니다. 하지만 상대방은 오히려 태연했습니다. 이 여성이 바로 고토를 배울 때 목소리도 제대로 내지 못했던 그 여성인가 싶게 부끄러워하지 않는 것입니다. 너무 길어져 차 마시는 방에서 어머니가 불러도 "네." 하고 대답할 뿐 쉽사리 일어서지 않는 일까지 있었습니다. 그렇지만 아가씨는 결코 어린애가 아니었습니다. 내 눈은 그것을 잘 알고 있었습니다. 내가 잘 알 수 있도록 행동하는 듯한 기색마저 역력했습니다.

14

나는 아가씨가 일어서 나가고 난 다음이면 안도의 한숨을 내쉽니다. 그와 함께 뭔가 아쉬운 듯한, 또한 미안한 듯한 기분이 됩니다. 나는 여자 같았는지도 모릅니다. 지금 시대의 청년인 당신이 보면 더욱 그렇게 보이겠지요. 하지만 당시의 우리는 대체로 그런 식이었습니다.

아주머니는 좀처럼 외출하는 일이 없었습니다. 가끔 집을 비울 때도 아가씨와 나를 단둘만 남겨 놓고 가는 일은 없었습니다. 그것이 우연인지 고의인지 나는 알 수가 없었습니다. 내 입으로 말하는 건 좀 이상하지만, 아주머니의 태도를 잘 관찰해 보면 어쩐지 자신의 딸과 나를 접근시키고 싶어 하는 것처럼 보이기도 했습니다. 그러면서도 어떤 경우에는 나를 은근히 경계하는 면도 있는 것 같아, 처음으로 그런 경우를 접한 나는 불쾌했습니다.

나는 아주머니가 어느 쪽이든 태도를 분명히 해 주기를 원했습니다. 그냥 생각해 본다면 그것은 분명히 모순이었기 때문입니다. 하지만 작은아버지한테 배반당한 기억이 아직 새로웠던 나는 한걸음 더 깊게 들어가 의혹을 갖지 않을 수 없었습니다. 아주머니의 이 태도 가운데 어느 쪽이 진짜이고 어느 쪽이 거짓인지 생각해 봤습니다. 그러나 종잡을 수 없었습니다. 종잡을 수 없었을 뿐만 아니라 왜 그런 묘한 행동을 하는지 의미를 알 수가 없었던 겁니다. 이유를 생각해 봐도 생각해낼 수 없었던 나는, 죄를 여자라고 하는 두 글자안에 넣어놓고 참은 적도 있었습니다. 분명히 여자니까 그럴 것이다, 여자란 어차피 어리석은 것이다. 내 생각은 벽에 부딪히면 언제고 여기로 귀착되었습니다.

그 정도로 나는 여자를 업신여겼지만, 아무리 해 봐도 아가씨는 업신여길 수 없었습니다. 내 이론은 그녀 앞에서는 전혀 힘을 쓰지 못했습니다. 나는 그녀에 대해 거의 신앙에 가까운 사랑의 감정을 품고 있었습니다. 종교에만 쓰는 이 단어를 내가 젊은 여성에게 쓰는 것을 보고 당신은 이상하게 생각할지도 모르지만, 나는 지금도 굳게 믿고 있습니다. 진정한 사랑은 신앙심과 그다지 다르지 않다는 것을 굳게 믿고 있는 것입니다. 아가씨의 얼굴을 볼 때마다 자신이 아름다워지는 기분이 들었습니다. 아가씨에 대해서 생각하면 고결한 기분이 금방이라도 나에게 전해지는 것처럼 느껴졌습니다. 만약 사랑이라는 이상한 현상에 양쪽 끝이 있어서 그중 높은 곳에는 신성한 느낌이 있고 낮은 곳에는 성욕이 있다고 한다면, 나의 사랑은 분

227

명히 그 높은 지점에 이르러 있었을 것입니다. 두말할 것 없이 나는 인간이니 육체를 떠나서 존재할 수 없습니다. 하지만 아가씨를 보는 내 눈이나 아가씨를 생각하는 내 마음은 전혀 육체 냄새를 띠고 있지 않았습니다.

아주머니에 대해 반감이 듦과 동시에 그 딸에 대한 내 사랑은 커져 갔기 때문에 세 사람의 관계는 처음 하숙했을 당시보다 점점 더 복잡해져 갔습니다. 하긴 그 변화는 거의 내면적이어서 바깥으로는 나타나지 않았습니다. 그러는 사이에 나는 어떤 일을 계기로, 지금까지 아주머니를 오해하고 있었던 것은 아닐까 하는 생각이 들었습니다. 나에 대한 아주머니의 모순된 태도가 양쪽 다 거짓이 아닐 거라는 생각이 다시 들기 시작한 것입니다. 그리고 그것이 서로 상반되는 것으로서 아주머니의 마음을 지배하는 것이 아니라 언제나 양쪽이 동시에 아주머니 가슴에 존재하는 거라고 생각하게 된 것입니다. 즉 아주머니가 되도록 아가씨를 나한테 접근시키려고 하면서 동시에 나를 경계하는 것은 모순 같지만, 그런 경계를 할 때 다른 쪽 태도를 잊어버리거나 뒤집는 것이 아니라 역시 두 사람을 접근시키고 싶어한다고 보았습니다. 단지 자신이 정당하다고 생각하는 이상으로 두 사람이 접촉하는 것을 싫어하는 거라고 해석한 것입니다. 아가씨에 대해 육체적으로 가까이할 생각이 들지 않았던 나는 그것을 필요 없는 걱정이라고 생각했습니다. 하지만 그 후로는 아주머니를 나쁘게 생각하는 마음은 없어졌습니다.

*

15

나는 아주머니의 태도를 여러 가지로 종합해 보고 내가 이 집에서 충분히 신뢰받고 있다는 것을 확인했습니다. 게다가 그 신뢰는 첫 대면 때부터 존재했다는 증거까지 발견해 냈습니다. 남을 의심하기 시작하던 내 가슴에는 이 발견이 조금 기이하게 느껴질 정도로 와 닿았습니다. 나는 여자 쪽이 남자에 비해 그만큼 직관이 발달한 거라고 생각했습니다. 동시에, 여자가 남자한테 속는 것도 그런 점 때문이 아닐까 생각했습니다. 아주머니를 그렇게 관찰하는 내가 아가씨에 대해서는 똑같은 직관을 강하게 느끼고 있었으니 지금 생각하면 재미있는 일입니다. 타인을 믿지 않겠다고 마음속으로 맹세하면서 아가씨를 절대적으로 믿고 있었으니까요. 그러면서 나를 믿고 있는 아주머니를 기이하게 느꼈으니까요.

나는 고향에 대해 그다지 많은 것을 이야기하지 않았습니다. 특히 이번 사건에 대해서는 아무것도 말하지 않았습니다. 그 일을 머리에 떠올리는 것만으로도 어떤 불쾌감이 느껴졌습니다. 되도록 아주머니 쪽 이야기만을 들으려고 노력했습니다. 그런데 그것만으로는 상대방이 납득하지 않았습니다. 무슨 말만 나오면 나의 고향에 대해 알고 싶어 하는 것이었습니다. 결국 전부 이야기해 버렸습니다. 나는 두 번 다시 고향에는 돌아가지 않는다, 돌아가더라도 아무것도 없다, 있는 건 다만 아버지와 어머니의 묘소뿐이라고 말했을 때, 아주머니는 감정이 크게 동요된 것처럼 보였습니다. 아가씨는 울었습니다. 나는 말하기 잘했다는 생각이 들었습니다. 기뻤기 때문입니다.

내 이야기를 전부 들은 아주머니는 역시 자신의 직감이 들어맞았다고 말하고 싶은 듯한 얼굴을 했습니다. 그러고는 나를 자신의 친척에 해당하는 젊은이 대하듯 하는 것이었습니다. 나는 화가 나지 않았습니다. 오히려 유쾌하게 느꼈을 정도입니다. 그런데 그러던 중에 내 의혹이 또다시 고개를 쳐들었습니다.

내가 아주머니를 의심하기 시작한 것은 아주 사소한 일에서 비롯되었습니다. 하지만 그런 사소한 일이 거듭됨에 따라 의혹은 점점 더 깊어졌습니다. 어느 순간에 문득 아주머니가 작은아버지와 똑같은 의미로 아가씨를 나한테 접근시키고 있는 게 아닌가 생각하기 시작했던 것입니다. 그러자 지금까지 친절하게 보였던 사람이 갑자기 교활한 모략가로 비치기 시작했습니다. 나는 고통스럽게 입술을 깨물었습니다.

처음부터 아주머니는 사람이 없어서 쓸쓸하기 때문에 손님을 집에 두고 돌보는 거라고 공언했습니다. 나도 그것을 거짓이라고는 생각하지 않았습니다. 친밀해져서 여러 가지로 속을 터놓고 이야기를 들은 다음에도 그 부분에 거짓은 없었다고 생각합니다. 하지만 경제 상태를 봤을 때, 대체로 부유하다 할 정도는 아니었습니다. 이해관계에서 생각해 보면 나와 특수한 관계를 맺는 것은 상대방에게 결코 손해가 안 되는 것입니다.

나는 다시 경계했습니다. 하지만 딸에 대해서 전에 말했던 정도의 강렬한 사랑의 감정을 갖고 있는 내가 그 어머니를 경계한다고 해서 무슨 의미가 있을까요? 혼자 자신을 비웃었습니다. 바보 같으니 하고 자신을 욕한 적도 있습니다. 하지만 그 정도의 모순이라면 아무리 바보라고 해도 그렇게 큰 고통을 느끼지는 않았을 것입니다. 내 번민은 아주머니와 똑같이 아가씨도 술수를 쓰고 있는 것이 아닐까 하는 의문에 부딪히면서 처음으로 생긴 것입니다. 두 사람이 내 등 뒤에서 의논을 한 다음에 만사를 진행시키고 있는 거라고 생각하니, 갑자기 괴로워서 어떻게 할 수가 없었습니다. 불쾌한 것이 아닙니다. 어떻게 빠져나올 길 없는 막다른 골목에 부딪힌 느낌이었습니다. 그러면서도 한편으로 아가씨를 굳게 믿어 의심하지 않았습니다. 그렇기 때문에 나는 신념과 망상의 중간에 서서 꼼짝할 수 없게 되어 버렸습니다. 나한테는 둘 다 상상이면서 또한 진실이기도 했던 것입니다.

*
16

나는 변함없이 학교에 다니고 있었습니다. 하지만 교단에 선 사람의 강의가 먼 곳에서 들려오는 듯한 기분이 들었습니다. 공부도 마찬가지였습니다. 눈에 들어오는 활자는 머릿속에 들어오기 전에 연기처럼 사라집니다. 게다가 나는 입이 무거워졌습니다. 두세 명의 친구가 오해하고 내가 명상에라도 잠겨 있다는 것처럼 다른 친구들에게 말했습니다. 이 오해에 대해 해명하려고 하지는 않았습니다. 때마침 옆 사람이 안성맞춤인 가면을 빌려 주어 오히려 잘됐다고 기뻐했습니다. 그래도 가끔은 그걸로도 기분이 풀리지 않아서였을 텐데, 발작적으로 말을 많이 해서 그들을 놀라게 한 적도 있습니다.

내가 있는 곳은 드나드는 사람이 적은 집이었습니다. 친척도 많지는 않은 것 같았습니다. 아가씨의 학교 친구가 가끔씩 놀러 오는 일은 있었지만, 있는지 없는지 모르게 극히 작은 목소리로 이야기를 하고 돌아가 버리는 경우가 허다했습니다.

그것이 나에 대해 조심하느라고 그런 거라고는, 눈치가 빨랐던 나도 알아차릴 수 없었습니다. 나를 찾아오는 사람 중엔 특별히 소란 떠는 사람도 없었지만, 한집 사람한테 신경을 쓸 만한 사람은 하나도 없었으니까요. 그런 점에서는 하숙생인 내가 주인 같았고 정작 주인인 아가씨가 거꾸로 식객 위치에 있었던 거나 마찬가지였습니다.

그러나 이것은 단지 생각난 김에 써 봤을 뿐, 실은 아무래도 상관없는 이야기입니다. 다만 상관없지 않은 일이 한 가지 있었습니다. 차 마시는 방이나 아니면 아가씨 방에서 갑자기 남자의 목소리가 들리는 것입니다. 그 목소리가 내 손님과는 달리 매우 낮았습니다. 그렇기 때문에 무슨 이야기를 하고 있는지 전혀 알 수가 없습니다. 그리고 모르면 모를수록 나의 신경을 흥분시키는 것입니다. 나는 앉아 있으면서 묘하게 안절부절하기 시작합니다. 우선 저 사람은 친척일까 아니면 그냥 아는 사람일까 하며 이모저모로 생각해 보는 것입니다. 앉은 채로 그런 것을 알 수 있을 리가 없습니다. 그렇다고 일어나서 문을 열어 볼 수는 더더욱 없는 노릇입니다. 내 신경은 진동이 아니라 커다란 파동을 일으키며 나를 괴롭힙니다. 나는 손님이 돌아간 후에 잊지 않고 그 손님의 이름을 꼭 물어보았습니다. 아주머니와 아가씨의 대답은 아주 간단한 것이었습니다. 나는 두 사람한테 불만스러운 얼굴을 보이면서 만족스러울 때까지 추궁할 용기는 갖고 있지 않았습니다. 권리는 더더욱 갖고 있지 않았습니다. 나는 자신의 품격을 손상시키면 안 된다는 교육에서 비롯된 자존심과 실은 그 자존심을 배반하는 알고 싶어 하는 얼굴 표정을 동시에 그들 앞에 드러냅니다. 그들은 웃었습니다. 그것이 비웃음의 의미가 아니라 호의에서 온 건지 아니면 호의처럼 보이고 싶은 건지, 나는 그 자리에서 해석할 여지를 찾지 못할 만큼 침착성을 잃고 있었습니다. 그리고 다 지난 다음까지도, 바보 취급을 당한 거다, 바보 취급을 당한 거야 하고 몇 번이고 마음속에서 되뇌곤 했습니다.

나는 자유의 몸이었습니다. 설령 학교를 도중에 그만두건, 또 어디 가서 무엇을 하건, 아니면 어디의 누구와 결혼을 하건 누구와도 상의할 필요가 없는 위치에 있었습니다.

나는 과감하게 아주머니에게 아가씨를 달라는 이야기를 해 볼까 하는 생각을 한 적이 그때까지도 몇 번이고 있었습니다. 하지만 그때마다 나는 주저하다가 말을 꺼내지 못하고 말았습니다. 거절당하는 것이 무서워서가 아닙니다. 만약 거절당하면 내 운명이 어떻게 변할지 모르지만, 그 대신 지금까지와는 방향이 다른 곳에서 새로운 세상을 돌아볼 수 있는 이점도 생기는 것이니 그 정도의 용기는 내려면 낼 수 있었습니다. 하지만 나는 이끌려 가는 것이 싫었습니다. 무엇보다도 남의 수법에 말려드는 일은 더욱 증오했습니다. 나는 작은아버지한테 속았으니 앞으로는 무슨 일이 있어도 다른 사람한테 속지는 않겠다고 결심했던 것입니다.

*

17

내가 책만 사들이는 것을 보고 아주머니는 옷도 좀 해 입으라고 말했습니다. 사실 나는 시골에서 짠 무명옷밖에 갖고 있지 않았습니다. 그 무렵의 학생들은 실크가 섞인 옷은 입지 않았습니다. 내 친구 중에 요코하마에서 장사하는 집의 아들로 상당히 부유하게 사는 이가 있었는데, 그 친구에게 어느 날 얇고 반짝거리는 방한용 속옷이 배달된 적이 있었습니다. 그러자 모두가 그것을 보고 웃었습니다. 그 학생은 부끄러워하면서 여러 가지로 변명을 했고, 모처럼 보내 준 속옷을 고리짝 바닥에 던져 놓고 입지 않았습니다. 그랬는데 그 옷을 또 학생들이 잔뜩 모여들어 일부러 입혔습니다. 그런데 운 나쁘게 그 옷에 이가 생겼습니다. 친구는 마침 잘되었다고 생각했겠지요. 산책하러 나갔을 때, 시끄럽던 속옷을 둘둘 말아 가지고 네즈에 있는 커다란 개천에 버리고 말았습니다. 그때 함께 걷고 있었던 나는 다리 위에 서서 웃으면서 친구의 행동을 바라보고 있었는데, 내 가슴속 어느 구석에도 아깝다는 생각은 조금도 없었습니다.

그 당시와 비교하면 이제 나도 꽤 어른이 된 셈이었습니다. 하지만 아직 스스로 직접 외출복을 맞출 만큼의 분별력은 없었습니다. 나는 졸업해서 수염을 기를 시기가 올 때까지는 복장 걱정 같은 것은 할 필요가 없다는 이상한 생각을 하고 있었습니다. 그래서 책은 필요하지만 옷은 필요하지 않다고 아주머니한테 말했습니다. 아주머니는 내가 사는 책의 양을 알고 있었습니다. 산 책을 전부 읽느냐고 묻는 것이었습니다. 내가 산 책 중에는 사전도 있었지만, 당연히 읽어야 하는데 책장조차 잘라 놓지 않은 것(당시의 책은 두 장이 붙어 있는 채로 간행되는 경우가 많았다-옮긴이)도 조금 있었기 때문에 나는 대답에 궁했습니다. 어차피 필요 없는 것을 사는 거라면 책이건 옷이

건 마찬가지라는 데 생각이 미쳤습니다. 그런 데다 나는 여러 가지로 신세를 지고 있다는 것을 구실 삼아 아가씨가 마음에 들어 할 허리띠 용 옷감을 사 주고 싶었습니다. 그래서 나는 아주머니한테 모든 것을 맡겼습니다.

아주머니는 혼자서 간다고는 하지 않았습니다. 나도 같이 가자는 것이었습니다. 아가씨도 가야 한다고 말했습니다. 지금과는 다른 공기 속에서 자란 우리에겐 학생 신분으로 젊은 여자와 함께 걷는 관습은 없었습니다. 그 무렵의 나는 지금 이상으로 더 관습에 사로잡혀 있었기 때문에 조금 주저했지만, 용기를 내서 나갔습니다.

아가씨는 아주 예쁘게 차려입고 나섰습니다. 원래 피부가 하얀 데다가 분을 많이 발랐기 때문에 더욱 눈에 띄어, 지나는 사람들이 유심히 보고 지나갔습니다. 그리고 아가씨를 본 사람은 꼭 그 시선을 돌려 내 얼굴을 보는 것이었으니 참 묘한 일이었습니다. 세 사람은 니혼바시에 가서 사고 싶은 것을 샀습니다. 사는 동안에도 여러 가지로 마음이 변해 생각보다 시간이 걸렸습니다. 아주머니는 구태여 나를 향해 어떠냐고 물어보았습니다. 가끔 옷감을 아가씨의 어깨에서 가슴까지 수직으로 대 놓고 나한테 두세 걸음 떨어져 봐 달라는 것이었습니다. 그때마다 나는 그건 안 좋다느니 그건 잘 어울린다느니 하며 어쨌든 한 사람 몫을 했습니다.

이런 일로 시간이 걸려, 귀갓길에 올랐을 때는 저녁 식사 시간이었습니다. 아주머니는 나에 대한 감사의 표시로 뭔가 대접하겠다면서 기하라다나라고 하는 만담 극장이 있는 좁은 골목길로 나를 데리고 들어갔습니다. 골목길도 좁았지만 식사를 하는 집도 좁았습니다. 그 근처의 지리를 전혀 모르는 나는 아주머니가 잘 안다는 사실에 놀랐을 정도입니다.

우리는 밤이 되어 집으로 돌아왔습니다. 그다음 날은 일요일이었기 때문에 나는 종일 방 안에 틀어박혀 있었습니다. 월요일이 되어 학교로 나가자 아침부터 반 친구 중의 한 사람에게 놀림을 받았습니다. 언제 부인을 맞아들였냐고 구태여 묻는 것입니다. 그러고 나서 부인이 아주 미인이라며 칭찬하는 것입니다. 우리 세 사람이 함께 니혼바시에 간 것을 그 친구가 어딘가에서 본 것 같았습니다.

*

18

집으로 돌아와 아주머니와 아가씨한테 그 이야기를 했습니다. 아주머니는 웃었습니다. 그러나 그런 엉뚱한 소리를 들어서 분명히 입장이 난처했겠다고 말하며 내 얼굴을 보았습니다. 나는 그때 속으로 여자들이란 이런 식으로 남자들의 의중을 떠보는 거로구나 싶었습니다. 아주머니의 눈은 충분히 나한테 그렇게 생각하도록 만들 만한 의미를 갖고 있었던 것입니다. 그때 내가 생각하고 있는 대로 솔직하게 털어놓는 편이 좋았을지도 모릅니다. 하지만 나한테는 이미 의구심이라는 불쾌한 응어리가 있었습니다. 나는 털어놓으려다가 그냥 있었습니다. 그리고 이야기의 각도를 일부러 조금 돌렸습니다.

정작 중요한 나 자신을 문제에서 빼 버렸습니다. 그리고 아가씨의 결혼에 대해 아주머니의 생각을 떠보았습니다. 아주머니는 두세 군데 혼담이 없는 것도 아니라고 분명히 말했습니다. 하지만 아직 학교에 다니는 만큼, 나이가 어리니까 이쪽에서는 그렇게 서두르지 않는 거라고 설명했습니다. 입 밖에 내어 말하지는 않아도 아주머니는 아가씨의 용모에 대단한 비중을 두고 있는 것 같았습니다. 정하려고만 하면 언제든지 정할 수 있다는 말까지 했습니다. 그리고 아가씨 이외에 자식이 없다는 것도 쉽게 시집보내고 싶지 않은 원인이 되어 있었습니다. 시집을 보낼 것인지 데릴사위를 들일 것인지 그것조차 정하지 못하고 있는 게 아닐까 싶은 구석도 있었습니다.

이야기하면서 나는 아주머니한테서 여러 가지 정보를 얻

은 듯한 기분이 들었습니다. 하지만 그 때문에 나는 기회를 잃은 거나 마찬가지 결과를 초래하고 말았습니다. 나에 대해 결국 한마디도 말할 수가 없었습니다. 적당한 곳에서 이야기를 끝맺고 내 방으로 돌아오려 했습니다.

좀 전까지 옆에 있으면서 너무하다는 등의 말을 하며 웃던 아가씨는 어느새 저쪽 구석으로 가서 이쪽에 등을 돌리고 있었습니다. 나는 일어서면서 돌아보다가 그 뒷모습을 보았습니다. 뒷모습만으로 인간의 마음을 읽을 수는 없습니다. 아가씨가 이 문제에 대해 어떻게 생각하고 있는지 나로서는 추측할 수 없었습니다. 아가씨는 벽장 앞에 앉아 있었습니다. 그 벽장 문이 30센티미터 정도 열려 있는 틈에서 아가씨는 무언가 꺼내 무릎 위에 놓고 바라보고 있는 것 같았습니다. 내 눈은 그 틈의 한쪽에서 그저께 산 옷감을 발견했습니다. 내 옷도 아가씨 것과 함께 벽장 구석에 포개져 있었던 것입니다.

내가 아무 말도 하지 않고 자리를 뜨려 하자 아주머니는 갑자기 정색을 하며 나한테 어떻게 생각하느냐고 물었습니다. 그 물음은 무엇을 어떻게 생각하느냐는 거냐고 반문하지 않으면 이해되지 않을 만큼 갑작스러운 것이었습니다. 그 말이 아가씨를 빨리 치우는 것이 좋겠느냐는 의미라는 것이 확실해졌을 때, 나는 되도록 천천히 보내는 편이 좋을 거라고 대답했습니다. 아주머니는 자신도 그렇게 생각한다고 말했습니다.

두 사람과 나의 관계가 이렇게 되었을 때, 또 한 사람 남자가 끼어들지 않으면 안 되는 일이 생겼습니다. 그 남자가 이 집의 한 사람이 된 결과는 내 운명에 커다란 변화를 초래했습니다. 만약 그 남자가 내 생활의 행로를 지나지 않았다면 아마도 이런 긴 편지를 당신한테 써서 남길 필요도 없었겠지요. 나는 마물이 지나는 앞에 서서 손써 볼 수도 없이 그 순간의 그림자로 말미암아 일생이 어둠 속에 가라앉게 되었는데도 모르고 있었던 거나 마찬가지입니다. 고백하자면 나 자신이 그 남자를 집으로 데려온 것이었습니다. 물론 아주머니의 허락도 필요했기 때문에 처음에 나는 사정을 전부 털어놓고 아주머니한테 부탁했습니다. 그런데 아주머니는 그렇게 하지 말라고 했습니다. 나한테는 데리고 오지 않으면 안 되는 이유가 충분히 있었는데, 그만두라고 하는 아주머니 쪽에는 논리적인 이유가 전혀 없었습니다. 그렇기 때문에 나는 내가 내키는 방식대로 강경하게 단행해 버렸습니다.

  나는 여기서 그 친구의 이름을 K라고 부르기로 하겠습니다. K는 나와 어릴 때부터 친했던 친구였습니다. 어릴 때부터라고 말하면 설명하지 않아도 알겠지요. 우리 두 사람은 고향이 같다는 인연이 있었습니다. K는 진종(眞宗. 일본 불교의 한 종파-옮긴이)의 승려 아들이었습니다. 하긴 장남은 아니고 차남이었습니다. 그래서 어떤 의사 집안에 양자로 가게 되었습니다. 내가 태어난 곳은 본원사(本願寺) 파의 세력이 대단히 큰 곳이었기 때문에 진종의 승려는 다른 종파에 비하면 물질적으로 풍족했던 것 같습니다. 한 가지 예를 들어, 만약 승려에게 딸이 있어서 그 딸이 결혼 적령기에 달했을 경우, 절의 재정을 뒷받침해 주는 집에 상의하면 어딘가 적당한 곳에 시집을 보내 줍니다. 물론 비용은 승려한테서 나오는 것이 아닙니다. 모든 것이 그런 식이어서 진종 절은 대개가 풍족했습니다.

  K가 태어난 집도 나름대로 사는 집이었습니다. 그렇지만 차남을 도쿄로 공부시키러 보낼 정도의 여력이 있었는지는 잘 모르겠습니다. 또 공부할 수 있다는 이점이 있어서 양자 이야기가 성립된 건지 어떤 건지, 그것도 모르겠습니다. 아무튼

K는 의사 집안에 양자로 갔습니다. 그것은 우리가 중학교에 다닐 때 일이었습니다. 교단에서 선생님이 출석을 부를 때 K의 성이 바뀌어 있었기 때문에 놀랐던 일을 지금도 기억하고 있습니다.

K가 양자로 간 곳도 꽤 재산이 있는 집이었습니다. K는 그 집에서 학비를 받아 도쿄로 올라온 것이었습니다. 나와 함께 올라온 것은 아니었지만, 도쿄에 도착한 후에는 곧 같은 하숙에 들어갔습니다. 그 당시는 곧잘 한 방에 두 사람이고 세 사람이고 책상을 나란히 놓고 기거하던 시절입니다. K도 나와 같은 방에 있었습니다. 산에서 사로잡힌 동물이 우리 속에서 서로 부둥켜안고 바깥을 노려보는 격이었겠지요. 두 사람은 도쿄와 도쿄 사람을 두려워했습니다. 그러면서도 6조짜리 방 안에서는 천하를 다 내다보고 있는 듯한 이야기를 했습니다. 하지만 우리는 진지했습니다. 우리는 아주 훌륭한 사람이 될 생각이었던 것입니다. 특히 K는 그 생각이 강했습니다. 절에서 태어난 그는 늘 정진이라는 말을 썼습니다. 그리고 나한테는 그의 말이며 행동이 모두 정진이라는 한마디로 표현되는 것처럼 보였습니다. 나는 마음속으로 K에 대해 경외심을 품고 있었습니다.

K는 중학교 때부터 종교나 철학 등의 어려운 문제를 거론

하여 나를 난처하게 만들었습니다. 그것이 그의 아버지의 감화였는지 아니면 자신이 태어난 집, 즉 절이라는 어떤 특별한 공간에 속하는 공기의 영향이었는지는 모르겠습니다. 어쨌든 그는 보통 승려보다는 훨씬 승려다운 성격을 지닌 것으로 보였습니다. 원래 K가 양자로 간 집에서는 K를 의사로 만들 생각으로 도쿄로 보낸 것이었습니다. 그런데도 고집 센 그는 의사는 되지 않겠다는 결심을 하고 도쿄로 온 것이었습니다. 나는 그에게 그것은 양부모를 속이는 거나 마찬가지 아니냐고 추궁했습니다. 대담한 그는 그렇다고 대답했습니다. 길을 위해서라면 그 정도의 일은 해도 괜찮다는 것이었습니다. 그때 그가 쓴 길이라는 말은 아마 자신도 잘 이해하고 있던 것은 아니었겠지요. 나도 물론 이해했다고는 말할 수 없습니다. 그러나 아직 어린 우리한테는 이 막연한 단어가 숭고한 느낌으로 와 닿았습니다. 잘 이해하지 못했더라도 고결한 기분으로 그 방면을 향해 나아가려는 의지의 힘에 비속한 곳이 있었을 리는 없습니다. 나는 K의 견해에 찬성했습니다. 내 동의가 K한테 얼마만큼 힘이 있었는지는 모릅니다. 하나의 길에 빠지기 쉬운 그는 설령 내가 아무리 반대했다고 하더라도 역시 자신의 뜻을 관철했을 것임에 틀림없습니다. 하지만 만약의 사태가 일어날 경우, 찬성의 성원을 보낸 나한테 얼마간 책임이 돌아온다는 정도는, 어렸지만 나도 잘 이해하고 있었다고 생각합니다. 설사 그때 그만큼의 각오가 없었다고 해도, 성숙한 눈으로 과거를 돌아볼 필요가 생겼을 때 자신한테 해당하는 만큼의 책임은 자신이 지는 것이 당연하다는 어조로 나는 찬성했던 것입니다.

*

20

K와 나는 같은 과에 입학했습니다. K는 태연한 얼굴로, 양자로 들어간 집에서 보내 주는 돈으로 자신이 가고 싶은 길을 걷기 시작했습니다. 알 리가 없다고 하는 안심과 알아도 상관없다고 하는 대담성이 양쪽 다 K의 마음속에 존재했던 걸로 볼 수밖에 없습니다. K는 나보다도 태연했습니다.

첫 여름방학에 K는 고향으로 돌아가지 않았습니다. 고마고메에 있는 어떤 절에 방 하나를 얻어 공부하겠다고 말했습니다. 내가 돌아온 것은 9월 초순이었는데, 그는 정말로 대관음보살 옆의 누추한 절에 틀어박혀 있었습니다. 그의 방은 본당 바로 옆의 좁은 방이었는데, 그곳에서 자신의 생각대로 공부할 수 있었던 것을 기뻐하는 것처럼 보였습니다. 나는 그때 그의 생활이 점점 승려처럼 되어 가고 있다고 생각했던 것 같습니다. 그는 손목에 염주를 걸고 있었습니다. 내가 그건 왜 걸고 있느냐고 하자 그는 엄지손가락으로 하나 둘 하고 세는 흉내를 내어 보였습니다. 단, 나로서는 그 의미를 알 수 없었습니다. 동그란 원을 한 알 한 알 세어 가는 거라면 아무리 세어 봐도 끝은 없습니다. K는 그렇게 하나하나 세어 가던 손을 어디에서 어떤 기분으로 멈췄을까요. 대수로운 일은 아니지만, 나는 곧잘 그런 생각을 합니다. 나는 또 그의 방에서 성서를 보았습니다. 그때까지 그의 입을 통해 불경의 이름은 여러 번들은 적이 있지만, 기독교에 관해서는 질문을 받은 적도 대답할 수 있었던 적도 없었기 때문에 좀 놀랐습니다. 나는 그 이유를 묻지 않고 그냥 있을 수 없었습니다. K는 이유는 없다고 말했습니다. 이 정도로 사람들이 받들어 모시는 책이라면 읽어 보는 것이 당연하지 않느냐고 말했습니다. 그런 데다 그는 기회가 있으면 코란도 읽어 볼 생각이라고 말했습니다. 그는 모하메드와 검이라는 말에 커다란 흥미를 느끼는 것 같았습니다.

2년째 되는 여름에 그는 고향에서 재촉을 받고서 그제야 돌아갔습니다. 돌아가서도 전공에 관해서는 아무 말도 하지 않은 것 같았습니다. 또한 집에서도 그것을 알아차리지 못하고 있었습니다. 당신은 학교 교육을 받은 사람이니 이런 일에 대해 잘 알고 있겠지만, 세상은 학생의 생활이나 학교 규칙 같은 것에 관해서 놀랍게도 아무것도 모르는 법입니다. 우리는 너무나 당연하게 알고 있는 일이 외부에는 전혀 알려지지 않습니다. 우리는 비교적 내부의 공기에서만 숨 쉬고 있기 때문에 교내의 일은 크건 작건 간에 세상이 훤히 알고 있을 거라는 생각에 너무 사로잡혀 있습니다. K는 그 점에 관해서 나보다도 세상을 잘 알고 있었겠지요. 아무 일도 없었다는 듯한 얼굴로 또다시 돌아왔습니다. 고향을 떠날 때는 나도 함께 있었기 때문에 기차를 타자마자 어땠느냐고 K에게 물어보았습니다. K는 아무 일도 없었다고 대답했습니다.

세 번째 여름은 바로 내가 영원히 부모의 묘소가 있는 땅을 떠나겠다고 결심한 해입니다.

나는 그때 K에게 고향으로 돌아가라고 권했지만, 그는 응하지 않았습니다. 그렇게 해마다 집으로 돌아가 뭐하냐는 것이었습니다. 그는 또 도쿄에 머물며 공부할 생각인 것 같았습니다. 할 수 없이 혼자서 도쿄를 떠나기로 했습니다. 고향에서 지낸 그 두 달 동안이 내 운명에서 얼마나 파란만장한 시간이었는지는 앞에 쓴 그대로이므로 되풀이하지 않겠습니다. 나는 불평과 우울과 고독의 쓸쓸함을 품고 9월이 되어 다시 K를 만났습니다. 그런데 그의 운명 역시 나와 마찬가지로 변화가 있었습니다. 그는 내가 모르는 사이에 양자로 있는 집에 편지를 보내서 스스로 자신의 기만을 고백해 버린 것이었습니다. 그는 처음부터 그런 각오로 있었던 것입니다. 집안사람들로 하여금 이제 와선 어쩔 수 없으니 네가 좋은 대로 하는 수밖에 없다고 말하게 할 생각도 있었던 것 같습니다. 아무튼 대학에 들어와서까지 양부모를 계속 속일 생각은 없었던 것 같습니다. 또 속이려고 해도 그렇게 오래가지 않는다는 것을 깨달았는지도 모릅니다.

*

21

K의 편지를 본 양아버지는 크게 격분했습니다. 그리고 부모를 속이는 괘씸한 녀석에게 학비를 보낼 수 없다는 준엄한 편지를 곧바로 보내왔습니다. K는 그 편지를 나에게 보였습니다. K는 그 편지와 비슷한 시기에 본가에서 온 편지도 보여 주었습니다. 거기에도 양아버지의 편지에 뒤지지 않을 정도로 준엄하게 힐책하는 말이 있었습니다. 양자로 간 집에 미안하다는 의리상의 감정이 더해져서였겠지만, 이쪽도 더 이상 상

대하지 않겠다고 쓰여 있었습니다. K가 이 사건 때문에 다시 본가로 호적을 되돌릴 것인지, 그렇지 않으면 그 밖의 다른 타협의 길을 찾아 계속 양아버지 댁에 머무를 것인지, 그 자체는 당장 급한 문제가 아니라고 하더라도 우선 해결하지 않으면 안 될 것은 다달이 필요한 학비였습니다.

나는 그 점에 대해 무언가 생각을 갖고 있느냐고 K에게 물었습니다. K는 야간학교 교사라도 할 생각이라고 대답했습니다. 그때는 지금과 비교하면 생각 밖으로 세상이 여유가 있었기 때문에 아르바이트 자리는 당신이 생각하는 만큼 없는 것도 아니었습니다. 나는 K가 그걸로 충분히 생활해 나갈 수 있으리라고 생각했습니다. 하지만 나한테는 내 책임이 있습니다. K가 양아버지의 희망을 저버리고 자신이 가고 싶은 길을 가려고 했을 때 찬성한 것은 나입니다. 그냥 팔짱을 끼고 바라보고만 있을 수는 없었습니다. 나는 그 자리에서 물질적인 원조를 해 주겠다고 제의했습니다. 그러자 K는 더도 말하지 않고 그 말을 물리쳤습니다. K의 성격으로 보아 자립하는 편이 친구의 보호 아래 있는 것보다 훨씬 마음 편한 것으로 느껴졌겠지요. 그는 대학에 들어간 이상 어떻게든 자기 한 몸 먹여 살리지 못하면 남자가 아니라는 듯한 말을 했습니다. 내 책임을 완수하겠다고 K의 자존심에 상처를 입힐 수는 없었습니다.

그래서 그의 생각대로 하도록 놔두고 물러섰습니다.

얼마 안 지나 K는 자신이 원하는 일자리를 찾아 냈습니다. 하지만 시간을 아끼는 그에게 그 일이 얼마만큼 괴로웠을지는 상상할 필요도 없는 일입니다. 그는 지금까지처럼 공부하는 페이스를 조금도 늦추지 않고 새로운 짐을 짊어지고 돌진했던 것입니다. 나는 그의 건강을 염려했습니다. 하지만 강한 기질을 가진 K는 웃기만 할 뿐, 충고를 전혀 상대하지 않았습니다.

동시에 그와 양아버지 댁 사이의 관계는 점점 복잡해졌습니다. 시간 여유가 없어진 그는 전처럼 나와 이야기할 기회를 빼앗겼기 때문에 결국 전말을 자세히 듣지는 못했지만, 해결이 점점 더 곤란해지고 있다는 것만은 알고 있었습니다. 중간에 다른 사람이 나서서 타협을 시도했다는 것도 알고 있었습니다. 그 사람은 편지로 K에게 귀향하라고 채근했지만, K는 도저히 갈 수 없다면서 응하지 않았습니다. 이 고집불통의 구석이 — K는 학기 중이라서 돌아갈 수 없는 거니까 어쩔 수 없다고 했지만, 상대편이 볼 때는 고집에 지나지 않는 거지요 — 사태를 점점 더 험악하게 만든 것으로도 보였습니다. 그는 양아버지의 감정을 해쳤을 뿐 아니라 본가의 분노까지 사게 되었습니다. 내가 걱정이 되어 쌍방을 조화시키기 위해 편지를 썼을 때는 이미 아무런 효과도 없었습니다. 내 편지는 답장 한 장 받지 못한 채 묻혀 버렸던 것입니다. 나도 화가 났습니다. 그때까지도 돌아가는 형편상 K를 동정하던 나는 그 이후로는 무조건 K의 편을 들자는 생각을 했습니다.

최종적으로 K는 결국 본가로 호적을 되돌리기로 결정되었습니다. 양아버지가 대 주었던 학비는 본가에서 변상하게 되었습니다. 하지만 본가 쪽에서도 K한테 상관하지 않을 테니 앞으로는 멋대로 하라는 것이었습니다. 옛날 말로 하면 의절이 되는 거겠지요. 어쩌면 그만큼 강경한 것은 아니었을지도 모르지만, 본인은 그렇게 해석하고 있었습니다. K는 어머니가 안 계셨습니다. 그가 지닌 성격의 한쪽 면은 분명히 계모 밑에서 자란 결과라고 볼 수가 있는 것 같습니다. 만약 그의 생모가 살아 있었다면, 어쩌면 그와 그의 본가 사이의 문제는 그렇게까지 간격이 벌어지지 않고 해결되었을지 모른다고 나는 생각합니다. 그의 아버지는 두말할 것 없이 승려였습니다. 하지만 의리에 강하다는 면에서는 오히려 무사를 닮은 곳이 있었던 것이 아닐까 합니다.

  사건이 거의 일단락된 다음, 나는 그의 매형의 긴 편지를 받았습니다. K가 양자로 간 곳은 이 매형의 친척에 해당하는 사람이었기 때문에, 그를 양자로 보내는 이야기가 나왔을 때도 그가 다시 본가로 돌아가게 되었을 때도 이 사람의 의견이 중요하게 여겨졌다고 K는 나한테 말한 적이 있었습니다. 편지에는 K가 그 후 어떻게 지내고 있는지 알려 달라고 쓰여 있었습니다. 누나가 걱정하고 있으니 되도록 답장을 받았으면 좋겠다는 부탁도 있었습니다. K는 절의 대를 잇게 된 형보다도 출가외인이 된 이 누나를 좋아하고 있었습니다. 그들은 모두 한부모한테서 태어난 형제간이었지만, 이 누나와 나이 차가 꽤 났습니다. 그래서 K가 어렸을 때는 계모보다 이 누나가 오히려 진짜 어머니처럼 보였던 것이겠지요.

  나는 K에게 편지를 보여 주었습니다. K는 아무 말도 하지 않았지만, 자기 집에 누나로부터 같은 내용의 편지가 두세 번 왔다고 털어놓았습니다. K는 그때마다 걱정할 필요 없다고 대답했다는 것이었습니다. 운 나쁘게도 이 누나는 생활에 여유가 없는 집으로 시집갔기 때문에 아무리 K를 생각한다고 해도 물질적으로 동생을 어떻게 해 줄 수는 없었던 것입니다. 나는 K와 같은 답장을 그의 매형에게 보냈습니다. 그 속에 만약의 경우에는 내가 어떻게든 해 볼 테니 안심하라고 강조해 두었습니다. 이것은 물론 나 혼자만의 생각이었습니다. K의 앞날을 걱정하는 그의 누나를 안심시켜 주자는 생각도 물론 있었지만, 나를 무시했다고밖에 생각할 수 없는 그의 본가나 양가에 보란 듯이 살아가도록 해 주고 싶다는 생각도 있었습니다.

K가 호적을 원래대로 되돌린 것은 1학년 때였습니다. 그 후 2학년 중반 무렵까지 거의 1년 동안 그는 혼자 힘으로 살아갔습니다. 하지만 이 지나친 노력이 그의 건강과 정신에 점차 영향을 미치는 것처럼 보이기 시작했습니다. 그것에는 물론 양가에서 호적을 빼낸다 안 빼낸다 하는 시끄러운 문제도 가세했겠지요. 그는 점차 감상적인 사람이 되어 갔습니다. 때때로 이 세상의 모든 불행을 자기 혼자 짊어지고 있는 듯한 말을 합니다. 그리고 그것을 부정하면 금방 화를 냅니다. 자신의 미래에 가로누워 있을 빛이 차츰 그의 눈에서 멀어져 가는 것처럼 생각하고 초조해하는 것입니다. 학문을 시작했을 때는 누구나 위대한 포부를 갖고 새로운 여행을 떠나는 것이 보통이지만, 1년이 지나고 2년이 지나 어느새 졸업도 가까워지면

불현듯 자신의 발걸음이 지지부진했다는 것을 깨닫고 대부분 실망하는 것이 보통인지라 K의 경우도 마찬가지였지만, 그가 초조해하는 모습은 보통 이상으로 훨씬 심했습니다. 나는 결국 그의 기분을 안정시키는 일이 급선무라고 생각했습니다.

나는 그를 향해 쓸데없이 일을 많이 하는 것은 그만두라고 말했습니다. 그리고 당분간 몸을 편하게 하고 노는 편이 더 큰 미래를 위해 이익이 된다고 충고했습니다. K는 워낙 고집이 세기에 내가 하는 말을 쉽게 들으려고 하지 않을 거라고 미리부터 예상은 하고 있었지만, 실제로 말을 꺼내 보니 생각보다 설득이 힘들어서 어떻게 해 볼 도리가 없었습니다. K는 단지 학문만이 자신의 목적은 아니라고 주장하는 것이었습니다. 의지의 힘을 키워 강한 사람이 되는 게 자신이 생각하는 바라는 겁니다. 그러려면 가능한 한 어려운 환경에 몸을 두고 있어야 한다고 결론을 맺는 것입니다.

보통 사람들한테 술에 완전히 취해 하는 소리쯤으로 들리겠지요. 그런 데다 이미 어려운 환경에 있어 온 그의 의지는 조금도 강해져 있지 않았던 겁니다. K는 거꾸로 신경쇠약에 걸려 있을 정도였습니다. 나는 어쩔 수가 없어 그에게 지극히 동감이라는 태도를 보였습니다. 결국은 나 자신도 그런 지점을 향해 인생의 길을 걸어 나갈 것이라고 분명히 말했습니다. 하긴 이것은 나한테 아주 무력한 말도 아니었습니다. K의 주장을 듣고 있으면 점점 그런 곳으로 빨려들 만큼 그의 말에는 힘이 있었으니까요. 마지막으로 나는 K와 같이 살면서 함께 자기를 향상시키는 길을 걷고 싶다고 제안했습니다. 나는 그의 고집을 꺾기 위해 그의 앞에 무릎 꿇기까지 한 것입니다. 그렇게 해서 겨우 그를 내가 사는 곳으로 데리고 왔습니다.

*

23

　내 방에는 부속 방 같은 4조짜리 방이 붙어 있었습니다. 현관에서 내가 있는 곳으로 오려면 이 방을 꼭 지나지 않으면 안 되었기 때문에 실용적인 면에서 아주 불편한 방이었습니다. 나는 K에게 이 방을 쓰게 했습니다. 하긴 처음에는 8조 크기의 내 방에 책상을 두 개 놓고 옆방을 같이 쓸 생각이었는데, K는 좁아도 혼자 있는 편이 낫다며 그 방을 택했습니다.

　앞에서도 말했지만, 처음에 아주머니는 내가 한 일에 찬성하지 않았습니다. 하숙집이라면 한 사람보다 두 사람이 편리하고 두 사람보다 세 사람이 이득이 있지만, 장사하려는 것이 아니니까 가능한 한 그렇게 하지 않는 편이 좋다는 것이었습니다. 결코 성가시게 할 사람이 아니니까 괜찮을 거라고 하자 성가시지 않더라도 어떤 사람인지 잘 모르는 사람은 싫다는 것이었습니다. 그렇다면 지금 신세지고 있는 나도 마찬가지 아니냐고 하니까 나에 관해서는 잘 알고 있다며 열심히 변명 하는 것이었습니다. 나는 쓴웃음을 지었습니다. 그러자 아주 머니는 또 다른 이유를 대기 시작했습니다. 그런 사람을 데리 고 오는 것은 나를 위해 좋지 않으니 그만두라는 것이었습니 다. 왜 나를 위해 좋지 않느냐고 물으니 이번에는 아주머니 쪽 이 쓴웃음을 지었습니다. 사실은 나 역시 구태여 K와 같이 있 을 필요는 없었습니다. 하지만 다달이 드는 비용을 돈으로 내 놓으면 그는 받을 때 분명히 주저할 거라고 생각했던 것입니 다. 그는 그만큼 자립심이 강한 사람이었습니다. 그렇기 때문 에 그를 내가 기거하는 곳에 두고 두 사람분 식비를 그가 모 르는 사이에 아주머니한테 몰래 주려고 생각했던 것입니다. 하지만 나는 K의 경제 문제에 대해 한마디도 아주머니한테 털어놓을 생각은 없었습니다. 단지 K의 건강에 관해 여러 가 지 말을 했습니다. 혼자 두면 점점 더 사람이 이상해지기만 할 테니, 라고 말했습니다. 그리고 K가 양가와 사이가 나빴던 일, 본가와도 절연해 버린 일 등을 들려주었습니다. 나는 물에 빠 진 사람을 안아 올려 자신의 온기를 상대에게 전해 줄 결심으로 K를 데려오는 거라고 고백했습니다. 그러니 따뜻하게 보살펴 달라고 아주머니에게도 아가씨에게도 부탁했습니다. 나는 이런 말까지 하고서야 겨우 아주머니를 설득할 수 있었습니다. 하지만 나한테서 아무 이야기도 못 들은 K는 이런 과정에 대해 아무것도 모르고 있었습니다. 나도 오히려 그것을 만족스럽게 생각하고, 내키지 않는 듯 짐을 옮겨온 K를 아무렇지도 않은 얼굴로 맞아들였습니다.

아주머니와 아가씨는 친절하게 그의 짐 정리 등을 해 주며 신경을 써 주었습니다. 그것이 모두 나에 대한 호의에서 온 것이라고 해석한 나는 속으로 기뻤습니다. K가 여전히 무뚝뚝한 얼굴을 하고 있었음에도 불구하고.

내가 K에게 새로운 집에 온 기분은 어떠냐고 물었을 때, 그는 단지 나쁘지 않다는 한마디만 했습니다. 나보고 말하라고 한다면 나쁘지 않을 정도가 아닙니다. 그가 지금까지 있던 곳은 북향이고 쾨쾨한 냄새가 나는 누추한 방이었습니다. 음식도 방에 걸맞게 형편없었습니다. 내가 있는 곳으로 옮겨 온 일은 깊은 산골에서 세상이 보이는 높은 나무 위로 옮겨 온 거나 마찬가지라는 생각이 들었을 정도입니다. 그런데 그렇게 생각하는 기미를 보이지 않는 것은, 하나는 그의 고집 때문이기도 하지만 또 하나는 그의 주장과도 관계가 있었습니다. 불교 교리 속에서 자라난 그는 의식주에 관한 사치를 하는 것을 부도덕한 일인 것처럼 생각했습니다. 옛날 고승이나 성자들의 전기를 어설피 읽은 그는 툭하면 정신과 육체를 떼어서 생각하고 싶어 하는 버릇을 갖고 있었습니다. 육체를 채찍질함으로써 영혼의 빛이 더해지는 것으로 느끼는 경우까지 있었을지도 모릅니다.

나는 될 수 있는 한 그와 대립하지 않는다는 방침을 세웠습니다. 얼음을 햇볕 아래로 갖고 나와 녹이는 방법을 연구한 것입니다. 얼마 안 가 녹아서 따뜻한 물이 되면 저절로 알게 될 날이 올 것임에 틀림없다고 생각한 것입니다.

*

24

나는 아주머니가 그런 식으로 대해 준 결과, 점점 쾌활해졌었습니다. 그 사실을 자각하고 있었기 때문에 같은 방법을 K에게 적용해 보려고 했던 것입니다. K와 내가 성격에서 크게 차이가 있다는 것은 오랫동안 교제하면서 잘 알고 있었지만, 이 집에 들어온 이후 곤두섰던 신경이 다소 가라앉은 것처럼 K의 마음도 이곳에 있으면 언젠가는 안정을 찾으리라고 생각한 것입니다.

K는 나보다 굳은 의지를 지닌 사람이었습니다. 공부도 나보다 두 배는 했겠지요. 그런 데다 선천적으로 나보다 머리가 훨씬 좋았습니다. 나중에는 전공이 달랐기 때문에 뭐라고 말할 수 없습니다만, 같은 반에 있는 동안은 중학교에서도 고등학교에서도 K 쪽이 훨씬 좋은 성적을 올렸습니다. 내게는 평소부터 뭘 해도 K한테는 못 당해 낸다는 자각이 있었을 정도입니다. 하지만 내가 고집을 피워 K를 집으로 데려왔을 때는 내 쪽이 더 사리 판단을 잘하는 거라고 믿고 있었습니다. 굳이 표현해 본다면 참을성과 인내를 구별하지 못한다고 생각되었던 것입니다. 이것은 특히 당신을 위해서 덧붙여 두고 싶으니 들어 주십시오. 육체건 정신이건 우리의 능력은 전부 외부의 자극을 받아 발달하기도 하고 망가지기도 하는 것이겠지만, 어느 쪽이든 자극을 점점 강하게 해 줄 필요가 있는 건 물론이어서 잘 판단하지 않으면 아주 험악한 방향을 향해 나아가고 있는데도 자신은 물론 옆 사람도 모르게 될 우려가 생깁니다. 의사의 설명을 들으면 인간의 위장만큼 태만한 건 없다고 합니다. 죽만 먹고 있노라면 그 이상의 단단한 것을 소화할 능력이 어느샌가 없어져 버린다는 겁니다. 그러니까 뭐든지 먹는 연습을 해 두라고 의사는 말합니다. 하지만 이것은 단지 익

숙해진다는 의미는 아닐 거라고 생각합니다. 자극이 차츰 커짐에 따라 영양 기능의 저항력이 강해진다는 의미가 아니면 안 됩니다. 만약 반대로 위의 힘이 조금씩 조금씩 약해져 갔을 경우에 결과가 어떻게 될 것인지 상상해 보면 금방 알 수 있는 일입니다. K는 나보다 훌륭한 사람이었지만, 그것을 전혀 모르고 있었습니다. 단지 어려운 상황에 익숙해지면 종국에는 그 상황이 아무렇지도 않게 된다고 혼자 정해 놓았던 것 같습니다. 어려움을 반복하면 반복한다는 사실 자체만으로 그 어려움이 느껴지지 않는 시기와 만나게 된다고 믿어 의심치 않았던 것 같습니다.

나는 K를 설득할 때, 꼭 그 부분을 분명히 알려 주고 싶었습니다. 하지만 말을 하면 분명히 반발을 살 것이 틀림없었습니다. 또 옛날 사람들 예 따위를 들고 나올 것이 분명해 보였습니다. 그렇다면 나 또한 그들과 K가 다른 점을 명백하게 말하지 않으면 안 되게 됩니다. 거기에 수긍해 주면 괜찮지만, 그의 성격으로 보아 논의가 거기까지 가면 쉽게 뒤로 물러설 수 없습니다. 앞으로 더 나아가게 됩니다. 그리고 입으로 했던 말을 행동으로 실천하려 들 것입니다. 그는 그렇게 되면 무서운 사람이었습니다. 위대했습니다. 스스로가 스스로를 파괴하며 앞으로 나아갑니다. 결과로 보면 그는 자신의 성공을 깨뜨리는 부분에서 위대했을 뿐이지만, 그래도 결코 평범한 건 아닙니다. 그의 성격을 잘 알고 있는 나는 결국 아무 말도 하지 못했습니다. 게다가 앞에서도 말한 것처럼, 내가 봤을 때 그는 다소 신경쇠약에 걸려 있다는 생각이 들었습니다. 만약 내가 그를 설득했다고 해도 그는 반드시 화를 낼 것이 틀림없었습니다. 그와 싸우는 것은 무섭지 않았지만, 고독감을 못 견뎠던 내 처지를 되돌아보면 친구인 그를 나와 똑같이 고독한 상황에 놓아두는 것은 견딜 수 없는 일이었습니다. 한걸음 더 나아가 한층 더 고독한 상황에 밀어 떨어뜨리는 일은 더욱 싫었습니다. 그래서 나는 그가 집으로 오고 나서도 얼마 동안은 비판 같은 것은 하지 않았습니다. 그저 주변 사람들이 그에게 따스한 영향을 주는 결과를 보기로 한 것입니다.

*

25

나는 배후에서 아주머니와 아가씨에게 시간나는 대로 K와 이야기를 나누어 달라고 부탁했습니다. 그가 지금까지 대화 없이 생활해 온 것이 그런 결과로 나타난 거라고 믿었기 때문입니다. 나로서는 사용하지 않는 철이 녹스는 것처럼 그의 마음도 녹이 슨 것으로 생각할 수밖에 없었던 것입니다.

아주머니는 말을 붙여 볼 수 없는 사람이라면서 웃었습니다. 아가씨 역시 일일이 예를 들어 가며 나한테 설명했습니다. 화로에 불이 남아 있느냐고 물으면 K는 없다고 대답합니다. 그럼 가지고 오겠다고 하면 필요 없다고 거절합니다. 춥지 않으냐고 물으면 춥지만 필요 없다고 대답할 뿐 더 이상 대꾸하지 않는다는 것입니다. 나로서는 그냥 쓴웃음만 짓고 있을 수는 없었습니다. 그냥 놔두기에는 신경이 쓰였기 때문에 어떻게든 그런 상황을 중재해 두어야 했습니다. 하긴 그때는 봄이었으니까 구태여 불을 쬘 필요는 없었지만, 그런 상태로는 말을 붙여 볼 수도 없다는 소리를 듣는 것도 무리가 아니라고 생각되었습니다.

그래서 되도록 내가 중심이 되어서 두 여자와 K가 친밀해질 수 있도록 노력했습니다. K와 내가 이야기하고 있는 자리에 그들을 부르거나 그들과 내가 방에서 마주쳤을 때 K를 부르는 등, 어느 쪽이건 상황에 맞는 방법을 택해 그들을 접근시키려고 했던 것입니다. 물론 K는 별로 좋아하지 않았습니다. 어떤 때는 불쑥 일어나 방에서 나갔습니다. 또 어떤 때는 아무리 불러도 좀처럼 나오지 않았습니다. K는 그런 쓸데없는 이야기들이 어디가 재미있냐는 것이었습니다. 나는 그저 웃고만 있었습니다. 하지만 마음속으로는 K가 그 때문에 나를 경멸하고 있다는 것을 잘 알 수 있었습니다.

어떤 의미에서 실제로 나는 그의 경멸을 살 만했는지도 모릅니다. 그가 지향하는 곳은 나보다 훨씬 높은 곳이었다고 말할 수 있겠지요. 나도 그것을 부정하지는 않습니다. 그러나 지향하는 곳만 높고 그 밖의 것이 조화를 이루지 않는다면 결국 불구자와 다를 바 없습니다. 나는 무엇보다도 그를 인간답게 만드는 일이 급선무라고 생각했습니다. 아무리 그의 머릿속이 훌륭한 사람의 이미지로 가득 차 있다 해도 그 자신이 훌륭해지지 않는 이상 아무 소용이 없다는 것을 발견한 것입니다. 나는 그를 인간답게 만드는 첫 번째 수단으로써 이성 옆에 그를 앉히는 방법을 강구했습니다. 그런 공기 속에 그를 놓아두고 나서, 녹슨 그의 피를 새로운 피로 바꾸는 일을 시도한 것입니다.

이 시도는 점차 성공하기 시작했습니다. 처음에는 융화하기 어려울 것처럼 보이던 그들이 점차 한곳으로 모이는 것 같았습니다. 그는 자신 이외의 세계가 있다는 것을 조금씩 깨닫기 시작하는 것 같았습니다. 그는 어느 날 나에게 여자란 그렇게 경멸할 존재는 아니라는 식의 말을 했습니다. 처음에 K는 여자에게도 나와 같은 정도의 지식과 학문 수준을 바랐던 모양이었습니다. 그런데 그것이 발견되지 않자 곧 경멸하는 마음이 생겨난 것으로 보입니다. 그때까지 그는 성별에 따라 입장을 달리 취하는 자세를 모르고 모든 남녀를 같은 시각으로 관찰하고 있었던 것입니다. 나는 그에게 만약 우리 두 사람이 언제까지나 남자끼리만 이야기를 나눈다면 우리는 단지 직선상의 길을 앞으로 나아가는 것에 지나지 않을 거라고 말했습니다. 그는 하긴 그렇다고 말했습니다. 나는 그때 아가씨에게 정신을 빼앗기고 있을 무렵이었기 때문에 자연히 그런 말도 하게 된 것이었겠지요. 하지만 그런 속사정에 관해서는 그에게 한마디도 털어놓지 않았습니다.

지금까지 책으로 성벽을 쌓고 그 안에 진 치고 있던 것처럼 보이던 K의 마음이 점점 누그러지는 것을 보는 일은, 나로서는 무엇보다도 유쾌한 일이었습니다. 처음부터 그런 목적으로 일을 시작한 것이었으니 성공에 따르는 희열을 느끼지 않을 수 없었던 것입니다. 나는 본인에게 말하지 않는 대신에 아주머니와 아가씨에게 내 생각을 그대로 말했습니다. 두 사람 다 만족스러운 표정이었습니다.

*

26

K와 나는 같은 과에 있지만 전공 학문이 달랐기 때문에 나가는 시간이나 들어가는 시간이 자연히 달랐습니다. 내 쪽이 빠르면 단지 그의 방을 가로질러 지날 뿐이지만, 늦으면 간단하게 인사하고 내 방으로 들어가는 것이 보통이었습니다. K는 언제나 책에서 눈을 떼고, 문을 여는 나를 잠깐 바라봅니다. 그러고는 꼭 지금 왔느냐고 말합니다. 나는 아무 말도 하지 않고 끄덕일 때도 있었고, 또는 그냥 "응." 하고 대답하고 지나칠 때도 있었습니다.

어느 날 나는 간다에 일이 있어 보통 때보다 훨씬 늦게 귀가했습니다. 서둘러 문 앞까지 가서 드르륵 소리를 내며 문을 밀었습니다. 그와 동시에 나는 아가씨의 목소리를 들었습니다. 목소리는 분명히 K의 방에서 나는 것 같았습니다. 현관에서 똑바로 들어가면 차 마시는 방과 아가씨 방이 이어져 있고 그 방을 왼쪽으로 돌아가면 K의 방과 내 방이 있는 구조라서, 오랫동안 그 집에 있어 온 나로서는 어디서 목소리가 났는지 정도는 잘 알 수 있었습니다. 나는 얼른 문을 닫았습니다. 그러자 아가씨의 목소리도 금방 멎었습니다. 구두를 벗고 있을 때 — 나는 그때부터 멋쟁이인 편이어서 신는 데 시간이 걸리는 끈 달린 구두를 신고 있었는데 — 허리를 굽히고 그 구두끈을 풀고 있는 동안, K의 방에서는 아무 소리도 들리지 않았습니다. 나는 이상하다고 생각했습니다. 어쩌면 나의 착각일지도 모르겠다고 생각했습니다. 하지만 K의 방을 지나려고 장지문을 열자 두 사람이 분명히 거기에 앉아 있었습니다. K는 언제나처럼 지금 왔느냐고 말했습니다. 아가씨는 "오셨어요?" 하고 앉은 채 인사했습니다. 그렇게 생각해서인지 그 간단한 인사말이 좀 딱딱하게 들렸습니다. 어딘지 부자연스러운 어조로 내 고막을 울렸던 것입니다. 나는 아가씨에게 "아주머니는요?" 하고 물었습니다. 내 질문에는 아무런 의미도 없었습니다. 어쩐지 집 안이 평소보다 조용했기 때문에 물어봤을 뿐이었습니다.

아니나 다를까 아주머니는 외출 중이었습니다. 하녀도 아주머니와 함께 나가고 없었습니다. 그러니까 집에 남아 있는 것은 K와 아가씨뿐이었던 것입니다. 잠깐 고개를 갸웃거리지 않을 수 없었습니다. 지금까지 오랜 기간 동안 있어 왔지만, 아주머니가 아가씨와 나만 남겨 놓고 집을 비운 적은 없었으니까요. 뭔가 급한 일이라도 생겼느냐고 아가씨한테 물었습니다. 아가씨는 그저 웃고 있기만 했습니다. 나는 이런 때 웃는 여자가 싫었습니다. 젊은 여자들은 다 그렇다고 한다면 할 말이 없지만, 아가씨도 쓸데없이 곧잘 웃는 여자였습니다. 하지만 아가씨는 내 얼굴빛을 보고 금방 보통 때 얼굴로 돌아왔습니다. 급한 일은 아니지만 잠깐 일이 생겨 나갔다고, 웃지 않고 대답했습니다. 하숙생인 나로서는 그 이상 캐물을 권리가 없었습니다. 나는 입을 다물었습니다.

옷을 갈아입고 자리에 앉으려고 할 때 아주머니도 하녀도 돌아왔습니다. 얼마 후 저녁 식탁에서 모두가 얼굴을 마주하는 시간이 왔습니다. 처음 하숙을 시작했을 무렵엔 무슨 일에서든 손님 취급이었기 때문에 식사 때마다 하녀가 상을 들고 날라 와 주었지만, 언젠가부터 식사 시간에는 안채로 들어가는 게 습관처럼 되어 있었습니다. K가 새로 이사 왔을 때도 내가 주장해서 그를 나와 똑같이 취급하기로 했습니다. 대신 나는 얇은 널빤지로 만든, 다리가 접히는 얄쌍한 식탁을 아주머니한테 선물했습니다. 지금은 어느 집에서나 쓰고 있는 듯 하지만, 당시에 그런 식탁 주위에 모여 앉아 밥을 먹는 가족은 거의 없었습니다. 그 식탁은 일부러 오차노미즈에 있는 가구점에 가서 내가 생각한 대로 주문해 만든 것이었습니다.

그 식탁에서, 그날 평소 시각에 생선 장수가 오지 않았기 때문에 우리의 반찬거리를 사러 시내로 나가야 했다는 설명을 아주머니가 했습니다. 하긴 손님을 두고 있는 이상 그것도 그럴듯한 이야기라고 생각했을 때, 아가씨는 내 얼굴을 보더니 또 웃기 시작했습니다. 하지만 이번에는 아주머니한테 꾸지람을 듣고 바로 웃음을 멈췄습니다.

*

27

일주일쯤 지나 나는 또 K와 아가씨가 함께 이야기하고 있는 방을 지나갔습니다. 그때 아가씨는 내 얼굴을 보자마자 또 웃기 시작했습니다. 바로 무엇이 우습냐고 물었으면 되었을 테지요. 그런데 그만 잠자코 내 방으로 와 버렸습니다. 그랬기 때문에 K도 평소처럼 지금 왔느냐고 말을 걸 수가 없었습니다. 아가씨는 곧 문을 열고 나와서 차 마시는 방으로 들어간 모양이었습니다.

저녁 식사 때, 아가씨는 나에게 이상한 사람이라고 했습니다. 그때도 나는 왜 이상하냐고 묻지 못하고 말았습니다. 그저 아주머니가 노려보는 듯한 눈초리로 아가씨를 보는 것을 알아차렸을 뿐입니다.

나는 식사를 끝내고 K에게 산책을 하자고 말해 같이 나왔습니다. 우리는 덴쇼인 뒤에서 식물원 골목을 빙 돌아 또다시 도미사카 쪽으로 나왔습니다. 산책로는 짧은 편이 아니었지만, 그사이에 이야기한 내용은 매우 적었습니다. 성격상 K는 나보다도 말수가 적은 남자였습니다. 나도 말이 많은 편은 아니었습니다. 하지만 나는 걸으면서 되도록 이야기를 이끌어내려고 해 보았습니다. 내 얘기의 테마는 주로 우리가 하숙하고 있는 가족에 대해서였습니다. 그가 아주머니나 아가씨를 어떻게 보고 있는지 알고 싶어서였습니다. 그런데 그는 도무지 알 수 없는 대답만 했습니다. 그것도 요령부득에 너무 심플한 대답이었습니다. 그는 두 여성보다 전공 학과에 대해 더 많은 관심을 갖고 있는 듯했습니다. 하긴 그때는 2학년 말 시험이 눈앞에 닥친 때였으니 보통 사람 입장에서 보면 그편이 학생다운 것이었겠지요. 그런 데다 그는 스베덴보리(스웨덴의 철학자, 신비주의자-옮긴이)가 어떻고 하며 아무것도 모르는 나를 놀라게 했습니다.

우리가 시험을 제대로 다 마쳤을 때, 아주머니는 두 사람 다 이제 1년 남았다며 기뻐해 주었습니다. 그렇게 말하는 아주머니의 유일한 자랑거리로 보이는 아가씨의 졸업도 얼마 남지 않았을 때였습니다. K는 나한테 여자란 아무것도 모르는 채 학교를 졸업하는 거라고 말했습니다. K는 아가씨가 공부 이외에 배우는 바느질이나 고토나 꽃꽂이 등에는 전혀 안중에 없는 것 같았습니다. 나는 그건 그가 몰라서 그러는 거라고 웃어 주었습니다. 그리고 여성의 가치는 그런 것에 있는 게 아니라고 하는 예전의 논의를 되풀이했습니다. 그는 특별히 반박하지 않았습니다. 대신 납득하는 기색도 보이지 않았습니다. 나는 그것이 유쾌했습니다. 그가 긴가민가하는 모습이 여전히 여자를 경멸하고 있는 것처럼 보였기 때문입니다. 여성의 대표로서 내가 아는 아가씨를 대수롭지 않은 듯 여기고 있는 것처럼 보였기 때문입니다. 지금 돌이켜보면 K에 대한 나의 질투심은 이미 그때부터 충분히 싹트고 있었던 것입니다. 나는 K에게 여름방학 때 어딘가 가자고 제의했습니다. K는 가고 싶지 않다는 듯한 어조였습니다. 물론 그가 자신이 생각하는 대로 어디든 갈 수 있는 형편은 아니지만, 내가 권하기만 하면 어디에 가건 상관없는 상황이었습니다. 그런데도 집에서 책을 읽는 편이 마음 편하다는 것이었습니다. 내가 피서지에 가서 시원한 곳에서 공부하는 편이 몸에도 좋다고 주장하자 그렇다면 나만 가면 된다는 것이었습니다. 하지만 나는 K만 이곳에 남겨 두고 갈 생각은 들지 않았습니다. 가뜩이나 K와 한집 사람들이 점점 가까워지는 것을 보는 것이 별로 기분이 좋지는 않았던 것입니다.

내가 처음에 희망했던 대로 되는 것이 왜 기분을 불쾌하게 만드느냐고 묻는다 해도 할 말이 없습니다. 나는 바보임에 틀림없었습니다. 끝이 나지 않는 우리 두 사람의 논쟁을 보다 못한 아주머니가 중재에 나섰습니다. 결국 우리는 함께 보슈에 가기로 했습니다.

*

28

K는 여행을 별로 가지 않는 사람이었습니다. 나 역시 보슈는 처음이었습니다. 우리는 사전 지식 없이 배가 가장 먼저 도착한 곳에 내렸습니다. 아마도 호다인가 하는 이름이었던 것 같습니다. 지금은 얼마만큼 변했는지 몰라도 그 무렵엔 형편없는 어촌이었습니다. 무엇보다도 어디서나 비린내가 났습니다. 그리고 바다로 들어가면 파도에 밀려 금방 손이나 발을 다쳤습니다. 밀어닥치는 파도 속에서 주먹만 한 커다란 돌이 시종 밀려다녔던 것입니다.

나는 그곳이 금방 싫어졌습니다. 하지만 K는 좋다고도 싫다고도 말하지 않았습니다. 적어도 얼굴 표정만은 아무렇지도 않아 보였습니다. 그러면서도 그는 바다에 들어갔다 나올 때마다 어딘가 꼭 다쳐서 나오는 것이었습니다. 나는 드디어 그를 설득해서 그곳을 떠나 다이노우라로 갔습니다.

다이노우라에서 다시 나코로 옮겼습니다. 이 연안은 전부 그때부터 주로 학생들이 오는 곳이었기 때문에 어디를 가건 우리한테는 안성맞춤인 해수욕장이 있었습니다. K와 나는 곧잘 해안의 바위 위에 앉아 머나먼 바다의 빛깔이나 가까운 물밑바닥을 바라보았습니다. 바위 위에서 내려다보는 물은 유난히 아름다웠습니다. 붉고 푸른빛의, 보통은 시장에 나오지 않는 색깔의 작은 물고기들이 투명한 파도 속을 이리저리 헤엄치고 있는 모습을 정확하게 손가락으로 가리켜 보일 수도 있었습니다.

나는 그곳에 앉아 곧잘 책을 펼쳤습니다. K는 아무것도 하지 않고 침묵할 때가 많았습니다. 생각에 잠긴 것인지, 경치에 정신이 팔려 있는 것인지, 아니면 멋대로 공상에 빠져 있는 것인지는 전혀 알 수 없었습니다. 가끔 눈을 들어 K한테 무엇을 하고 있느냐고 물었습니다. K는 아무것도 하지 않고 있다고 한마디 대답할 뿐이었습니다. 나는 내 옆에 이렇게 꼼짝 않고 앉아 있는 사람이 K가 아니고 아가씨였다면 얼마나 좋을까 생각할 때가 가끔 있었습니다. 그것뿐이라면 그래도 괜찮은데, 때로는 K도 나와 같은 소망으로 바위 위에 앉아 있는 것이 아닐까 하는 의혹이 갑자기 들기 시작합니다. 그러면 그곳에서 느긋하게 책을 펼치고 앉아 있는 것이 싫어집니다. 나는 갑자기 벌떡 일어섭니다. 그리고 주위는 아랑곳하지 않고 목청껏 큰 소리를 지릅니다. 감정을 살려 완성된 시 같은 것을 읊조리는 따위의 뜨뜻미지근한 일은 하지 못합니다. 그저 야만인처럼 소리를 지를 뿐입니다. 어떤 때는 갑자기 그의 목덜미를 뒤에서 움켜잡았습니다. 그러면서 이대로 바닷속으로 밀어 버리면 어떻게 하겠느냐고 K에게 물었습니다. K는 동요하지 않았습니다. 앞을 바라본 채, 마침 잘되었다, 그렇게 해 달라고 대답했습니다. 나는 목덜미를 잡은 손을 금세 놓았습니다.

K의 신경쇠약은 이때는 이미 상당히 좋아진 것처럼 보였습니다. 반대로 내 쪽은 점점 예민해졌습니다. 나는 나보다 침착한 K를 보고 부러워했습니다. 또 밉살스럽기도 했습니다. 그는 무얼 해 봐도 나를 상대할 기미를 보이지 않았기 때문입니다. 나한테는 그것이 하나의 자신감인 것처럼 비쳤습니다. 하지만 결코 그 자신감을 인정하는 것만으로는 만족할 수 없었습니다. 내 의혹은 한걸음 앞으로 나아가 그 내용을 분명히 하고 싶어했습니다. 그는 학문이나 일 같은 것에 관해 앞으로 자신이 나아갈 길의 빛을 또다시 되찾은 기분이 된 것일까? 단순히 그것뿐이라면 K와 나의 이해관계에는 충돌이 일어날

소지가 전혀 없습니다. 나로서는 오히려 돌봐 준 보람이 있었다고 기쁘게 생각해야 할 일입니다. 하지만 그의 안심이 만약 아가씨에 관한 것이라면 나는 결코 그를 용서할 수 없게 됩니다. 이상하게도 그는 내가 아가씨를 사랑하고 있다는 것을 낌새조차 알아차리지 못하는 것 같았습니다. 물론 나도 K의 눈에 띌 정도로 유별나게 행동하지는 않았지만, K는 그런 일에 관해서는 워낙 둔한 사람이었습니다. 나로서는 처음부터 K라면 괜찮을 거라고 안심하는 마음이 있었기 때문에 그를 굳이 집으로 데려왔던 것입니다.

*
29

나는 더 생각하지 말고 내 마음을 K에게 털어놓자고 생각했습니다. 하긴 이것은 그때 시작된 기분은 아니었습니다. 여행 떠나기 전부터 그런 생각이 있었지만, 털어놓을 기회를 잡는 것도 그 기회를 만들어 내는 것도 내 재주로는 잘 안 되었던 것입니다. 지금 생각하면 그 무렵 내 주위에 있던 사람들은 모두 좀 이상했습니다. 여자에 관해 속 이야기를 하는 사람은 아무도 없었습니다. 그중에는 이야깃거리가 없는 사람도 많았겠지만, 설령 있다 해도 아무 말 않는 것이 보통이었습니다. 비교적 자유로운 공기를 호흡하는 요즘의 당신들로서는 틀림없이 이상하게 생각되겠지요. 그것이 도덕을 강조하는 가르침이 남아선지, 아니면 일종의 부끄러움 때문인지에 대한 판단은 당신에게 맡기겠습니다. K와 나는 뭐든지 서로 이야기할 수 있는 사이였습니다. 때로는 사랑이니 연애니 하는 문제도 입에 오르지 않는 것은 아니었습니다만, 언제나 추상적인 이론에 빠져 버릴 뿐이었습니다. 그나마 여간해서는 화제에 오르지 않았습니다. 대개는 책 이야기라든지 학문 이야기, 미래의 일과 포부, 정신 수양 같은 내용만 이야기했던 것입니다. 이렇게 내용이 딱딱해져 버리면 아무리 친해도 그 분위기를 갑자기 깰 수는 없는 법입니다. 두 사람은 그저 딱딱한 이야기를 하면서 친해질 뿐입니다. 아가씨 일을 K에게 털어놓을까 생각한 이후, 그 갑갑한 불쾌감 때문에 얼마나 고통스러웠는지 모릅니다. 나는 K의 머리 어디 한 군데에 구멍을 뚫고 그 구멍으로 부드러운 공기를 불어넣어 주고 싶은 생각이 들었습니다.

당신들이 보면 웃을 일이지만, 당시의 나로서는 실제로 아주 어려운 일이었습니다. 여행지에서도 집에 있을 때와 마찬가지로 비겁했습니다. 나는 내내 기회를 포착할 생각으로 K

를 관찰했지만, 기묘하게 고답적인 그의 태도는 어떻게 해 볼
수 없었습니다. 내가 보기에 그의 심장 주위는 검은 옻으로 두
껍게 칠해져 굳어진 상태나 마찬가지였습니다. 내가 쏟아부으
려고 하는 피는 한 방울도 그의 심장 안으로는 들어가지 않고
붓는 족족 부딪혀 튀어나와 버리는 것이었습니다.

어떤 때는 K의 태도가 너무나도 강하고 고답적이어서 나는
오히려 안심한 적도 있습니다. 그리고 의심한 것을 속으로 후
회하면서 역시 속으로 K에게 사과했습니다. 사과하면서 내가
아주 저열한 인간인 것 같아 갑자기 내 자신이 싫어지는 것이
었습니다. 하지만 얼마 지나면 또 이전의 의심이 거꾸로 돌아
와 강하게 맥박 칩니다. 모든 것이 의혹에서 파생되는 것이기
때문에 나한테는 모든 것이 불리했습니다. 용모도 K 쪽을 여
자들이 좋아할 것처럼 보였습니다. 성질도 나처럼 스케일이
작지 않아 여자들이 좋아하겠다는 생각이 들었습니다. 어딘지
엉성해 보이면서도 또 어딘지 견실한 남자다움이 있는 점도
나보다 우세하다는 생각이 들었습니다. 실력 면에서도 전공은
다르지만 물론 나는 K의 적수가 못 된다는 것을 자각하고 있
었습니다. 모든 면에서 상대방의 좋은 점만 이렇게 한꺼번에
눈앞에 어른거리게 되면, 잠깐 안심했다가도 금방 원래의 불
안한 상태로 되돌아갑니다.

K는 불안정해 보이는 내 태도를 보더니 지겨워졌으면 먼저 도쿄로 돌아가도 좋다고 말했지만, 그런 말을 들으니 갑자기 돌아가고 싶지 않아졌습니다. 실은 K를 도쿄로 돌려보내고 싶지 않았는지도 모릅니다. 우리는 보슈 반도의 돌출된 곳을 돌아 반대편으로 갔습니다. 따가운 태양빛 아래에서 고통스러워하면서도 금방이라는 말에 속아 가면서 끙끙대며 걸었습니다. 그렇게 걷고 있는 의미를 알 수 없었을 정도입니다.

나는 반은 농담하는 기분으로 K에게 그렇게 말했습니다. 그러자 K는 다리가 있으니까 걷는 거라고 했습니다. 그리고 더워지면 바다로 들어가자며 어디든 상관 않고 물속으로 들어갔습니다. 그러고 나면 타는 듯한 강렬한 햇빛 속을 또 걸었기 때문에 몸이 나른해지면서 녹초가 되곤 했습니다.

*

30

이런 식으로 걷고 있으면 더위와 피로 때문에 자연히 몸 상태가 이상해지는 법입니다. 그렇다고는 하지만 병과는 다릅니다. 자신의 혼이 갑자기 다른 사람의 몸속으로 거처를 옮긴 듯한 기분이 되는 것입니다. 나는 평소처럼 K와 말을 하면서 어던지 평소의 기분과 다른 상태가 되었습니다. 그에 대한 친밀감도 증오감도 여행 중에 한정된 것이라고 하는 특별한 성격을 띠게 된 것입니다. 즉 우리는 더위 때문에, 바다 때문에, 또 걷는 일 때문에, 그때까지와는 다른 새로운 관계로 들어갈 수 있었던 겁니다. 그때의 우리는 마치 길동무가 된 행상인 같았습니다. 이야기를 아무리 많이 한다 해도 평상시와 달리 두뇌를 써야 하는 복잡한 문제는 화제로 삼지 않았습니다.

결국 우리는 이런 상태로 조시까지 갔는데, 그곳까지 가는 도중 단 한 번 예외가 있었던 것을 지금도 잊을 수가 없습니다. 보슈를 떠나기 전에 우리는 고미나토라는 곳에서 다이노우라를 구경했습니다. 이미 햇수도 상당히 지났고 더욱이 나로서는 그다지 흥미도 없는 일이어서 분명하게 기억하고 있지는 않습니다만, 듣건대 그곳은 니치렌(법화종을 만든 사람-옮긴이)이 태어난 마을이라고 했습니다. 니치렌이 태어났을 때, 도미 두 마리가 파도에 떠밀려 바닷가에 올라와 있었다는 이야기가 전해지고 있었습니다. 그 후로도 마을의 어부들이 도미를 잡는 일을 지금에 이르기까지 삼가 왔기 때문에 이 연안에는 도미가 잔뜩 있었습니다. 우리는 그 도미를 보려고 작은 배를 세 내어 일부러 바다까지 나가 보았습니다.

그때 나는 그저 파도만 뚫어져라 보고 있었습니다. 그리고 그 파도 속에서 움직이는, 보랏빛이 약간 도는 도미 색깔을 흥미 있는 현상의 하나로서 싫증내지도 않고 바라보고 있었습니다. 하지만 K는 그 도미에 대해 나만큼 흥미를 갖지 못하는 것처럼 보였습니다. 그는 오히려 도미보다는 니치렌에 대해 생각하고 있었던 것 같습니다. 마침 그곳에 탄생사(誕生寺)라는 절이 있었습니다. 니치렌이 태어난 마을이라서 탄생이라는 단어를 쓴 것이겠지요. 훌륭한 절이었습니다. K는 그 절에 가서 주지승을 만나 보고 싶다는 말을 꺼냈습니다. 사실 우리는 아주 이상한 복장을 하고 있었습니다. 특히 K는 바람에 모자가 바다로 날아간 후, 삿갓을 사서 썼습니다. 옷은 두말할 것 없이 두 사람 다 더럽고 땀에 절어 있는 상황이었습니다. 나는 스님을 만나는 건 그만두라고 말했습니다. 고집이 센 K는 듣지 않았습니다. 싫으면 나만 밖에서 기다리고 있으라는 것이었습니다. 할 수 없이 함께 현관으로 들어가기로 했지만, 속으로는 분명히 거절당할 게 틀림없다고 생각했습니다. 그런데 스님이란 의외로 사람을 소홀히 대하지 않는 사람들인지, 넓고 훌륭하게 지어진 객실로 우리를 맞아들이더니 금방 만나 주었습니다. 당시의 나는 K와 생각이 꽤 달랐기 때문에 K와 스님의 대화에 그렇게 귀를 기울일 생각도 없었는데, K는 열심히 니치렌에 대해 물어보는 것 같았습니다. 니치렌은 소니치렌(草日蓮)이라고 불릴 만큼 초서를 아주 잘 썼다고 스님이 말했을 때, 글씨를 잘 못 쓰는 K는 재미없다는 표정을 지었던 장면을 나는 지금도 기억하고 있습니다. K는 그런 일보다 더 깊은 의미를 갖는 니치렌에 대해 알고 싶었던 거겠지요. 주지 승이 그 점에서 K를 만족시켰는지 어떤지는 의문이지만, 그는 절 경내를 나서자 나한테 자꾸 니치렌에 대해 말하기 시작했습니다. 나는 덥고 지쳐서 그런 이야기에 귀를 기울일 상태가 아니었기 때문에 그냥 입으로만 적당히 대꾸하고 있었습니다. 끝판에는 그것도 귀찮아져 완전히 입을 다물어 버렸습니다.

아마도 그다음 날 밤의 일이라고 생각되는데, 숙소에 도착해 식사를 하고 나서 잠자리에 들기 조금 전쯤, 우리는 갑자기 어려운 문제에 대해 논의하게 되었습니다. K는 어제 자신이 이야기를 꺼내려 했던 니치렌에 대해서 내가 상대하지 않았던 일을 불쾌하게 생각하고 있었습니다. 정신적인 향상심이 없는 사람은 바보라면서 나를 아주 경박한 사람으로 몰아붙이는 것이었습니다. 그런데 내 가슴에는 아가씨 일이 자리 잡고 있었기 때문에 경멸에 가까운 그의 말을 그냥 웃으면서 받아들일 수는 없었습니다. 나는 나대로 변명을 하기 시작했습니다.

*

31

그때 나는 몇 번이고 인간답다는 말을 썼습니다. K는 내가 이 인간답다는 말 속에 내 약점의 모든 것을 숨기고 있다고 했습니다. 나중에 생각해 보니 과연 K의 말 그대로였습니다. 하지만 인간답지 않다는 말의 의미를 K에게 납득시키기 위해 그 말을 쓰기 시작한 나는 출발점부터가 반발적이었기 때문에 그것을 반성할 여유 같은 건 없었습니다. 더욱더 내 생각을 주장했습니다. 그러자 K가 그의 어디가 인간답지 않으냐고 물었습니다. 나는 그에게 말했습니다. 너는 인간답다. 어쩌면 너무 인간다운 건지도 모른다. 하지만 입으로는 인간답지 않은 소리를 하고 있다. 또 인간답지 않은 것처럼 행동하려 한다.

내가 이렇게 말했을 때, 그는 단지 자기가 수양이 부족한 탓에 남한테는 그렇게 보일지도 모르겠다고 대답했을 뿐, 전혀 나를 반박하려 들지 않았습니다. 무어라 말해 볼 기력이 없어지는 게 아니라 거꾸로 안됐다는 생각이 들었습니다. 나는 곧 그 시점에서 논쟁을 끝냈습니다. 그의 어투도 점차 수그러졌습니다. 내가 만약 그가 아는 옛날 사람들을 알고 있었다면 그런 공격은 하지 않을 거라면서 원망스러운 얼굴이었습니다. K의 입에서 나오는 옛날 사람이란 물론 영웅도 아니고 호걸도 아닙니다. 정신을 위해 육체를 혹사하거나 도를 위해 육체를 채찍질했던, 이른바 수행자들을 가리키는 것입니다. K는 나한테 자신이 그 때문에 얼마만큼 고통받고 있는지 모르는 것이 정말로 유감스럽다고 말했습니다.

K와 나는 더 이상 얘기하지 않고 잠을 자 버렸습니다. 그리고 그다음 날부터 다시 보통 행상인의 태도로 돌아가 땀을 뻘뻘 흘리며 걷기 시작했습니다. 하지만 나는 길을 가면서 그날 밤의 일을 자주 떠올렸습니다. 나에게는 더없이 좋은 기회가 주어졌는데, 왜 모르는 척하고 그 기회를 놓쳐 버렸을까 하는 유감스러운 감정이 북받쳐 올랐던 것입니다. 인간답다는 추상적인 말을 쓰는 대신 더 직설적이고 단순한 이야기를 K에게 털어놔 버릴 걸 그랬다는 생각이 들기 시작한 것입니다. 사실은 내가 그런 말을 만들어 낸 것도 아가씨에 대한 내 감정이 기반되어 있었던 것이니, 사실을 증류해 만들어 낸 이론 따위를 K의 귀에 집어넣으려고 하기보다 원래의 형태를 그대로 그의 눈앞에 드러내는 편이 나한테는 훨씬 유익했겠지요. 내가 그렇게 하지 못한 건 학문상의 교제가 기반이 되어 있는 우리 둘의 친밀감에 저절로 익숙해져 있어서 과감하게 그것을 깨부술 만큼 용기가 없었기 때문이라는 것을 고백하겠습니다. 너

무 잘난 척하고 있었다고 하건 허영심 때문에 그랬다고 하건 똑같은 이야기이지만, 내가 말하는 잘난 척한다거나 허영심이라고 하는 말의 의미는 흔히 말하는 것과는 좀 다릅니다. 나로서는 당신이 그것을 알아주기만 한다면 만족합니다.

우리는 새카맣게 타서 도쿄로 돌아왔습니다. 돌아왔을 때 나는 기분이 또 바뀌어 있었습니다. 인간답다거나 인간답지 않다거나 하는 시답잖은 명제들은 머릿속에 거의 남아 있지 않았습니다. K한테서도 종교가 같은 모습을 전혀 찾아볼 수 없었습니다. 아마 그때는 그의 마음속 어디에도 정신이 어떻다는 둥 육체가 어떻다는 둥 하는 문제는 스며 있지 않았겠지요. 우리는 딴 사람 같은 얼굴로, 바쁘게 돌아가는 듯한 도쿄를 돌아보았습니다. 그리고 료고쿠에 가서, 더운데도 불구하고 샤모(닭고기 요리-옮긴이)를 먹었습니다. K는 그 힘으로 고이시카와까지 걸어서 돌아가자고 했습니다. 체력으로 보면 K보다 내가 강했기 때문에 나는 바로 응했습니다.

집에 도착했을 때, 아주머니는 우리의 모습을 보고 크게 놀라는 얼굴이었습니다. 둘 다 그냥 햇볕에 탔을 뿐 아니라 무턱대고 걸어 다니다 보니 아주 말라 있었던 것입니다. 아주머니는 그래도 건강해 보인다며 칭찬해 주었습니다. 아가씨는 아주머니의 모순된 말이 우습다면서 웃었습니다. 여행 전에는 그 웃음소리 때문에 가끔 화가 났던 나도 그때만큼은 유쾌한 기분이 들었습니다. 상황이 상황인 데다 오랜만에 들었기 때문이었겠지요.

*

32

뿐만 아니라 나는 아가씨의 태도가 전과 달라졌다는 것을 알아차렸습니다. 오랜만에 여행에서 돌아온 우리가 평소의 안정감을 되찾기 위해서는 여러모로 여성의 손이 필요했는데, 그렇게 돌봐 주는 아주머니는 둘째치고 아가씨가 모든 일에서 내 쪽을 우선하고 K를 나중으로 돌리는 것처럼 보였던 것입니다. 그것을 노골적으로 하면 나도 난처했을지 모릅니다. 경우에 따라서는 불쾌한 기분까지도 들 수 있는 일이었는데, 아가씨가 균형을 잃지 않고 행동해서 기뻤습니다. 즉 아가씨는 나만 알 수 있도록 아가씨 특유의 친절을 여분으로 나한테 베풀어 주었던 것입니다. 그렇기 때문에 K는 별로 불쾌한 얼굴도 하지 않고 태연했습니다. 나는 그에 대해 마음속으로 몰래 개가를 올렸습니다.

얼마 안 가 여름도 지나고 9월 중순부터 우리는 다시 학교

수업에 나가야 했습니다. K와 나는 각자의 일정에 따라 드나드는 시간이 또 차이가 났습니다. 내가 더 늦게 귀가하는 날은 일주일에 세 번 정도 있었는데, 언제 돌아와도 아가씨의 그림자를 K의 방에서 발견하는 일은 없게 되었습니다. K는 언제나 그랬듯 나한테 눈을 돌리며 "이제 왔냐?"를 규칙처럼 되풀이했습니다. 나도 거의 기계처럼 간단하면서 무의미하게 인사했습니다.

아마도 10월 중순의 일이었던 것 같습니다. 늦잠을 자 버려 기모노를 입은 채 서둘러 학교에 간 적이 있었습니다. 신발도 끈 달린 구두 같은 것을 신을 시간이 없었기 때문에 조리(엄지와 둘째 발가락 사이에 끈을 단 일본 슬리퍼-옮긴이)를 꿰어 신자마자 뛰쳐나갔던 것입니다. 그날은 시간표상으로 K보다 내가 먼저 돌아오는 날이었습니다. 나는 그런 줄로만 알고 현관문을 드르륵 열었습니다. 그런데 없다고 생각했던 K의 목소리가 잠깐 들렸습니다. 동시에 아가씨의 웃음소리가 내 귀를 울렸습니다. 나는 평소처럼 손이 가는 끈 달린 구두를 신지 않았기 때문에 곧 현관으로 들어가 장지문을 열었습니다. 나는 매일같이 책상 앞에 앉아 있는 K를 봤습니다. 하지만 아가씨는 이미 거기에 없었습니다. K의 방에서 마치 도망치듯 사라지는 뒷모습을 힐끗 봤을 뿐이었습니다. 나는 K한테 어떻게 이렇게 빨리 돌아왔느냐고 물었습니다. K는 몸이 안 좋아서 학교를 쉬었다고 말했습니다. 내 방으로 들어가 그냥 앉아 있는데, 좀 지나자 아가씨가 차를 갖고 들어왔습니다. 나는 웃으면서 아까는 왜 도망쳤나요 하고 물을 수 있을 만큼 숫기 있는 사람이 아닙니다. 그러면서도 속으로는 그 일에 신경 쓰는 타입이었습니다. 아가씨는 자리를 곧 뜨더니 툇마루 옆을 지나 안채로 들어가 버렸습니다. 하지만 K의 방 앞에 멈춰 서서 한두 마디, 안과 밖에서 이야기를 하고 있었습니다. 앞서 이야기에 이어지는 이야기 같았는데, 앞서 이야기를 듣지 못한 나로서는 내용을 전혀 알 수가 없었습니다.

그러면서 아가씨의 태도가 점점 천연덕스러워졌습니다. K와 내가 함께 집에 있을 때도 곧잘 K의 방 앞으로 가서 그의 이름을 불렀습니다. 물론 우편물을 갖고 올 적도 있고 세탁물을 두고 갈 적도 있으니 그 정도의 교류는 같은 집에 있다는 관계로 봐서는 당연한 거라고 보지 않으면 안 되었지만, 아가씨를 독점하고 싶은 강렬한 욕망에 사로잡혀 있던 나로서는 아무리 봐도 그것이 당연한 일 이상으로 보였던 것입니다. 어떤 때는 아가씨가 일부러 내 방으로 오는 걸 피해 K 쪽으로만 간다고 생각할 때도 있었을 정도입니다. 그렇다면 왜 K한테 집을 나가라고 하지 않았느냐고 당신은 묻겠지요. 하지만 그렇게 하면 내가 무리해 가며 K를 데려 온 취지가 무산되고 말 뿐입니다. 나로서는 그렇게 할 수 없었습니다.

*

33

차가운 비가 내리는 11월 어느 날의 일이었습니다. 나는 외투를 적시며 늘 그랬던 것처럼 곤냐쿠엔마를 지나서 좁다란 언덕길을 올라 집으로 돌아왔습니다. K의 방은 텅 비어 있었지만, 화로에는 갈아 넣은 불이 훈훈하게 타고 있었습니다. 나는 빨리 뻘건 화롯불 위에 시린 손을 쪼이자고 생각하며 내 방 장지문을 열었습니다. 그런데 내 화로에는 식은 재가 하얗게 남아 있을 뿐, 불씨마저 꺼져 있었습니다. 갑자기 기분이 상했습니다.

그때 내 발소리를 듣고 나온 것은 아주머니였습니다. 아주머니는 입을 다물고 방 한가운데 서 있는 나를 보더니 안됐다는 듯, 외투를 벗고 기모노를 입는 일을 도와주었습니다. 그러고 나서 내가 춥다고 말하자 금세 옆방에서 K의 화로를 들고와 주었습니다. 내가 K는 벌써 돌아왔느냐고 묻자 아주머니는 왔다가 또 나갔다고 대답했습니다. 그날도 시간표상으로는 K

가 나보다 늦게 들어오는 날이었기 때문에 나는 어찌 된 일이냐고 물었습니다. 아주머니는 아마 일이 생긴 모양이라고 말했습니다.

나는 얼마 동안 그곳에 앉아서 책을 읽었습니다. 온 집 안이 고요하고 어느 누구의 말소리도 들리지 않는 속에 앉아 있자니 초겨울의 추위와 외로움이 뼛속까지 파고드는 기분이었습니다. 곧바로 책을 덮고 일어섰습니다. 갑자기 사람이 많은 곳으로 가고 싶어진 것입니다. 비는 겨우 그친 것 같았지만, 하늘은 아직 차디찬 납처럼 무거워 보였기 때문에 나는 만약을 위해 우산을 어깨에 메고 무기 제조 공장 뒷담을 따라 동쪽으로 언덕을 내려갔습니다. 그때는 아직 도로 정비가 안 되어 있던 때여서 언덕 경사가 지금보다 훨씬 급했습니다. 길 폭도 좁고 지금처럼 똑바로 나 있지 않았습니다. 그런 데다 그 언덕 밑으로 내려가면 남쪽이 높은 건물로 막혀 있고 배수 상태가 좋지 않아 큰길은 질퍽거렸습니다. 그중에서도 좁은 돌다리를 건너 야나기초로 나가는 사이의 공간이 형편없었습니다. 굽 높은 나막신이건 장화건 무턱대고 걸어갈 수는 없었습니다. 진흙이 길 한가운데 좁고 기다랗게 저절로 밀려 쌓여 있는 사이를 누구나 조심조심 지나야 했습니다. 그 폭은 불과 1~2척밖에 되지 않았기 때문에 어쩔 도리 없이 길 가장자리에 깔려 있는 띠 위를 밟으며 건너편으로 가야 했습니다. 길 가는 사람들은 모두 한 줄로 서서 조심조심 지나갑니다. 나는 그 좁은 띠 위에서 K와 딱 마주쳤습니다. 발 쪽에만 신경 쓰고 있던 나는 그와 마주치는 순간까지 그의 존재를 전혀 알아차리지 못했습니다. 갑자기 앞이 막혔기 때문에 눈을 들었을 때, 처음으로 거기에 서 있는 K를 알아본 것이었습니다. 나는 K한테 어디에 갔었느냐고 물었습니다. K는 잠깐 근처에라고만 대답했습니다. 여느 때처럼 무심한 말투였습니다. K와 나는 좁은 폭 위를 몸이 닿을 듯 스쳐 지났습니다. 그러자 K의 바로 뒤에 한 젊은 여자가 서 있는 것이 보였습니다. 나는 근시라서 몰랐는데, K를 보내고 나서 여자의 얼굴을 보니 아가씨였기 때문에 적잖이 놀랐습니다. 아가씨는 약간 얼굴을 붉히고 나한테 인사했습니다. 당시의 헤어스타일은 지금과 달리 앞머리를 앞으로 튀어나오도록 빗지 않고 머리 한가운데서 둥글게 말아 올리는 식이었습니다. 나는 멀뚱히 아가씨의 머리를 보고 있었는데, 다음 순간 어느 쪽인가가 길을 양보해야 한다는 데 생각이 미쳤습니다. 나는 결심하고 진흙탕 속으로 한쪽 발을 내디뎠습니다. 그리고 비교적 지나기 쉬운 공간을 만들어 아가씨가 지나가도록 해 주었습니다.

그러고 나서 나는 야나기초로 나왔는데, 어디로 가면 좋을

지 알 수가 없었습니다. 어디로 가든 재미가 없을 듯한 기분이 들었던 것입니다. 진흙이 튀는 것도 개의치 않고 진흙탕 속을 아무렇게나 철벅철벅 걸었습니다. 그리고 바로 집으로 돌아왔습니다.

*

34

나는 K에게 아가씨와 함께 나간 거냐고 물었습니다. K는 그렇지 않다고 대답했습니다. 마사고초에서 우연히 만나 함께 돌아온 거라고 설명했습니다. 그 이상 캐묻는 질문은 삼가야 했습니다. 그러나 식사 때, 또다시 아가씨를 향해 같은 질문을 하고 싶어졌습니다. 그러자 아가씨는 내가 싫어하는 그 웃음을 웃었습니다. 그리고 어디에 갔었는지 알아맞혀 보라고까지 말했습니다. 그 무렵의 나는 아직 신경질적인 구석이 있었기 때문에 그런 식으로 진지하지 않은 대응을 당하자 화가 났습니다. 그런데 그런 것을 알아차린 사람은 같은 식탁에 둘러앉은 사람 중 아주머니 한 사람뿐이었습니다. K는 태연했습니다. 아가씨의 태도는 알고서도 일부러 그러는 건지 모르고서 순진하게 그러는 건지 구별이 좀 안 가는 데가 있었습니다. 젊은 여자로서 아가씨는 사려 깊은 편이었지만, 젊은 여자들이 공통적으로 갖고 있는, 내가 싫어하는 점도 지니고 있다고 생각하니 정말 그런 것같다는 생각이 들었습니다. 그리고 그 싫은 점이란 K가 집으로 온 후에 처음으로 내 눈에 띄기 시작했습니다. 그것을 K에 대한 질투심으로 돌려야 할지, 아니면 나를 향한 아가씨의 기교라고 봐야 할지 쉽게 알 수가 없었습니다. 자주 되풀이해 말한 것처럼, 사랑의 이면에 있는 이 감정의 움직임을 분명히 의식하고 있었으니까요. 그것도 옆 사람이 보면 거의 대수롭지 않은 작은 일에 그런 감정이 꼭 머리를 쳐들고 싶어했으니까요. 여담이지만, 나는 결혼 후에 이 감정이 점점 엷어져 가는 것을 느꼈습니다. 그 대신 애정도 결코 원래만큼 격렬하지는 않았습니다.

나는 그때까지 주저하던 내 마음을 한꺼번에 상대의 가슴에 털어놓을까 생각했습니다. 내 상대란 아가씨가 아닙니다. 아주머니를 말하는 겁니다. 아주머니한테 아가씨를 달라고 분명하게 이야기하자고 생각한 것입니다. 그러나 그렇게 결심하고서도 거사 날짜를 하루하루 연기하고 있었습니다. 이렇게 말하면 내가 무척 우유부단한 사람처럼 보일 것입니다. 또 그렇게 보여도 상관없지만, 실제로 내가 나아가기 어려웠던 것은 의지의 힘이 모자라서만은 아닙니다. K가 없었을 때는 남

의 계략에 넘어가는 것이 싫다는 마음이 나를 억눌러 한 발짝
도 움직이지 못하게 했습니다. K가 온 다음에는 어쩌면 아가
씨가 K 쪽에 마음이 있는 것은 아닌가 하는 의구심이 끊임없
이 나를 제어하게 만들었던 것입니다. 정말로 아가씨가 나보
다 K한테 마음이 기울어져 있다면 이 사랑은 발설할 가치도
없다고 나는 결론짓고 있었습니다. 창피를 당하는 것이 부끄
럽다는 것과는 이야기가 조금 다릅니다. 이쪽에서 아무리 좋
아한다고 해도 상대방이 내심 다른 상대한테 사랑의 마음을
쏟고 있다면 나는 그런 사람과 결혼하기는 싫었던 것입니다.
세상에는 상대방이 좋다 싫다 말할 여지도 없이 자신이 좋아
한 여자를 아내로 삼고 기뻐하는 사람도 있지만, 그것은 우리
보다 훨씬 세상사에 닳은 사람이거나 사랑의 심리를 잘 모르
는 둔한 인물이나 하는 짓이라고 당시의 나는 생각했습니다.
한번 결혼해 버리면 그럭저럭 안정되는 법이라는 정도의 철
학을 받아들일 수 없을 정도로 나는 순수했습니다. 즉 지극히
고상한 사랑의 이론가였습니다. 동시에 가장 비행동적인 사랑
의 실천가였습니다.

　가장 중요한 아가씨한테 직접 내 자신을 털어놓을 기회도
함께 사는 오랫동안 가끔 있었지만, 나는 일부러 그것을 피했
습니다. 그 무렵의 내게는 일본의 관습으로 볼 때 그런 건 용

납되지 않는다고 강하게 생각했습니다. 하지만 결코 그것만이 나를 속박했다고는 말할 수 없습니다. 나는 일본인, 특히 일본의 젊은 여성들은 그런 경우 상대에게 자신이 생각한 것을 그대로 마음가는 대로 입에 올릴 만큼의 용기가 없다고 보고 있었던 것입니다.

*

35

이리하여 나는 어느 쪽을 향해서도 나아가지 못하고 얼어붙은 듯 제자리에 있었습니다. 몸이 안 좋을 때 낮잠을 자다가 문득 눈이 떠져 주위의 사물이 분명히 보이는데도 손발을 옴짝달싹하지 못하는 경우가 있지요. 나는 가끔 그런 고통을 남모르게 느끼며 지냈습니다.

그러면서 한 해가 가고 봄이 되었습니다. 어느 날 아주머니가 K한테 가루타(일본 고전 시구가 적힌 카드. 앞의 문장을 읽으면 뒤 문장이 적힌 카드를 찾아내는 놀이. 주로 설에 한다-옮긴이)를 할 테니까 친구 누군가를 데려오지 않겠느냐고 말한 적이 있습니다. 그러자 K가 곧바로 친구 같은 건 한 명도 없다고 대답했기 때문에 아주머니는 놀란 듯 했습니다. 그러고 보면 K한테는 친구라고 할 만한 친구가 한 사람도 없었습니다. 길에서 만났을 때 인사를 나누는 정도의 사람은 조금 있었지만, 그들 역시 가루타를 할 만한 사람은 아니었던 것입니다. 아주머니는 그럼 내가 아는 사람이라도 불러오면 어떻겠느냐고 다시 말했지만, 때마침 나도 그런 시끌벅적한 놀이를 할 기분이 아니었기 때문에 적당히 대꾸해 두고 내버려 두었습니다. 그런데 밤이 되자 K와 나는 결국 아가씨한테 끌려 나가고 말았습니다. 손님도 없이 한집 사람들끼리 하는 가루타여서 아주 조용한 분위기였습니다. 그런 데다 그런 놀이를 해 보지 않은 K는 그냥 팔짱 끼고 앉아 있는 사람이나 마찬가지였습니다. 나는 K에게 도대체 백인일수(百人一首. 옛 시인 100명의 대표적인 시가를 하나씩 뽑아 엮은 것-옮긴이)를 알고나 있느냐고 물었습니다. K는 잘 모른다고 대답했습니다. 내 말을 들은 아가씨는 아마도 K를 경멸하는 거라고 생각했겠지요. 그 후부터는 눈에 띄게 K에게 합세하기 시작했습니다. 결국은 두 사람이 거의 한 편이 되다시피 해서 나한테 대항하는 형국이 되었습니다. 상대 여하에 따라서는 싸움을 했을지도 모릅니다. 다행히 K의 태도는 처음과 조금도 달라지지 않았습니다. 나는 그의 태도에서 득의양양한 모습을 조금도 찾아보지 못했고, 아무 일 없이 그 자리를 마칠 수가 있었습니다.

그러고 나서 이삼 일이 지나서의 일이었습니다. 아주머니와 아가씨는 아침부터 이치가야에 있는 친척집에 간다면서 집을 나섰습니다. K도 나도 아직 강의가 시작되지 않았던 때라 집 지키는 사람처럼 남아 있게 되었습니다. 책을 읽는 것도 산책을 나가는 것도 싫었기 때문에 그저 멍하니 화롯가에 팔꿈치를 받치고 꼼짝 않고 턱을 괸 채 생각에 잠겨 있었습니다. 옆방에 있는 K도 소리를 전혀 내지 않았습니다. 두 사람 다 있는지 없는지 모를 정도로 조용했습니다. 하긴 이런 일은 두 사람 사이에는 특별히 드문 일도 아니어서 아무렇지도 않았기 때문에 나는 딱히 신경 쓰지도 않았습니다.

10시쯤 되었을 때, K는 갑자기 장지문을 열고 내 얼굴을 보았습니다. 그는 문턱 위에 서서 나한테 무슨 생각을 하느냐고 물었습니다. 나는 처음부터 아무 생각도 하지 않고 있었습니다. 만약 무슨 생각을 했다면 여느 때처럼 아가씨 생각이었을지도 모릅니다. 아가씨한테는 아주머니도 당연히 따라다니는 존재였지만, 근래엔 K가 떼어 놓을 수 없는 사람인 것처럼 머릿속을 빙글빙글 돌고 있어 문제를 복잡하게 만들었습니다. K와 얼굴을 마주한 나는 그때까지 어렴풋이 그를 방해물처럼 의식하면서도 꼭 그렇다는 확신도 갖지 못했습니다. 나는 여전히 그의 얼굴을 보면서 잠자코 있었습니다. 그러자 K 쪽에서 성큼성큼 내 방으로 들어오더니 내가 쬐고 있는 화로 앞에 앉았습니다. 얼른 양쪽 팔꿈치를 화롯가에서 치우고 화로를 K 쪽으로 약간 밀어 놓아 주었습니다.

K는 평소와 어울리지 않는 이야기를 시작했습니다. 아주머니와 아가씨는 이치가야의 어디로 갔을까 하고 묻는 것입니다. 아마도 숙모네로 갔을 거라고 대답했습니다. K는 그 숙모란 누구냐고 또 물었습니다. 나는 역시 군인의 부인이라고 가르쳐 주었습니다. 그러자 여자들은 새해 인사를 대개 15일 지나서 다니는데 왜 그렇게 빨리 간 것일까 하고 묻는 것입니다. 왜인지 모르겠다고 대답할 도리밖에 없었습니다.

*

36

K는 좀처럼 아주머니와 아가씨 이야기를 그만두지 않았습니다. 나중에는 나조차 대답하지 못할 자세한 이야기까지 묻는 것입니다. 귀찮다기보다 묘한 기분이 들었습니다. 전에 내쪽에서 두 사람을 화제로 삼아 말을 걸었을 무렵의 그를 생각하면, 아무래도 그가 어딘지 모르게 변했다는 것을 눈치채지 않을 수 없었던 것입니다. 나는 결국 왜 오늘따라 그런 이야기

만 하는 거냐고 물었습니다. 그러자 그는 갑자기 입을 다물었습니다. 하지만 나는 그의 굳게 닫힌 입술 근육이 떨리듯 움직이는 것을 눈여겨보았습니다. 그는 원래 말이 없는 사람이었습니다. 평소에 무언가 말하려고 하면 말하기 전에 곧잘 입 근처를 실룩거리는 버릇이 있었습니다. 입술이 일부러 그의 의지에 반항하듯 쉽게 열리지 않는 것에 그의 말의 무게도 실려 있었겠지요. 일단 목소리가 입을 뚫고 나오게 되면 그 목소리에는 보통 사람보다 두 배로 강한 힘이 스며 있었습니다.

나는 그의 입을 잠깐 바라보고 무슨 말인지를 또 하려는 거로구나 하고 금방 알아차렸지만, 그것이 과연 무슨 말을 준비 중인지 전혀 예상할 수가 없었습니다. 그렇기 때문에 놀랐던 것입니다. 그의 무거운 입에서 아가씨에 대한 사랑의 감정 고백을 들었을 때의 나를 상상해 보십시오. 나는 그의 요술봉에 의해 단번에 화석이 되어 버린 거나 다름없었습니다. 입술을 달싹거리는 일조차 나한테는 가능하지 않았던 것입니다.

그때의 나는 두려움의 화석이라 할까, 아니면 고통의 화석이라 할까, 아무튼 하나의 화석이었습니다. 돌이나 쇠붙이처럼 머리에서 발끝까지 갑자기 굳어졌습니다. 숨을 쉴 여유마저 잃어버릴 정도로 굳어졌습니다. 다행히도 그 상태가 오래가지는 않았습니다. 한순간이 지나자 또다시 인간다운 기분을 되찾았습니다. 그러고는 바로, 아아 하고 탄식했습니다. 한발 늦었다고 생각한 것입니다.

하지만 앞으로 어떻게 해야겠다는 판단은 전혀 서지 않았습니다. 아마도 판단 가능할 만큼의 여유가 없었던 것이겠지요. 나는 겨드랑이 밑에서 흐르는 불쾌한 땀이 속옷으로 스며드는 것을 참으며 꼼짝 않고 있었습니다. K는 그사이 항상 그랬듯 무거운 입을 열어 띄엄띄엄 자신의 감정을 털어놓았습니다. 나는 고통스러워 견딜 수가 없었습니다. 아마도 그 고통은 커다란 광고문처럼 내 얼굴 위에 또렷한 글자로 새겨졌을 거라고 생각했습니다. 아무리 둔한 K라 하더라도 그런 것을 몰랐을 리 없지만, 그는 또 그대로 자기 일에 모든 정신을 집중하고 있었기 때문에 내 표정 같은 것에 주의할 겨를이 없었겠지요. 그의 고백은 처음부터 끝까지 같은 어조로 이어졌습니다. 무겁고 느린 대신 쉽게 바꿔 볼 수는 없을 것 같다는 느낌을 나한테 들게 했습니다. 내 마음은, 반은 그의 고백을 들으면서 반은 어떻게 하나, 어떻게 하나 하는 생각으로 끊임없이 뒤흔들리고 있었기에 자세한 내용은 거의 귀에 들어오지 않는 상태나 마찬가지였는데, 그래도 그가 입에 담은 말의 어조만은 강렬하게 가슴에 와 닿았습니다. 그 때문에 나는 앞에서 말한 고통뿐 아니라 가끔은 어떤 두려움마저 느끼게 되었던 것입니다. 즉 상대는 나보다 강하다고 하는 공포감이 싹트기 시작한 것입니다. K의 이야기가 대충 끝났을 때, 나는 아무 말도 할 수가 없었습니다. 이쪽도 그의 면전에 대고 같은 내용의 고백을 하는 게 좋을지, 그렇지 않으면 털어놓지 않고 있는 편이 유리할지 하는 식의 이해관계를 생각하면서 가만히 있었던 것은 아닙니다. 단지 아무 말도 할 수 없었던 것입니다. 또 말할 기분도 되지 않았던 것입니다.

점심때 K와 나는 자리를 잡고 마주 앉았습니다. 나는 하녀의 시중을 받으면서 평소와 달리 맛없는 식사를 끝냈습니다. 우리는 식사 중에도 거의 말을 하지 않았습니다. 아주머니와 아가씨는 언제 돌아오는 건지 알 수 없었습니다.

*

37

우리는 각자의 방으로 돌아가 얼굴을 마주하지 않았습니다. K 방의 정적은 아침나절과 마찬가지였습니다. 나도 꼼짝 않고 생각에 잠겨 있었습니다.

나는 당연히 내 마음을 K한테 털어놓아야 한다고 생각했습니다. 하지만 그러기에는 이미 시기를 놓쳤다는 생각이 들었습니다. 왜 아까 K의 말을 가로막고 역습을 하지 않았는지 싶었고, 크게 잘못한 일인 것처럼 생각되었습니다. 하다못해 K의 말에 이어 내 자신이 생각하는 것을 그대로 그 자리에서 말해 버렸다면 그래도 나았을걸 싶기도 했습니다. K의 고백이 일단락 지어진 지금에 와서 이쪽에서 또 똑같은 말을 꺼낸다는 것은 아무리 생각해도 우스운 일이었습니다. 나는 이 부자연스러움을 이겨 내는 방법을 몰랐던 것입니다. 머리가 회한에 휩싸여 소용돌이치는 느낌이었습니다.

K가 또다시 우리 방 사이에 있는 문을 열고 그쪽에서 돌진해 주었으면 좋겠다고 생각했습니다. 나로서는, 아까는 마치 갑작스러운 습격을 만난 거나 마찬가지였습니다. K를 맞을 준비가 아무것도 되어 있지 않았던 것입니다. 나는 오전에 잃은 것을 이번에는 되찾자는 속셈이 있었습니다. 그래서 가끔 눈을 들어 장지문을 바라보았습니다. 하지만 그 장지문은 언제까지고 열리지 않았습니다. 그리고 K는 언제까지고 조용했습니다.

그러는 동안 머리가 점점 어지러워지는 것 같았습니다. K가 지금 장지문 저쪽에서 무엇을 생각하고 있을까 하고 생각하면 신경이 쓰여 견딜 수 없는 것입니다. 보통 때도 이런 식으로 서로가 장지문 하나를 사이에 두고 묵묵히 있었지만, 보통 나는 K가 조용하면 조용할수록 그의 존재를 잊었으니 당시의 나는 평상시와는 상태가 크게 달랐다고 봐야 합니다. 그러면서도 나는 이쪽에서 나서서 문을 열 수가 없었습니다. 일단 말을 못 꺼내고 만 나는 그쪽에서 또 행동을 일으킬 시기를 기다릴 수밖에 없었습니다.

결국 나는 가만히 있을 수가 없었습니다. 무리해서 가만히 있자니 K의 방으로 뛰어 들어가고 싶어지는 것입니다. 할 수 없이 일어서서 툇마루 쪽으로 나갔습니다. 그리고 차 마시는 방으로 가서 이렇다 할 목적도 없이 찻주전자 물을 찻잔에 따라 한 잔 마셨습니다. 그리고 현관을 나왔습니다. 나는 일부러 K의 방 앞을 피하듯 하며 집을 나섰고, 문득 내 자신이 거리의 한복판에 있는 것을 발견했습니다. 물론 어디에 간다는 목적도 없었습니다. 단지 가만히 있을 수 없었을 뿐입니다. 그래서 방향도 상관하지 않고 설 연휴의 거리를 무작정 걸어 다녔던 것입니다. 아무리 걸어도 머릿속은 K의 일로 가득 차 있었습니다. K를 머리에서 사라지게 하기 위해서 걸어 다닌 것은 아니었습니다. 오히려 적극적으로 그의 모습을 반추하며 거리를 배회했습니다.

나한테는 우선 그가 이해하기 어려운 사람으로 보였습니다. 왜 그런 말을 나한테 갑자기 털어놓았는지, 또 왜 털어놓지 않으면 안 될 만큼 그의 사랑의 감정이 간절해졌는지, 그리고 평소의 그는 어디로 날아가 사라져 버렸는지, 모든 것이 알 수 없는 문제였습니다. 나는 그의 강인함을 알고 있었습니다. 또 그의 진지함을 알고 있었습니다. 나는 앞으로 내가 취할 태도를 결정하기 전에 그에게서 들어야 할 말이 많다고 믿었습니다. 동시에 앞으로 그를 상대할 일이 묘하게 거리껴지는 느낌이었습니다. 나는 정신없이 거리를 걸어 다니면서도 자신의 방에 꼼짝 않고 앉아 있을 그의 모습을 계속 눈앞에 그려 봤습니다. 그런 데다 아무리 걸어도 도저히 그를 변하게 만들 수는 없다는 목소리가 어딘가에서 들려오는 것입니다. 말하자면 나한테는 그가 그 어떤 마물같다는 생각이 들었기 때문이었겠지요. 나는 그로 말미암아 영원한 화를 입게 된 것이 아닐까 하는 생각까지 들었습니다. 지쳐서 집으로 돌아왔을 때, 그의 방은 여전히 사람이 없는 것처럼 조용했습니다.

*

38

집에 들어온 지 얼마 안 지나서 인력거 소리가 들렸습니다. 지금처럼 고무바퀴가 없었던 때라 찔걱거리는 불쾌한 소리가 꽤 멀리 떨어진 곳에서도 귀를 후벼 파고 들어옵니다. 인력거는 머지않아 문 앞에 멎었습니다.

저녁 식사를 하라는 소리를 들은 건 그 후 30분 정도 지나서였는데, 아주머니와 아가씨의 외출복이 그때까지 벗어 던져진 채 옆방을 난잡하게 어지럽히고 있었습니다. 두 사람은 식사 시간이 늦어지면 우리한테 미안해서 서둘러 돌아왔다고 했습니다. 하지만 아주머니의 친절은 K와 나에게 거의 효력이 없는 거나 마찬가지였습니다. 나는 식탁에 앉아서도 말을 아끼고 싶어 하는 사람처럼 퉁명스럽게 대꾸만 하고 있었습니다. K는 나보다도 더 말이 없었습니다. 모처럼 모녀가 함께 외출했던 참이라 두 여자의 기분이 평소보다 훨씬 밝았기 때문에 우리의 태도는 더더욱 두드러집니다. 아주머니는 나한테 무슨 일이 있었느냐고 물었습니다. 나는 몸이 조금 안 좋다고 대답했습니다. 실제로 나는 몸이 안 좋았습니다. 그러자 이번에는 아가씨가 K한테 같은 질문을 던졌습니다. K는 나처럼 몸이 안 좋다고는 대답하지 않았습니다. 단지 말을 하고 싶지 않아서라고 했습니다. 아가씨는 왜 말하고 싶지 않느냐고 추궁했습니다. 나는 그때 문득 무거운 눈꺼풀을 들어 K의 얼굴을 보았습니다. 나로서는 K가 뭐라고 대답할지 호기심이 일었던 것입니다. K의 입술은 언제나 그렇듯 조금 떨리고 있는 사람으로밖에 보이지 않았습니다. 아가씨는 웃으면서 또 무언가 난해한 문제를 생각하고 있는 거지요 하고 말했습니다. K의 얼굴은 약간 붉게 물들었습니다.

그날 밤 나는 평소보다 일찍 잠자리에 들었습니다. 내가 식사 때 몸이 안 좋다고 말한 일에 신경을 써서 아주머니는 10시쯤에 소바유(메밀가루를 뜨거운 물에 탄 음료-옮긴이)를 가져다 주었습니다. 하지만 내 방은 벌써 캄캄했습니다. 아주머니는 벌써 자나 보네 하며 장지문을 조금 열었습니다. 램프 불빛이 K의 책상에서 내 방으로 새어 들어왔습니다. K는 아직 자지 않고 있는 것으로 보였습니다. 아주머니는 머리맡에 앉아, 아마 감기에 걸린 걸 테니 몸을 따뜻하게 하는 게 좋다며 찻잔을 얼굴 옆에 내밀었습니다. 할 수 없이 아주머니가 보고 있는 앞에서 걸쭉한 소바유를 마셨습니다.

나는 밤늦게까지 어둠 속에서 생각했습니다. 물론 한 가지 문제를 이리저리 돌려 가며 생각할 뿐, 다른 아무런 효과도 없었습니다. 갑자기 K가 지금 옆방에서 무엇을 하고 있는지를 생각했습니다. 나는 반쯤은 무의식 속에서 K 하고 불러 봤습니다. 그러자 K도 대답을 했습니다. 역시 자지 않고 있었던 것입니다. 아직 안 자느냐고 거듭 물었습니다. 이번에는 K의 대답 소리가 없습니다. 그 대신 5~6분 지났다고 생각되었을 때,

벽장을 드르륵 열고 이불을 까는 소리가 손에 잡힐 듯이 들려왔습니다. 나는 몇 시냐고 또 물었습니다. K는 1시 20분이라고 대답했습니다. 얼마 지나자 램프를 훅 하고 끄는 소리가 나더니 온 집 안이 어둠의 적막 속으로 빠졌습니다.

하지만 내 눈은 어둠 속에서 더욱더 밝아집니다. 또 반쯤 무의식 상태에서 K 하고 불러 봤습니다. K도 이전과 같은 어투로 대답했습니다. 아침에 너한테서 들은 일에 대해 더 자세한 이야기를 하고 싶은데 어떠냐고, 결국 내 쪽에서 말을 꺼냈습니다.

물론 장지문 너머로 그런 이야기를 주고받을 생각은 없었지만, K의 대답만은 그 자리에서 들을 수 있다고 생각했습니다. 그런데 이번에 K는 아까 두 번 불렀을 때 두 번 그냥 대답한 것과 같은, 별다른 생각 없는 어투로 응하지 않았습니다. 글쎄 하는 낮은 목소리가 내키지 않아 한다는 것을 드러내고 있었습니다. 나는 움찔해지는 기분이었습니다.

*
39

다음 날도 그다음 날도 K의 태도에서는 건성으로 대응하고 있다는 것이 잘 드러나 보였습니다. 그는 그 문제에 대해 자진해서 말하려는 기색을 전혀 보이지 않았습니다. 또 그럴 기회도 없었습니다. 아주머니와 아가씨가 함께 집을 비우기라도 하지 않으면 우리는 차분하게 그런 일에 대해 대화를 나눌 수도 없었으니까요. 나는 그것을 잘 알고 있었습니다. 잘 알고 있었기 때문에 더 초조해졌습니다. 그 결과 처음엔 상대 쪽에서 오는 것을 기다릴 생각으로 몰래 준비하고 있던 내가, 기회가 있으면 내 쪽에서 이야기를 꺼내자고 결심하기에 이른 것입니다.

동시에 나는 눈에 띄지 않게 한집 사람들의 모습을 관찰해 보았습니다. 하지만 아주머니의 태도도 아가씨의 행동도 평소와 다를 바가 없었습니다. K의 고백 이전과 이후 그들의 행동에 이렇다 할 차이가 보이지 않는다면 그의 고백은 단순히 나에게 한정된 것이었을 뿐, 정작 중요한 당사자한테도 또 그 감독자라 할 수 있는 아주머니한테도 아직 전해지지 않았음이 분명했습니다. 그렇게 생각했을 때 나는 좀 안심했습니다. 그래서 무리하게 기회를 만들어 부자연스럽게 이야기를 꺼내는 것보다 자연스럽게 그 기회가 찾아오는 것을 놓치지 않도록 하는 편이 좋을 거라 생각하고 그 문제는 얼마 동안 그냥 덮어 두기로 했습니다.

이렇게 말해 버리면 아주 간단하게 들립니다만, 그렇게 마음이 변화되는 과정에는 바닷물의 간만과 마찬가지로 여러 가지 크고 작은 일들이 있었습니다. 나는 K가 행동에 나서지 않는 것을 보고 거기에 여러 가지 의미를 붙여 해석했습니다. 아주머니와 아가씨의 말과 행동을 관찰하며 두 사람의 마음이 과연 눈앞에 나타난 대로일까 하고 의심해 보기도 했습니다. 그리고 인간의 가슴속에 장치된 복잡한 기계가 시곗바늘처럼 명료하게 거짓 없이 문자판 위의 숫자를 가리킬 수 있는 것일까 생각했습니다. 말하자면 나는 같은 일을 이렇게도 생각하고 저렇게도 생각한 끝에 겨우 그런 결론에 안주한 것이라고 생각해 주십시오. 더 어렵게 얘기하려면 안주한다는 말 같은 건 이런 때 결코 써서는 안 되는 것인지도 모르겠습니다.

그러는 사이에 또 수업이 시작되었습니다. 우리는 시간이 같은 날은 함께 집을 나섰습니다. 상황이 허락하면 집에 돌아올 때도 함께 돌아왔습니다. 바깥에서 본 K와 나는 이전과 아무것도 달라진 것 없이 친했던 것입니다. 하지만 마음속은 각기 따로 놀고 있었음에 틀림없습니다. 어느 날 나는 불쑥 길거리에서 K한테 질문 공세를 폈습니다. 첫 번째로 물어본 것은 얼마 전의 고백이 나만 대상으로 한 것인지, 아니면 아주머니나 아가씨한테도 했는지 하는 점이었습니다. 내가 앞으로 취해야 할 태도는 이 물음에 관한 그의 대답에 따라 정하지 않으면 안 된다고 생각한 것입니다. 그러자 그는 다른 사람한테는 아직 아무한테도 털어놓지 않았다고 분명히 말했습니다. 상황이 내 추측대로여서 내심 기뻤습니다. 나는 K가 나보다 배짱이 있다는 것을 잘 알고 있었습니다. 그의 대담성에 이겨낼 수 없다고도 생각했습니다. 하지만 한편으로는 근거없이 그를 믿고 있었습니다. 학비 일로 양가를 3년 동안이나 속였던 그였지만, 그에 대한 신뢰는 조금도 손상되지 않았습니다. 그 일 때문에 오히려 그를 신뢰하기 시작했을 정도입니다. 그렇기 때문에 아무리 남을 잘 의심하는 나였어도 분명한 그의 대답을 부정하는 생각은 생길 수 없었던 것입니다.

나는 또 그에게 그의 사랑의 감정을 어떻게 처리할 거냐고 물어봤습니다. 그것이 단순한 고백에 지나지 않는 건지, 또는 그 고백에 대해 현실적 효과를 거둘 생각인지를 물은 것입니다. 그런데 그는 그 대목이 되자 아무 대답도 하지 않았습니다. 잠자코 밑을 내려보고 걷기 시작했을 뿐입니다. 나는 그한테 숨기지 말고 생각한 대로 모두 이야기해 달라고 부탁했습니다. 그는 나한테 감출 필요는 없다고 분명히 대답했습니다. 하지만 내가 알려고 하는 점에 대해서는 한마디 대답도 하지 않았습니다. 나도 길거리에서 일부러 멈춰 서면서 추궁할 수는 없었습니다. 그러다 보니 결국 이야기는 그걸로 끝나고 말았습니다.

*

40

어느 날 나는 오랜만에 학교 도서관에 들어갔습니다. 넓은 책상 한구석에서 창으로 비쳐 들어오는 빛을 상반신에 받으면서, 새로 도착한 외국 잡지를 이리저리 뒤적이고 있었습니다. 담당 교수에게 다음 주까지 전공 학과에 관한 어떤 사항을 조사해 오라는 지시를 받았기 때문입니다. 하지만 필요한 사항이 좀처럼 발견되지 않아서 두세 번씩 잡지를 빌려야 했습니다. 나는 겨우 필요한 논문을 찾아내어 열심히 그것을 읽기 시작했습니다. 그때 갑자기 넓은 책상 맞은편에서 작은 소리로 나를 부르는 목소리가 들렸습니다. 문득 눈을 들어 그곳에 서 있는 K를 보았습니다. K는 상반신을 책상 위에 구부리 듯 하면서 얼굴을 나한테 가까이 들이댔습니다. 당신도 알다시피 도서관에서는 딴 사람한테 방해되는 큰 목소리로 이야기할 수 없기 때문에 K의 이 동작은 누구나 하는 보통 동작이었지만, 이때만큼은 좀 이상한 기분이 들었습니다.

K는 낮은 소리로 공부하느냐고 물었습니다. 나는 조사할 것이 좀 있다고 대답했습니다. 그래도 K는 아직 얼굴을 치우지 않았습니다. 역시 낮은 목소리로 함께 산책을 하자는 것이었습니다. 나는 좀 기다려 주면 나가도 좋다고 대답했습니다. 그는 기다리고 있겠다고 말하고 곧 내 자리 맞은편의 빈자리에 앉았습니다. 그러자 나는 정신이 산만해져 갑자기 잡지를 읽을 수 없게 되었습니다. 어쩐지 K의 가슴에 무슨 생각이 있어서 담판이라도 하러 온 것처럼 생각되었던 것입니다. 할 수 없이 나는 읽기 시작한 잡지를 덮어 놓고 일어서려 했습니다. K는 벌써 끝났느냐고 천연덕스럽게 물었습니다. 나는 아무래도 상관없다고 대답하고는 잡지를 반납하고 나서 K와 함께 도서관을 나섰습니다.

우리는 특별히 갈 곳도 없어서 다쓰오카초에서 이케노하타로 빠져나와 우에노 공원 안으로 들어갔습니다. 그때 그는 돌연 그 일에 대해 말을 꺼냈습니다. 앞뒤 상황을 종합해서 생각해 보면 K는 그 때문에 일부러 나를 산책하자고 끌어낸 모양이었습니다. 하지만 그의 태도는 아직 전혀 현실로 진전되지 않은 상태였습니다. 그는 나를 향해 그냥 막연하게, 어떻게 생각하느냐고 물었습니다. 어떻게 생각하느냐는 것은 그런 식으로 사랑에 빠진 그를 내가 어떤 눈으로 바라보느냐는 이야기였습니다. 한마디로 말해 그는 현재의 자신에 대한 나의 평가를 듣고 싶어 하는 것 같았습니다. 그 점에서 나는 그가 평소와 다르다는 것을 분명히 확인할 수 있다고 생각했습니다. 자꾸만 되풀이하는 것 같지만, 그의 천성은 남이 어떻게 생각하는지 신경 쓸 정도로 나약한 성품이 아니었습니다. 이렇다고 믿으면 혼자서 어디까지라도 나아갈 만큼 배짱도 용기도 있는 사람이었던 것입니다. 양가 사건으로 그런 특징을 가슴 깊이 새겨 두게 된 내가 이건 뭔가 좀 다르다고 분명히 의식한 것은 당연한 일이었던 것입니다.

K를 향해 이런 상황에서 왜 내 의견이 필요하냐고 물었을 때, 그는 평소와 달리 풀이 죽어 자신이 약한 인간이라는 것이 사실 부끄럽다고 말했습니다. 그리고 어떻게 해야 좋을지 자신을 알 수 없게 되었기 때문에 나한테 공정한 의견을 구하는 수밖에 없다고 했습니다. 나는 틈을 주지 않고, 어떻게 한다는 건 무슨 뜻이냐고 물었습니다. 그러자 그의 말이 거기서 갑자기 막혔습니다. 그는 단지 괴롭다고 말했을 뿐이었습니다. 실제로 그의 표정에는 괴로운 듯한 빛이 역력했습니다. 만약 상대가 아가씨가 아니었다면 나는 얼마나 그가 마음 편해질 수 있을 대답을 그 초췌한 얼굴에 자비로운 비를 내리듯 내려 줄 수 있었을까요. 나는 그런 정도의 아름다운 동정심은 갖고 태

어난 인간이라고 스스로 생각하고 있습니다. 하지만 그때의
나는 달랐습니다.

*

41

나는 마치 낯선 상대와 시합이라도 하는 사람처럼 K를 주
의해서 보고 있었습니다. 나는 내 눈, 내 마음, 내 몸, 나라고
이름 붙은 모든 것을 한 치의 틈도 없도록 준비하고 K에게 맞
선 것입니다. 죄 없는 K는 빈틈투성이라기보다 오히려 열어젖
혔다고 하는 편이 좋을 만큼 무방비한 상태였습니다. 나는 K
자신의 손에서 그가 보관하고 있는 요새의 지도를 받아 그의
눈앞에서 천천히 바라볼 수 있었던 거나 마찬가지였습니다. K
가 현실과 이상 사이에서 방황하며 휘청거리고 있는 것을 본
나는 단칼에 그를 넘어뜨릴 수 있을 것이라는 점만 노렸습니
다. 그리고 금방 그의 허점을 찌르려 달려든 것입니다. 나는
그를 향해 돌연 엄숙한 태도를 취하고 정색을 했습니다. 물론
그것은 계략에서 나온 것이었지만, 그 태도에 버금가는 긴장
된 기분도 있었기 때문에 자신이 우습다거나 부끄럽다는 식
으로 느낄 여유는 없었습니다. 나는 우선 "정신적인 향상심이

없는 사람은 바보다."라고 호언했습니다. 이것은 우리가 보슈 여행을 할 때 K가 나를 향해 한 말입니다. 나는 그가 말한 것을 그와 똑같은 어조로 또다시 그를 향해 되던진 것입니다. 하지만 결코 복수가 아닙니다. 복수 이상으로 잔혹한 의미를 포함해 말했다는 것을 고백합니다. 그 한마디로써 K가 앞에 놓인 사랑으로 나아가는 길을 막으려 한 것입니다.

K는 진종사에서 태어난 사람이었습니다. 하지만 그의 성향은 중학교 때부터 결코 본가의 종교 취지에 가까운 것은 아니었습니다. 교리가 어떻게 구분되는지 잘 알지 못하는 내가 이런 말을 할 자격이 없다는 건 잘 알고 있었지만, 나는 그저 남녀 문제가 관계되는 점에서만 그렇게 인정하고 싶었던 것입니다. K는 옛날부터 정진이라는 말을 좋아했습니다. 나는 그 말 속에 금욕이라는 의미도 스며 있을 거라고 해석하고 있었습니다. 하지만 나중에 실제로 들어 보니 그보다도 더욱 엄격한 의미가 포함되어 있었기 때문에 놀랐습니다. 길을 위해서는 모든 것을 희생해야 한다는 것이 그의 첫 번째 신조였기 때문에 욕망 조절이나 금욕은 당연하며 설사 욕망을 떠난 사랑이라 해도 도에는 방해가 되는 것입니다. K가 스스로의 힘으로 생활하고 있을 때, 곧잘 그에게서 그런 주장을 들었습니다. 그 무렵부터 아가씨를 좋아했던 나는 그러다 보니 어쩔 수

313

없이 그에게 반론을 제기해야 했습니다. 그래서 내가 반대하면 그는 언제든 딱하다는 얼굴을 했습니다. 그 얼굴에는 동정보다 경멸이 더 드러나 있었습니다.

우리는 이런 과거를 지나왔기 때문에 정신적으로 향상심이 없는 사람은 바보라고 하는 말은 K에게 아픈 말이었음에 틀림없습니다. 하지만 앞에서도 말했듯이, 나는 그가 모처럼 쌓아 온 과거를 이 한마디로 발길질해 버리는 거라고는 생각지 않았습니다. 오히려 그 과거를 지금까지처럼 쌓아 나가도록 한 것입니다. 그것이 도에 도달하는 길이건 천국에 도달하는 길이건 그런 것은 상관없었습니다. 나는 단지 K가 생활의 방향을 바꾸어 내 이해관계와 충돌할 것을 두려워한 것입니다. 말하자면 내 말은 단순히 이기심의 발로에 의한 것이었습니다.

"정신적인 향상심이 없는 사람은 바보다."

나는 같은 말을 두 번 되풀이했습니다. 그리고 그 말이 K한테 어떻게 영향을 미치는지를 바라보고 있었습니다.

"바보다." 하고 조금 지나서 K가 대답했습니다. "나는 바보다."

K는 못 박힌 듯 그 자리에 선 채 움직일 줄 모릅니다. 그는 땅을 내려다보고 서있습니다. 나는 나도 모르게 흠칫했습니

다. 나한테는 그 순간 K가 궁지에 몰려 무턱대고 덤벼들 강도
처럼 느껴진 것입니다. 하지만 그런 것치고는 그의 목소리가
옆에서 보기에도 힘이 없다는 사실에 생각이 미쳤습니다. 나
는 그의 눈빛을 참고로 하고 싶었지만, 그는 끝내 나의 얼굴
을 보지 않았습니다. 그러고는 느릿느릿 걸음을 떼기 시작했
습니다.

*

42

　나는 K와 나란히 서서 발걸음을 옮기면서 그의 입에서 나
올 다음 말을 마음속으로 남몰래 기다리고 있었습니다. 어쩌
면 숨어서 기다렸다고 하는 편이 더 알맞을지도 모릅니다. 그
때의 나는 K를 설사 속임수를 써서 내리치는 거라도 상관없
다고 생각했던 것입니다. 하지만 나한테도 어느 정도 양심은
있었기 때문에 만약 누군가 내 옆에 와서 너는 비겁하다고 한
마디 속삭여 주는 사람이 있었다면 그 순간 깜짝 놀라 정신을
차렸을지도 모릅니다. 만약 그 사람이 K였다면 나는 아마 그
의 앞에서 얼굴을 붉혔겠지요. 다만 K는 나를 책망하기에는
너무나 사람이 좋았습니다. 너무나 단순했습니다. 너무나도

선량한 인품을 갖고 있었습니다. 사랑에 눈이 어두워진 나는 그런 점에 경의를 표하는 것은 잊은 채 오히려 그 점을 노리고 들었습니다. 그 점을 이용해서 그를 넘어뜨리려고 한 것입니다. 얼마쯤 지나자 K는 내 이름을 부르며 나를 돌아보았습니다. 이번에는 내 쪽에서 자연히 발길을 멈추었습니다. 그러자 K도 멈춰 섰습니다. 나는 그제야 K의 눈을 똑바로 볼 수가 있었습니다. K는 나보다 키가 컸고 그러다 보니 나는 그의 얼굴을 올려다보지 않으면 안 되었습니다. 나는 그런 자세로 늑대같은 마음으로 죄 없는 양을 공격한 것입니다.

"이제 그 이야기는 그만두자."라고 그가 말했습니다. 그의 눈에도 그의 말에도 묘하게 비통한 빛이 보였습니다. 뭐라고 대꾸할 수가 없었습니다. 그러자 K는 "그만둬 달라고." 하고 이번에는 부탁하듯 고쳐 말했습니다. 나는 그때 잔혹한 대답을 했습니다. 늑대가 틈을 노리다 양의 목덜미를 덥석 물어 뜯는 것처럼.

"그만둬 달라니, 내가 꺼낸 이야기가 아니라고. 원래 네가 꺼낸 이야기잖아. 네가 그만두고 싶다면 그래도 상관없지만, 그냥 입으로만 그만둬 봐야 소용없지. 네 마음에서 그만둘 정도의 각오가 없으면 말이야. 도대체 너는 네 평소의 주장을 어떻게 할 작정이냐?"

내가 이렇게 말했을 때, 키가 큰 그는 내 앞에서 저절로 위축되어 작아진 느낌이 들었습니다. 언제나 말해 온 것처럼 그는 대단히 고집 센 사람이었지만, 한편으로는 또 보통 사람보다 훨씬 사람이 좋았기 때문에 자신의 모순을 강력히 비난받으면 결코 태연하게 있을 수 없는 성격이었습니다. 나는 그의 모습을 보고 겨우 안심했습니다. 그런데 그가 갑자기 "각오?" 하고 물었습니다. 그리고 내가 아직 아무 대답도 하지 않고 있을 때 "각오…… 각오라면 없지도 않지."라고 덧붙였습니다. 그의 어투는 혼잣말 같았습니다. 또 꿈속에서 하는 말 같기도 했습니다.

우리는 그것으로 이야기를 끝내고 고이시카와에 있는 숙소를 향해 발길을 돌렸습니다. 비교적 바람이 없는 따뜻한 날이었지만, 그래도 겨울은 겨울이어서 공원 안은 쓸쓸한 분위기였습니다. 특히 서리를 맞아 푸른빛을 잃은 삼나무 숲의 다갈색이 어두컴컴한 하늘 아래 가지를 뻗으며 높다랗게 서 있는 것을 돌아보았을 때는 추위가 등뼈를 파고드는 듯한 느낌이었습니다. 우리는 어스름이 깔린 혼고다이를 서둘러 성큼성큼 지나쳐 다시 맞은편에 보이는 언덕으로 올라가려고 고이시카와의 언덕 밑으로 내려갔습니다. 그 무렵에야 겨우 외투 아래로 나의 체온을 느끼기 시작했습니다.

서두른 탓이기도 했지만, 우리는 귀가 도중 거의 말을 하지 않았습니다. 집으로 돌아와 식탁에 마주 앉았을 때, 아주머니는 왜 늦었느냐고 물었습니다. 나는 K가 가자고 해서 우에노에 갔었다고 말했습니다. 아주머니는 이렇게 추운데 하면서 놀란 얼굴을 해 보였습니다. 아가씨는 우에노에 무엇이 있었느냐고 물어보고 싶어했습니다. 나는 아무것도 없지만 그냥 산책한 거라는 대답만 해 두었습니다. 평소부터 말이 없는 K는 보통 때보다 더욱 입이 무거웠습니다. 아주머니가 말을 걸어도 아가씨가 웃어도 대꾸조차 제대로 하지 않았습니다. 그러고 나서 밥을 마구 삼키듯이 입에 넣고는 내가 아직 자리를 뜨기도 전에 자기 방으로 돌아갔습니다.

＊

43

그 무렵은 각성이라거나 새로운 생활이라는 단어가 아직 없던 시대였습니다. 하지만 K가 낡은 자신을 훌훌 벗어던지고 오로지 새로운 방향으로 달리지 않았던 것은 그에게 현대인다운 사고방식이 부족했기 때문은 아닙니다. 그에게는 내팽개칠 수 없을 만큼 소중한 과거가 있었기 때문입니다. 그는 여태까지 그것을 위해서 살아왔다고 말해도 좋을 정도입니다. 그렇기 때문에 K가 사랑의 대상을 향해 똑바로 돌진하지 않는다고 해서 그의 사랑의 감정이 미온적이었다고 말할 수는 없습니다. 아무리 열렬한 감정이 불타고 있다 해도 그는 무작정 행동하지 못하는 것입니다. 앞뒤 생각을 못 할 만큼의 충동이 생길 기회를 그에게 주지 않는 이상 K는 역시 잠깐 멈춰 서서 자신의 과거를 돌이켜보지 않으면 안 되었던 것입니다. 그렇게 되면 지금까지처럼 과거에 지향하던 길을 걸어 나가지 않으면 안 되게 됩니다. 그런 데다 그에게는 현대인이 갖고 있지 않은 고집과 참을성이 있었습니다. 나는 이 양쪽 면에서 그의 마음을 잘 꿰뚫어 보고 있었다고 생각합니다.

우에노에서 돌아온 날 밤은 나로서는 비교적 차분해질 수 있는 밤이었습니다. 나는 K가 방으로 들어간 다음 뒤쫓아 들어가 그의 책상 옆에 자리를 차지하고 앉았습니다. 그리고 일부러 이런저런 세상사 이야기를 늘어놓았습니다. 그는 싫어하는 것 같았습니다. 내 눈은 얼마간 승리의 빛을 띠고 있었겠지요. 내 목소리에는 분명히 어떤 득의만연한 기색이 있었습니다. 나는 얼마 동안 K와 함께 화롯불에 손을 쬐고 나서 내 방으로 돌아왔습니다. 다른 일에서는 무엇을 해도 K를 당해 내지 못했던 나도 그때만큼은 그에 대해 무서울 것 없다는 생각을 가졌던 것입니다.

나는 얼마가 지난 후 편안하게 잠들었습니다. 그런데 갑자기 내 이름을 부르는 소리가 나서 눈을 떴습니다. 보니까 K와 내 방 사이의 장지문이 60센티미터 정도 열려 있고 그곳에 K의 검은 그림자가 서 있었습니다. 그리고 그의 방에는 저녁나절처럼 아직 램프가 켜져 있었습니다. 갑자기 바뀐 세계 앞에서 나는 잠시 동안 입을 열지도 못하고 멍하니 그 광경을 바라보고 있었습니다.

그때 K는 벌써 자느냐고 물었습니다. K는 늘 늦게까지 안 자는 사람이었습니다. 나는 검은 그림자 같은 K를 향해 무슨 일이냐고 물었습니다. K는 별다른 일은 아니다, 그냥 벌써 자는가 싶어 화장실에 갔다 오는 길에 물어봤을 뿐이라고 대답했습니다. K는 램프 불빛을 등에 가득 받고 있었기 때문에 나로서는 그의 얼굴빛이나 눈빛은 전혀 알 수 없었습니다. 하지만 그의 목소리는 보통 때보다도 오히려 차분했습니다.

K는 곧이어 열었던 장지문을 꼭 닫았습니다. 내 방은 곧 원래의 어둠으로 되돌아왔습니다. 나는 그 어둠 속에서 조용한 꿈을 꾸기 위해 눈을 또 감았습니다. 나는 그 이상은 아무것도 모릅니다. 하지만 다음 날이 되어 어젯밤의 일을 생각해 보니 어쩐지 이상한 느낌이었습니다. 어쩌면 모든 것이 꿈이 아니

었나 싶었습니다. 그래서 식사 때 K한테 물었습니다. K는 분명히 장지문을 열고 내 이름을 불렀다는 것이었습니다. 왜 그랬느냐고 하니까 별다른 뚜렷한 대답을 하지 않았습니다. 맥이 빠질 때쯤 되었을 때, 요즘 깊은 잠을 자느냐고 도리어 그가 묻는 것이었습니다. 나는 뭔가 이상하다고 느꼈습니다.

그날은 마침 같은 시간에 강의가 시작되는 날이었기 때문에 우리는 잠시 후에 함께 집을 나섰습니다. 아침부터 어젯밤 일에 신경이 쓰이던 나는 길을 걷다가 또 K를 추궁했습니다. 하지만 K는 역시 나를 만족시키는 대답은 하지 않았습니다. 나는 그 사건에 대해 무언가 이야기할 생각은 아니었느냐고 슬쩍 물어보았습니다. K는 그렇지 않다고 강한 어조로 대답했습니다. 어제 우에노에서 "그 이야기는 그만두자."라고 말하지 않았느냐고 힐책하는 것처럼 들리기도 했습니다. K는 그런 점에서 예민한 자존심을 가진 사람이었습니다. 불현듯 거기에 생각이 미친 나는 그가 말한 '각오'라는 말을 생각해 보았습니다. 그러자 지금까지 전혀 신경이 쓰이지 않았던 그 두 글자가 이상한 힘으로 내 머리를 짓누르기 시작했습니다.

　K가 맺고 끊는 게 분명한 성격이라는 것은 나도 잘 알고 있었습니다. 그가 이 일에 관해서 유독 우유부단한 이유도 충분히 납득할 수 있었습니다. 즉 나는 그의 기본 성격을 잘 납득한 상태에서 예외의 경우를 잘 파악하고 있다고 생각하고 의기양양했던 것입니다. 그런데 '각오'라는 그의 말을 머릿속에서 몇 번이고 반추하는 사이에 그런 내 기분은 점점 힘을 잃더니 결국은 근본적으로 흔들리게 되었습니다. 나는 이 경우도 어쩌면 그한테 예외일지 모르겠다고 생각하게 된 것입니다. 모든 의혹과 번민과 고뇌를 한꺼번에 해결하는 마지막 수단을 K가 가슴속에 접어 두고 있는 것은 아닐까 하고 의심하기 시작한 것입니다. 그런 새로운 광선으로 각오라는 두 글자를 다시 바라본 나는 흠칫 놀랐습니다. 그때의 내가 만약 이 놀라움으로써 다시 한 번 그가 입에 올린 각오라는 말의 내용을 한쪽으로 치우치지 않도록 생각해 보았다면 그래도 괜찮았을지 모릅니다. 슬프게도 나는 애꾸였습니다. 오로지 사랑을 성취하는 방향으로 발휘되는 것이 이른바 그의 각오일 거라고 생각하고 만 것입니다.

나는 마음속에서 나에게도 마지막 결단이 필요하다는 목소리를 들었습니다. 곧 그 목소리에 응해서 있는 힘을 끌어모아 용기를 냈습니다. 나는 K보다 먼저, 그것도 K가 모르는 사이에 일을 진행하지 않으면 안 된다고 각오했습니다. 나는 잠자코 기회를 노리고 있었습니다. 그러나 이틀이 지나도 사흘이 지나도 나는 그 기회를 포착할 수 없었습니다. 나는 K가 없을 때, 또 아가씨가 없을 때를 기다렸다가 아주머니와 담판을 짓자고 생각했습니다. 하지만 한쪽이 없으면 다른 한쪽이 방해하는 식의 날들만 이어졌고 아무리 해도 '지금이다' 싶은 좋은 상황이 와 주지 않았습니다. 나는 초조해지기 시작했습니다.

일주일 후, 나는 드디어 참지 못하고 꾀병을 앓았습니다. 아주머니와 아가씨 그리고 K한테서도 일어나라는 재촉을 받았지만, 건성으로 대답했을 뿐 10시쯤까지 이불을 뒤집어쓰고 누워 있었습니다. 그리고 K도 아가씨도 나가고 집 안이 조용해졌을 무렵을 틈타 이불 속에서 나왔습니다. 내 얼굴을 본 아주머니는 곧 어디가 아프냐고 물었습니다. 음식은 머리맡까지 갖다 줄 테니까 더 누워 있는 것이 좋을 거라고 충고해 주기도 했습니다. 몸에 이상이 없는 나로서는 누울 기분이 전혀 아니었습니다. 세수를 하고 늘 그랬듯 차 마시는 방에서 식사를 했습니다. 그때 아주머니는 화로 맞은편에 앉아 시중을 들어 주었습니다. 나는 아침 식사인지 점심 식사인지 분명치 않은 밥그릇을 손에 든 채 어떤 식으로 말을 꺼내면 좋을지만 고심하고 있었기 때문에 겉으로 보기에는 실제로 몸이 안 좋은 병자처럼 보였을 거라고 생각합니다. 나는 식사를 끝내고 담배를 피우기 시작했습니다. 내가 일어서지 않기 때문에 아주머니도 화로 옆을 떠날 수가 없었습니다. 하녀를 불러 밥상을 치우게 한 다음 찻주전자에 물을 따르거나 화로 주위를 닦거나 하면서 내 태도에 맞춰 주고 있었습니다. 나는 아주머니한테 특별한 일이라도 있느냐고 물었습니다. 아주머니는 아니라고 대답했는데, 이번에는 아주머니 쪽에서 무슨 일이냐고 되물었습니다. 나는 실은 좀 이야기하고 싶은 일이 있다고 말했습니다. 아주머니는 무엇이냐면서 내 얼굴을 보았습니다. 아주머니의 태도는 내 기분과 전혀 맞지 않게 가벼워서 말을 꺼내기가 좀 망설여졌습니다.

할 수 없이 말을 이리저리 돌린 끝에 K가 최근에 무슨 말을 하지 않았느냐고 아주머니한테 물어봤습니다. 아주머니는 생각지도 못했다는 얼굴로 "뭘요?" 하고 또 되물었습니다. 그리고 내가 대답하기 전에 "학생한테는 무슨 말을 했나요?" 하고 거꾸로 묻는 것이었습니다.

*

45

K한테서 들은 고백을 아주머니한테 전할 생각이 없었던 나는 "아뇨." 하고 말해 버렸습니다. 하지만 곧 거짓말한 것이 싫어졌습니다. 할 수 없이, K에게 특별히 부탁받은 건 아니었기 때문에, K에 관한 용건은 아니라고 다시 말했습니다. 아주머니는 "그래요?" 하면서 다음 말을 기다리고 있었습니다. 나는 어떻게든 말을 꺼내지 않으면 안 되었습니다. 나는 돌연 "아주머니, 따님을 저한테 주십시오." 하고 말했습니다. 아주머니는 예상했던 것만큼 놀라는 모습은 아니었지만, 그래도 한동안 대답할 수 없었는지 잠자코 내 얼굴을 바라보고 있었습니다. 한번 말을 꺼낸 나로서는 아무리 아주머니가 얼굴을 본다고 해도 그런데에 신경 쓰고 있을 수는 없었습니다. "주십시오, 제발 주십시오." 하고 말했습니다. "저의 아내로 꼭 주십시오." 하고 말했습니다. 아주머니는 연륜이 있는 만큼 나보다 훨씬 침착했습니다. "드려도 좋지만, 너무 갑작스러운 이야기 아닌가요?" 하고 묻는 것이었습니다. 내가 "갑자기 결혼하고 싶어졌습니다." 하고 곧바로 말하자 아주머니는 웃었습니다. 그러고는 "잘 생각한 일인가요?" 하고 다짐을 놓

는 것이었습니다. 나는 말을 꺼낸 것은 갑작스럽지만 생각한 것은 갑작스러운 일이 아니라고 강한 어조로 설명했습니다. 그리고 나서 두세 문답이 더 있었지만, 나는 그 말들을 잊어버렸습니다. 남자처럼 시원스러운 구석이 있는 아주머니는 이런 경우에는 보통 때와 달리 아주 기분 좋게 이야기가 통하는 사람이었습니다. "좋습니다. 드리지요." 하고 말했습니다. "드리겠다는 둥, 잘난 척 말할 처지도 못 됩니다. 우리 아이를 받아주세요. 아시다시피 아비 없는 불쌍한 아이입니다." 하고 나중에는 아주머니 쪽에서 부탁을 했습니다.

이야기는 간단하고도 명료하게 끝나 버렸습니다. 처음부터 마지막까지 아마 15분도 안 걸렸겠지요. 아주머니는 아무런 조건도 말하지 않았습니다. 친척한테 상의할 필요도 없다, 나중에 말하기만 하면 그걸로 충분하다고 말했습니다. 본인의 생각조차 확인할 필요가 없다고 단언했습니다. 그런 점에서는 공부를 한 내 쪽이 오히려 형식에 신경 쓰고 있는 것 같다는 생각이 들었을 정도입니다. 친척이야 어떻든 간에 본인에게는 미리 이야기해서 승낙을 얻는 게 순서일 거라고 내가 지적하자 아주머니는 "괜찮습니다. 본인이 싫다고 하는 사람한테 내가 그 애를 시집보낼 리 없으니까요." 하고 말했습니다. 방으로 돌아온 나는 일이 너무나도 쉽게 진행된 것을 생각하니 오히려 이상한 기분이 들었습니다. 과연 괜찮을까 하는 의혹마저 어딘가에서 머리를 파고들었을 정도입니다. 하지만 대체로 내 미래의 운명은 이것으로 정해진 거라는 생각이 나의 모든 것을 새롭게 만들었습니다.

낮에 또 차 마시는 방으로 나가, 오늘 아침 이야기를 언제 아가씨한테 전할 생각이냐고 아주머니한테 물었습니다. 아주머니는 자신만 알고 있으면 언제 이야기해도 상관없을 거라는 식으로 말했습니다. 이렇게 되면 어쩐지 나보다도 상대방이 남자 같아 나는 그냥 일어서려고 했습니다. 그러자 아주머니가 나를 불러 세우더니 만약 빠른 편을 원한다면 오늘이라도 좋다, 꽃꽂이 강습에서 돌아오면 바로 이야기하겠다는 것이었습니다. 나는 그렇게 해 주시는 편이 나로서는 좋겠다고 대답하고 다시 내 방으로 돌아왔습니다. 하지만 가만히 내 방 책상 앞에 앉아 두 사람이 속삭이며 이야기하는 것을 멀리서 듣는 나를 상상해 보니 어쩐지 차분히 앉아 있을 수 없겠다는 생각도 들었습니다. 결국 모자를 쓰고 바깥으로 나왔습니다. 그리고 또 언덕 아래서 아가씨와 스쳐 지났습니다. 아무것도 모르는 아가씨는 나를 보고 놀란 듯했습니다. 모자를 벗고 "이제 오십니까?" 하고 묻자 아가씨는 벌써 병이 다 나았느냐고 이상한 듯 물었습니다. 나는 "네, 나았습니다, 나았습니다."

라고 대답하고 큰 걸음으로 스이도바시 쪽을 향해 모퉁이 쪽
으로 길을 돌아 버렸습니다.

*

46

나는 사루가쿠초에서 진보초 거리로 나와 고이시카와 쪽
으로 돌았습니다. 이 근방을 걷는 것은 언제나 헌책방을 기웃
거리는 것이 목적이었는데, 그날은 손때 묻은 책 따위를 바라
볼 생각이 전혀 나지 않았습니다. 나는 걸으면서 끊임없이 집
일을 생각하고 있었습니다. 우선 앞서의 아주머니에 대해 생
각했습니다. 그리고 아가씨가 집으로 돌아온 이후에 대해 상
상했습니다. 그러니까 나는 이 두 가지 생각에 사로잡혀 걷고
있던 거나 마찬가지입니다. 그러면서 가끔 길 한가운데서 문
득 멈춰 섰습니다. 그리고 지금쯤 아주머니가 아가씨한테 그
이야기를 하고 있겠지 하고 생각했습니다. 또 어느 때는 이미
이야기가 끝났을 무렵이라고 생각했습니다.
　드디어 만세바시를 건너 묘진 고개를 올라가 혼고다이로
온 후, 또다시 기쿠자카를 내려와 마지막으로 고이시카와의
언덕 아래로 내려갔습니다. 내가 걸은 거리는 세 구(區)에 걸

쳐 타원형을 그리고 있다고 할 수 있었는데, 이 긴 산책을 하는 동안 나는 K를 거의 생각하지 않았습니다. 지금 그때의 나를 돌이켜보며 왜냐고 물어도 전혀 알 수가 없습니다. 단지 이상하다고 생각될 뿐입니다. 내 마음이 K를 잊을 만큼 한 방면으로 긴장되어 있었다고 생각하면 그뿐입니다만, 그렇다고 내 양심이 그것을 용서할 수 있는 것은 아니었으니까요.

K에 대한 내 양심이 부활한 것은 대문을 열고 현관에서 내 방으로 지나갈 때, 그러니까 평소처럼 그의 방을 지나려던 순간이었습니다. 그는 평소대로 책상을 향해 앉아서 책을 보고 있었습니다. 또 평소대로 책에서 눈을 들어 나를 보았습니다. 하지만 그는 평소처럼 이제 왔느냐고 말하지는 않았습니다. 그는 "병은 이제 괜찮냐, 병원에라도 갔었냐?" 하고 물었습니다. 그 순간, 나는 K 앞에 무릎을 꿇고 빌고 싶어졌습니다. 더구나 내가 그때 받은 충동은 결코 약한 것이 아니었습니다. 만약 K와 나, 단 두 사람만이 벌판 한가운데 서 있었다면 나는 분명히 양심의 명령에 따라 그 자리에서 그에게 사죄했으리라고 생각합니다. 하지만 안쪽에는 사람이 있었습니다. 내 자연스러운 감정은 금세 거기서 묶이고 말았습니다. 그리고 슬프게도 영구히 부활하지 않았던 것입니다.

저녁 식사 때 K와 나는 다시 얼굴을 마주했습니다. 아무것도 모르는 K는 그저 침울할 뿐, 조금도 나에게 의혹의 눈초리를 보내지 않았습니다. 아무것도 모르는 아주머니는 평소보다 즐거워 보였습니다. 나만은 모든 것을 알고 있었습니다. 나는 납덩이같은 저녁밥을 먹었습니다. 그때 아가씨는 평소처럼 함께 식탁 앞에 앉지 않았습니다. 아주머니가 재촉하자 "금방 갈게요." 하고 옆방에서 대답할 뿐이었습니다. K는 이상하다는 듯 듣고 있었습니다. 종국에는 어찌 된 일이냐고 아주머니한테 물었습니다. 아주머니는 아마도 부끄러워서 그럴 거라면서 잠깐 내 얼굴을 봤습니다. K는 더욱 이상하다는 듯 왜 부끄럽냐고 더 물어보려 했습니다. 아주머니는 미소를 지으며 내 얼굴을 볼 뿐이었습니다.

나는 식탁 앞에 앉은 시각부터 아주머니의 얼굴 표정으로 일의 진행 상황을 대략 추정하고 있었습니다. 하지만 K한테 설명해 주기 위해 내 앞에서 그 일을 전부 이야기하는 건 견딜 수 없다고 생각했습니다. 아주머니는 또 그 정도의 일을 아무렇지도 않게 하는 사람이었기 때문에 나는 식은땀을 흘렸습니다. 다행히 K는 다시 원래의 침묵으로 돌아갔습니다. 평소보다 다소 기분이 좋았던 아주머니도 드디어 내가 두려워했던 점까지는 이야기를 진전시키지 않고 끝냈습니다. 나는 가슴을 쓸어내리며 방으로 돌아왔습니다. 하지만 앞으로 K한테 취할 태도는 어떤 것이어야 하는지, 생각하지 않을 수 없었습니다. 여러 가지 변명의 말들을 가슴속에서 늘어놓아 보았습니다. 하지만 어떤 변명도 K에 대해 정당한 것이 되기에는 부족했습니다. 비겁한 나는 결국 직접 K한테 설명하기가 싫어졌습니다.

*

47

그 상태로 이삼 일을 지냈습니다. 그 이삼 일 동안 K에 대한 불안이 내 마음을 무겁게 했음은 두말할 것도 없었습니다. 그렇지 않아도 나는 어떻게든 하지 않으면 K에게 미안하다고 생각하고 있었습니다. 그런데 아주머니나 아가씨의 태도가 시종 나를 찌르듯 자극했기 때문에 나는 더욱더 괴로웠습니다. 어딘지 남자 같은 기질을 지닌 아주머니가 언제 밥상 앞에서 내 일을 K에게 말해 버릴지 모르는 일이었습니다. 그때 이래 나에 대한 태도가 눈에 띄게 달라진 아가씨의 거동도 K의 마음을 어둡게 하는 의혹의 씨가 되지 않을 거라고는 단언할 수 없었습니다. 어떻게든 나는 나와 이 가족 사이에 성립된 새로운 관계를 K한테 알리지 않으면 안 되는 처지였습니다. 하지

만 내 자신이 윤리적인 약점을 갖고 있다고 생각하던 나에게
는 그것이 지극히 어려운 일로 여겨졌습니다.

할 수 없이 나는 아주머니한테 부탁해 K에게 정식으로 말
해 달라고 해 볼까 생각했습니다. 물론 내가 없을 때 말입니
다. 하지만 있는 그대로 말하게 되면 직접적인지 간접적인지
의 차이는 있을지언정 미안하기는 마찬가지입니다. 그렇다고
이야기를 꾸며서 말해 달라고 해도 아주머니가 이유를 물을
것이 빤합니다. 만약 아주머니한테 모든 사정을 털어놓고 부
탁한다면 나는 스스로 나서서 내 약점을 사랑하는 사람과 그
어머니 앞에 폭로해 보이지 않으면 안 됩니다. 융통성 있게 사
고하지 못했던 나로서는 그런 일은 내 미래의 신뢰에 관계된
다고 생각할 수밖에 없었습니다. 결혼하기 전부터 사랑하는
사람의 신뢰를 잃는 일은 그것이 설령 털끝만 한 것이라 하더
라도 내게는 견딜 수 없는 불행인 것처럼 생각되었습니다.

말하자면 나는 정직한 길을 걷는다 해 놓고 자기도 모르게
발이 미끄러진 바보였습니다. 그게 아니라면 교활한 사람이었
습니다. 그리고 그걸 알고 있는 것은 그때까지는 하늘과 내 마
음뿐이었습니다. 하지만 다시 일어나 또 한 걸음 앞으로 나아
가기 위해서는 지금 넘어진 것을 반드시 사람들에게 알리지
않으면 안 된다는 곤경에 처하게 되었습니다. 나는 넘어진 사

실을 끝까지 감추고 싶어했습니다. 동시에 어떻게든 앞으로 나아가지 않고서는 가만있을 수 없었습니다. 나는 그 중간에 끼여서 또다시 얼어붙어 버렸습니다.

대엿새가 지난 후, 아주머니는 갑자기 나에게 K한테 그 일을 말했느냐고 물었습니다. 나는 아직 이야기하지 않았다고 대답했습니다. 그러자 왜 이야기하지 않느냐고 책망하는 것이었습니다. 나는 이 물음 앞에서 몸이 굳어졌습니다. 그때 아주머니가 나를 놀라게 한 말을 지금도 잊지 못하고 있습니다.

"어쩐지 내가 이야기했더니 이상한 얼굴을 하더라고요. 학생도 사람이 나쁘네요. 평소에 그렇게 친한 사인데 아무 소리도 않고 시치미를 떼고 있다니요."

나는 K가 그때 무슨 말을 하지 않았느냐고 아주머니한테 물었습니다. 아주머니는 특별히 무슨 말은 하지 않았다고 대답했습니다. 하지만 나는 더 자세한 내용을 묻지 않을 수 없었습니다. 당연한 일이지만, 아주머니는 아무것도 감출 이유가 없었습니다. 특별히 한 얘기도 없지만 K의 태도에 대해 하나하나 이야기해 주었습니다.

아주머니의 말을 종합해 보면, K는 이 최후의 타격을 놀라움 속에서도 침착하게 받아들인 모양이었습니다. K는 아가씨와 나 사이에 맺어진 새로운 관계에 대해 처음에는 "그렇습니

까?" 하는 한마디만 했다고 합니다. 하지만 아주머니가 "학생
도 기뻐해 주세요." 하고 말하자 그는 비로소 아주머니의 얼
굴을 보고 미소를 지으며 "축하드립니다." 하고 나서 자리를
떴다는 것이었습니다. 그리고 차 마시는 방의 장지문을 열기
전에 또 아주머니를 돌아보며 "결혼식은 언제인가요?" 하고
물었다고 합니다.

그리고는 "뭔가 선물을 하고 싶은데, 저는 돈이 없어 드릴
수가 없군요." 하고 말했다고 합니다. 아주머니 앞에 앉아 있
던 나는 그 이야기를 듣고 가슴이 막혀 오는 듯한 괴로움을
느꼈습니다.

*

48

계산해 보니 아주머니가 K한테 그 얘기를 한 날로부터 벌
써 이틀이 지나 있었습니다. 그동안 K는 나에 대해 조금도 이
전과 다른 태도를 보이지 않았기 때문에 나는 그것을 전혀 모
르고 있었던 것입니다. 그가 취한 태도는 설사 표면적인 것이
었다고 해도 존경하고 탄복할 만하다고 생각했습니다. K와 나
를 머릿속에서 비교해 보면 K 쪽이 훨씬 훌륭해 보였습니다.

'나는 계략으로는 이겼지만 인간으로서는 졌다.' 하는 느낌이 가슴속에서 소용돌이쳤습니다. 그리고 K가 무척이나 경멸하고 있을 거라는 생각에 혼자 얼굴을 붉혔습니다. 하지만 이제 와서 K 앞에 나가 창피를 당하는 것은 내 자존심에 커다란 고통이었습니다. 앞으로 나아갈 것인가 그만둘 것인가 생각하다가 어쨌든 다음 날 아침까지 기다리자고 결심한 것은 토요일 밤이었습니다. 그런데 그날 밤에 K는 자살을 해 버린 것입니다. 지금도 그 광경을 떠올리면 온몸이 얼어붙는 느낌입니다. 언제나 동쪽으로 베개를 놓고 자는 내가 그날 밤따라 우연히 서쪽으로 베개를 놓고 이불을 깐 것도 그런 일이 있으려는 징조였는지 모릅니다. 나는 머리맡으로 들어오는 차가운 바람에 문득 눈을 떴습니다. 보니까 언제나 꼭 닫혀 있는 나와 K의 방 사이의 장지문이 요전 날과 비슷한 정도로 열려 있었습니다. 하지만 요전처럼 K의 검은 그림자는 서 있지 않았습니다. 나는 암시를 받은 사람처럼 방바닥 위에 팔꿈치를 짚고 일어나면서 얼른 K의 방을 들여다보았습니다. 램프가 어둠침침하게 켜져 있습니다. 그리고 요도 깔려 있습니다. 하지만 이불은 발로 걷어차인 것처럼 아래쪽에 흐트러져 있습니다. 그리고 K는 저쪽을 보고 있는 자세로 엎드려 있었습니다.

나는 "K." 하고 불렀습니다. 하지만 아무런 대답이 없습니다. "K, 왜 그래?" 하고 또다시 K를 불렀습니다. 그래도 K는 몸을 전혀 움직이지 않습니다. 나는 곧 일어나서 문턱 있는 곳까지 갔습니다. 그리고 어두운 램프 불빛에 그의 방을 둘러보았습니다. 그때 받은 첫 느낌은 K한테서 갑자기 사랑의 고백을 들었을 때의 느낌과 흡사했습니다. 내 눈은 그의 방 안을 한번 보자마자 마치 유리로 만든 의안처럼 움직일 능력을 잃었습니다. 나는 그 자리에 못 박힌 듯 얼어붙었습니다. 그런 상태가 회오리바람처럼 지난 다음에 나는 "아아, 하느님!" 하고 탄식했습니다. 돌이킬 수 없는 일을 저질렀다는 검은 빛줄기가 나의 미래를 관통해 순식간에 내 앞에 놓인 전 생애를 날카롭게 비추며 지나갔습니다. 나는 부들부들 떨기 시작했습니다.

그래도 나는 내 자신을 잃지 않았습니다. 곧 책상 위에 놓여 있는 편지에 눈이 갔습니다. 예상대로 내 앞으로 되어 있었습니다. 정신없이 봉을 뜯었습니다. 하지만 안에는 내가 예상했던 말은 한마디도 쓰여 있지 않았습니다. 나는 나한테 얼마만큼 고통스러울 말이 그 안에 쓰여 있을까 생각했었습니다. 그리고 그것이 아주머니나 아가씨 눈에 띈다면 얼마만큼 경멸당할까 하는 두려움도 느꼈었습니다. 잠깐 훑어보고 나서 우선 다행이라고 생각했습니다. 물론 남의 눈을 의식했을 때의 이야기입니다만, 이 남의 눈이라는 것이 나한테는 대단히 중요한 것으로 여겨졌습니다.

편지의 내용은 간단했습니다. 또 추상적이었습니다. 나는 의지가 박약해 앞날에 전망이 없으니 자살한다는 말뿐이었던 것입니다. 그리고 지금까지 나한테 신세를 진 데 대한 감사의 말이 아주 간단하게 그다음에 추가되어 있었습니다. 보살펴 주는 김에 사후 처리도 부탁하겠다는 말도 있었습니다. 고향에는 내가 알려 주었으면 좋겠다는 부탁도 있었습니다. 필요한 사항은 모두 한마디씩 쓰여 있는 가운데 아가씨의 이름만은 어디에도 없었습니다. 나는 끝까지 읽고서 K가 일부러 회피했다는 것을 금방 알았습니다. 하지만 내가 더 가슴 아프게 느낀 것은 마지막에 남은 먹으로 쓴 것처럼 보이는, 더 빨리 죽었어야 했는데 왜 지금까지 살아 있었을까 하는 의미의 글귀였습니다.

나는 떨리는 손으로 편지를 접고 다시 봉투 안에 집어넣었습니다. 일부러 편지를 사람들의 눈에 띄도록 원래대로 책상 위에 놓았습니다. 그리고 뒤돌아보았을 때 장지문에 튄 피를 처음으로 보았습니다.

49

나는 불현듯 K의 머리를 안는 것처럼 해서 양손으로 조금
들어 올렸습니다. K의 얼굴을 한 번이라도 보고 싶었던 것입
니다. 하지만 아래로 향한 그의 얼굴을 그렇게 밑에서 들여다
보고 나는 금방 손을 놓아 버렸습니다. 오싹해서만이 아니었
습니다. 그의 머리가 아주 무겁게 느껴졌기 때문입니다. 방금
만진 차가운 귀와, 평소와 똑같이 짧게 깎은 검은 머리털을 얼
마 동안 위에서 바라보았습니다. 나는 조금도 울 생각이 들지
않았습니다. 단지 무서웠습니다. 그리고 그 공포는 눈앞의 광
경이 감각을 자극해서 일어나는 단순한 공포만이 아니었습니
다. 돌연 차가운 시체로 변한 이 친구에 의해 암시된 운명의
공포를 마음속 깊이 느꼈던 것입니다.

아무런 생각도 할 수 없는 상태로 다시 내 방으로 돌아왔습
니다. 그리고 8조짜리 방 안을 빙빙 돌기 시작했습니다. 무의
미하더라도 당분간 그렇게 움직이고 있으라고 내 머리가 나
한테 명령했던 것입니다. 동시에 뭔가 하지 않으면 안 된다고
생각했습니다. 동시에 아무것도 할 수 없다고도 생각했습니
다. 방 안을 빙빙 돌아다니지 않고는 견딜 수 없었던 것입니

다. 우리 안에 갇힌 곰 같은 모습으로. 가끔 안으로 가서 아주머니를 깨우자는 생각이 듭니다. 하지만 여성한테 이런 무서운 광경을 보이는 건 안쓰럽다는 생각이 곧 나를 가로막습니다. 아주머니는 그렇다 치더라도 아가씨를 놀라게 하는 일은 결코 할 수 없다는 강한 의지가 나를 억누릅니다. 나는 또다시 빙빙 돌기 시작합니다.

그사이에 내 방의 램프를 켰습니다. 그리고 시계를 가끔씩 봤습니다. 그때의 시계만큼 무력하게 느껴질 정도로 느린 것은 없었습니다. 내가 일어난 시각은 정확하게는 몰라도 이미 새벽에 가까웠던 것만은 분명합니다. 빙글빙글 돌면서 그 새벽을 애타게 기다리던 나는 영원히 어두운 밤이 계속되는 건 아닐까 하는 생각으로 괴로웠습니다.

우리는 7시 전에 일어나는 습관을 갖고 있었습니다. 학교는 8시에 시작될 때가 많았기 때문에 그렇게 하지 않으면 수업에 맞추어 갈 수 없었던 것입니다. 그래서 하녀는 6시쯤에 일어나도록 되어 있었습니다. 하지만 내가 하녀를 깨우러 간 건 아직 6시도 되기 전이었습니다. 그러자 아주머니가 오늘은 일요일이라는 것을 환기시켜 주었습니다. 아주머니는 내 신발 소리에 눈을 뜬 것입니다. 나는 아주머니한테 일어나 계시면 잠깐 내 방으로 와 달라고 부탁했습니다. 아주머니는 잠옷

위에 보통 때 입는 웃옷을 걸치고 내 뒤를 따라왔습니다. 나는 방으로 들어오자마자 지금까지 열려 있던 두 방 사이의 장지 문을 얼른 꼭 닫았습니다. 그리고 큰일이 생겼다고 작은 소리로 아주머니한테 말했습니다. 아주머니는 무슨 일이냐고 물었습니다. 나는 턱으로 옆방을 가리키듯 하며 "놀라시면 안 됩니다." 하고 말했습니다. 아주머니는 파랗게 질린 얼굴을 했습니다. "아주머니, K가 자살을 했습니다." 하고 내가 또 말했습니다. 아주머니는 몸을 굳힌 채 내 얼굴을 잠자코 보고 있었습니다. 그때 나는 갑자기 아주머니 앞에 무릎을 꿇고 머리를 조아렸습니다. "죄송합니다. 제가 잘못했습니다. 아주머니한테도 아가씨한테도 죄송하게 됐습니다." 하고 빌었습니다. 아주머니와 마주할 때까지 그런 말을 입에 올릴 생각은 전혀 없었습니다. 하지만 아주머니의 얼굴을 봤을 때 갑자기 나도 모르게 그렇게 말해 버린 것입니다. K한테 사과할 수 없었던 나는 그렇게 아주머니와 아가씨한테 빌지 않고는 견딜 수 없었던 거라고 생각해 주십시오. 즉 있는 그대로의 내가 평소의 나보다 앞서서 술술 참회의 말을 하게 만든 것입니다. 아주머니가 그런 깊은 의미로 내 말을 해석하지 않은 것은 나한테는 다행이었습니다. 파랗게 질린 얼굴로 "생각지도 못했던 일이었다면 어쩔 수 없지요." 하고 위로하듯 말해 주었습니다. 하지만 그 얼굴에는 경악과 공포가 뚜렷이 새겨져 있었습니다.

*
50

아주머니한테는 안된 일이었지만, 나는 다시 일어나 지금 막 닫은 문을 열었습니다. 그때는 램프의 기름이 다 떨어졌는지 방 안은 거의 캄캄했습니다. 나는 되돌아와서 램프를 손에 든 채 입구에 서서 아주머니를 돌아보았습니다. 아주머니는 내 뒤에 숨듯이 하면서 4조짜리 방 안을 들여다보았습니다. 하지만 들어가려고는 하지 않았습니다. 그곳은 그대로 놔두고 덧문을 열어 달라고 말했습니다.

그 후 아주머니는 역시 군인의 미망인답게 대단히 적확하고 행동력 있게 일을 처리했습니다. 나는 의사한테도 갔습니다. 또 경찰에도 갔습니다. 전부 아주머니가 가라고 해서 간 것이었습니다. 아주머니는 그런 수속이 끝날 때까지 아무도 방에 들여보내지 않았습니다.

K는 작은 나이프로 경동맥을 끊고 단번에 죽었습니다. 그 이외에 상처 같은 것은 전혀 없었습니다. 내가 꿈같은 느낌의 어두컴컴한 불빛으로 본 장지문의 피는 그의 목에서 단번에

내뿜어진 것으로 밝혀졌습니다. 나는 밝은 햇빛 아래 또렷이 그 흔적을 또다시 바라보았습니다. 그리고 인간의 피가 그토록 세차게 솟아오를 수 있다는 것에 놀랐습니다.

아주머니와 나는 가능한 모든 수단과 아이디어를 동원해서 K의 방을 청소했습니다. 그의 피 대부분은 다행히 이불에 흡수되었기 때문에 다다미가 그렇게 더러워지지 않아 뒤처리는 그래도 간단했습니다. 그의 시체를 내 방으로 옮기고 평소에 자고 있는 것처럼 눕혔습니다. 그런 후에 나는 그의 집에 전보를 치러 갔습니다.

돌아왔을 때는 K의 머리맡에 이미 향이 피워져 있었습니다. 방에 들어가자 곧 절에서와 같은 연기가 코를 찔렀고 그 연기 속에 앉아 있는 두 여자를 봤습니다. 아가씨의 얼굴을 본 것은 어젯밤 이래 이때가 처음이었습니다. 아가씨는 울고 있었습니다. 아주머니도 눈이 붉었습니다. 사건이 일어난 후 그때까지 우는 일을 잊어버리고 있었던 나는 그제야 슬픈 기분에 휩싸일 수 있었습니다. 내 가슴은 그 슬픔 때문에 얼마나 편안해졌는지 모릅니다. 고통과 공포에 꽉 사로잡힌 내 마음을 한 방울의 물로 적셔 준 것은 그때의 슬픔이었습니다.

나는 말없이 두 사람 옆에 앉아 있었습니다. 아주머니는 향을 피워 올리고 또 가만히 앉아 있었습니다. 아가씨는 나한테 아무 말도 하지 않았습니다. 가끔 아주머니와 한두 마디 말을 나누기도 했지만, 눈앞에 닥친 일에 관해서뿐이었습니다. 아가씨한테는 K의 생전에 대해 말할 만큼의 여유가 아직 없었던 것입니다. 나는 그래도 어젯밤의 끔찍한 모습을 안 보일 수 있어서 다행이라고 속으로 생각했습니다. 젊고 아름다운 사람한테 무서운 광경을 보이면 모처럼의 아름다움이 그대로 파괴되어 버릴 것 같아 두려웠던 것입니다. 내 두려움이 머리끝까지 달했을 때조차 그 생각을 도외시하고 행동할 수는 없었습니다. 나는 그 와중에 죄도 없는 아름다운 꽃을 불필요하게 채찍질하는 것과 같은 불쾌감을 느끼고 있었던 것입니다.

K의 고향에서 그의 아버지와 형이 왔을 때, 나는 K의 유골을 어디에 묻을지에 대해 의견을 말했습니다. 그가 살아 있을 때 곧잘 조시가야 주변을 함께 산책한 적이 있었습니다. K는 그곳을 아주 마음에 들어했습니다. 그래서 나는 반은 농담으로, 그렇게도 좋으면 죽었을 때 여기에 묻어 주겠다고 약속한 기억이 있습니다. 물론 지금 그 약속대로 K를 조시가야에 묻어 준다고 해서 죄가 사해질까 하는 생각은 들었습니다. 하지만 내가 살아 있는 동안은 K의 무덤 앞에 무릎 꿇고 매달 서러운 기분으로 참회하고 싶었던 것입니다. 지금까지 내버려 두었던 K를 내가 모든 면에서 돌봐 왔다는 데 대한 도리라고

생각해선지 K의 아버지도 형도 내 희망을 들어 주었습니다.

*

51

K의 장례식에서 돌아오는 길에 K의 친구 중 한 사람한테서 K는 왜 자살한 것일까 하는 질문을 받았습니다. 사건 이후 나는 벌써 몇 번이나 이 질문에 시달림을 받았는지 모릅니다. 아주머니도, 아가씨도, 고향에서 온 K의 부모형제도, 일을 알린 사람들도, 그와는 아무런 관계도 없는 신문기자까지도 똑같은 질문을 내게 던지지 않은 적이 없었던 것입니다. 내 양심은 그때마다 따끔따끔 찔리듯 아팠습니다. 그리고 나는 이 질문 속에서 빨리 네가 죽였다고 고백해 버리라는 목소리를 들었습니다.

나의 대답은 누구한테나 똑같았습니다. 다만 그가 내게 남긴 편지 내용을 되풀이할 뿐, 다른 말을 한마디라도 추가하는 일은 하지 않았습니다. 장례식에서 돌아오는 도중에도 역시 같은 대답을 들은 K의 친구는 웃옷 속에서 신문 한 장을 꺼내 나에게 보였습니다. 나는 걸으면서 그 친구가 가리키는 곳을 읽었습니다. 신문에는 K가 부모형제에게 의절당해 염세적이 되어 자살한 거라고 쓰여 있었습니다. 나는 아무 말도 하지 않고 신문을 접어 친구 손에 돌려주었습니다. 친구는 이 밖에 도 K가 미쳐서 자살한 거라고 쓴 신문이 있다고 가르쳐 주었 습니다. 바빠서 거의 신문을 읽을 틈이 없었던 나는 그런 방면 의 소식을 전혀 얻지 못한 상태였지만, 속으로는 계속 신경 쓰 이던 부분이기도 했습니다. 무엇보다도 한집 사람들한테 폐 를 끼치는 기사가 나는 것을 두려워했습니다. 특히 이름뿐이 라 하더라도 아가씨가 관련된 사람인 것처럼 나오는 일은 견 딜 수 없다고 생각하고 있었습니다. 나는 그 친구에게 그 밖에 또 뭐라고 쓴 것은 없느냐고 물었습니다. 친구는 자신이 본 것 은 그 두 종류라고 대답했습니다.

내가 지금 사는 집으로 이사한 것은 그로부터 얼마 안 지나 서입니다. 아주머니도 아가씨도 전에 있던 곳을 싫어했고 나 도 그날 밤의 기억이 매일 밤 되살아나는 게 고통스러웠기 때 문에, 상의 후 옮기기로 한 것입니다.

이사하고 두 달 정도 지난 후에 나는 무사히 대학을 졸업했 습니다. 졸업하고 반년도 안 지났을 무렵, 나는 드디어 아가씨 와 결혼했습니다. 바깥에서 봤을 때는 모든 것이 예정대로 진 행되었으니 축하할 일이라고 해야 했겠지요. 아주머니도 아가 씨도 자못 행복해 보였습니다. 나도 행복했습니다. 하지만 내 행복에는 검은 그림자가 따라다니고 있었습니다. 나는 이 행복감이 최종적으로 나를 슬픈 운명으로 이끄는 도화선이 되는 것이 아닐까 생각했습니다.

결혼했을 때 아가씨 — 이제 아가씨가 아니니까 아내라고 하겠습니다 — 아내가 무슨 생각을 했는지 둘이 함께 K의 무덤에 찾아가자는 말을 꺼냈습니다. 나는 그저 움찔할 수밖에 없었습니다. 왜 갑자기 그런 생각을 했느냐고 물었습니다. 아내는 둘이서 함께 무덤을 찾아가면 K가 무척 기뻐할 것이라고 했습니다. 아무것도 모르는 아내의 얼굴을 이상한 물건이라도 보듯 바라보고 있다가 왜 그런 얼굴을 하느냐는 아내의 소리에 비로소 정신이 들었습니다.

나는 아내가 바라는 대로 함께 조시가야로 갔습니다. K의 새 무덤에 물을 끼얹어 깨끗하게 해 주었습니다. 아내는 그 앞에서 향을 피우고 꽃을 꽂았습니다. 우리는 머리를 숙이고 합장했습니다. 아내는 아마도 나와 함께 있게 된 과정을 말하면 K도 기뻐해 주리라고 생각했겠지요. 나는 마음속으로 그저 내가 잘못했다고만 되풀이했습니다.

그때 아내는 K의 비석을 쓸어 보더니 훌륭하다고 했습니다. 비석은 대단한 것은 아니었지만, 내가 직접 비석집에 가서 고른 것이었기 때문에 아내는 특별히 그렇게 말하고 싶었던 것이겠지요. 새 비석과, 나의 새 아내와, 땅 밑에 묻힌 K의 새 백골을 비교해 보고 운명의 차가운 저주를 느끼지 않을 수 없었습니다. 나는 이후부터 결코 아내와 함께 K의 묘지에 가지 않기로 했습니다.

*

52

가고 없는 친구에 대한 이런 내 느낌은 언제까지고 지속되었습니다. 실은 나도 처음부터 그것을 두려워하고 있었습니다. 오랫동안 염원한 결혼까지도 불안 속에서 결혼식을 올렸다고 말할 수 있습니다. 하지만 사람은 자신의 앞날을 보지 못하는 것이어서 어쩌면 이 일이 내 몸과 마음을 변화시켜 새로운 생애로 들어가게 하는 계기가 될지도 모른다고 생각했습니다. 그런데 정작 남편으로서 아침저녁으로 아내와 얼굴을 마주하게 되고 보니 내 헛된 희망은 냉엄한 현실 앞에서 어이없게도 무너지고 말았습니다. 나는 아내와 얼굴을 마주하고 있을 때, 갑자기 K에게 위협당합니다. 말하자면 아내가 중간에 서서 K와 나를 언제까지고 이어 놓고는 떼어 놓지 않는 것입니다. 아내에 대해 전혀 불만을 느끼지 않는 나도 단지 이

한 부분에서는 그녀를 멀리하고 싶어했습니다. 그러면 아내의 마음에는 그런 남편의 모습이 금방 느껴집니다. 느껴지지만 이유는 모릅니다. 나는 가끔 아내에게 왜 그렇게 생각하느냐는 둥, 무언가 마음에 안 드는 일이 있어서 그러는 거 아니냐는 둥 힐책당했습니다. 적당히 웃어 얼버무릴 수 있을 때는 그래도 괜찮지만, 때로는 아내도 신경이 날카로워집니다. 끝내는 "당신은 나를 싫어하는 거지요?"라거나 "아무래도 나한테 숨기는 일이 있는 게 틀림없어요."라는 식의 원망도 듣게 됩니다. 나는 그때마다 괴로웠습니다.

이럴 바에야 차라리 있는 그대로 아내한테 털어놓을까 하고 생각한 적이 몇 번이나 있었는지 모릅니다. 하지만 막상 이야기하기 직전이 되면 내 자신의 바깥에서 어떤 힘이 갑작스럽게 찾아와 나를 제어하는 것입니다. 당신은 나를 이해해 줄 테니 설명할 필요도 없다고 생각하지만, 이야기해야 할 사항이니 해 두겠습니다. 아내한테 내 자신을 위장할 필요는 전혀 없었습니다. 만약 내가 죽은 친구에 대한 것과 똑같은 선량한 마음으로 아내한테 참회의 말을 했다면 아내는 틀림없이 기뻐하면서 눈물로 내 죄를 용서해 주었을 것입니다. 그런데도 그렇게 하지 않은 내게 이해타산이 있어 그랬을 리는 없습니다. 나는 단지 아내의 기억에 어두운 한 점을 새겨 놓는 것이 가슴 아파 털어놓지 않았던 것입니다. 한 방울의 잉크라 하더라도 그 잉크를 순백의 깨끗한 영혼에 가차 없이 뿌리는 일은 나한테는 커다란 고통이었다고 이해해 주십시오.

1년이 지나도 K를 잊을 수 없었던 내 마음은 늘 불안했습니다. 불안을 떨쳐 버리기 위해 책에 빠지려 했습니다. 맹렬한 기세로 공부를 하기 시작한 것입니다. 그리고 그 결과를 세상에 내놓을 수 있는 날이 오기를 기다렸습니다. 하지만 무리하게 목적을 만들어 놓고 목적이 달성되는 날을 기다린다는 건 진정한 것이 아니어서 유쾌하지 않습니다. 결국 책 속에 마음을 파묻고 있을 수 없게 되었습니다. 나는 또다시 팔짱을 끼고 세상을 바라보기 시작한 것입니다.

아내는 그런 나를 생활에 곤란을 느끼지 않아서 해이해진 거라고 생각하는 모양이었습니다. 아내의 집에도 모녀 두 사람 정도는 놀면서 그럭저럭 생활해 나갈 수 있는 재산이 있는 데다 나 역시 직업을 갖지 않아도 상관없는 상황이었기 때문에 그렇게 생각하는 것도 무리는 아니었습니다. 어느 정도는 그런 부분도 내게 있었겠지요. 하지만 내가 세상으로 나아가지 않게 된 주원인은 거기에는 전혀 없었습니다. 작은아버지한테 속았을 당시의 나는 남을 믿을 수 없다는 것을 절실히 느낀 것은 사실이지만, 남을 나쁘게 생각하는 만큼 자신에 대해서는 신뢰할 수 있다고 생각했습니다. 세상이 어떻든 간에 나는 틀림없는 사람이라는 신념을 마음속 어딘가에 갖고 있었던 것입니다. 그러던 것이 K와의 일 때문에 보기 좋게 그 신념이 무너져 버리고 나 또한 작은아버지와 똑같은 인간이라고 의식했을 때, 갑자기 아찔해지는 느낌이었습니다. 남을 신뢰할 수 없게 된 나는 스스로를 신뢰할 수 없게 되었고, 그래서 세상으로 나아가지 못했던 것입니다.

*

53

책 속에 파묻힐 수 없었던 나는 술에 영혼을 흠뻑 적셔 자신을 잊으려고 시도한 적도 있습니다. 나는 술을 좋아한다고는 할 수 없었습니다. 하지만 마시려면 마실 수 있는 체질이었기 때문에 그저 술에 만취해 엉망이 되려고 했습니다. 하지만 이 유치한 방법을 얼마간 계속하고 있는 사이에 나는 염세적으로 변해 갔습니다. 나는 잔뜩 취한 속에서도 문득 내 위치를 느낍니다. 일부러 이런 식의 행동으로 자신을 기만하는 어리석은 사람이라는 생각이 드는 것입니다. 그러면 몸이 부르르 떨리며 마음도 눈도 정신이 번쩍 들어 버립니다. 때로는 아무리 마셔도 이런 거짓 상태에조차 들어가 보지도 못하고 걷잡을 수 없이 침울해지는 경우도 있습니다. 그런 데다 유쾌함을 가장했을 때는 반드시 침울함이 반사적으로 찾아옵니다. 나는 내가 가장 사랑하는 아내와 그 어머니한테 언제나 그런 모습을 보이지 않으면 안 되었습니다. 그런 데다 그들은 그들대로 자연스러운 입장에서 나를 분석하려 들었습니다.

아내의 어머니는 그런 나에 대해 이따금 좋지 않게 이야기하는 듯했습니다. 아내는 그 사실을 나한테 감추었습니다. 하지만 아내는 아내대로 역시 나를 책망하지 않고 그대로 있을 수는 없었던 모양입니다. 책망한다고는 해도 결코 강한 말은 아닙니다. 아내가 무슨 말을 했을 때 내가 격분한 적은 거의 없을 정도니까요. 아내는 가끔 어디가 마음에 안 드는지 숨기지 말고 말해 달라고 부탁했습니다. 그리고 나의 장래를 위해 술을 끊으라고 충고했습니다. 어떤 때는 울면서 "당신은 요즘 사람이 달라졌다."라고 말했습니다. 그것뿐이라면 그래도 괜찮은데, "K씨가 살아 있었다면 당신도 이렇게 되지는 않았겠지요." 하고 말하는 것입니다. 그럴지도 모른다고 대답한 적이 있지만, 내가 대답한 의미와 아내가 이해한 의미는 전혀 다른 것이기 때문에 속으로 슬펐습니다. 그래도 나는 아내에게 아무것도 설명할 기분이 되지 않았습니다.

나는 때때로 아내에게 사과했습니다. 그것은 대개 술에 취해 늦게 들어온 다음 날 아침이었습니다. 아내는 웃었습니다. 또는 잠자코 있었습니다. 가끔은 눈물을 뚝뚝 흘리는 일도 있었습니다. 아무튼 나는 자신이 불쾌해서 견딜 수 없었습니다. 나는 결국 술을 끊었습니다. 아내의 충고 때문에 끊었다기보다 스스로가 싫어져서 끊었다고 하는 편이 맞을 겁니다. 술은 끊었지만, 아무것도 할 생각이 들지 않습니다. 할 수 없이 책을 읽습니다. 하지만 읽어도, 읽기만 할 뿐 그냥 내버려 둡니다.

나는 아내한테서 뭐하러 공부하느냐는 질문을 자주 받았습니다. 나는 그저 쓴웃음 짓고만 있었습니다. 하지만 속으로 세상에서 내가 가장 믿고 사랑하는 단 한 사람조차 나를 이해해 주지 못하는가 싶어 더욱더 슬퍼졌습니다. 나는 외로웠습니다. 모든 곳에서 외따로 떨어져 이 세상에 혼자 살고 있는 것 같은 생각이 든 적도 자주 있었습니다. 동시에 나는 K가 죽은 원인에 대해 몇 번이고 생각했습니다. 사건이 일어났을 당시에는 머리가 단순히 사랑이라는 두 글자에 지배되었기 때문이겠지만, 내 관찰은 단순하고 직선적이었습니다. K는 바로 실연 때문에 죽은 거라고 금방 간주해 버렸던 것입니다. 하지만 차츰 침착한 기분으로 그 일에 대해 생각해 보니 그렇게 쉽게 결론지을 수는 없다는 생각이 들었습니다. 현실과 이상의 충돌, 그것도 아직 불충분했습니다. 나는 결국 K가 나처럼 홀로 남겨져 외로움을 주체하지 못해 돌연히 죽은 것이 아닐까 의심하기 시작했습니다. 그리고 전율했습니다. 나도 K가 걸은 길을 K와 똑같이 걸어가고 있는 거라는 어떤 예감이 이따금 바람처럼 내 가슴을 스쳐 지나기 시작했기 때문입니다.

*

54

그러던 중 아내의 어머니가 병으로 눕게 되었습니다. 의사한테 보이자 도저히 나을 수 없다는 진단이 내려졌습니다. 나는 힘이 닿는 한 성심껏 간호했습니다. 그것은 병자 자신을 위한 것이기도 했고 또 사랑하는 아내를 위해서이기도 했습니다. 하지만 더 큰 의미를 말하자면 결국 인간을 위한 일이었습니다. 나는 그때까지도 뭔가 하지 않고서는 배길 수 없었습니다만, 아무것도 할 수 없었기 때문에 어쩔 수 없이 팔짱 끼고 있었음에 틀림없습니다. 세상과 따로 떨어져 있는 내가 처음으로 손을 내밀어 조금이라도 좋은 일을 했다는 느낌을 얻었던 것은 이때였습니다. 나는 속죄라고 이름 붙이면 마땅할 어떤 기분에 지배되고 있었던 것입니다.

장모님은 돌아가셨습니다. 나와 아내 오직 두 사람만이 남게 되었습니다. 아내는 나를 향해 앞으로 세상에서 의지할 수 있는 사람은 한 사람밖에 남지 않았다고 말했습니다. 내 자신조차도 의지할 수 없는 나는 아내의 얼굴을 보고 나도 모르게 눈물지었습니다. 그리고 아내를 불행한 여자라고 생각했습니다. 또 불행한 여자라는 말을 하기도 했습니다. 아내는 왜냐고 물었습니다. 아내로서는 내 말의 의미가 이해되지 않는 것입니다. 나도 그것을 설명해 줄 수가 없습니다. 아내는 울었습니다. 평소에 내가 뒤틀린 마음으로 아내를 바라보기 때문에 그런 말을 하는 거라며 원망했습니다.

장모님이 돌아가신 후, 나는 되도록 그녀에게 잘 해 주었습니다. 본인을 사랑했기 때문만은 아닙니다. 내 친절에는 개인의 문제를 떠나 더 넓은 의미가 있었습니다. 내 마음은 장모님을 간호했던 것과 같은 의미로 움직였던 것 같습니다. 아내는 만족한 듯 보였습니다. 하지만 그 만족감 속에는 나를 이해할 수 없기 때문에 생기는 불투명한 부분이 포함되어 있는 것 같았습니다. 하지만 아내가 나를 이해했다고 하더라도 채워지지 않은 이 느낌은 더 하면 더 했지 줄어들 조짐은 없었습니다. 여자들은 남자보다, 커다란 인도적 입장에서 비롯되는 애정보다는 다소 옳은 길이 아니더라도 자신한테만 집중되는 친절을 기뻐하는 성질이 강한 것처럼 보이니까요.

아내는 어느 날, 남자의 마음과 여자의 마음은 아무래도 하나가 될 수 없는 것 같다고 말했습니다. 나는 그저 젊을 때라면 가능할 거라고 애매한 대답을 해 두었습니다. 아내는 자신의 과거를 돌이켜보는 것 같았는데, 곧 가느다란 한숨을 내쉬었습니다.

내 가슴에는 그때부터 가끔씩 두려운 그림자가 번득였습니다. 처음에 그것은 우연히 바깥에서 엄습해 옵니다. 나는 놀랐습니다. 전율했습니다. 하지만 시간이 지나는 사이에 내 마음이 그 무서운 빛줄기에 응답하게 되었습니다. 끝내는 밖에서 오지 않아도 내 가슴 밑바닥에 숨어 있는 것처럼 생각되기 시작했습니다. 그런 느낌이 들 때마다 머리가 어떻게 된 것이 아닐까 의심해 보았습니다. 하지만 나는 의사한테건 누구한테건 봐 달라고 할 생각은 들지 않았습니다.

나는 또다시 인간의 죄를 깊이 느꼈습니다. 그 느낌이 나를 매달 K의 무덤으로 가게 만듭니다. 그 느낌이 나로 하여금 장모님의 간호를 하게 만듭니다. 그리고 그 느낌이 아내에게 잘하라고 명령합니다. 나는 그 느낌 때문에 길 가는 모르는 이에게 채찍질당하고 싶다고 생각한 적도 있습니다. 이런 단계를 지나는 사이에 남에게 채찍으로 맞기보다 스스로가 스스로를 때려야 한다는 기분이 듭니다. 스스로가 스스로를 채찍질하기보다 스스로를 죽여야 한다는 생각이 듭니다. 나는 할 수 없이 죽은 목숨이라는 생각으로 살아가자고 결심했습니다.

그렇게 결심한 이후로 오늘까지 몇 년이 지났을까요. 나와 아내는 결코 불행하지는 않았습니다. 행복했습니다. 하지만 내가 갖고 있는 하나의 부분, 나한테 간단치 않은 이 한 부분이 아내에게는 늘 암흑으로 보였던 모양입니다. 그 점을 생각하면 나는 아내가 무척 안되었다는 느낌이 듭니다.

*

55

죽은 목숨으로 생각하고 세상을 살아가려고 결심한 나는 때때로 외부의 자극에 소스라쳐 놀라 일어났습니다. 하지만 내가 어떤 방면인가로 나아가려고만 하면 무서운 힘이 어딘가에서 나와 내 마음을 꽉 조이고는 한 발짝도 움직이지 못하게 합니다. 그리고 그 힘이 너는 아무것도 할 자격이 없는 사람이라고 선언하는 듯합니다. 그러면 나는 그 한마디로 곧 힘을 잃고 맙니다. 얼마가 지나 또 일어서려 하면 또 조여 옵니다. 나는 이를 악물고 왜 사람을 방해하는 거냐고 소리를 지릅니다. 이상한 힘은 싸늘한 목소리로 웃습니다. 네 자신이 잘 알 텐데 하고 말합니다. 나는 또다시 무력감에 빠집니다.

파란도 곡절도 없는 단조로운 삶을 살아온 나의 내면에는 늘 이런 고통스러운 전쟁이 있었다고 생각해 주십시오. 아내가 답답해하기 전에 내 스스로 몇 배나 답답해했는지 모를 정도입니다. 내가 이 방 안에 가만히 앉아 있을 수 없게 되었을 때, 또 그 감옥을 부술 수 없게 되었을 때, 내가 가장 손쉬운 노력으로 할 수 있는 일은 자살 외에는 없다고 느끼게 되었습니다. 당신은 왜냐고 하면서 눈을 휘둥그레 뜰지도 모르지만, 언제나 내 마음을 조이러 오는 그 정체 모를 무서운 힘은 온갖 방면에서 내 활동을 막으면서 나를 위해 죽음의 길만을 자유롭게 열어 두고 있는 것입니다. 움직이지 않고 있다면 모를까 조금이라도 움직이려 한다면 내가 나아갈 수 있는 길은 그 길밖에 없습니다.

나는 오늘에 이르기까지 이미 두세 번, 운명이 이끌어 가는 가장 편한 방향으로 나아가려 한 적이 있습니다. 하지만 나는 언제든지 아내 생각을 했습니다. 내게 아내를 함께 데려갈 용기는 물론 없었습니다. 아내에게 모든 것을 털어놓을 수 없는 나였기 때문에 내 운명의 희생물로 아내의 생명을 뺏는 식의 무모한 행동은 생각하는 것만으로도 두려웠습니다. 나한테 내 운명이 있다면 아내에게는 아내의 것으로 정해진 운명이 있습니다. 두 사람을 한 묶음으로 만들어 태우는 것은 무리라는 점에서도 나로서는 그런 일을 극단적인 비참한 일이라고밖에 생각할 수 없었습니다.

동시에 내가 없어진 후의 아내를 상상해 보면 정말이지 가없은 생각이 들었습니다. 장모님이 돌아가셨을 때, 앞으로 세상에서 의지할 사람은 나밖에 안 남았다고 하던 그녀의 말을 나는 가슴 깊이 새겨 놓고 기억하고 있습니다. 나는 언제나 망설였습니다. 아내의 얼굴을 보고 그만두기를 잘 했다고 생각한 적도 있습니다. 그러고는 또 제자리에 꼼짝 못 하고 얼어붙어 버립니다. 그리고 아내에게서 가끔 뭔가 채워지지 않은 듯한 눈길을 받습니다.

기억해 주십시오. 나는 이런 식으로 살아왔습니다. 처음으로 당신을 가마쿠라에서 만났을 때도, 당신과 함께 교외를 산책했을 때도, 내 기분은 크게 다를 바가 없었습니다. 내 뒤쪽에는 언제나 검은 그림자가 따라다녔습니다. 나는 아내를 위해 생명을 질질 끌어 가며 세상을 걸어온 것이나 마찬가지입니다. 당신이 졸업하고 고향으로 돌아갈 때도 마찬가지였습니다. 9월이 되면 또 만나자고 약속했던 건 거짓말은 아닙니다. 정말로 만날 생각으로 있었습니다. 가을이 가고 겨울이 오고 그 겨울이 다 가더라도 반드시 만날 생각으로 있었습니다.

그런데 한창 더운 여름에 메이지 천황이 서거했습니다. 그때 나는 메이지의 정신이 천황에서 시작되어 천황에서 끝났다는 생각을 했습니다. 가장 강하게 메이지의 영향을 받은 우리가 그 뒤에 살아남아 있는 것은 어쩔 수 없이 시대에 뒤처지는 일이라는 생각이 들었습니다. 나는 아내한테 그렇게 노골적으로 그 말을 했습니다. 아내는 웃으며 상대하지 않았지만, 무엇을 생각했는지 갑자기 나한테 그럼 순사(殉死)라도 하면 되지 않느냐면서 놀렸습니다.

*

56

나는 순사라는 말을 거의 잊고 있었습니다. 평소에 쓸 필요가 없는 말이라 기억의 밑바닥에 가라앉은 채 부패하기 직전인 말이었다고 생각됩니다. 아내의 농담을 듣고 처음으로 그말을 기억해 냈을 때, 나는 아내에게 만약 내가 순사를 한다면 메이지 정신을 위해 순사할 생각이라고 대답했습니다. 내 대답도 물론 농담에 지나지 않았지만, 나는 그때 어쩐지 낡고 불필요한 단어에 새로운 의미를 불어넣을 수 있었다는 느낌이 들었습니다.

그리고 한 달 정도가 지났습니다. 장례식 날 밤, 나는 늘 하던 대로 서재에 앉아 예포 소리를 들었습니다. 나한테는 그 소리가 메이지 시대가 영원히 사라졌다는 것을 알리는 소리처럼 들렸습니다. 나중에 생각해 보니 그것은 노기 장군이 영원히 떠난 것을 알리는 소리이기도 했습니다. 나는 호외를 손에 들고 나도 모르게 순사다, 순사다 하고 말했습니다.

나는 신문에서 노기 장군이 죽기 전에 써서 남기고 간 것을 읽었습니다. 세이난 전쟁(메이지 10년에 사이고 다카모리가 정부를 상대로 일으킨 반란-옮긴이) 때 적에게 깃발을 빼앗긴 이후, 죄송한 마음 때문에 죽자 죽자 생각하면서도 어떻게 하다 보니 오늘까지 살아왔다고 하는 의미의 글귀를 봤을 때, 나도 모르게 손가락을 꼽아 노기 장군이 죽을 각오를 한 상태로 살아온 세월을 계산해 보았습니다. 세이난 전쟁이라면 메이지 10년이니까 메이지 45년까지는 35년의 거리가 있습니다. 노기 장군은 35년 동안, 죽자 죽자 생각하며 죽을 기회를 기다리고 있었던 모양입니다. 나는 그런 사람한테 이제까지 살아온 35년이 고통스러울지, 아니면 칼로 배를 찌른 한순간이 고통스러울지, 어느 쪽이 고통스러울지에 대해 생각했습니다.

그리고 이삼 일 지나 나는 드디어 자살할 결심을 했습니다.

노기 장군이 죽은 이유가 나한테 잘 이해되지 않는 것처럼 당신한테도 내가 자살하는 이유가 명확하게 납득이 안 될지도 모르지만, 만약 그렇다고 한다면 그것은 시대의 흐름에서 오는 차이니까 할 수 없는 일입니다. 또는 개인이 원래 갖고 태어난 성격의 차이라고 말하는 편이 정확할지도 모릅니다. 나는 내가 할 수 있는 한 나라고 하는 이 이상한 인간을 당신이 이해할 수 있도록 지금까지 써 온 편지 속에 내 자신을 남김없이 표현했다고 생각합니다.

나는 아내를 남겨 두고 갈 생각입니다. 내가 없어져도 아내에게 참혹한 공포감을 주기를 원하지 않습니다. 나는 아내에게 피를 보이지 않고 죽을 생각입니다. 아내가 모르는 사이에 몰래 이 세상에서 없어질 생각입니다. 내가 죽은 후에 아내가 갑작스러운 죽음이었다고 생각하기를 원합니다. 정신이 이상해졌다고 생각하더라도 그것으로 만족합니다.

내가 죽으려고 결심한 지 이미 열흘 이상 지났는데, 그 대부분은 당신에게 이 긴 자서전을 써서 남기기 위해 사용된 걸로 생각해 주십시오. 처음엔 당신을 만나서 이야기를 할 생각이었지만, 쓰고 보니 오히려 이쪽이 나를 분명히 표현할 수 있었던 것 같아 기쁩니다. 나는 취한 기분으로 쓰고 있는 것이 아닙니다. 나를 낳은 나의 과거는 인간 경험의 일부분으로서 나 이외에는 아무도 이야기할 수 있는 것이 아니니까, 그것을 거짓 없이 써서 남기는 내 노력은 인간을 아는 데 있어 당신한테도 다른 사람한테도 무의미한 것은 아닐거라고 생각합니다. 와타나베 가잔은 감단(邯鄲)이라는 그림을 그리기 위해, 죽는 시기를 일주일 연기했다고 하는 이야기를 바로 얼마 전에 들었습니다. 다른 사람이 보면 불필요한 일처럼 생각될 수 있겠지만, 본인에게는 또 본인 나름대로의 필요가 마음속에 있는 거니까 어쩔 수 없다고 말할 수도 있겠지요. 내 노력도 단순히 당신에 대한 약속을 이행하기 위해서만은 아닙니다. 반 이상은 내 자신의 필요에 따라 행동한 결과입니다.

하지만 나는 지금 그 필요를 다했습니다. 이제 아무것도 할 일이 없습니다. 이 편지가 당신의 손에 들어갈 때쯤이면 나는 이미 이 세상에 없겠지요. 이미 죽고 없겠지요. 아내는 열흘쯤 전부터 이치가야의 숙모 댁으로 갔습니다. 숙모가 병환이라 일손이 모자란다고 하기에 내가 권해서 보낸 것입니다. 아내가 집을 비운 사이에 이 긴 편지의 대부분을 썼습니다. 이따금 아내가 돌아오면 나는 곧 그것을 감추었습니다.

나는 나의 과거를, 좋은 점과 나쁜 점을 함께 다른 사람한테 참고로 제공할 생각입니다. 하지만 아내만은 단 한 사람의 예외라고 생각해 주십시오. 나는 아내한테는 아무것도 알리고 싶지 않습니다. 아내가 자신의 과거에 대해 갖는 기억을 가능한 한 순백의 상태로 보존해 주고 싶은 것이 내 유일한 희망이니까, 내가 죽은 다음에도 아내가 살아 있는 동안은 당신한테만 고백된 나의 비밀로서 모든 것을 가슴속에 담아 놓아 주십시오.

꿈 열흘 밤

＊

첫째 밤

이런 꿈을 꾸었다.

팔짱을 끼고 머리맡에 앉아 있는데, 위를 향해 누워 있던
여자가 나지막한 소리로, 이제 죽을 거예요, 라고 말한다. 여
자는 긴 머리카락을 베개 위에 드리우고 부드러운 선을 가진
갸름한 얼굴을 그 안에 누이고 있다. 하얀 뺨 아래로 따스한
붉은빛이 적당히 비치는데, 입술 색은 물론 빨갛다. 거듭 보아
도 죽을 것처럼 보이지는 않는다. 하지만 여자는 조용한 목소
리로, 이제 죽을 거예요, 하고 또렷하게 말했다. 나도, 이제 정
말 죽겠구나, 하고 생각했다. 그래서, 그래, 벌써 죽는 거야?
하고 얼굴을 들여다보며 물어보았다. 그래요, 하면서 여자는
눈을 크게 떴다. 커다랗게 젖은 눈이었다. 긴 속눈썹으로 감싸
인 눈동자는 검었다. 그 검은 눈동자 깊숙한 곳에 내 모습이

비친다.

나는 투명하도록 깊어 보이는 그 검고 반짝이는 눈동자를 바라보며, 이런데도 죽는 걸까, 하고 생각했다. 그래서 베개 옆으로 얼굴을 가까이 갖다 대고, 죽는 거 아니겠지? 괜찮은 거지? 하고 안타까이 되물었다. 그러자 여자는 졸린 듯 검은 눈을 크게 뜬 채 여전히 조용한 목소리로, 하지만 죽는걸요, 어쩔 수 없어요, 하고 말했다.

그럼, 내 얼굴이 보여? 하고 절박한 심정으로 묻자, 보이냐니요, 보세요, 거기 비치고 있잖아요, 하며 생긋 웃어 보였다. 나는 잠자코 베개에서 얼굴을 뗐다. 그리고 팔짱을 끼며, 꼭 죽어야 하나, 하고 생각했다.

잠시 후에 여자가 이렇게 말했다.

"죽으면 묻어 줘요, 커다란 진주조개로 구덩이를 파고요. 그리고 하늘에서 떨어져 내린 별 조각을 묘지 표시로 놓으세요. 그리고 묘지 옆에서 기다려 줘요. 다시 만나러 올 테니까요."

나는 언제 만나러 오느냐고 물었다.

"해가 뜨잖아요, 그리곤 해가 지지요. 그리고 다시 뜨지요, 그러고는 다시 지지요. ……붉은 태양이 다시 동쪽에서 서쪽으로 기울어 가는 동안, ……당신, 기다릴 수 있나요?"

나는 잠자코 고개를 끄덕였다. 여자는 나지막했던 목소리

를 높이더니,

"100년 기다려 주세요." 하고 단호하게 말했다.

"100년, 내 무덤 옆에 앉아 기다려 줘요. 꼭 만나러 올 테니까요."

나는 그저 기다리겠다고 말했다. 검은 눈동자 속에 또렷이 떠 있던 내 모습이 흔들리더니 흐트러지기 시작했다. 잔잔한 물에 파문이 일어 물 위에 비치던 그림자를 흐트러뜨리듯, 흘러내리는가 싶더니 여자의 눈이 굳게 감겼다. 긴 속눈썹 사이로 눈물이 뺨 위를 흘러내렸다. 여자는 어느새 죽었다.

나는 정원으로 내려가 진주조개로 구덩이를 팠다. 진주조개는 커다랗고 모서리가 매끄럽게 닳아 날카로웠다. 흙을 들어낼 때마다 조개 뒷면에 달빛이 반사되어 반짝거렸다. 흙냄새도 물씬 풍겼다. 얼마 동안 파내자 구덩이가 생겼다. 여자를 그 안에 눕혔다. 그리고 부드러운 흙을 위에서 가만히 뿌렸다. 뿌릴 때마다 진주조개 뒷면에서 달빛이 반짝였다.

그리고 떨어져 있던 별 조각을 주워 와 살며시 흙 위에 올려놓았다. 별의 파편은 둥글었다. 긴 시간 하늘에서 떨어져 내려오는 사이에 모서리가 깎여 매끄러워진 걸 거라고 생각했다. 가슴에 안아 올려 흙 위에 놓는 동안 가슴과 손이 조금 따뜻해졌다.

나는 이끼 위에 앉았다. 이제부터 100년 동안 이렇게 기다리게 되는 거로구나 생각하면서 팔짱을 낀 채 둥근 비석을 바라보고 있었다. 그러는 동안 여자가 말한 대로 태양이 동쪽에서 나왔다. 커다랗고 붉은 태양이었다. 얼마 후 여자가 말한 대로 서쪽으로 기울어져 갔다. 붉은 빛깔 그대로 휙 떨어져 갔다. 하나, 하고 나는 세었다.

얼마 후에 또다시 붉은 태양이 불쑥 솟아올랐다. 그리고 조용히 떨어져 버렸다. 둘, 하고 또 세었다.

이렇게 하나하나 세어 가는 동안, 나는 붉은 태양을 몇 개 봤는지 모른다. 세어도 세어도 다 셀 수 없을 만큼 많은 붉은 태양이 머리 위를 스쳐 지나갔다. 그래도 아직 100년이 되지 않는다. 종국에는, 이끼가 낀 둥근 돌을 바라보며, 여자한테 속은 건 아닐까 생각하기 시작했다.

그때 돌 밑에서 내 쪽을 향해 비스듬히 초록빛 줄기가 뻗어 나왔다. 눈앞에서 금세 길어지더니 순식간에 가슴께까지 와서 멈췄다. 그리고 길게 뻗어 휘청거리는 줄기 끝에서 약간 고개를 숙이고 있던 가냘픈 꽃봉오리 한 송이가 탐스럽게 꽃잎을 열었다. 하얀 백합이 코끝에서, 뼛속까지 스며드는 진한 향기를 풍겼다. 그때 먼 위쪽에서 툭 하고 이슬이 떨어졌고, 꽃은 그 무게에 휘청거렸다. 나는 얼굴을 앞으로 내밀어 차가운 이

슬이 맺힌 하얀 꽃잎에 입을 맞추었다. 백합에서 얼굴을 떼려다가 문득 먼 하늘을 바라보니 새벽별 하나가 깜박거리고 있었다.

'벌써 100년이 지났구나.' 나는 그제야 비로소 깨달았다.

*

둘째 밤

이런 꿈을 꾸었다.

주지승 방에서 나와 복도를 지나 내 방으로 돌아오니 등잔이 희미하게 켜져 있었다. 방석에 한쪽 무릎을 대고 심지를 올리자 꽃봉오리 같은 심지 찌꺼기가 붉게 칠한 받침대 위에 떨어졌다. 동시에 방이 환하게 밝아졌다.

장지문 그림은 부손(에도 시대의 시인이자 화가-옮긴이)의 그림이다. 검은 버드나무가 짙푸르거나 옅은 빛깔로 혹은 멀고 가깝게 그려져 있고, 추워 보이는 어부가 삿갓을 비스듬히 쓰고서 제방 위를 지나고 있다. 도코노마에는 해중문수(海中文殊. 사자를 탄 문수보살이 시종과 함께 구름을 타고 바다를 건너는 모습을 그린 불교화-옮긴이) 족자가 걸려 있다. 어두운 구석에서는 아직도 타다 남은 향냄새가 난다. 넓은 절이라 조용하고 사람의 기척이 없다. 검은 천장에 비치는 둥근 등잔의 둥근 그림자가 살아 있는 것처럼 보였다.

무릎을 세운 채로 왼손으로 방석을 들추고 오른손을 넣어 보자 어림잡은 곳에 틀림없이 있었다. 안심하고 방석을 원래대로 고쳐 놓고 그 위에 버티고 앉았다.

당신은 무사이고 무사라면 해탈하지 못할 리가 없지, 하고 주지승이 말했었다. 그렇게 언제까지고 해탈하지 못하는 걸 보면 무사가 아닌 게지라고 말했다. 인간쓰레기로군이라고도 말했다. 오호, 화가 났군, 하며 웃었다. 분하면 해탈했다는 증거를 갖고 오라며 고개를 획 돌렸다. 이런 괘씸한.

넓은 옆방에 놓여 있는 탁상시계가 다음 시각을 알릴 때까지는 반드시 해탈해 주지, 해탈하고 나서 오늘 밤 다시 입실(주지승과 선에 관한 문답을 하는 일-옮긴이)하겠어. 그리고 주지승 모가지와 해탈을 맞바꿔 주겠어. 해탈을 못 하면 주지승의 목숨을 가질 수가 없지. 어떻게 해서든 해탈하지 않으면 안 돼. 나는 무사니까.

만약 해탈하지 못한다면 나 스스로 목숨을 끊겠어. 무사가 모욕을 당하고 살아 있을 수는 없지. 깨끗이 죽어 버리겠어.

이렇게 생각했을 때, 내 손은 나도 모르게 또 방석 밑으로 들어갔다. 그리고 붉은 칼집에 든 단도를 잡아 뺐다. 칼자루를 꼭 쥐고서 붉은 칼집을 저쪽으로 떨쳐 버리자 으스스한 칼날 빛이 어두운 방 안을 가르며 빛났다. 참혹한 무언가가 손끝을 통해 조금씩 빠져나가는 것 같다. 그리고 빠져나가는 대로 칼날 끝에 모여 한 지점에 살기를 가두어 놓고 있다. 자신의 의지와 상관없이 바늘귀만큼 작아진 채로 한 자 길이 칼 끝에서 하릴없이 뾰족해져 있는 칼날을 보자 당장에라도 푹 찔러 보고 싶어졌다. 온몸의 피가 오른손 손목 쪽으로 모여들어, 잡고 있는 칼자루가 끈적끈적하다. 입술이 떨렸다.

단도를 칼집에 꽂고 오른쪽 겨드랑이 쪽에 가까이 놓은 뒤, 좌선 자세를 취했다. 조주가 무(無)라고 했다(《무문관(無門關)》이라는 선문답집에 나오는 문답-옮긴이)는 말이지. 도대체 뭐냐. 망할 놈의 중놈 같으니. 나는 이를 갈았다.

어금니를 악물었더니 코에서 뜨거운 김이 거칠게 뿜어져 나온다. 관자놀이가 땅기며 아프다. 눈은 보통 때보다 두 배나 크게 뜨고 있었다.

족자가 보인다. 등잔불이 보인다. 다다미가 보인다. 주지승의 주전자 대가리가 선명하게 보인다. 옆으로 째진 커다란 입을 벌려 조롱하는 목소리까지 들린다. 괘씸한 중놈. 어떻게든 그 모가지를 잘라 버려야 해. 해탈해 주지. 무다, 무! 혀끝으로 되뇌었다. 무여야 하는데 여전히 향냄새가 났다. 뭐냐 넌, 향

주제에.

　나는 순간 주먹을 쥐고 아프도록 머리를 때렸다. 그리고 어금니를 악물었다. 양쪽 겨드랑이에서 땀이 흐른다. 등이 막대기처럼 느껴진다. 무릎 관절이 갑자기 아파 온다. 무릎이 부서진들 무슨 대수랴. 하지만 아프다. 고통스럽다. 무는 좀처럼 찾아와 주지 않는다. 온다 싶으면 또 아프다. 화가 난다. 가슴이 무너진다. 너무 분하다. 눈물이 줄줄 흐른다. 커다란 바위에 몸을 한 방에 부딪쳐 단번에 뼈도 살도 엉망진창으로 부숴 버리고 싶어진다. 그래도 참으며 꼼짝 않고 앉아 있었다. 참을 수 없을 만큼 절박한 무언가를 가슴속에 담아둔 채로 견디고 있었다. 그 절박함. 온몸의 근육을 밑에서부터 밀어내며 털구멍을 통해 밖으로 밖으로 빠져나오려 몸부림치지만 어디고 다 완전히 막혀 버려 마치 출구가 없는 것처럼, 더없이 참담한 상태였다.

　그러는 사이 머리가 멍해졌다. 등잔도 부손의 그림도 다다미도 선반도 있으면서 없는 것처럼, 없으면서 있는 것처럼 보였다. 그러나 무는 도무지 눈앞에 나타나지 않는다. 그저 망연자실 앉아 있었던 것 같다. 그때 갑자기 옆방 시계가 땡 하고 종을 치기 시작했다.

　정신이 버쩍 들었다. 오른손을 날쌔게 단도에 갖다 댔다.

시계가 두 번째 종을 땡 하고 쳤다.

*

셋째 밤

이런 꿈을 꾸었다.

여섯 살짜리 아이를 업고 있었다. 분명히 내 자식이다. 다만 이상하게도 어느새 눈이 찌그러져 있었고 머리는 민머리다. 네 눈은 언제 그렇게 되었느냐고 묻자, 뭘, 옛날부터지, 하고 대답한다. 목소리는 아이 목소리임에 틀림없는데, 말투는 마치 어른 같다. 게다가 맞먹으려는 말투다.

좌우는 푸르게 벼가 자라 있는 논이다. 길은 좁다. 해오라기 그림자가 가끔씩 어둠을 가른다.

"논에 접어들었구먼." 하고 등 뒤에서 말했다.

"어떻게 알았지?" 하고 뒤돌아보듯이 하며 묻자,

"해오라기가 울지 않나." 하고 대답했다.

그러자 해오라기가 정말 두 번 정도 울었다.

내 자식이지만 등골이 서늘한 느낌이 들었다. 이런 녀석을 업고 있다간 앞으로 무슨 일이 일어날지 몰라. 어디 버릴 곳은 없을까 하고 맞은편을 바라보니 어둠 속에 커다란 숲이 보였

다. 저기 같으면, 하고 생각하자마자 등 뒤에서,

"흐흥." 하는 소리가 들렸다.

"왜 웃지?"

아이는 대답을 하지 않았다. 단지,

"아버지, 무거운가?" 하고 물었다.

"무겁지는 않은데." 하고 대답하자,

"곧 무거워질 걸세." 하고 말했다.

나는 묵묵히 숲을 목표로 걸어갔다. 논길이 불규칙하게 구부러져 있어서 좀처럼 생각대로 앞으로 나아가지지 않는다. 얼마 지나자 갈림길 두 개가 나왔다. 나는 길이 갈라지는 곳에 서서 잠깐 쉬었다.

"돌이 있을 텐데." 하고 아이가 말했다.

그 말대로 사방 여덟 치 되는 돌이 허리 정도 높이로 박혀 있었다. 겉 왼쪽에는 히가쿠보, 오른쪽에는 홋타하라라고 씌어 있다. 어둠 속인데도 붉은 글자가 또렷이 보였다. 붉은 글자는 도롱뇽 배 같은 색깔이었다.

"왼쪽이 좋겠지." 하고 아이가 명령했다. 왼쪽을 보니 아까 보이던 숲이 어두운 그림자를 하늘에서부터 우리 머리 위로 펼쳐 놓고 있다. 나는 잠깐 망설였다.

"망설일 것 없네." 하고 아이가 또 말했다. 나는 할 수 없이 숲 쪽으로 걷기 시작했다. 속으로는 장님 주제에 용케 뭐든지 알고 있군 하고 생각하면서 외길을 걸어 숲 쪽으로 가는데, 등 뒤에서 "아무래도 눈이 안 보이니 불편해서 안 되겠어." 하고 말했다.

"그래서 업어 주는 거니까 됐잖나."

"업히게 되어서 미안하네만, 사람들이 우습게 보니 안 되겠다는 말이야. 부모까지 그러니 말일세."

더 섬뜩해졌다. 얼른 숲으로 가서 버려 버리자고 생각하고 서둘렀다.

"좀 더 가면 알 걸세. ……꼭 이런 밤이었지." 하고 등 뒤에서 혼잣말처럼 말한다.

"뭐가 말인가?" 하고 절박하게 물었다.

"뭐가라니, 알고 있잖은가." 하고 아이는 조롱하듯 대답했다. 그러자 어쩐지 알고 있는 듯한 기분이 들었다. 하지만 정확히는 모르겠다. 그저 이런 밤이었던 것으로 생각된다. 그리고 조금 더 가면 알 것 같은 생각이 든다. 알게 되면 큰일이니까 그러기 전에 빨리 버려 버리고 안심해야 될 것 같다는 생각이 든다. 나는 발걸음을 재촉했다.

비는 아까부터 내리고 있다. 길은 점점 어두워진다. 정신이 하나도 없다. 그저 조그만 아이가 등에 달라붙어, 그 아이가 나의 과거와 현재와 미래를 낱낱이 비추며 한 점도 놓치지 않는 거울처럼 번득이고 있다. 게다가 그 아이란 내 자식이다. 그런 데다 장님이다. 나는 견딜 수 없어졌다.

"여기네, 여기. 바로 그 삼나무 밑둥치 있는 곳."

아이의 목소리는 빗속에서 또렷이 들렸다. 나는 나도 모르게 멈춰 섰다. 아이의 말대로 한 칸 정도 앞에 있는 검은 물체는 틀림없이 삼나무로 보였다.

"아버지, 그 삼나무 아래였지?"

"응, 그랬었지." 하고 나도 모르게 대답해 버렸다.

"문화 5년(에도 시대의 연호. 1808년에 해당함-옮긴이) 진년(辰年)이었지."

정말 문화 5년 진년이었던 것 같다는 생각이 들었다.

"네가 나를 죽인 것은 지금부터 꼭 100년 전이지?"

그 말을 듣는 순간, 지금으로부터 100년 전, 문화 5년 진년의 이런 칠흑 같은 밤에 이 삼나무 밑에서 맹인을 한 사람 죽인 기억이 불현듯 머릿속에 떠올랐다. 자신이 살인자였다는 사실을 처음으로 깨닫는 순간, 등 뒤의 아이가 갑자기 돌부처처럼 무거워졌다.

*

넷째 밤

넓은 마당 한가운데 평상 같은 것이 있고 그 주위에 작은 의자가 늘어서 있다. 평상은 검게 윤이 난다. 한쪽 구석에서는 네모진 상을 앞에 두고 노인이 혼자 술을 마시고 있다. 안주는 야채 조림인 듯하다.

노인은 술이 올라 꽤 붉어져 있다. 게다가 얼굴 전체가 통통해 주름이라 할 만한 것은 어디서도 찾아볼 수 없다. 단지 하얀 수염을 잔뜩 기르고 있기 때문에 나이가 들었다는 것만 알 수 있다. 나는 아이였는데, 이 할아버지 나이는 몇 살쯤 될까 생각했다. 그때 뒤뜰 물통에서 바가지에 물을 떠 온 안주인이 앞치마로 손을 닦으면서,

"할아버지는 몇 살이세요?" 하고 물었다. 노인은 입에 가득 든 야채 조림을 삼키고 나더니,

"몇 살인지 잊어버렸네." 하며 딴청을 부렸다. 안주인은 닦은 손을 좁은 허리띠 사이에 꽂고는 옆에서 노인의 얼굴을 보며 서 있었다. 노인은 대접 같은 커다란 그릇으로 술을 꿀꺽꿀꺽 마시더니 하얀 수염 사이로 휴우 하고 기다란 숨을 내쉬었다. 그러자 안주인이 "할아버지 댁은 어디세요?" 하고 물었다.

노인은 긴 한숨을 도중에서 끊더니,

"배꼽 속이라네." 하고 말했다. 안주인은 좁은 허리띠 사이에 손을 꽂은 채로,

"어디로 가시는 거지요?" 하고 또 물었다. 그러자 노인은 또다시 대접 같은 커다란 그릇으로 뜨거운 술을 꿀꺽 마시고는 아까와 같은 숨을 휴우 하고 내쉬더니,

"저쪽으로 간다네." 하고 말했다.

"똑바로 가시나요?" 하고 안주인이 물었을 때, 휴우 하고 내쉰 숨이 장지문을 지나 버드나무 아래를 빠져 강가 쪽으로 똑바로 갔다.

노인이 바깥으로 나갔다. 나도 뒤쫓아 나갔다. 노인의 허리에 작은 호리병이 매달려 있다. 어깨에 멘 네모난 상자가 겨드랑이 밑에 매달려 있다. 하늘색 잠방이와 소매 없는 하늘색 저고리를 입고 있다. 신발만 노랗다. 어딘가 가죽으로 만든 신발처럼 보였다.

노인이 똑바로 버드나무 아래까지 갔다. 버드나무 아래에 아이들이 서너 명 있었다. 노인은 미소를 지으며 허리춤에서 하늘색 수건을 꺼냈다. 그 수건을 관세실(한지 같은 일본 종이를 가늘게 잘라 꼬아서 실 대신 쓰던 것-옮긴이)처럼 가느다랗게 꼬았다. 그리고 땅 한가운데에 놓았다. 그리고 나서 수건 주위에

커다랗고 둥근 원을 그렸다. 마지막으로, 어깨에 멘 상자에서 놋쇠로 만든 엿장수 피리를 꺼냈다.

"이제 그 수건이 뱀이 될 테니 보고 있거라, 보고 있거라."
하고 되풀이해서 말했다.

아이들은 열심히 수건을 보고 있었다. 나도 보고 있었다.

"보고 있거라, 보고 있거라, 준비됐냐?" 하면서 동그라미 위를 빙글빙글 돌기 시작했다. 나는 수건만 보고 있었다. 하지만 수건은 전혀 움직이지 않았다.

노인은 닐리리닐리리 피리를 불었다. 그리고 원 위를 몇 번이고 돌았다. 짚신 신은 발뒤꿈치를 들고 살금살금, 수건에 신경을 쓰는 것처럼 하면서 돌았다. 무서워하는 것처럼 보이기도 했다. 재미있어하는 것처럼 보이기도 했다.

얼마 후 노인은 피리 불기를 뚝 그쳤다. 그리고 어깨에 멘 상자 뚜껑을 열더니 수건을 손가락으로 살짝 집어 휙 던져 넣었다.

"이렇게 넣어 두면 상자 속에서 뱀이 된단다. 금세 보여 주마, 금세 보여 주마." 하고 말하면서 노인은 똑바로 걷기 시작했다. 버드나무 아래를 지나, 좁게 난 길을 똑바로 내려갔다. 나는 뱀이 보고 싶어서 좁다란 길을 어디까지고 따라갔다. 노인은 가끔 "금세 된다."라거나 "뱀이 된다." 하면서 걸어간다.

종국에는,

  금세 된다, 뱀이 된다,

  틀림없이 된다, 피리 소리가 난다

하고 노래하며 드디어 강가까지 갔다.

다리도 배도 없었기 때문에 여기서 쉬고 나면 상자 속의 뱀을 보여 주겠지 하고 있는데, 노인은 첨벙첨벙 강 속으로 들어가기 시작했다. 처음에는 무릎 정도 깊이였는데, 허리에서 가슴까지 점점 물에 잠겨 보이지 않게 되었다. 그래도 노인은,

  깊어진다, 밤이 된다,

  똑바로 된다

하고 노래하며 어디까지고 똑바로 걸어갔다. 그러고는 수염도 얼굴도 머리도 두건도 전혀 보이지 않게 되고 말았다.

나는 노인이 저쪽 강기슭에 오르면 뱀을 보여 주겠지 생각하며 갈대가 울고 있는 곳에 서서 언제까지고 혼자 기다리고 있었다. 하지만 할아버지는 끝내 올라오지 않았다.

*

다섯째 밤

이런 꿈을 꾸었다.

아마도 아주 오랜 옛날, 신화시대에 가까웠던 옛날 같은데, 전쟁에서 운 나쁘게 패배하고 포로가 되어 적장 앞에 끌려 나가 있었다.

그 무렵 사람들은 모두 키가 컸다. 그리고 모두가 긴 수염을 기르고 있었다. 가죽 허리띠를 매고, 그 허리띠에 막대기 같은 검을 차고 있었다. 활은 두꺼운 등나무 줄기를 그대로 사용한 것 같았다. 옻칠을 하지 않았을 뿐만 아니라 광택을 내지도 않았다. 무척 수수한 활이었다.

적장은 활 한가운데를 오른손으로 쥐고, 그 활을 풀숲 위에 꽂고는 엎어 놓은 술독 같은 물건 위에 걸터앉아 있었다. 적장의 얼굴은 코 위쪽에서 좌우의 눈썹이 굵게 이어져 있다. 그 무렵에는 면도기 같은 것은 물론 없었다.

나는 포로였기 때문에 걸터앉을 수가 없었다. 풀숲 위에 책상다리를 하고 앉아 있었다. 발에는 커다란 짚신을 신고 있었다. 이 시대의 짚신은 목이 높았다. 일어서면 무릎까지 왔다. 끝 부분은 짚을 조금 남겨 술처럼 드리운 장식이 있어서 걸으면 움직였다.

대장은 화톳불 빛으로 내 얼굴을 보더니, 죽겠느냐 살겠느냐 하고 물었다. 이것은 그 당시의 관습이었는데, 포로한테는 누구나 일단 그렇게 묻는 게 보통이었다. 살겠다고 대답하면 항복한다는 뜻이고, 죽겠다고 하면 굴복하지 않겠다는 것이 된다. 나는 한마디, 죽겠다고 대답했다. 대장은 풀숲 위에 꽂아 두었던 활을 저쪽으로 던지더니 허리에 찬 막대기 같은 검을 획 빼려고 했다. 그때, 바람에 옆으로 누운 화톳불이 태울 듯 다가들었다. 나는 적장을 향해 단풍잎처럼 벌린 오른쪽 손바닥을 눈 위까지 치켜들었다. 기다리라는 신호다. 적장은 굵은 검을 쩽 하는 소리를 내며 칼집에 집어넣었다.

그 무렵에도 사랑은 존재했다. 나는 죽기 전에 잠깐 사랑하는 여자를 만나고 싶다고 말했다. 적장은 날이 새고 첫닭이 울 때까지라면 기다려 주겠노라고 말했다. 닭이 울 때까지 여자를 이곳으로 부르지 않으면 안 된다. 첫닭이 울어도 여자가 오지 않으면 나는 만나지 못한 채 죽게 된다.

대장은 걸터앉은 채로 화톳불을 바라보고 있다. 나는 커다란 짚신 신은 발을 가부좌로 꼰 채 풀숲 위에 앉아 여자를 기다리고 있다. 밤은 점점 깊어 간다.

가끔씩 화톳불이 사그러드는 소리가 난다. 사그러들 때마다 불꽃이 적장 쪽으로, 스스로를 가누지 못하겠다는 듯 쏟아진다. 새카만 눈썹 아래로 적장의 눈이 빛난다. 그러면 누군가가 와서 새 나뭇가지를 잔뜩 불 속에 던져 놓고 간다. 잠시 후에는 불꽃이 탁탁 소리를 낸다. 어둠을 밀어낼 듯 힘 좋은 소리였다.

이때 여자는 뒤뜰 졸참나무에 매어 놓은 백마를 끌어냈다. 갈기를 세 번 쓰다듬고는 높다란 등에 훌쩍 뛰어 올라탔다. 안장도 등자도 없는 맨몸의 말이었다. 길고 흰 다리로 옆구리를 차자 말은 단번에 달리기 시작했다. 누군가가 화톳불을 더 태웠기 때문에 먼 곳 하늘이 어렴풋이 밝아 보인다. 말은 이 밝은 곳을 향해 어둠 속을 질주한다. 코에서 불기둥 같은 콧김을 두 줄기 내뿜으며 달려간다. 그래도 여자는 가느다란 다리로 자꾸만 말 옆구리를 차고 있다. 말은 말발굽 소리가 허공을 가를 만큼 빠르게 달린다. 여자의 머리카락은 어둠 속에서 깃발처럼 뒤로 흩날린다. 그래도 아직 화톳불 있는 곳까지 가지 못했다.

그때 캄캄한 길옆에서 갑자기 꼬끼오 하는 닭 울음소리가 들렸다. 여자는 몸이 휘청하며 양손에 쥔 고삐를 힘껏 잡아당겼다. 말은 앞발굽을 단단한 바위 위에 힘차게 박았다.

꼬끼오 하고 닭이 또 한 번 울었다.

여자는 앗 하고 외치며, 잡아당겼던 고삐를 단번에 늦췄다.

말의 다리가 구부러진다. 그러고는 탄 사람과 함께 똑바로 앞으로 떨어져 내려갔다. 바위 아래는 깊은 골짜기였다.

말발굽 자국은 아직 바위 위에 남아 있다. 닭 우는 흉내를 낸 것은 마녀다. 이 말발굽 자국이 바위 위에 남아 있는 한, 마녀는 나의 적이다.

*

여섯째 밤

운케이(가마쿠라 시대의 조각가-옮긴이)가 호국사 정문에서 인왕을 새기고 있다는 소리를 듣고 산책 겸해서 가 보니, 나보다도 먼저 사람들이 잔뜩 모여들어 이러쿵저러쿵 한마디씩 하고 있었다.

정문에서 대여섯 칸 떨어진 곳에 커다란 적송이 있는데, 그 적송 줄기가 비스듬히 정문의 기와를 가리며 멀리 푸른 하늘까지 뻗어 있다. 소나무의 초록빛과 붉게 칠한 문이 서로 자신의 색깔을 뽐내고 있어 멋져 보인다. 그런 데다 소나무의 위치가 좋다. 눈에 거슬리지 않을 만큼 왼쪽 끝을 비스듬히 가르며 위쪽으로 갈수록 폭이 넓어져 지붕까지 뻗어 있는 것이 어쩐지 고풍스러워 보인다. 가마쿠라 시대(12세기 말에서 14세기 중

반까지-옮긴이)인 것 같기도 하다.

그런데 보고 있는 사람은 전부 나와 마찬가지로 메이지 시대 사람이다. 그중에서도 인력거꾼이 가장 많다. 손님을 기다리다가 심심풀이 삼아 서 있는 것임에 틀림없다.

"정말 크기도 하구먼." 하고 말하고 있다.

"사람 만드는 일보다 훨씬 힘들겠어." 하기도 한다.

그런가 하면 "흐음, 인왕이네. 지금도 인왕을 만드나? 난 또 인왕은 전부 옛날 것이라고만 생각했지." 하는 남자도 있다.

"정말 힘세 보이지요. 전에 들었는데, 예로부터 누구니 누구니 해도 인왕만큼 힘센 이는 없답디다. 어쨌거나 야마토타케루노미코토(교코 천황의 아들.《고사기(古事記)》등에 일본 동부를 평정한 영웅으로 등장함-옮긴이)보다도 더 세다니까요." 하면서 말을 붙여 오는 남자도 있다. 이 남자는 엉덩이 밑으로 처지는 옷자락을 허리띠 속에 넣고 모자를 안 쓰고 있었다. 어지간히 무식한 사람인 것 같다.

운케이는 구경꾼들 평판에는 조금도 개의치 않고 끌과 망치를 움직여 가고 있다. 전혀 뒤돌아보지도 않는다. 높은 곳에 올라서서 인왕의 얼굴 언저리를 열심히 파 나가고 있다.

운케이는 머리에 작은 두건 같은 것을 얹어 놓고 무슨 옷인지 알 수 없는 옷의 넓은 소맷자락을 등 뒤로 돌려 묶어 놓고 있다. 그 모습이 자못 고풍스럽다. 시끌벅적한 구경꾼들과는 전혀 어울리지 않는 것 같다. 나는 왜 운케이가 지금까지 살아 있는 걸까 생각했다. 정말 이상한 일도 있다고 생각하면서 줄 곧 서서 보고 있었다.

그러나 운케이 쪽은 전혀 이상하다거나 묘하다고는 느끼지 않는 듯한 모습으로 열심히 조각만 하고 있다. 고개를 쳐들고 이 모습을 바라보고 있던 한 젊은 남자가 내 쪽을 돌아보더니,

"역시 운케이는 다르군요. 우리가 전혀 눈에 안 들어오는가 봅니다. 하늘 아래 영웅은 오직 인왕과 자기뿐이라는 태도로군요. 대단하네요." 하며 칭찬을 시작했다.

나는 그의 말이 재미있다고 생각했다. 그래서 잠깐 젊은 남자 쪽을 보자 젊은 남자는 곧바로,

"저 끌과 망치 쓰는 것 좀 보십시오. 자유자재의 경지 아닙니까." 했다.

운케이는 그때 굵은 눈썹을 3센티미터 높이로 가로로 파내더니 끌의 날을 세로로 세우자마자 위에서 비스듬히 망치로 내리쳤다. 단단한 나무가 단번에 깎여 나가, 두꺼운 나뭇조각이 망치 소리와 함께 날아왔나 했더니, 콧구멍이 크게 벌어진 매부리코의 옆면이 순식간에 나타났다. 끌을 다루는 그 솜씨

는 전혀 거침이 없어 보였다.

"용케도 저렇게 아무렇게나 파는데도 의중대로 눈썹이니 코가 만들어지는구먼." 하고 나는 너무나 탄복했기 때문에 혼 잣말처럼 말했다. 그러자 아까의 그 젊은 남자가,

"아니죠, 저건 눈썹이나 코를 끌로 만드는 게 아닙니다. 저렇게 생긴 눈썹이나 코가 나무 속에 파묻혀 있는 것을 끌과 망치로 파낼 뿐이지요. 마치 땅속에서 돌을 파내는 거나 마찬가지니 절대로 실패할 리가 없지요." 하고 말했다.

나는 그제야 비로소 조각이란 그런 건가 싶었다. 정말 그런 거라면 누구나 할 수 있는 일이라고 생각했다. 그리고 갑자기 인왕을 만들어 보고 싶어져서 구경을 그만두고 바로 집으로 돌아왔다.

도구 상자에서 끌과 망치를 갖고 나와 뒤뜰로 가 보니, 일전에 폭풍으로 넘어진 떡갈나무를 장작으로 만들 생각으로 톱장이에게 잘라 놓게 했던 적당한 놈이 잔뜩 쌓여 있었다.

나는 가장 큰 것을 골라 기세 좋게 파기 시작했는데, 불행하게도 인왕은 나타나지 않았다. 그다음 역시 운 나쁘게도 파낼 수가 없었다. 세 번째 것에도 인왕은 없었다. 나는 쌓아 놓은 장작을 닥치는 대로 파 보았지만 인왕이 들어 있는 것은 하나도 없었다. 끝내는, 메이지의 나무에는 절대로 인왕이 파

묻혀 있지 않다는 것을 깨달았다. 그리고 운케이가 오늘날까지 살아 있는 이유도 대충 이해가 갔다.

*

일곱째 밤

분명치는 않지만 하여간 큰 배를 타고 있었다.

이 배가 매일매일 끊임없이 검은 연기를 뿜으며 파도를 가르며 나아간다. 엄청난 소리를 낸다. 하지만 어디로 가는지는 알 수 없다. 그저 파도 아래에서 시뻘겋게 달구어진 부젓가락 같은 태양이 솟아올라 높은 돛대 한가운데까지 와서 잠시 걸려 있다가는 어느샌가 큰 배를 앞질러 앞으로 가 버린다. 그리고 마지막에는 시뻘겋게 달구어진 부젓가락처럼 치익 하는 소리를 내면서 다시 파도 밑으로 잠겨 들어간다. 그때마다 푸른 파도가 멀리서 보랏빛으로 끓어오른다. 그러면 배는 엄청난 소리를 내며 그 뒤를 따라간다. 하지만 결코 따라잡지 못한다.

어느 날 나는 뱃사람을 붙들고 물어보았다.

"이 배는 서쪽으로 갑니까?"

뱃사람은 영문을 알 수 없다는 얼굴로 얼마 동안 나를 보고 있다가 잠시 후에,

"왜 그렇게 생각합니까?" 하고 되물었다.

"떨어지는 해를 쫓아가는 것 같으니까요."

뱃사람은 껄껄 웃었다. 그러고는 반대편으로 가 버렸다.

"서쪽으로 지는 해, 종착지는 동쪽이냐, 그건 사실이냐. 동쪽에서 뜨는 해, 고향은 서쪽이냐, 그것도 사실이냐. 몸은 파도 위, 키를 베개 삼아, 흐르네, 흘러가네." 하는 흥겨운 소리가 난다. 뱃머리에 가 보니 뱃사람들이 잔뜩 모여 굵은 밧줄을 당기고 있었다.

나는 몹시 불안해졌다. 언제 육지에 닿을 수 있을는지 알수가 없다. 게다가 어디로 가는지도 알 수가 없다. 다만 검은 연기를 뿜으며 물결을 헤치고 가는 것만은 분명하다. 그 물결은 굉장히 높았다. 한없이 파랗게 보인다. 때로는 보랏빛이 되었다. 다만 배가 움직이는 주위만은 언제고 하얗게 거품이 일었다. 나는 몹시 불안했다. 이런 배를 타고 있으니 차라리 몸을 던져 죽어 버릴까 하고 생각했다.

배를 타고 있는 사람은 많았다. 대개는 외국인 같았다. 하지만 형형색색의 얼굴을 하고 있었다. 하늘이 흐려지고 배가 흔들렸을 때, 한 여자가 난간에 기대서서 자꾸만 울고 있었다. 눈물을 닦는 손수건 빛깔이 하얗게 보였다. 하지만 옷은 사라사(새나 짐승, 꽃이나 나무 등이 화려하게 무늬진 직물-옮긴이) 천

같은 감으로 된 양장이었다. 이 여자를 보고, 슬픈 건 나만이 아니라는 사실을 알았다.

어느 날 밤, 갑판 위로 나가 혼자서 별을 바라보고 있는데, 한 외국인이 다가오더니 천문학에 대해 알고 있느냐고 물었다. 나는 세상살이가 재미없어 죽음을 생각하고 있는 중이다. 천문학 따위를 알 필요는 없었다. 잠자코 있었다. 그러자 그 외국인이 금우궁(金牛宮) 위에 있는 일곱 개의 별 이야기를 들려주었다. 그리고 별도 바다도 모두 신이 만든 거라고 말했다. 마지막으로 나에게 신을 믿느냐고 물었다. 나는 하늘을 바라보며 입을 다물고 있었다.

어느 날 살롱으로 들어가니 화려한 옷을 입은 젊은 여자가 돌아앉아 피아노를 치고 있었다. 그 옆에는 키 크고 멋진 남자가 서서 노래를 하고 있었다. 입이 아주 커 보였다. 하지만 두 사람은 자기들에 관한 일 외에는 도무지 관심이 없는 듯한 모습이었다. 배에 타고 있다는 사실마저 잊어버리고 있는 것 같았다.

나는 점점 더 따분해졌다. 마침내 죽기로 결심했다. 그래서 어느 날 밤, 주위에 아무도 없을 때, 과감하게 바닷속으로 뛰어들었다. 그런데…… 발이 갑판을 떠나 배와 인연이 끊긴 그 찰나에 갑자기 목숨이 아까워졌다. 뛰어들지 않았으면 좋았을 걸, 하고 속으로 생각했다. 하지만 이미 늦었다. 나는 싫으나 좋으나 바닷속으로 들어가지 않으면 안 된다. 다만, 아주 높게 만들어진 배인 듯, 몸은 배를 떠났지만 발은 좀처럼 물에 닿지 않는다. 하지만 잡을 수 있는 것이 없어 점차 물에 가까워진 다. 아무리 다리를 오므려 봐도 가까워진다. 물빛은 검었다.

그러는 사이 배는 언제나 그랬듯 검은 연기를 뿜으며 지나 쳐 버렸다. 나는 어디로 가는지 모르는 배라도 역시 타고 있는 편이 나을 뻔했다고 비로소 깨달으면서, 하지만 그 깨달음을 살리지도 못한 채 한없는 후회와 공포를 안고 검은 파도 쪽으 로 조용히 떨어져 내려갔다.

*

여덟째 밤

이발소 문턱을 넘어서자 흰옷을 입고 모여 서 있던 서너 사 람이 한꺼번에 어서 오십시오, 했다.

한가운데 서서 둘러보니 네모난 방이다. 창문이 두 방향으 로 나 있고 나머지 두 방향에는 거울이 걸려 있다. 거울 수를 세어 보니 여섯 개가 있었다.

나는 그중 한 거울 앞에 가서 앉았다. 그러자 의자에서 풀

썩 하는 소리가 났다. 꽤나 푹신하게 만들어진 의자다. 거울에
는 내 얼굴이 멋지게 비쳤다. 얼굴 뒤로는 창이 보였다. 그리
고 카운터가 옆으로 비스듬히 보였다. 카운터 안에는 사람이
없었다. 창밖으로는 길 가는 사람들의 상반신이 잘 보였다.

쇼타로가 여자를 데리고 지나간다. 언제 샀는지, 쇼타로는
파나마모자를 사서 쓰고 있다. 여자는 언제 생긴 걸까? 도무
지 알 수가 없다. 두 사람이 다 득의만연한 얼굴이다. 여자의
얼굴을 잘 보려고 하는데 지나가 버리고 말았다.

두부 장수가 나팔을 불면서 지나갔다. 나팔을 입에 대고 있
었기에 뺨이 벌에 쏘인 것처럼 부풀어 보였다. 부풀어 있는 채
로 지나갔기 때문에 신경이 쓰인다. 평생 벌에 쏘인 상태로 있
을 것 같다는 생각이 든다.

게이샤가 나왔다. 아직 화장을 안 했다. 시마다 머리(기모노
를 입을 때 하는 머리 모양 중의 하나-옮긴이)가 느슨해져 어쩐지
부스스해 보인다. 얼굴도 잠이 덜 깬 상태다. 얼굴빛이 불쌍해
질 만큼 나쁘다. 절을 하며, 인사드립니다, 아무개입니다, 하고
말했는데, 그 상대방은 좀처럼 거울 속에 나와 주질 않는다.

그러자 흰옷을 입은 덩치 큰 남자가 가위와 빗을 가지고 내
뒤로 와 내 머리를 보기 시작했다. 나는 많지 않은 수염을 꼬
면서, 어떻소, 뭐가 좀 되겠소, 하고 물었다. 하얀 남자는 아무

말 없이 손에 든 호박색 빗으로 가볍게 내 머리를 두드렸다.

"머리도 그렇지만, 어떻소, 뭐가 좀 되겠소?" 하고 나는 하얀 남자한테 물었다. 하얀 남자는 여전히 아무 대답도 하지 않고, 찰칵찰칵 가위 소리를 내기 시작했다.

나는 거울에 비치는 그림자를 하나도 놓치지 않고 볼 생각으로 눈을 크게 뜨고 있었는데, 가위 소리가 날 때마다 검은 머리카락이 날아오기에 무서워져서 눈을 감았다. 그러자 하얀 남자가 이렇게 말했다.

"나리는 바깥에 있는 금붕어 장수를 보셨습니까?"

나는 못 봤다고 말했다. 하얀 남자는 그 말만 하고는 가위 소리만 내고 있었다. 그때 갑자기 커다란 목소리로 위험해, 하고 소리치는 사람이 있었다. 흠칫 눈을 뜨자 하얀 남자의 소매 아래로 자전거 바퀴가 보였다. 인력거의 손잡이가 보였다. 그 순간, 하얀 남자가 양손으로 내 머리를 잡더니 옆으로 획 돌렸다. 자전거와 인력거는 전혀 보이지 않게 되었다. 가위 소리가 찰칵찰칵 난다.

잠시 후 하얀 남자는 내 옆으로 돌아오더니 귀 부분을 깎기 시작했다. 머리털이 앞쪽으로 튀지 않게 되었기 때문에 안심하고 눈을 떴다. 찹쌀떡, 찹쌀떡, 찹쌀떡 사아려, 하는 소리가 바로 옆에서 난다. 작은 절굿공이까지 절구에 넣어 놓고 박자에 맞추어 떡을 찧고 있다. 찹쌀떡 장수는 어릴 때 이후로 본 적이 없기 때문에 어떤 모습인지 좀 보고 싶다. 하지만 거울 속에는 도무지 찹쌀떡 장수가 나타나지 않는다. 단지 떡을 찧는 소리가 들릴 뿐이다.

나는 가진 시력을 총동원해서 거울 한구석을 들여다봤다. 그러자 카운터 안에 어느새 한 여자가 앉아 있다. 얼굴색이 약간 검고 눈썹이 짙은 덩치 큰 여자인데, 머리를 은행잎 머리(기모노를 입을 때 하는 머리 모양 중의 하나. 메이지 시대에는 주로 중년 여성이 했다-옮긴이)로 엮고 검은 공단 깃이 달린 홑겹 옷을 입고서 무릎을 세운 채로 지폐를 세고 있다. 지폐는 10엔짜리인 것 같다. 여자는 긴 속눈썹을 드리운 채 얇은 입술을 꼭 다물고 열심히 지폐 수를 헤아리고 있는데, 세는 속도가 대단히 빠르다. 그런데도 지폐는 언제까지고 다하지 않을 것처럼 보인다. 무릎 위에 놓여 있는 것은 기껏해야 100장 정도인데, 그 100장이 언제까지고 100장이다.

나는 멍하니 이 여자의 얼굴과 10엔짜리를 바라보고 있었다. 그러자 귀 옆에서 하얀 남자가 커다란 목소리로 "감읍시다." 하고 말했다. 마침 잘되었다 싶어 의자에서 일어서자마자 카운터 쪽을 돌아보았다. 하지만 카운터 안에는 여자도 돈다발도 보이지 않았다.

값을 치르고 밖으로 나오니 문 모퉁이 왼쪽에 타원형 단지가 다섯 개 놓여 있고 그 안에 빨간 금붕어, 반점이 있는 금붕어, 홀쭉한 금붕어, 통통한 금붕어가 잔뜩 들어 있었다. 그리고 금붕어 장수가 그 뒤에 있었다. 금붕어 장수는 턱을 괴고 자기 앞에 놓인 금붕어를 물끄러미 바라보며 꼼짝 않고 있다. 시끌벅적한 길거리에는 조금도 관심이 없다. 나는 얼마 동안 서서 금붕어를 바라보고 있었다. 하지만 내가 바라보고 있는 동안, 금붕어 장수는 전혀 움직이지 않았다.

＊

아홉째 밤

세상이 언제부턴가 어수선해지기 시작했다. 금방이라도 전쟁이 일어날 것 같다. 불난 집에서 뛰쳐나온 안장 없는 말이 밤낮없이 집 주위를 날뛰며 돌아다니고, 졸개들이 서로 밀쳐대며 밤낮없이 그 말들을 쫓아다니고 있는 것 같은 기분이다. 그러면서도 집 안은 쥐 죽은 듯 고요하다.

집에는 젊은 어머니와 세 살짜리 아이가 있다. 아버지는 어디론가 가고 없다. 아버지가 어딘가로 간 것은 달이 뜨지 않은 한밤중이었다. 이불 위에서 짚신을 신고 검은 두건을 쓰고 뒷문으로 나갔다. 그때 어머니가 들고 있던 등잔 불빛이 어둠 속에 길게 드리워져 울타리 앞에 있는 오래된 노송을 비추었다.

아버지는 그때 이후 돌아오지 않았다. 어머니는 세 살짜리 아이에게 "아빠는?" 하고 매일 묻는다. 아이는 아무 말도 하지 않았다. 시간이 흐르자 "저어기." 하고 대답하게 되었다. 어머니가 "언제 오시지?" 하고 물어도 역시 "저어기."라고 대답하곤 웃고 있었다. 그때는 어머니도 웃었다. 그리고 "이제 곧 오신단다." 하는 말을 몇 번이고 되풀이해서 가르쳤다. 하지만 아이는 '이제 곧'만을 기억했을 뿐이다. 가끔은 "아빠는 어디?" 하고 물으면 "이제 곧." 하고 대답할 때도 있었다.

밤이 되어 사방이 정적에 휩싸이면, 어머니는 허리띠를 다시 고쳐 매고서 상어 칼집에 든 단도를 허리띠 사이에 꽂고 아이를 가느다란 띠로 등에 업고는 몸을 살짝 굽히며 빠져나간다. 어머니는 항상 조리를 신고 있었다. 아이는 찰박찰박하는 이 조리 소리를 들으며 어머니 등 뒤에서 자 버리는 적도 있었다.

토담이 이어져 있는 저택 옆을 서쪽으로 내려가 완만한 비탈길을 끝까지 내려가면 커다란 은행나무가 있다. 이 은행나무를 목표로 해서 오른쪽으로 돌아가면 한 구획쯤 안쪽에 돌로 된 도리이(신사 입구에 세워진 문-옮긴이)가 있다. 한쪽은 밭이고 또 다른 한쪽은 얼룩조릿대만 있는 길을 따라 도리이가 있는 곳까지 가서 도리이를 지나면 어두운 삼나무 숲이 있다. 그리고 스무 칸 정도 돌이 깔린 길을 따라 더 가면 오래된 배전(拜殿)이 있는 계단 밑이 나온다. 빗물에 씻겨 쥐색으로 바랜 새전함 위에 커다란 방울이 달린 끈이 매달려 있고, 낮에 보면 그 방울 옆에 팔번궁(八幡宮)이라는 현판이 걸려 있다. 팔이라는 글자가 비둘기 두 마리가 마주보고 있는 것 같은 서체로 쓰여 있는 것이 흥미롭다. 그 밖에도 여러 가지 현판이 있다. 대개는 무사가 쏘아 맞힌 금빛 과녁을, 쏜 사람의 이름과 함께 걸어 둔 것이 많다. 가끔은 긴 칼이 봉납되어 있기도 하다.

도리이를 지나면 삼나무 가지에서 늘 부엉이가 울고 있다. 그리고 짚으로 된 조리를 끄는 소리가 난다. 그 소리가 배전 앞에서 멈추면, 어머니는 우선 소리 나게 방울을 흔든 다음에 곧바로 쭈그리고 앉아 손뼉을 친다. 대개는 이때 부엉이가 불현듯 울음을 그치게 된다. 어머니는 흐트러짐 없는 마음으로 남편의 평온무사함을 빈다. 어머니는 남편이 무사니까 활의 신을 모신 신사에 와서 이렇게 간곡히 기도하면 아마도 안 들어 주실 수는 없을 거라고만 생각하고 있다. 아이는 곧잘 이 방울 소리에 깨어나는데, 주위를 보면 캄캄한 어둠인지라 갑자기 등에서 울기 시작할 때가 있다. 그때 어머니는 입속으로 무슨 말인가 빌면서 등을 흔들어 어르려고 한다. 그러면 쉽사리 그칠 때도 있다. 혹은 점점 더 심하게 울 때도 있다. 어느 쪽이건 어머니는 쉽게 일어서지 않는다.

남편의 안전을 대충 빌고 나면 이번에는 포대기를 풀어 등에 있는 아이를 조금씩 미끄러뜨리듯 하며 등에서 앞으로 돌려서는 양손으로 안고 배전으로 올라가 "착하지, 잠깐만 기다려." 하고는 반드시 자기 뺨을 아이의 뺨에 대고 비빈다. 그리고 포대기 끈을 길게 풀어서 아이를 묶어 놓고 한쪽 끝을 배전 난간에 매어 놓는다. 그리고 계단을 내려가 돌이 깔린 스무 칸 길을 왔다 갔다 하면서 백번길(일정 구간을 100번 왔다 갔다 하는 행동. 그렇게 하면 원하는 것이 이루어진다는 믿음이 있었다-옮긴이) 을 하기 시작한다. 배전에 묶여 있는 아이는 어둠 속에서, 포대기 끈이 허용하는 곳까지 넓은 툇마루를 기어 다닌다. 그럴 때는 어머니가 아주 편안한 밤이다. 하지만 매어 놓은 아이가 소리 내며 울면 어머니는 안절부절못한다. 백번길을 하는 발걸음이 아주 빨라진다. 어쩔 수 없을 때는 도중에 배전까지 올라와서 어떻게든 달래 놓고 다시 백번길을 할 때도 있다.

이렇게 어머니가 며칠 밤을 잠 못 이루며 마음 졸여 걱정하고 있던 아버지는 벌써 예전에 떠돌이 무사에게 죽고 없었다.

이런 슬픈 이야기를 꿈속에서 어머니한테서 들었다.

*

열째 밤

쇼타로가 여자한테 잡혀갔다가 7일째 되는 날 밤에 홀연히 돌아와 갑자기 열을 내며 몸져누웠다고 겐씨가 알리러 왔다.

쇼타로는 동네에서 제일가는 미남 청년이며 매우 선량하고 정직한 사람이다. 그런데 문제 있는 취미가 하나 있다. 저녁이 되면 파나마모자를 쓰고 과일 가게 앞에 걸터앉아 길 가는 여자들의 얼굴을 바라본다. 그리고 닥치는 대로 탄복한다. 그 밖에는 이렇다 할 만한 특이한 점이 없다.

여자들이 별로 지나다니지 않을 때는 큰길을 보지 않고 과일을 본다. 과일은 여러 종류가 있다. 복숭아, 사과, 비파, 바나나가 보기 좋게 바구니에 담겨 곧바로 선물로 가져갈 수 있도록 두 줄로 늘어놓아져 있다. 쇼타로는 이 바구니를 보고 아름답다고 말한다. 장사를 하려면 과일 장사가 제일이라고 말한다. 그러면서도 자신은 파나마모자를 쓰고 빈둥대며 지내고 있다.

이 색깔이 좋다며, 여름밀감(감귤류의 과일. 껍질이 두껍고 자몽 정도의 크기로 알이 단단하다-옮긴이) 따위를 품평하는 일도 있다. 하지만 돈을 내고 과일을 산 적은 한 번도 없다. 공짜로 먹는 일도 물론 없다. 색깔을 칭찬하고만 있다.

어느 날 저녁, 한 여자가 불쑥 가게 앞에 와서 섰다. 지체 있는 여자인지 값비싼 복장을 하고 있다. 그 옷 색깔 또한 대단히 쇼타로의 마음에 들었다. 그뿐 아니라 쇼타로는 여자의 얼굴에도 크게 감탄하고 말았다. 그래서 소중한 파나마모자를 벗고 정중하게 인사를 했더니 여자는 가장 큰 바구니를 가리키면서, 이것을 주세요, 했다. 쇼타로는 얼른 그 바구니를 집어서 건네주었다. 그러자 여자는 그 바구니를 잠깐 들어 보더니, 아주 무겁네요, 하고 말했다.

쇼타로는 원래 시간이 많은 사람인 데다 아주 친절한 사람이었기 때문에, 그럼 댁까지 들어다 드리지요, 하고 말하고는 여자와 함께 과일 가게를 나섰다. 그러고는 돌아오지 않았다.

아무리 쇼타로라지만 이럴 수는 없다, 무슨 일이 난 걸 거라며 친척과 친구들이 법석을 떨고 있는데, 7일째 되는 날 밤에 홀연히 돌아왔다. 그래서 모두들 에워싸고 어디 갔었느냐고 묻자 쇼타로는 전차를 타고 산에 갔었다고 대답했다.

아무튼 아주 긴 행로의 전철이었음에 틀림없다. 쇼타로의 말에 따르면 전철에서 내리자 곧바로 들판이 나왔다. 들판은 아주 넓었고 보이는 곳마다 파란 풀로 덮여 있었다. 여자와 함께 풀밭 위를 걸어가자 갑자기 절벽 꼭대기가 나타났다. 그때 여자가 쇼타로에게, 여기서 뛰어내려 보세요, 했다. 밑을 내려다보니 암벽은 보이지만 바닥은 보이지 않는다. 쇼타로는 파나마모자를 벗어 보이며 반복해 사양했다. 그러자 여자가, 만약 과감하게 뛰어내리지 않으면 돼지한테 욕을 볼 텐데, 그래도 괜찮은가요, 하고 물었다. 쇼타로는 돼지와 구모에몬(메이지 시대에 대중가요를 노래하던 사람-옮긴이)을 아주 싫어했다. 하지만 목숨과는 바꿀 수 없다고 생각해서 여전히 뛰어내리는 것을 미루고 있었다. 그런데 돼지 한 마리가 콧김을 씩씩대며 다가왔다. 어쩔 수 없어서 쇼타로는 갖고 있던, 빈랑나무로 만든 가느다란 지팡이로 돼지의 콧등을 쳤다. 돼지는 꿀, 하며 나동그라지더니 벼랑 아래로 떨어졌다. 쇼타로가 휴 하고 한숨을 돌리고 있는데, 또 한 마리의 돼지가 커다란 코를 쇼타로한테 들이대러 왔다. 쇼타로는 어쩔 수 없이 또 지팡이를 휘둘렀다. 돼지는 꿀, 하고는 또 거꾸로 골짜기 아래로 떨어졌다. 그러자 또 한 마리가 나타났다. 이때 쇼타로가 문득 정신을 차리고 맞은편을 보니, 멀리 푸른 풀숲이 끝나는 언저리에서 몇만 마리인지 셀 수도 없는 돼지들이 떼를 지어 일직선으로, 벼랑 위에 서 있는 쇼타로를 향해 꿀꿀대며 오고 있었다. 쇼타로는 진정 두려운 마음이었다. 하지만 어쩔 수 없어서, 다가오는 돼지의 콧등을 하나하나 빠뜨리지 않고 빈랑나무 지팡이로 쳤다. 이상하게도 돼지는 지팡이가 코에 닿기만 해도 힘없이 골짜기 아래로 떨어져 간다. 들여다보니, 바닥이 보이지 않는 절벽을 돼지들이 거꾸로 줄지어 떨어져 내려간다. 내가 이렇게 많은 돼지를 골짜기로 떨어뜨렸나 싶어, 쇼타로는 자신이 한 일이면서도 두려워졌다. 하지만 돼지는 연달아 온다. 검은 구름에 다리가 달려 푸른 풀숲을 밟아 가르는 듯한 기세로, 엄청난 수의 돼지들이 꿀꿀거리며 온다.

쇼타로는 필사적으로 기운을 차려 여섯 밤하고도 7일 동안이나 돼지 콧등을 두드렸다. 하지만 마침내 기운이 다해 손이 묵처럼 늘어졌고 결국은 돼지한테 당했다. 그리고 벼랑 위에 쓰러졌다.

겐씨는 쇼타로의 이야기를 여기까지 하고는, 그러니까 여자를 너무 좋아하는 건 문제라고 말했다. 나도 맞는 이야기라고 생각했다. 그러면서도 겐씨는 쇼타로의 파나마모자를 얻고 싶다고 말했다.

쇼타로는 살아나지 못할 것이다. 파나마모자는 겐씨의 것이 될 것이다.

나쓰메 소세키와 근대 일본

_나쓰메 소세키의 작품 세계

나쓰메 소세키는 일본 근대문학을 대표하는 작가다. 소세키가 천 엔짜리 지폐를 장식했던 것은 거기서 연유한다. 소세키는 생전에는 물론 작고한 이후에도 오래도록 일본인들에게 사랑받아 왔는데, 지금까지도 그는 여전히 일본인이 '가장 좋아하는 작가'(《아사히 신문》 설문 조사)로 남아 있다. 이처럼 대중적인 인기를 얻고 있을 뿐 아니라 자신의 문학적 출발점이 나쓰메 소세키였음을 고백하는 평론가나 문학 연구자 또한 적지 않다는 사실은 일본에서 소세키의 존재가 어떤 존재인지를 충분히 보여 준다.

나쓰메 소세키는 1867년, 에도 막부가 무너지고 왕정으로 바뀌어 메이지 시대로 접어들기 바로 전 해에 도쿄에서 태어났다. 작은 고을을 지배하는 영주의 가신 집안이라고 하는 비교적 유복한 환경에서 태어난 셈이었지만, 소세키가 태어난 시기는 시대의 변화와 더불어 어쩔 수 없이 가운이 기울기 시작하던 때이기도 했다. 아이가 다섯이나 있는 상황에서 어머니 나이 마흔이 넘었을 때 태어난 그의 존재는 처음부터 '남부끄러운 아이'였고 '잉여적'인 존재였다. 소세키는 어머니의 젖이 부족했다는 이유로 태어난 지 얼마 되지 않아 남의 집에 맡겨졌는데, 가난한 고물상이었던 그 집에서는 소세키를 작은 바구니에 넣어 가게 앞에 놓아두었고, 어느 날 밤 우연히 그곳을 지나던 누나가 그 광경을 보고 집으로 데려오는 일도 있었다. 이러한 '잉여적' 존재라는 자기 인식과 차가운 밤거리에 뉘여 있던 아이라는 생의 초반 기억은, 이후 어두운 원초적 기억으로서 소세키의 의식 속에 자리 잡게 된다.

만 세 살이 되기 전에 또다시 다른 집에 양자로 보내지게 되었고, 양부모의 싸움 소리로 매일 밤잠을 깨야 하는 환경에서 자라야 했던 소세키가, 그런 어두운 환경에서 벗어나 다시 친부모에게 돌아온 것은 아홉 살 때였다. 만년에 쓴 자전적 소설 〈한눈팔기〉에는 "너는 어디에서 태어났지?", "네 진짜 부모는 누구지?" 하고 물으며 자신들을 손가락질해 보이기를 요구하는 양부모가 등장한다. 그러한 상황에서 소세키는 어릴 때부터 자신이 누구이며 어디에 속해 있는 존재인지에 대한 질문을 끊임없이 자신을 향해 던지지 않을 수 없었고, 그 경험은 어디에도 속할 수 없는 존재라는 원초적 불안감으로 각인되었다. 말하자면 존재의 근원에서 유리된 감각이 생(生)에 대한 소세키의 기본 인식이었던 셈이다.

그리고 도쿄대학 영문과를 졸업한 후 1900년, 즉 20세기가 시작되던 해에 그는 일본 문부성의 국비 유학생으로서 영국으로 건너가 2년 동안 머무르게 된다. 이 기간 동안 '문학이란 무엇인가'라는 물음에 대한 대답을 발견해 낼 목적으로 피나는 노력을 했고, 이 기간은 자신의 젖줄인 한문학과 영문학의 차이를 발견해 내려한 시기이기도 했다. 동시에 선진국 영국에서 느껴야 했던 동양의 후진국 청년으로서의, 마치 '늑대 무리 속에 섞인 털북숭이 개'와도 같다고 하는 자기 인식에서 비롯된 열등감과 고독감, 그리고 고뇌 끝에 도달한 '자기 본위'의 사상은 이후 소세키의 작품과 저술에 큰 영향을 끼치게 된다.

귀국 후 소세키는 도쿄대학의 강단에 서면서 친구의 권유로 소설을 쓰기 시작했고 처음 발표한 〈나는 고양이로소이다〉가 뜻밖에 호평을 얻어 소설가로 첫걸음을 내딛게 된다. 그리고 강단에 선 지 4년, 나이 41세 때 그는 〈아사히 신문〉의 의뢰에 응해 당시로서는 최고의 엘리트로서 존경받을 수 있었던 도쿄대학 교수라는 안정된 신분을 박차고 전업 작가가 되는 길을 택한다. 이후 그는 인간의 불안, 공포, 허무감 등을 꿈의 형식에 의거해 그려 낸 〈꿈 열흘 밤〉, 지방에서 도쿄로 올라온 대학생의 사랑과 실연을 그린 〈산시로〉, 과거에 사랑했던 여자를 되찾기 위해 가정과 사회의 배척을 각오하고 이른바 불륜을 선택하는 주인공을 등장시켜 인간을 억압하는 인위적인 '의식'(=제도)과 '자연'의 발로의 당위성을 묻는 〈그 후〉, 친구를 배반하고 부부가 되었지만 사회에서 버림받은 채 쓸쓸히 살아가야 하는 남녀의 미묘한 정신적 고뇌를 그린 〈문〉, 아내와 진정한 '관계'를 맺을 수 없음에 절망하여 동생에게 아내의 정절을 시험하게 하는 광기의 지식인을 등장시킨 〈가는 자〉 등을 발표하며 작가로서 확고한 지위를 굳히게 된다. 만년에는 부부라는 관계 형태의 구조를 집요하게 추구한 〈한눈팔기〉로 인간과 사회에 대한 깊은 통찰을 보여 주었으나 마지막 작품 〈명암〉을 완성하지 못하고 50세를 일기로 소세키는 세상을 떠났다.

불과 10년이라는 짧은 세월 동안 발표한 작품으로 소세키는 불후의 이름을 남기게 된 셈이었는데, 그가 주로 추구한 주제는 신뢰와 에고이즘, 사랑과 고독을 둘러싼 '관계'의 문제, 자연과 그 자연을 제어하는 규율의 문제 등이었다. 소세키가 오늘날까지 사랑받는 이유는 바로 그러한 그의 문제의식이 오늘을 살아가는 현대인에게도 여전히 중요한 문제이기 때문일 것이다. 그 가운데서도 〈꿈 열흘 밤〉과 〈마음〉은 소세키의 작가로서의 위치를 굳건하게 만드는 데 크게 공헌한 작품이다.

〈꿈 열흘 밤〉은 인간의 의식 깊은 곳에 존재하는 회한, 욕망, 절망 등의 절박한 감정을 '꿈'이라는 공간을 빌려 표현한 소품이다. 소세키가 이 작품을 집필한 1910년 전후, 그러니까 프로이트의 꿈 해석 이론이 아직 소개되지 않았던 이 시기에 '꿈'이란 신이나 죽은 자의 계시쯤으로 이해되고 있었다. 말하자면 '꿈'이란 어디까지나 인간의 외부에서 일방적으로 찾아오는 것이었고, 인간이 지닌 무의식의 발로로 이해되는 일은 없었던 것이다. 그러한 시기에 인간 내부의 문제로서 '꿈'이라는 영역을 들여다본 이 〈꿈 열흘 밤〉은 그 시도만으로도 충분히 근대적인 텍스트였다. 소세키에게 '꿈'이란 단순히 수면 중의 꿈에 한정되는 것이 아니라 현실과 일상에 대치되는 비일상적 공간이었고, 따라서 〈꿈 열흘 밤〉의 이야기들은 평화로운 일상을 엄습하는 고통스러운 과거 기억의 환각과도 같은 양상을 띠고 있다.

사랑하는 여자가 죽은 뒤 100년 동안 여자의 무덤 옆에 앉아 여자가 다시 만나러 오기를 기다리는 한 남자의 초조감, '해탈'이라는 과제를 앞에 둔 무사의 고뇌, 자신이 죽인 한 생명에 관한 기억을 비 오는 밤의 숲 속에서 되살려야 하는 공포, 죽음을 앞둔 사랑하는 사람을 만나기 위해 맨발로 말을 달리다 마녀의 장난으로 까마득한 골짜기 아래로 떨어져 가는 여자의 절망, 세상에 개의치 않고 자신의 예술 세계에만 몰입해 있는 조각가의 거침없는 모습 등이 소세키가 그려 낸 '꿈'의 내용이다. 이러한 이야기들을 통해 소세키는 사랑의 영원성에 대한 갈망, 해탈에 대한 욕망과 좌절, 일상에서는 망각되고 있는 어둡고 고통스러운 과거 기억의 편린이 되살아날 때의 전율, 문명화한 현대 사회에서 예술이 지닌 가능성, 자신이 가는 곳이 보이지 않는 삶의 원초적 불안, 거울을 통해서만 보이는 인간의 내밀한 욕망, 그 의미도 모르는 채로 행해지는 행위의 무력감 등을 그려 내고 있다.

그런 의미에서 〈꿈 열흘 밤〉은 '의식만이 생의 전부'라고 생각했던 소세키가 인간의 의식을 구조화하는 무의식의 세계를 들여다본 작품이라 할 수 있다. 과거와 단절된 현재가 존재할 수 없는 것처럼, 즉 과거의 지배를 받지 않는 현재가 존재할 수 없는 것처럼 무의식의 지배를 받지 않는 의식은 존재하지 않는다. 말하자면 소세키의 〈꿈 열흘 밤〉은 현재와 현실을 이해하기 위해 과거와 '꿈'의 무의식을 해부한 작품이었다.

〈마음〉은 소세키의 전 작품 중에서는 물론 일본 근대 문학의 수많은 작품 가운데서도 가장 많이 연구되고 일반인에게도 가장 많이 읽힌 작품이다. 그리고 그 사실만으로도 20세기의 일본을 이해하는 데 빼놓을 수 없는 작품이기도 하다.

오랫동안 〈마음〉이 평가되어 온 것은 친구가 사랑하는 여자를 가로채도록 만든 인간의 '에고이즘' 문제를 파헤쳤다는 이유에서다. 그와 함께 죄책감을 안고 살아가던 '선생님'이 메이지 천황이 사망했을 때 천황을 따라 할복자살한 노기 장군에게 자극받고 그러한 '메이지 정신'에 순사하겠다는 유서와 함께 자살했다는 사실도 많은 독자에게 충격을 안겨 주었다.

자신의 에고이즘, 비윤리적 행동을 '메이지 정신'에 반하는 것으로 여기고 뒤늦게나마 죽음을 택하는 주인공의 행동은 '윤리'를 지향한다는 점, 그러한 '윤리'를 추구하기 위해 죽음도 불사한다는 점에서 분명 하나의 아름다운 모습일 수 있었다.

'선생님'은 "나는 지금보다 더 외로울 미래의 나를 견디기보다 외로운 현재의 나를 견뎌 내고 싶은 겁니다. 자유와 자립과 자아로 가득한 현대를 살아가는 현대인은 모두 그 대가로서 이 고독을 맛보지 않으면 안 될 겁니다."라고 한다. 결국 '선생님'의 '현재'의 '고독'은 자유와 자립과 '나'로 넘치는 현대에 태어났기 때문이라는 것이다. 말하자면 '선생님'은 '나'를 추구하는 경향, 즉 에고의 주장을 '현대'의 것으로 간주한다. 이러한 '현대'관에 근거해 '선생님'은 동시대, 메이지 시대의 마지막 시기를 비판하고 자신이 살아온 메이지 시대야말로 '윤리'라는 '가치'를 구현한 위대한 시대였음을 간접적으로 말한다. 동시대에 대한 비판이 그렇지 않은 (즉 '나'로 넘치지 않는) '메이지 시대'를 특별시하고 있고, 거기서 선생님이 지향하는 가치관은 '신뢰'로 이어지는 관계 자체이다. 그리고 '메이지 정신'으로 표현되는 그 가치관은 이후 근대 일본을 지탱하게 된다.

사실 페미니즘과 탈식민주의적 시각으로 볼 때 소세키의 작품은 문제가 없지 않지만(박유하,《내셔널 아이덴티티와 젠더》, 2011, 문학동네) 신뢰와 관계의 문제는 현대를 사는 모든 이들의 문제이기도 하다. 예컨대 여성이 배제된 문제가 있다 해도 사람과 사람 사이의 '신뢰'에 대한 뜨거운 갈망과 '관계'에 대한 믿음은 일본을 이해하는데 좋은 텍스트가 되어 줄 것이다. 국가(천황)를 위한 죽음을 정당화하는 것이기는 했어도 한 시대의 '정신'에 대한 간절한 추구 역시 음미해 볼 만한 것임에 틀림없다. 그런 의미에서도 이 작품은 한 시대의 '정신'을 추구할 만한 상황을 박탈당한 채 불행한 근대를 살아왔고 아직껏 그 여유를 찾지 못하고 있는 우리에게 시사하는 바가 적지 않다.

소세키의 이 두 작품을 선정해 번역해 낸 것은 1995년이었다. 그리고 개정판을 2002년에 낼 수 있었다. 이번에 다시 개정판을 낼 수 있게 되어 번역을 전면적으로 수정했다.

그리고 비판도 섞어 다소 길게 썼던 당시의 해설을 많이 줄였다. 나로서는 20여 년 전 번역을 다시 본 셈이고 수정이 가해진 만큼 나 개인의 이 20년 성장의 흔적이 그 수정에 담겨 있을 것으로 생각한다. 금년은 마침 소세키가 작고한 지 100년 되는 해이다. 유고작이 된 〈명암〉에 대해 작년에 강연할 기회가 주어졌었고, 그러면서 일본에서 먹고살 길이 없어 조선으로 흘러들어 온 가난한 이들에 대한 그의 시선을 발견했다.

정작 일본 본토인들은 떠나가는 그들에게 냉담했다. 논문이 사흘에 하나 나온다는 이야기가 있을 만큼 소세키 연구는 여전히 왕성하지만 그런 지적은 아직 없었다.

긍정적이든 부정적이든 나쓰메 소세키라는 작가에 대해 우리는 아직 들여다봐야 할 것이 많다. 금년은 또 조일수호조약, 이른바 강화도조약 140주년이 되는 해이기도 하다.

불편한 시작과 껄끄러운 만남, 그리고 정말 진지하게 돌이켜 본 적이 없다고 해야 할 근대 이후의 일본과의 만남을 생각하는 데에도 소세키를 읽는 일은 좋은 계기가 되지 않을까 한다.

그럴 수 있기를 바라면서, 아마도 마지막이 될 개정판을, 독자들께 마음을 가득 담아,

2016년 5월

남산자락에서 박유하

1867	현 도쿄 신주쿠 구(區) 기쿠이초에서 출생. 본명은 긴노스케.
1868	시오바라 가문에 양자로 가게 됨.
1874	양부모가 이혼함에 따라 호적은 그대로 둔 채 본가로 돌아옴.
1878	친구들과 만든 잡지에 〈마사나리론(論)〉을 발표. 소학교 졸업.
1879	도쿄부립제일중학교 입학.
1881	어머니 사망. 중학교를 중퇴하고 한문학교인 니쇼가쿠샤에 들어가 11월에 졸업.
1884	대학 예비 과정 예과(후에 제일고등중학교로 개칭) 입학.
1886	복막염을 앓아 낙제했으나 이를 계기로 졸업 때까지 수석을 지키게 됨. 자립을 위해 교사가 되어 기숙사 생활 시작.
1888	호적 복귀. 제일고등중학교 예과 졸업. 친구의 조언을 받아들여 건축과 지망을 포기하고 영문학을 전공할 것을 결심해 문과로 진학.
1889	동급생 마사오카 시키와 교우 시작. 시키의 시문집에 한문 비평을 실으면서 처음으로 소세키라는 호 사용.
1890	도쿄제국대학 문과대학 영문과 입학.
1892	〈노자의 철학〉, 〈문단의 평등주의자 월트 휘트먼의 시에 대해〉 집필.

1893	문과대학 영문과 졸업. 대학원 진학. 도쿄고등사범학교 영어 교사가 됨.
1894	신경쇠약 증세로 가마쿠라의 원각사에서 참선.
1895	에히메 현의 위탁 교원으로 부임. 하이쿠(俳句) 창작 시작.
1896	구마모토의 제5고등학교에 취임. 결혼.
1900	문부성 제1회 국비 유학생으로서 2년 동안의 영국 유학 결정. 9월 출발. 파리를 거쳐 런던 도착. 책을 사기 위해 식비를 아끼는 생활이 시작됨.
1901	병상의 친구 시키를 위한 긴 편지가 〈런던 소식〉이라는 제목으로 하이쿠 잡지 〈호토토기스〉에 연재됨. 체계적 문학론을 집필하려는 생각으로 하숙집에만 틀어박히는 생활이 계속됨.
1902	신경쇠약 증세가 심해짐. 귀국.
1903	도쿄대학 영문과 강사 및 제일고등중학교 강사로 취임.
1904	지기의 권유로 처음 창작한 〈나는 고양이로소이다〉를 잡지 〈호토토기스〉에 발표. 호평리에 연작 형태로 발표. 한편 〈런던 탑〉, 〈칼라일 박물관〉, 〈환영의 방패〉 등 영국을 소재로 한 작품 발표.《나는 고양이로소이다》가 간행되자마자 매진됨.
1906	〈도련님〉, 〈풀베개〉 등 발표. '목요회'라 이름 붙인 간담회를 정기적으로 열어 대화 시간을 가짐. 후에 이 모임을 통해 아쿠타가와 류노스케도 제자가 됨.
1907	대학을 사직하고 〈아사히 신문〉에 입사. 〈개양귀비〉 연재.
1908	〈광부〉, 〈꿈 열흘 밤〉, 〈산시로〉 연재.
1909	〈긴 봄날의 소품〉 발표. 강의 논문《문학 평론》간행. 당시의 만주

철도 총재였던 친구의 권유로 중국 동북부와 한국을 여행, 〈만한 (滿韓) 이곳저곳〉 발표.

1910   〈문〉 연재. 위궤양으로 입원. 8월에 이즈로 요양을 떠나나 증세가 악화되어 위독 상태에 빠짐. 이른바 '30분 동안의 죽음'을 경험. 의식 회복 후 도쿄로 돌아와 다음 해 2월까지 병원 생활.

1911   문부성에서 박사 학위 수여 제안이 있었으나 거부. 강연 〈현대 일본의 개화〉, 〈문예와 도덕〉.

1912   〈피안 무렵까지〉 연재. 남화풍의 수채화나 서예에 할애하는 시간이 많아짐. 〈가는 자〉 연재.

1913   신경쇠약 재발. 세 번째 위궤양으로 〈가는 자〉 집필 중단, 자택에서 요양. 그림을 그리며 소일.

1914   〈마음〉 연재. 《마음》을 스스로 장정해 간행. 강연 〈나의 개인주의〉.

1915   에세이 〈유리문 안〉, 자전적 소설 〈노방초〉 연재.

1916   〈명암〉 연재 중 사망.

웅진지식하우스 일문학선집

마음

초판 1쇄 발행 1995년 4월 4일
재판 1쇄 발행 2002년 12월 6일
삼판 1쇄 발행 2016년 5월 9일
삼판 14쇄 발행 2024년 10월 28일

지은이 나쓰메 소세키 **옮긴이** 박유하

발행인 이봉주 **단행본사업본부장** 신동해
편집장 김경림 **디자인** |★|규 **조판** |★|규 · 한정희
마케팅 최혜진 이인국 **홍보** 반여진 허지호 송임선
국제업무 김은정 김지민 **제작** 정석훈

브랜드 웅진지식하우스
주소 경기도 파주시 회동길 20
문의전화 031-956-7429 (편집) 031-956-7089 (마케팅)
홈페이지 www.wjbooks.co.kr
인스타그램 www.instagram.com/woongjin_readers
페이스북 www.facebook.com/woongjinreaders
블로그 blog.naver.com/wj_booking

발행처 ㈜웅진씽크빅 **출판신고** 1980년 3월 29일 제406-2007-000046호

ISBN 978-89-01-20825-1 04830
ISBN 978-89-01-20824-4 04830 (세트)